Amor à Deriva

PEDRO POEIRA

Amor à Deriva

Copyright © 2025 by Editora Globo S.A
Copyright do texto © 2025 por Pedro Poeira

Todos os direitos reservados. Nenhuma parte desta edição pode ser utilizada ou reproduzida — em qualquer meio ou forma, seja mecânico ou eletrônico, fotocópia, gravação etc. — nem apropriada ou estocada em sistema de banco de dados sem a expressa autorização da editora.

Editora responsável **Paula Drummond**
Editora de produção **Agatha Machado**
Assistentes editoriais **Giselle Brito** e **Mariana Gonçalves**
Preparação **Ana Sara Holandino**
Revisão **Paula Prata e Luiza Miceli**
Projeto gráfico original **Laboratório Secreto**
Diagramação **Renata Zucchini**
Ilustração de capa **Renan de Oliveira**
Design de capa e lettering **Caio Capri**

Texto fixado conforme as regras do Acordo Ortográfico da Língua Portuguesa (Decreto Legislativo nº 54, de 1995)

CIP-BRASIL. CATALOGAÇÃO NA PUBLICAÇÃO
SINDICATO NACIONAL DOS EDITORES DE LIVROS, RJ

P798a

Poeira, Pedro
Amor à deriva / Pedro Poeira. - 1. ed. - Rio de Janeiro : Globo Alt, 2025.

ISBN 978-65-5226-047-5

1. Ficção brasileira. I. Título.

25-97280.0
CDD: B869.3
CDU: 82-3(81)

Gabriela Faray Ferreira Lopes - Bibliotecária - CRB-7/6643

1ª edição, 2025

Direitos de edição em língua portuguesa para o Brasil adquiridos por Editora Globo S.A.
R. Marquês de Pombal, 25
20.230-240 – Rio de Janeiro – RJ – Brasil
www.globolivros.com.br

*Para todos aqueles que já testaram as ondas,
mergulhando de cabeça ou um dedinho de cada vez,
cortando a água a braçadas ou deixando-se levar pela correnteza,
flutuando na superfície ou agarrados a uma boia salva-vidas,
banhando-se em águas diferentes ou submergindo
num corpo d'água por vez,
escolhendo sentir a força do oceano
ou observá-lo da praia de vez em quando.*

É preciso muita coragem para se despir e entrar no mar.

"Love Boat Brasil", novo reality show de namoro, ganha data de estreia. Saiba mais detalhes do programa

Por Bearnardo Cavalcanti

Levantar âncoras, marujos, pois estreia em janeiro o *Love Boat Brasil*, o novo reality de namoro do Canal 8! Comandado por Rodrigo Casaverde, o programa terá 13 episódios, exibidos todas as terças e quintas.

O *Love Boat Brasil*, que contará com transmissão na TV aberta e no streaming do canal, acompanhará um solteiro em busca de sua Escolha Final entre oito pretendentes. A jornada será repleta de encontros românticos e provas que acontecem tanto em terra firme quanto em alto-mar.

"Estamos muito empolgados em trazer esse formato para o Brasil", disse Dinda, produtora-executiva, em coletiva de imprensa. "Queremos que o *Love Boat* seja um farol de inclusão e representatividade para os demais realities brasileiros, reforçando que o amor é uma experiência universal."

O apresentador Rodrigo Casaverde, que também divide créditos de produtor-executivo, concordou. "Eu mal posso esperar para apresentar nosso elenco. Tenho certeza de que darão um show incrível!", disse com exclusividade para o CanalSHOW.

O primeiro episódio de *Love Boat Brasil* vai ao ar no dia 23 de janeiro.

LEIA MAIS

O que ela está aprontando? Aysha causa na internet com tuíte após "apagão" em redes sociais
Fãs brasileiros acordaram na manhã de hoje (4) e se depararam com um tuíte misterioso da estrela pop afro-americana Aysha, postada exatamente à 1h12 da manhã. AYSHA @AYSHA 23.5874 46.6576 sigam seus corações, Brasil ♥ ♥ ♥ ♥ [...]

Rodrigo Casaverde se despede do Canal 6 após anos na "geladeira"
Após uma bombástica carreira de modelo e uma estreia morna como ator, Rodrigo Casaverde trocou o Canal 6 pela oportunidade de apresentar o próprio programa de TV, que nunca foi ao ar na antiga casa. [...]

Um

Lalo Garcia consegue pensar em uma infinidade de lugares onde preferiria estar naquele momento — trabalhando na loja do pai, fazendo um daqueles cursos de verão da faculdade, em alguma festa de família que sempre termina em barraco, preso no banheiro com "diarreia" enquanto joga qualquer joguinho no celular.

O sol brilha quente no céu pincelado de nuvens finas. Apesar do calor, há uma brisa suave e constante que mantém o clima agradável. A maneira como o lago do Parque Ibirapuera ondula de encontro às embarcações que a equipe do *Love Boat Brasil* — o reality show de namoro do qual *ele* é protagonista — posicionou à margem mais cedo o deixa igualmente maravilhado e enjoado.

Ele se lembra exatamente do que o levou até ali, mas não acreditava que entraria de verdade para o reality.

Lalo tinha saído com Lisa para celebrar o fim do ano anterior em uma casa noturna na Augusta, no centro de São Paulo. O esquenta se deu por toda a avenida Paulista, iluminada e enfeitada com luzes de Natal, surpreendentemente vazia. Era o efeito do limbo pós-Natal e pré-Ano-Novo. Eles beberam uma mistura de vodca barata com refrigerante de limão, rindo e cantando a plenos pulmões. Lisa tinha sugerido que eles subissem na estrutura incompleta do show de Ano-Novo para performar.

Lalo a arrastou para longe das ligas de metal em direção ao Mirante 9 de Julho, onde beberam mais e dançaram até dar o horário da casa noturna abrir. Tudo muito normal.

Até Lalo estar embriagado demais para pegar o documento na carteira. Quase não entraram na boate. E, quando conseguiram, saíram menos de uma hora depois de Lalo se arrastar para a área dos fumantes e vomitar no chão. Antes da meia-noite, os dois conseguiram um Uber de volta pra casa.

No dia seguinte, Lalo acordou com a maior ressaca da vida. Lisa estava sentada no sofá com o notebook velho dele no colo e sorria de maneira conspiratória.

— Adivinha quem acabou de ser inscrito num reality de namoro?! — exclamou Lisa, o tom agudo de sua voz piorando a dor de cabeça de Lalo. — Não faz essa cara! Pode não dar em nada, ou pode ser uma experiência legal pra te ajudar a tirar aquele chupa-cabra da cabeça.

O chupa-cabra.

O "ex" de Lalo, de acordo com Lisa.

Ele estava tão envergonhado pelo vexame da noite anterior que não discutiu, certo de que não daria em nada. Dois meses depois, lá estava ele de pé na grama ainda orvalhada prestes a gravar o primeiro episódio do *Love Boat Brasil*.

Uma produtora careca, que usa uma camiseta preta e fones de ouvido, se aproxima e o posiciona de pé no palco, uma espécie de minipíer. Há uma aglomeração de curiosos ao redor da área delimitada para as gravações. Alguns apontam e tiram fotos com os celulares. Lalo jura que o calor das bochechas é por causa do sol.

—Ansioso?

Lalo lança um olhar assustado para o rapaz em cadeira de rodas, de camiseta preta e sorriso fácil, ao seu lado.

— Você não faz ideia — responde Lalo. Suas axilas estão suando. Ele prende a camiseta branca debaixo dos braços para secar o suor, os olhos esquadrinhando o lugar. — E você?

Matheus solta uma gargalhada.

— Tô doido pra dar uns beijos, mas infelizmente produtores não podem se inscrever no programa, então faça isso por mim. — Matheus baixa a voz para um cochicho: — É sério, beije por mim. Eu preciso desse emprego.

Sem querer, Lalo sorri.

Lisa dá as caras quase uma hora depois do combinado. Mostra sua credencial para um segurança e se aproxima do palco, animada.

— Amigo, ótimas notícias! — Lisa chega falando. — Consegui dar uma espiadinha nos seus pretendentes. Só gente bonita. Tem um menino alto lá que me deixou até mole.

Lalo abre a boca para responder, mas Matheus é mais rápido.

— Ei, sem spoiler! A reação do Lalo está guardada pras câmeras, tem que ser uma surpresa.

Lisa olha para Matheus pela primeira vez, incapaz de disfarçar a surpresa ou o olhar fixo nos músculos inchados do rapaz. Matheus sorri e retesa os bíceps por vaidade.

— Eu posso ser a *sua* surpresa, se você quiser — responde ela, lançando-lhe uma piscadinha.

Matheus sorri de orelha a orelha.

Lisa precisa se esforçar muito para desviar o olhar, pois está interessada demais no flerte descarado com Matheus para encarar o amigo.

— Enfim, só vim te desejar boa sorte. E te lembrar de viver essa experiência. Viver *de verdade*, viu?

Lalo assente, quebrando o contato visual com a amiga quando ela se vira para ir embora. Só então repara no olhar atento de Matheus acompanhando-a enquanto se afasta.

— Sua amiga é muito gata. — Matheus gira a cadeira, ficando frente a frente com Lalo. — Animado para conhecer seus pretendentes?

— Acho que tô ficando enjoado...

— Se essa é sua reação antes de conhecer as oito pessoas mais gatas desse Brasilzão que selecionamos pra você, o que tu veio fazer aqui? Ganhar seguidores, se tornar a próxima Grazi Massafera...? — provoca Matheus, e recebe um tapa na base do pescoço dado por Lalo, o que causa uma série de risos no rapaz. — Olha só pra gente criando vínculos!

— Será que dá tempo de eu ir ao banheiro antes?

Desde que Lisa recebeu o e-mail da produção comunicando que ele havia sido selecionado para a fase de escolha do elenco e a amiga gritou no meio da rua, Lalo soube que não haveria outra forma de passar pelo processo senão fingindo — para a amiga, afirmando que faria o melhor para seguir em frente depois de tantas cobranças; para o pai, dizendo que estava genuinamente ansioso para participar do programa; para toda a equipe do reality, demonstrando que estava super a bordo da ideia de revelar ao mundo inteiro quem ele era enquanto buscava um amor. Mas não para si mesmo. Lalo não esqueceria o homem que amava tão fácil assim. E daí que eles estavam com problemas? Nenhum relacionamento é perfeito, e amor por si só não sustenta uma relação.

Vendo a cara de enjoo de Lalo, Matheus toca em seu braço e diz baixinho:

— Ei, eu tô contigo, viu? Tu é meu fechamento. Respira fundo, assim... um, dois, três, quatro... muito bom. Segura. Isso. E solta... um, dois, três, quatro...

Lalo fecha os olhos e obedece. Depois de repetir o exercício umas cinco vezes, já não sente mais que vai vomitar.

Matheus sorri.

— Pronto. Vou ficar atrás das câmeras durante a gravação, mas não vou tirar os olhos de você. Faz esse exercício sempre que precisar, tá? Não esquece.

Ele não vai esquecer. Pode até jogar, mas isso não significa que vai ser um peão. Vai mostrar à amiga que amor não é como jogar na Mega-Sena. Até porque, mesmo que preencha o bilhete, as chances de tirar o prêmio são de 0,000002%. E mesmo que seja o sortudo felizardo, esse não é um prêmio que Lalo quer ganhar.

O que ele quer mesmo é Victor de volta.

— E aqui está o nosso o sr. Coração Partido! Que maravilhoso poder te conhecer pessoalmente! Vem cá, vamos curar isso com um abraço! — Rodrigo Casaverde puxa Lalo para um abraço apertado e lhe dá tapinhas nas costas, que Lalo retribui meio sem jeito.

— Prazer em te conhecer, Rodrigo.

Lalo tem que admitir, ele tem carisma. O cabelo loiro, que reluz num halo dourado sob o sol, brilha quase tanto quanto seu sorriso de gente famosa.

— Sua história me tocou, Lalo — diz ele, segurando-o nos ombros, o olhar compassivo. — Tenho certeza de que você encontrará o amor nesse programa. É para isso que estamos aqui!

Lalo não sabe o que dizer. Será que Rodrigo Casaverde acredita mesmo que toda aquela melação dramática do seu vídeo de apresentação é real?

— É o que eu espero — responde ele, sorrindo.

Depois, o apresentador cumprimenta Matheus, que sussurra para Lalo:

— Esse cara é uma figura! E cheiroso pra caramba. Será que é muita cara de pau perguntar o nome do perfume que ele usa?

Lalo dá um soquinho no ombro de Matheus.

— Qual é, sr. Coração Partido, você tem que ser mais divertido do que isso! — diz Matheus em tom acusatório. — Ainda vou descobrir sua história, cara.

Lalo ergue as mãos, como quem não tem nada a esconder.

— Você é jornalista ou só muito enxerido?

— Último ano de jornalismo, bebê — responde Matheus, dando-lhe uma piscadinha. — Com formação em teatro. Sou o pacote completo.

Lalo se curva e acerta outro tapa na nuca do rapaz. Matheus reclama, mas Lalo não se contém. É bom saber que existe uma parte do programa que ele não vai odiar.

— HORA DO SHOW, PESSOAL!

Os câmeras se posicionam. Luzes são acesas e refletores, ajustados. Rodrigo Casaverde se posiciona em uma ponta do palco, recebendo os últimos retoques de maquiagem. Matheus se despede com um aceno. Alguém inicia uma contagem regressiva. *Dez*. Lalo se endireita enquanto checam seu microfone. *Nove*. Alguém sugere que o apresentador desabotoe um botão da camisa de linho. *Oito*. Detrás das câmeras, Matheus esfrega as palmas das mãos uma na outra. *Sete*. A multidão cresce; todo mundo está com um celular na mão, alguns inclusive vibram. *Seis*. Lalo sente que vai vomitar.

Cinco.

Quatro.

Três.

Dois.

— Bom dia, Parque Ibirapuera! Bem-vindos ao *Love Boat Brasil*! — diz o apresentador para a câmera. Um coro de gritos e assobios emerge da multidão. — Vocês já conhecem nosso solteiro e seus pretendentes, e agora é hora de *eles* se conhecerem. Nossa primeira prova é um encontro a céu aberto num local perfeito para começar um romance. Hoje, nosso sr. Coração Partido vai bater um papo com seus pretendentes e conhecê-los melhor. Será que vem algum beijo na boca por aí? — O público vibra, movido pelo simples prazer de fazer barulho. — Ao fim do encontro, Lalo eliminará um pretendente. — Rodrigo Casaverde baixa a voz, flertando com a câmera. — Vamos ver o que as ondas do amor trazem para Lalo Garcia!

Jet skis costuram o lago como pipas no céu, espirrando água para os lados e deixando uma rabiola de espuma por onde passam. Um a um, eles estacionam de um lado do píer, trazendo um novo pretendente. Os candidatos tiram os capacetes cor-de--rosa, trilham o caminho até Lalo, cumprimentam-no com um beijinho no rosto e descem para o barco parado do outro lado.

Para Lalo, é como se estivesse vendo tudo do sofá de casa, em câmera lenta, quando na verdade o processo já dura uns vinte minutos. Ele só tem tempo suficiente para registar uma característica de cada um: Nicolas, o atlético. Carina, a loira. Jonathan, o alto. Vanessa, a rebelde. Luiz, o tímido. Rafaela, a gentil. Enrique, o estiloso. Olívia, a classuda.

Lalo pisa com cuidado no barco, sentindo o balanço da água. Vanessa o ajuda a se sentar, gentilmente roçando a unha na pele de seu antebraço.

— Oi, lindo — diz ela baixinho.

— Todos a bordo? — pergunta Rodrigo Casaverde, fazendo a multidão berrar em confirmação.

Todos os oito pares de olhos se voltam para Lalo, ansiosos. Ele pigarreia, tentando colocar os pensamentos em ordem. A luz vermelha da câmera chama sua atenção; por trás dela, a camerawoman meneia a cabeça em negativa. Ele se vira para o grupo, determinado.

— Acho que a gente pode começar pelo óbvio. Eu sou o Lalo. E vocês, quem são?

A camerawoman assente e gira a câmera de modo a focar o rosto de cada um dos pretendentes.

No fim das contas, não havia motivo algum para Lalo ficar preocupado — os pretendentes estão tão concentrados em chamar atenção para si mesmos que, ao fim de cada pergunta, reagem com surpresa forçada ao perceberem que outras pessoas também têm tatuagens! Sabem tudo de tecnologia! Hambúrguer é a melhor *comfort food* já inventada! Eles têm tanto em comum!

Sacudindo a cabeça, Lalo se lembra de manter o sorriso esculpido e gargalhar, sim, sim, hambúrguer é o melhor e essa tatuagem é demais! Se o único jeito de atrair a atenção de Victor é jogando o jogo, então ele vai zerar o *Love Boat Brasil*.

Em pouco mais de quinze minutos, Lalo aprende algo sobre cada um de seus pretendentes. Carina, a loira odonto com dentes brancos demais, age como se estivesse em um palco de teatro com seus gestos ensaiados e risada estridente. Jonathan, um homem preto cheio de tatuagens e com um black com undercut, tem um papo tranquilo e envolvente ao falar da sua arte e do trabalho num estúdio de tatuagem, o que deixa Lalo genuinamente empolgado para conhecê-lo melhor. Luiz, com seus óculos e timidez, fala murmurando e empresta a cor dos cabelos ruivos às bochechas quando Lalo abre um sorriso. Vanessa, uma garota branca baixinha que usa gargantilhas, parece uma verdadeira fada maníaca toda vez que a câmera recai sobre ela — o que faz Carina soprar o cabelo em frustração —, e chega a ficar de pé no centro do barco para dar uma rodadinha de braços abertos. Nicolas, com seu 1,95 metro de puro músculo e olhos sonhadores, fala entusiasmadamente sobre os benefícios da atividade física para o equilíbrio entre corpo e mente, e Lalo se pega concordando com animação e sentindo um friozinho no estômago ao cruzarem o olhar. Rafaela, evocando sorrisos genuínos de todos no barco com seu carisma, beleza e amor aos animais, faz todos se sentirem à vontade — especialmente Lalo, que não imaginava o quanto seria cansativo dar atenção a oito pessoas ao mesmo tempo. Enrique, o mais novo do grupo, é um cara estiloso que parece sempre ter uma história pessoal sobre tudo o que todo mundo comenta. Olívia, a mais quieta e também a que aparenta estar mais confortável entre todos, faz questão de olhar nos olhos ao falar, o que causa certo desconforto em Lalo, porque sente que ela, apesar da gentileza, vê o que os demais ignoram: que ele é uma farsa.

Fugindo do olhar astuto de Olívia, ele encara a multidão reunida às margens do lago do parque. Uma bexiga em formato de coração cai na água, boiando não muito longe dali. Há uma movimentação entre os espectadores; seguranças se embrenham pelo grupo, protestando em alto som. Uma garota tira a camisa e entra de sutiã no lago. Um rapaz tenta segui-la, mas é impedido por dois seguranças antes de entrar na água enquanto tira os sapatos.

Só então Lalo percebe que o barco caiu no mais profundo silêncio.

Alguém grita da ponte, atraindo a atenção de todos.

De olhos arregalados e garganta apertada, Lalo assiste a um rapaz passar por cima da murada de proteção da ponte e, então, se jogar em direção à água.

Da ponte, uma menina grita:

— *FREDERICO, SEU DOIDO, VOCÊ QUER MORRER?!*

Dois

— **Até eu conseguir** um ingresso para o show da Aysha — diz Fred, o olhar maníaco e focado, o indicador apontado para o portão verde da entrada do parque —, todo mundo nesse parque é inimigo. Entenderam?
— Mesmo os idosos?
— Eles têm experiência. Não os subestimem.
— Sei lá, amigo. Não teria como conseguir esses ingressos de outro jeito? — pergunta Maia, reticente.
— O *Long Live Aysha!* avisou que seriam ingressos limitados pro *pocket show*. Essa é a minha única chance de ficar cara a cara com ela. Se a gente não conseguir, talvez eu nunca mais tenha essa oportunidade.

Será que o Ibirapuera sempre foi tão cheio assim?

Fred olha ao redor, desviando dos amigos. São oito e pouco da manhã, mas o lugar já está repleto de gente vestindo bermuda de academia e regatas tão cavadas que mais parecem suspensórios de pano. O dia está quente e ensolarado. Se não fosse por Rika e sua mente brilhante, Fred provavelmente sairia dali com a pele toda queimada. O que valeria a pena mesmo assim. Mas ele está feliz por Rika ter levado o protetor solar e passado o produto em seu rosto, ombros e antebraços.

Todos estão preparados para um dia intenso. Tênis confortáveis, shorts, camisetas leves e bonés. Duda trouxe sua bolsa de praia, uma coisa horrorosa feita de palha trançada, e Rika, uma mochila de pano, onde o grupo guardou várias garrafas de água.

Já são 8h45. O perfil *Long Live Aysha!* divulgou ontem, às 23h59, que balões em formato de coração seriam liberados às nove da manhã pelo Ibirapuera. Dentro desses balões, um número limitado de ingressos para o show exclusivo de Aysha. Fred dormiu mal, se é que se pode dizer que ele sequer pregou o olho. Passou a noite em estado de alerta, bolando estratégias para garantir um balão — *quem* em sã consciência pensaria em uma ação assim a essa hora num parque público?! —, como seria encontrar Aysha, o que diria para ela. Fred tem certeza de que Aysha é cheirosa, ela tem cara de quem usa hidratantes e perfumes supergostosos.

Rika põe a mão em seu ombro e o aperta. Fred pisca, voltando à realidade.

— A gente vai conseguir — diz Rika, abrindo um meio-sorriso. — Relaxa.

Duda e Maia assentem.

Fred morde o canto do lábio e expira. De frente para os amigos, debaixo daquele sol já escaldante antes do meio-dia, ele sente um tipo de calor diferente no peito. Ali estão as pessoas que fariam — e fizeram — tudo por ele. Ele confia nelas. Tanto que já consegue sentir a textura do papel do ingresso na ponta dos dedos.

— Vamos nos dividir. Rika e Maia, vocês vão pela esquerda.
— Fred aponta para uma pista reta adentrando o parque. — Duda, você vem comigo. Nós precisamos de quatro ingressos. Ativem as notificações de vocês. Assim que conseguirem, nos liguem. Não, não é pra mandar mensagem, seu preguiçoso... é pra ligar! A gente só sai daqui hoje com esses ingressos. Sei que a gente consegue. Eu sinto isso. Nós vamos conhecer a Aysha.

Duda solta um gritinho e bate palmas, animada. Rika e Maia sorriem, mais comedidos, porém igualmente motivados. Orgulho e confiança pairam no ar, e Fred sente que pode dominar o mundo.

— ANDA, MEU POVO!

Maia grunhe, mas puxa Rika pelo punho e os dois se afastam a passos rápidos pela pista reta. Fred enlaça o braço no de Duda, arrastando-a para a pista curva em direção a onde as árvores são mais densas e o ar, mais fresco.

A caça pelos balões se prova muito difícil, e o otimismo de Fred vacila a cada atualização do *Long Live Aysha!* repostando fotos de quem teve a sorte de encontrar os primeiros balões. Alguém tirou uma foto do ingresso, de um papel liso e bonito, em tons pastel e letras douradas. Fred pisa cada vez mais forte, a cabeça girando de um lado para o outro, buscando no vuco-vuco pessoas que aparentem estar na caça aos ingressos para segui-las.

— Para de me puxar! Não sou uma boneca de pano! — reclama Duda a certa altura, depois de tropeçar na guia baixa da calçada e quase cair. Ela se desvencilha do amigo e põe as mãos na cintura. Apesar da carranca, sua voz é doce quando fala. — Calma. A gente vai encontrar um balão.

O corpo inteiro de Fred vibra em expectativa. Ele sabe que o parque é imenso, mas, puta merda, não era possível que tivessem andado tanto sem avistar um balão!

Com um suspiro resignado, Fred se desmonta sobre os calcanhares, sentando na grama. Ele estende a mão para a bolsa de Duda, fechando os dedos em garras.

— Duda — diz ele, dando goles na garrafinha de água —, por que a gente não viu um balão até agora?

— Porque esconderam bem.

— Errado. É porque várias pessoas já acharam algum. — Por sincronia, a notificação de um novo tuíte de *Long Live Aysha!* pisca na tela de seu celular. Outro balão encontrado.

Restam poucos. Fred solta um grunhido de lamento e vira a tela para a amiga. — Tá vendo só? O destino está rindo na minha cara. Estamos exatamente onde dezenas de balões foram soltos, mas a gente não consegue pegar *unzinho*!

Duda se senta com as pernas cruzadas à sua frente, as tranças roxas presas num rabo de cavalo emoldurando o rosto fino. Ela dá um sorriso pequeno, compreensivo.

— O Rika e a Maia podem ter encontrado... — Ela tenta animá-lo, mas Fred encara os próprios dedos afundados na grama do parque, a cabeça em outro lugar.

— Você lembra quando a gente se conheceu?

— Quando você conectou o bluetooth no alto-falante naquela festa da faculdade pra tocar *Aysha* e eu e os outros viados ficamos dançando com um bando de héteros nos encarando feio? Lembro, sim, nunca fui tão hostilizada por homem na vida. E olha que sou preta, gorda e lésbica — brinca ela, tirando uma gargalhada de Fred. — Por que essa pergunta do nada?

Ainda sorrindo, Fred baixa os olhos para os dedos, brincando na grama.

— Eu era meio solitário na época da escola. Os meninos me zoavam porque eu era o único com ascendência japonesa na turma e não me deixavam entrar pro grupo deles porque eu não gostava de futebol e corria "de um jeito estranho". Ou seja, eu rebolava correndo. Eles nem me deixavam entrar no vestiário se eles estivessem tomando banho, ficavam dizendo umas coisas ruins, e se eu estivesse sozinho... — Fred fecha os olhos com força e respira fundo. — Era mais fácil ficar com as meninas.

— Eu achei que você e o Rika tinham estudado juntos a vida toda.

— Foi antes de ele ser transferido pra lá.

— Por que você tá falando disso agora, amigo? — pergunta Duda, cautelosa.

Fred responde após um suspiro.

— Porque nos anos antes do Ricardo aparecer, eu sentia que não tinha amigos de verdade. Tipo, as meninas eram legais e me deixavam andar com elas e tal, mas sei lá. Elas não me *entendiam*. Eu tava ali, sentado com elas, mas não me sentia parte do grupo. Um dia, a gente tava no intervalo e uma delas, a Brenda, levou um iPod que tinha trazido de uma viagem pros Estados Unidos. Foi aí que eu conheci a Aysha. A primeira música que ouvi dela foi "Our Place", aquela que ela fala sobre encontrar nosso lugar no mundo dentro de nós mesmos, sabe? Aquilo bateu em mim de um jeito... daí fui atrás e conheci mais músicas dela. Comecei a conversar com uns gringos no MySpace dela até que encontrei uma galera brasileira no Twitter. Aí eu não me senti mais tão só.

O toque de Duda em sua pele envia uma onda de paz pelo corpo de Fred, acalmando a tempestade que ardia em seus olhos. Fred esfrega os olhos com a parte fofa das mãos e funga.

— Nós vamos conseguir, amigo. Confia.

No fundo de sua cabeça, uma vozinha grita para que ele levante a bunda do mato e vá procurar balões, mas está tão cansado e frustrado... Fred ergue o rosto, os olhos fechados, sentindo o sol queimar a pele. O parque continua muito vivo ao redor. Um número absurdo de crianças em férias escolares em bicicletas ou skates, adultos correndo lado a lado com seus cachorros, pessoas de todos os tipos só... se divertindo. O som de música, risadas, passos e atrito no concreto acalma Fred. Quando encontrarem os balões, eles podem alugar bicicletas, fazer um piquenique, ficar deitados na beira do lago ouvindo música no celular. É. Isso parece bom.

— Por que tem tanta câmera por ali? — pergunta Duda, chamando a atenção de Fred.

Ele vira o pescoço e estreita os olhos para onde o queixo de Duda aponta. Há uma aglomeração de pessoas e câmeras nos ombros de homens e mulheres vestindo camisetas pretas espalhados por todo o lado.

— Ai, coitados — diz ele. — O proletariado só se lasca mesmo. Usar preto num sol desses?

— O que você acha que tá rolando? — pergunta Duda.

Fred dá de ombros.

— Deve ser matéria pro jornal matinal.

— Com tudo isso de câmera?

— Não sei... — Fred se levanta e espana os pedacinhos de grama colados na bermuda e nas pernas, então oferece a mão para Duda. — Vem. Vamos encontrar esses balões.

Uma vez de pé, eles olham ao redor, decidindo em qual direção seguir. É quando o reflexo de algo metálico ilumina os olhos de Fred, cegando-o por um instante. Ele quase deixa passar acreditando ser uma garrafinha de água ou coisa do tipo, mas, estreitando os olhos, percebe que é um balão flutuando entre as árvores.

Fred sequer pensa antes de disparar, pronto para escalar aquele tronco se necessário, quando um garoto sobe nos ombros de outro e abraça o balão com tanta força que ele estoura. E, tá, ele perdeu um, mas agora que o *viu*, ele se transforma em um predador. O segundo balão é um vislumbre — uma garota o segura enquanto posa para a foto. Duda segue em seu encalço, apontando para todos os lados, sugerindo direções. Dão a volta entre as árvores, cruzam o campo, passam por dois museus diferentes. Fred percebe os restos de um balão estourado no corredor do Museu Afro Brasil. Quase se abaixa para pegar, mas Duda lhe dá um tapa na mão. Provavelmente é mais higiênico não estocar lixo.

Quando se aproximam do lago, ouvem um grito. E depois outro, seguidos por passos correndo sobre o cimento. Trocam um olhar rápido antes de acelerar, as solas dos sapatos esmagando a grama. Um balão pego pelo vento fraco rodopia no ar. Um frio gelado desce pela coluna de Fred: essa é sua chance.

Fred e Duda seguem o balão às pressas, trombando nas pessoas amontoadas à beira do lago. Pedem desculpas repetidamente e ignoram os xingamentos. Duda geme de euforia.

Eles não são os únicos correndo atrás do balão. Entre a multidão estática ao redor do lago — sério, o que aquelas pessoas estão fazendo ali?! — e os frequentadores do parque, jovens, adultos e até crianças se espremem atrás do coração flutuante, apontando e gritando.

Fred toma a dianteira e pula de dois em dois os degraus da ponte sobre o lago, a respiração ofegante. Poucos segundos depois, Duda aparece ao seu lado, as mãos no joelho, esbaforida.

— Ali! — grita Fred.

A superfície espelhada do lago, com um barco grande e redondo que o lembra muito de alguma atração aquática num parque de diversões, reflete a luz do sol em manchas prateadas. E bem ali, não muito longe de onde ele está, o balão em formato de coração repousa sobre a água. Tudo o que precisa fazer é descer e entrar pela margem, então aquele ingresso será seu.

Mas é claro que ele não seria o único com aquela ideia. Pelo menos umas dez pessoas já se aproximam dos limites do lago, tirando os sapatos, as calças e a camiseta. Alguém grita para que parem. Uma mulher alta e corpulenta, vestida de preto da cabeça aos pés, corta a multidão com cara de poucos amigos. Uma garota, temendo a segurança, se joga na água de calça e sutiã.

Pânico se instala com um frio no estômago de Fred.

— Toma, segura minhas coisas — diz Fred, empurrando o celular, a carteira e as chaves de casa para Duda. Ela abre a bolsa por instinto. — Eu vou pular.

— Fred, você tá doido? — interpela Duda. — Não reparou que estão fazendo algum tipo de gravação aqui?

— Não quero saber!

— Frederico...!

Fred sobe na murada da ponte e olha para baixo. Se um barco consegue navegar ali, então é fundo o bastante para que ele possa mergulhar. Ele não pensa em tirar os sapatos, não quando a garota chega cada vez mais perto do balão.

Fred se lança da ponte direto na água fria.

— FREDERICO, SEU DOIDO! — berra Duda lá de cima assim que ele emerge, os cabelos pretos caindo nos olhos. — VOCÊ QUER MORRER?!

Por sorte, o lago é fundo o bastante para nadar. Seus olhos demoram a encontrar o balão, perdido em meio aos barcos. Ele nada em direção a um deles, ignorando as vozes de estranhos — e especialmente a de Duda, que está perto de xingar suas mães. Quando avista o balão, seu coração afunda no peito. A garota está tão perto que, mesmo acelerando as braçadas, ele não consegue pegá-lo. Ela grita e chora. À margem, mais dois seguranças chamam por eles.

Fred pode muito bem entrar numa briga com a menina ou se lamentar agora, mas não faz nenhuma dessas coisas. Só fica ali, parado na água, assistindo a outro balão ser levado por alguém que não é ele.

— Puxa ele! — Fred ouve alguém dizer, uma voz masculina suave.

— E cabe mais alguém aqui?
— A gente faz caber.
— Ai, meu Deus.
— Será que isso faz parte do programa e não avisaram?

Um par de mãos se materializa ao seu lado, uma negra, outra branca. Ele sobe o olhar pelos braços, um deles preenchido por tatuagens, os rostos escondidos em sombras. Fred percebe que todos no barco, homens e mulheres, o fitam com expressões mistas — alguns, desconfiados; outros, aparvalhados; e um deles, preocupado. Tecnicamente, ele pode nadar até a margem. Mas as mãos continuam na sua frente, insistentes, e ele não consegue recusar.

Os rapazes o puxam com esforço para o barco lotado. Ele escorrega para dentro, cambaleando, e acaba trombando em uma garota bonita de cabelo com um corte pixie. Ela ri, uma risada meio forçada, e o empurra para o lado, onde um outro garoto — o do braço tatuado — abre espaço para ele se sentar.

— Você tá bem? — pergunta o Garoto Tatuado.

— Tô — responde ele, franzindo o cenho. Fred olha para os rostos no barco.

Então ele nota a câmera bem na sua frente, a luz vermelha acesa.

— O que tá... rolando aqui? — pergunta ele devagar, voltando a atenção para o Garoto Tatuado.

O Garoto Tatuado mantém os olhos treinados no rosto de Fred, um sorrisinho brincando no canto dos lábios.

— Qual é o seu nome?

— Fred.

— Prazer, Fred. Sou o Lalo.

— Que tipo de nome é esse?

O Garoto Tatuado, Lalo, sorri.

— É meu apelido.

— Que fofinho! Meio infantil, mas fofo mesmo assim — diz Fred antes que possa se controlar. Como se possível, o sorriso de Lalo aumenta, revelando a pontinha de um dente torto.

Fred devia ter notado isso mais cedo, tipo quando ele e o rapaz ao lado o puxaram para dentro do barco, mas Lalo é muito bonito. O cabelo castanho-escuro recém-cortado, os olhos também escuros, o rosto quadrado. Ele veste uma camiseta branca simples, folgada no corpo musculoso, que agora está molhada em vários pontos onde Fred o tocou quando o içaram para dentro. Mas é o sorriso, o dente levemente torto, que o faz sorrir de volta.

Lalo olha de esguelha para a câmera, o sorriso diminuindo.

— Me desculpa — diz ele sem emitir um som.

Confuso, Fred imita o movimento de Lalo. A camerawoman se posiciona bem atrás da câmera, parecendo animada. As outras pessoas no barco trocam olhares confusos entre si, e Fred se pergunta, mais uma vez, o que diacho está acontecendo naquele barco. Ele abre a boca para falar, mas, de repente, os lábios de Lalo estão nos seus, e Fred está tão chocado que só consegue ficar ali parado, sendo beijado.

Pelo menos até perceber a maciez da boca do Garoto Tatuado, o calor das palmas das mãos subindo por seus braços molhados e gelados, repousando atrás de sua nuca. As pálpebras de seus olhos tremem, e Fred o beija de volta.

Seus lábios se descolam devagar o suficiente para Fred reprimir um gemido.

— Por que me beijou? — pergunta, surpreso e piscando as pestanas, o fantasma do beijo de Lalo nos lábios.

— Porque você parece ser a última pessoa a fim de se apaixonar nesse barco.

Três

— **Que palhaçada é essa?!** — demanda Enrique, aos berros.
— Ninguém nos falou nada sobre competidores surpresa! — Vanessa se une às reclamações, metralhando Fred com os olhos.
— Que humilhação, não foi pra isso que eu me inscrevi! — Enrique volta a falar, virando-se de costas para eles e acenando o braço extremamente branco para a margem.
— Cuidado para não cair do barco... — alerta Lalo, esticando o braço em direção a Enrique, cuja careta é eficiente em mantê-lo afastado. Lalo suspira. — Enrique, me escuta, você não pode...
— O menino vai pular de novo! — arfa Carina.
Lalo vira o rosto a tempo de capturar a imagem de Fred se jogando na água de novo. Ele se afasta com braçadas rápidas até a margem, onde para por um instante e olha por cima do ombro com um sorrisinho de canto. Lalo não consegue parar de fitá-lo. O garoto é como um raio cortando o céu em zigue-zague, fazendo as próprias vontades mais rápido do que um piscar de olhos.
Lalo ergue a mão e acena.
— Eu preciso pular do barco pra você prestar atenção em mim? — dispara Enrique, fazendo Lalo girar o pescoço para encará-lo, o semblante confuso. Estalando a língua, ele murmura: — Inacreditável...

Lalo derrama o olhar sobre seus pretendentes. Os sorrisos ficam por conta de Rafaela, que se esforça para manter uma atmosfera agradável ao puxar assunto com Luiz; o de Nicolas ganha um tom de nervosismo; e Olívia, de rosto brando, abre um sorriso relaxado de quem finalmente entendeu um conceito matemático complexo.

Lalo tem certeza de que Olívia sabe.

Há pouquíssimos sorrisos quando Lalo e seus pretendentes atracam no cais.

Enrique e Vanessa são os primeiros a sair da embarcação. Os demais seguem atrás, quietos. O beijo de Lalo naquele garoto mexeu com a moral do grupo de uma maneira que ele não previu. Aquela foi uma jogada desesperada para chamar atenção, mas as consequências disso — a conversa truncada entre ele e os pretendentes, a sensação de que eles prefeririam estar em qualquer outro lugar além daquele — podem muito bem fazer com que ele fique tão apagado que não vai fazer mais sentido continuar no programa. E sem o programa, como ele vai conseguir a atenção de Victor quando ele nem responde mais suas mensagens?

Ao mesmo tempo, Lalo fica com um gosto amargo na boca. Talvez aquelas pessoas tenham vindo para o programa com a intenção de se apaixonar por ele, mas Lalo não. É injusto com os pretendentes? Com certeza. Porém, Lalo se lembra claramente da fala da produtora quando ele assinou o contrato: "Entrar no programa não é garantia de que você vá encontrar o amor. Você pode encontrar alguém legal com quem possa se relacionar, mas não prometemos sua alma gêmea."

Isso alivia a sensação de culpa se agarrando às suas entranhas.

No palco montado próximo ao cais, Lalo percebe que Enrique e Vanessa aporrinham a produtora careca, gesticulando abertamente.

— O que foi aquilo?! Estava no roteiro? — pergunta Enrique erguendo a voz. Ele entra na frente da produtora quando a mulher tenta escapulir da discussão.

Vanessa o ajuda flanqueando a produtora.

— Olha, toda minha *gratidão* à equipe, mas vocês concordam que isso não foi *nada legal*, né?

A produtora assente, cansada. Ela lança um olhar afiado para Lalo, que jura ver a ameaça de um sorriso no canto da boca.

Matheus sobe ao palco para checar o cenário, e tão logo Enrique e Vanessa, os pretendentes de Lalo que ficaram para reclamar, se afastam e tomam seus lugares, ele acerta um tapa na bunda de Lalo.

— Pra que isso, cara?

— Eu aqui avaliando com quem você poderia formar um casal legal e tu já tascou um beijo, e em alguém que não estava nem no programa? — Matheus gargalha. — Isso é que eu chamo de atitude!

— Você conseguiu ver isso mesmo de longe?

— Todo mundo viu — frisa Matheus. — E foi gravado, tem isso também.

Lalo assente. Ele esfrega as palmas suadas nas coxas e ergue o rosto para o sol ofuscante.

— Não vai falar nada, né?

Lalo espreme os olhos e dá de ombros.

— Você queria que eu beijasse alguém, eu fui e beijei. O que, ficou com inveja porque você também queria dar uns beijinhos, é?

— Nenhum beijo *hoje*, sr. Coração Partido. E, de novo, não estou no programa pra isso — pontua Matheus, um dedo em riste —, mas para te ajudar a encontrar o seu nenê, seu amorzinho, a tampa da sua panela, a pequena sereia para o seu príncipe Eric. O que eu *queria* era que você tivesse beijado alguém do elenco! Achei que estivesse implícito!

— A pequena sereia para o meu príncipe Eric?

— Só tinha um príncipe e sete sereias.

— Ah.

— Você nunca viu *A Pequena Sereia*? Deus me dê forças... Se bem que são oito pretendentes, né? Errei a conta, sou de humanas. Seja como for, só sete sereias passam pra próxima rodada. E nenhuma delas tá muito empolgada com você depois daquele beijo. Precisa de uma dica?

Lalo nunca foi muito fã de reality shows, ou de qualquer tipo de programa de TV, na verdade, mas acredita saber o básico de tanto ouvir Lisa tagarelar sobre o que está assistindo no momento.

— Tá tudo bem, Matheus.

Agora frente às câmeras e ao grupo de oito pessoas, Lalo tem uma nova estratégia.

— Lalo, quem não embarcará no *Love Boat Brasil* com você? — pergunta o apresentador, Rodrigo Casaverde.

Se ele quer chamar atenção, precisa pensar no jogo a longo prazo.

— Sei que todos vocês estão aqui porque buscam uma chance no amor. Não sei por que me escolheram, e imagino que alguns estejam até repensando essa escolha... mas preciso saber quem está aqui buscando algo mais sério, porque é isso o que eu quero.

Medidas desesperadas não vão ajudá-lo agora, o que ele precisa é fazer com que seus pretendentes queiram ficar. Se Victor pensar que pode perdê-lo, com certeza voltará para ele. Talvez Lalo tenha que mentir um pouquinho, tudo bem. Contanto que não seja pego, ele pode jogar sem medo.

— Tivemos um tempo curto, então minha escolha é com base no que senti da nossa conexão e no quanto vocês demonstraram querer estar aqui comigo.

Lalo respira fundo, reunindo coragem enquanto estuda cada um de seus pretendentes. É mais fácil acreditar que pode fazer o que quiser sem se preocupar com a consequências do que colocar o plano em prática. Ele está sendo egoísta. Está arriscando tudo, inclusive os sentimentos de outras pessoas, numa tentativa de ter Victor de novo em sua vida. Mas se ele não fizer promessas, se encontrar uma brecha para diminuir as chances de haver tantos corações partidos...

Deus, isso é tão difícil!

— Olívia — diz Lalo em meio a um suspiro.

A escolha choca Vanessa e Enrique, que, apesar do drama, não abandonaram o reality.

Olívia dá um passo à frente, o lago brilhando ao fundo. Ela pisca devagar ao agradecer a Lalo e dizer que torce para que ele encontre alguém no programa. A gentileza de Olívia quase o faz reconsiderar. Com o rosto afundado em seus cachos com cheiro de fruta, Lalo sussurra um "boa sorte" para a garota.

— É isso aí, pessoal — diz o apresentador, mirando a câmera enquanto Lalo e Olívia se despedem. Alinhados em uma meia-lua, os pretendentes se entreolham. — Cada vez estamos mais perto de descobrir quem serão os quatro pretendentes que embarcarão nas ondas do amor com nosso sr. Coração Partido. Fiquem com a gente! Tem mais *Love Boat Brasil* logo após os comerciais!

lovelulur @lovelulur • 10 minutos atrás
GENTE EU TAVA CORRENDO ATRAS DE UM INGRESSO PRA AYSHA NPE E AÍ VI UM CARA PULANDO DA PONTE??? E VCOS NEM SABE PQ TINHA UM MONTE DE CÂMERA GRAVANDO E QUANDO FUI PERGUNTAR ERA PRO LOVE BOAT BRASIL EU TO MORRENDO
Terça-feira, 9 de janeiro de 2024

💬 9 🔁 ♡ 85 ▥ 795

@ayshasluv eu vi quem foi! esse fdp quase pegou o meu balão kkkk
    @lovelulur amiga como assim, vc conseguiuuuuu? aff queria tantooo
    @ayshasluv siiiiiiiiiiim! espero que meus peitos n apareçam na TV ou minha mãe me deserda
@mthsdearaujo ALGUEM VENDENDO O INGRESSO???? pf eu n conseguir ir tava preso no clt
    @fernandamasoq tb quero @jmniz @foalklore quem mais precisa?
    @foalklore acho que faltam 2, a namorada da @jmniz e a @crosswordlady n conseguiram
    @suli88710632 Tenho um ingresso, mandei DM
    @crosswordlady É golpe, foge @mthsdearaujo!
@badudats adivinha quem pulou? Hahahaha @sourika_ @maiaaiam

Quatro

Fred ficou tão embasbacado com aquele beijo que mal encontra a voz para dizer qualquer coisa para Lalo. Por fim, consegue conjurar um milhão de frases para falar, todas incompletas. Fred, que sempre foi muito bom em lidar com as pessoas, modéstia a parte, nota a hostilidade agora. Braços cruzados sobre o peito, sobrancelhas unidas, lábios apertados. Dois jovens estão batendo boca com a camerawoman no meio do barco como se ela tivesse alguma coisa a ver com o beijo.

Pela primeira vez, Fred nota o palco perto do cais, as pessoas de blusa preta circulando em cima dele e... Caramba, aquilo com certeza *não é* uma reportagem para o jornal matinal. Porém, a atenção de Fred foca o lampejo vermelho-metálico em formato de coração pairando próximo a uma árvore do outro lado do lago.

Um balão. Uma nova chance.

Sua respiração acelera. Ele mede a distância até a margem mais próxima e, sem aviso, se joga para fora do barco apesar das vozes aflitas vindas da embarcação. Ele não olha para trás até a água bater nos joelhos. Quando o faz, Lalo acena timidamente para ele. Fred acena de volta, a testa franzida e um sorriso de canto.

Duda empurra a multidão, abrindo caminho. Suor escorre pelo rosto, a pele escura brilhando. Ela estica a mão para o amigo e o puxa para fora do lago.

— Amiga, eu acho que fiz merda. — Fred ofega ao sair da água. Ele sacode os cabelos molhados enquanto torce a barra da camiseta ensopada. — Mas vi um balão novo. É a nossa chance.

— Fred, você pulou de uma ponte, interrompeu a gravação de um programa, beijou um estranho e se jogou de um barco! — Duda estapeia seu ombro a cada frase, os dedos estalando forte na pele molhada de Fred.

— Ai! Para com isso!
— Você quer me matar do coração?!
— Duda! Foco! O balão!
— Argh, Frederico, você não tem limites!

Duda se agarra às alças da bolsa e sai pisando forte. Fred a segue, cuidando para não escorregar na grama com os tênis molhados. Eles alternam entre uma caminhada rápida e uma corrida leve ao redor do lago. Fred rejeita os olhares curiosos e não se importa quando uma adolescente aponta o celular e tira uma foto tremida dele. Ele mantém um olho na coroa verdejante da árvore e o outro nas tranças roxas sacolejantes de Duda.

— Duda... — ele a chama, a vozinha baixa com charme infantil.

Duda simplesmente bufa.

Ele a chama de novo.

— Duda, seu coração é tão lindo por se preocupar comigo...

Ela para de súbito. Fred não consegue desviar a tempo e acerta o corpo da amiga, quase caindo de bunda no chão.

— Você vai continuar me elogiando depois que a gente pegar esse balão, moleque — sentencia Duda, girando o corpo para encará-lo. Os olhos, duas bolotas castanho-claras grandes ornadas com sobrancelhas desenhadas, percorrem seu corpo encharcado. Apesar da dureza em sua face, o olhar é gentil. — Vamos logo atrás do seu ingresso.

— Você é per-fei-ta!

Duda prende um sorrisinho nos lábios, assim Fred sabe que está seguro. Ela desce outro tapa no ombro de Fred, que reclama, mas ri. Eles mal pegam o ritmo da corrida, perto o bastante das árvores altas onde ele viu o balão, quando o celular de Duda toca.

Fred congela.

— É o Rika? — pergunta, a boca entreaberta e o fôlego acelerado em expectativa.

Duda remexe dentro da bolsa e tira o celular.

— É a Maia — responde. Fred torce para que sejam boas notícias, mas o rosto de Duda se transforma em uma máscara de apreensão. Apesar disso, não consegue deixar de olhar para a árvore. Um grupo de garotas corre para lá, bramando vitória. Fred morde o lábio. Não, não, não! Outro balão perdido não! Qual é o *problema* com ele hoje?

Duda toca seu ombro, o celular ainda em mãos.

— Fred, o Rika foi atropelado.

O pescoço de Fred estrala ao girá-lo para fitar a amiga.

— O quê? Ele está bem? Como... Podem entrar carros aqui?

— Não, ele... foi atropelado por um grupo de ciclistas. Parece que quebrou a perna, mas está bem. A Maia está com ele perto do campo esperando a ambulância chegar.

Fred suspira — aliviado, preocupado e culpado. Rika nunca teria se machucado não fosse por ele. Arriscando uma última olhada para o ponto onde o balão estava, percebe o lugar vazio. Ele sacode a cabeça. Vai encontrar outro balão no caminho.

Duda continua ali, parada, com a mão em seu ombro e a expressão dividida.

— Vamos até eles — diz Fred.

— Tem certeza? A Maia disse que cuida disso...

— Amiga... — diz ele, a palavra carregando tanto significado que Duda abre mão de insistir.

A meio caminho de Rika e Maia, o celular de Fred apita dentro da bolsa de Duda. Ela o entrega para ele, e Fred engole em seco.

> **Long Live Aysha!**
> @longliveaysha O último balão acaba de ser encontrado! Parabéns a todos os sortudos. A gente se vê em um encontro mais do que especial com a Aysha em alguns dias. Fiquem atentos, pois mais novidades vêm por aí!
> **TRADUZIDO DO INGLÊS**

Rika não só quebrou a perna como também conseguiu um acervo inteiro de escoriações e roxos pelo corpo todo.

Fred e Duda encontram os amigos rapidamente. Há uma ambulância estacionada no lugar, e Maia faz um resumo bastante sucinto dos eventos.

— Ele não olhou pros dois lados. Pareceu uma debandada de antílopes.

— Maia, você nunca viu uma debandada de antílopes — retruca Duda.

— Vi, sim — argumenta ela. — Em *O Rei Leão*.

— Eram gnus.

— Tô nem aí.

Fred fica ao lado de Rika enquanto os paramédicos o examinam e, depois, o levam para dentro da ambulância. Eles não conversam nesse meio-tempo, o que deixa Fred maluco. Há tanta coisa que ele gostaria de dizer. Quando seus olhares se cruzam, ele vê certa ternura na íris cor de mel do amigo. Alívio toma conta de seu corpo, uma pontinha de culpa que vai embora.

— Com licença.

Todos viram as cabeças para o homem alto e loiro vindo de trás de uma árvore, incluindo Rika em sua maca, preso por tiras de pano e velcro bem apertadas. O estranho veste uma camisa de linho branco, os vários botões abertos deixando à vista os músculos do peitoral bem-definido. Ele sorri, tímido, e mesmo um sorriso tão pequeno é capaz de transformar o rosto já ridiculamente bonito em algo obsceno.

Fred, Duda, Maia e Rika encaram Rodrigo Casaverde boquiabertos.

— Ai, meu Deus, você é o apresentador daquele programa novo! — É Duda quem diz, cobrindo a boca com as duas mãos.

Fred franze a testa para o desconhecido. Rika mede o corpo de Rodrigo como se tivesse se esquecido da perna quebrada. Maia parece incomodada.

— Ele precisa ir para o hospital — avisa um dos paramédicos, encarando os jovens com o rosto cansado. A firmeza de sua voz quebra o feitiço de Rodrigo sobre eles, trazendo-os subitamente de volta ao presente. — Algum de vocês é da família...?

— Sou irmã dele — diz Maia, impulsionando o corpo para dentro da ambulância, sem pedir permissão. Maia não é irmã de Rika, eles se conheceram na faculdade. Mas se parecem o bastante para a mentira soar convincente. Se o paramédico desconfia, ele guarda a suspeita muito bem para si mesmo ao puxar as maçanetas da porta da ambulância. Antes que a porta se feche, Maia grita: — Mando a localização quando a gente chegar.

Fred e Duda assentem depressa e assistem à ambulância sumir entre as ruas do parque, uma sensação esquisita de vazio e impotência ecoando em seus corpos.

Rodrigo Casaverde limpa a garganta com um pigarro.

— Estava querendo conversar com você — diz, ainda sorrindo, um dedo com um anel grosso de ouro reluzindo a luz do sol apontando para Fred.

— Comigo? — pergunta Fred, incrédulo.

Rodrigo Casaverde assente, um gesto estranhamente sexy.

Fred gira nos calcanhares em busca da ajuda de Duda. Ele ergue uma sobrancelha inquisidora para ela, algo do tipo *e aí, o que eu faço?* A amiga sacode a cabeça rápido, muda. Então Fred mira o rosto do apresentador mais uma vez e fala devagar:

— Ok.

Rodrigo Casaverde o leva até um carro estacionado a pouco mais de cinco metros de onde Duda os espera, parando logo abaixo de uma árvore frondosa. Duas pessoas flanqueiam o apresentador, uma mulher grande e atarracada, com os braços cruzados sobre o peito, e um rapaz negro quase da altura de Fred, mas que em meio a tantas pessoas altas parece baixinho.

O apresentador esfrega as palmas das mãos uma na outra, uma animação inegável destacando-o das expressões profissionais ao seu redor.

— Hã... pra ser bem honesto, eu não sei o que você pode querer falar comigo. — Fred troca o peso do corpo de um pé para o outro, desconfortável.

— Você invadiu o meu programa e causou o maior alvoroço entre os participantes do reality show — diz Rodrigo Casaverde. Não fosse o tom bem-humorado, Fred acharia que estava levando uma bronca. O apresentador o fita, os olhos cor de gelo cintilantes. — Quero você nele.

Bom, por essa Fred não esperava.

— Quê?

— Qual é o seu nome e idade?

— Fred. Vinte e um.

— Perfeito! Olha, depois que você caiu na água e o Lalo te beijou naquele barco, Fred... — começa Rodrigo, então solta o ar em meio a uma risada. — Você precisava ver a reação das pessoas. Foi inesperado. Emocionante. Real. É isso o que nós queremos no programa. — Rodrigo estica a mão para o rapaz logo atrás. Ele dá um passo à frente. — Este é Carlinhos, um dos produtores do reality.

Carlinhos estica a mão para Fred em um cumprimento.

— Pera aí, de que reality você tá falando? — pergunta Fred, ainda confuso com toda a situação. Duda parecia conhecer o apresentador quando ele se aproximou, mas não falou de onde. E lá estava ele recebendo um convite para participar de algo que ele nem sabia o que era.

— Do *Love Boat Brasil* — responde Carlinhos.

Fred não consegue impedir o nariz de franzir em uma careta.

— O reality de namoro? — dispara, cético. — Eu não tô procurando ninguém.

Carlinhos troca um olhar com Rodrigo Casaverde. O apresentador assente. Fred aperta os olhos para os dois.

— Claro que está — diz Rodrigo Casaverde, o tom animado de sua voz dando lugar a uma calma controlada. Ele aperta os lábios, comprimindo um sorriso. Fred está levemente hipnotizado pelos movimentos de Rodrigo, então não repara quando o produtor puxa o celular e faz uma ligação. — Você quer conhecer a Aysha, certo? Por isso se jogou no lago, para conseguir aquele balão que tinha um ingresso dentro, não foi?

À menção de Aysha, Fred desperta. Ele toma consciência do peso de suas roupas, ainda úmidas do mergulho não planejado, do *squash squash squash* que seus tênis fazem a cada passo, encharcados.

— Só pra deixar claro, você está me oferecendo um ingresso para o show exclusivo da Aysha em troca da minha participação no programa? — pergunta Fred, invocando todas as suas forças para não surtar neste exato momento. Funciona. Ele soa como um verdadeiro *businessman* em uma negociação. — Havia um número limitado de ingressos, e eles acabaram.

Carlinhos passa o celular para o apresentador, cujos olhos gelados fixam-se no semblante desafiador de Fred.

— E aí, meu querido. Tudo bom? — diz Rodrigo Casaverde ao telefone, sem quebrar o contato visual. Apesar do repentino formigamento nos braços, Fred os cruza sobre o peito e cerra os olhos. — Escuta, eu preciso de um favor. Pode me conseguir alguns ingressos para esse show da Aysha?

O estômago de Fred se contorce, seus olhos pinicam com o repentino fluxo de lágrimas. Os braços caem na lateral do corpo. Ele deveria estar em controle da situação, mas Rodrigo Casaverde ri ao telefone, agradece e passa o celular de volta para Carlinhos com um ar triunfante. Isso não pode estar acontecendo. Ele... ele vai conhecer Aysha.

— Se concordar em entrar no programa e fazer o que eu digo — fala o apresentador, sorrindo abertamente —, os ingressos são seus.

O primeiro instinto de Fred é gritar. Ele pisca bem rápido, tanto para expulsar as lágrimas quanto para colocar os pensamentos em ordem. Fred, em um reality show de namoro. Não, não, não. De jeito nenhum. A última coisa que ele quer agora é se apaixonar. Ele está bem do jeito que está. Ele *gosta* da liberdade. Porém, antes que possa recusar a proposta, se lembra do Garoto Tatuado, do que ele disse ao beijá-lo.

O corpo de Fred o trai, balançando a cabeça em negativa.

— Antes de rejeitar a proposta, existe algo que você precisa saber, Fred — diz Rodrigo Casaverde baixinho, aproximando-se dele como se estivesse prestes a contar um segredo. Fred espia os músculos do apresentador, então ergue o rosto. — Apesar de ser um reality show, todo mundo sabe que isso é um programa. O público não se importa com resultado. Eles não querem saber se o que vocês sentem um pelo outro é real, eles só precisam que *pareça* real. O que eu quero é que você, Fred, dê ao público emoção o bastante para que eles reajam. Porque quando o público reage... aí temos um show. Posso contar com você?

Fred quase ri. Gosta da honestidade de Rodrigo. Ele pensa em Lalo e nas outras pessoas no barco. Será que todos eles ouviram a mesma coisa — isso é um programa, não é real, blá-blá-blá? As reações após o beijo pareceram bastante reais. Mas Lalo disse com todas as letras que só o beijou porque ele era o único que não estava a fim de se apaixonar. Parece que Lalo *não* está em busca de amor verdadeiro. Então se Fred participasse do programa, ele poderia ficar com a consciência tranquila sabendo que não iludiu ninguém no processo — e, de quebra, conheceria Aysha.

— Eu topo.

— Perfeito!

Rodrigo gestua para Carlinhos, com o celular em mãos. Ele pede o e-mail e a identidade de Fred e, em poucos segundos, ele recebe uma notificação intitulada CONTRATO: LOVE BOAT.

— Quando estiver pronto para assinar ou se tiver qualquer dúvida, pode ligar para o Carlinhos. O telefone dele está na assinatura do e-mail.

Não era esse o papel que Fred esperava conseguir hoje. Ele ergue o olhar da tela do celular, onde as letras da primeira página do contrato se embaralham bem diante dos olhos, para o rosto contente do apresentador.

— Obrigado...?

— Eu é que agradeço, Fred! Você será uma das estrelas do nosso show. — Depois de uma olhada de esguelha para a segurança, Rodrigo dá um passo à frente e inclina o corpo até ficar na altura de Fred. — Eu também gostaria de pegar seu telefone, caso não se importe. Acho mais fácil para a nossa comunicação — sussurra ele.

— Isso não parece muito padrão — dispara Fred, desconfiado.

— Não é — responde Rodrigo com a mesma honestidade bruta de antes. — Mas acho que você e eu podemos transformar esse reality em algo grande, e vai ser muito mais fácil fazer isso por mensagens.

Talvez seja porque Rodrigo é bonito demais, cheiroso demais, honesto demais, ou só pela emoção de ter um lugar garantido no show exclusivo de Aysha. Então, mesmo soando suspeito, Fred entrega o celular para Rodrigo. Na tela, o contato foi salvo apenas com a letra R e um emoji de piscadinha, como se ele fosse mais um de seus contatinhos e não uma celebridade que poderia facilmente estrelar uma campanha da Calvin Klein.

— O Carlinhos vai cuidar de pegar suas informações e acertar as questões mais burocráticas com você — diz Rodrigo, acenando para a segurança. Ela fala algo no ponto em seu ouvido e uma suv preta brilhante aparece na esquina. Assim que estaciona, a segurança abre a porta e o apresentador embarca. A janela se abre e, lançando um último sorriso, Rodrigo diz: — Estou empolgado para trabalhar com você, Frederico. Acho que podemos fazer um show incrível juntos!

Cinco

A viagem de volta até o apartamento em cima da loja de eletrônicos da família de Lalo é rápida e parcialmente tranquila. O Chevrolet Ônix preto estaciona ao meio-fio, silencioso. O rapaz se despede do motorista da produção e salta do carro.

Em dias normais, Lalo subiria pela escada dentro da loja, aquela que dá na sala de estar. Com a loja fechada, ele usa o portão cinza com tinta descascando, pisando em um degrau de cada vez.

O pai de Lalo, André, janta à pequena mesa quadrada da cozinha, as três cadeiras ao redor desocupadas. Ao ouvir o som da chave na fechadura, ele ergue o olhar do prato de sobras do almoço, ajusta os óculos e abre um sorriso cansado para o filho.

— E aí, filhão!

Lalo pendura as chaves no gancho da parede ao lado da porta, tira o celular e a carteira dos bolsos. Ele cruza a sala de estar em três passadas. Não tem muito ali, apenas um sofá de dois lugares e uma poltrona encostados na parede de frente para a televisão grande. Há alguns vasos de plantas, samambaias e outras que ele não sabe de nome, espalhados pelo apartamento inteiro, coisa do seu pai.

— Oi, pai — diz ele, dando um beijo no topo da cabeça de André.

— Como foi o primeiro dia de gravações?
Lalo suspira.
— Foi... — Lalo encara a expressão curiosa delicadamente construída do pai. Ele move a cabeça em afirmativa, devagar. Mentir. Certo. — ... bom.
As ruguinhas ao lado dos olhos de André se comprimem quando ele sorri.
— Que ótimo, filho.
André de Pádua Garcia estava ansioso de verdade para a participação do filho no *Love Boat Brasil*. Ele não esperava que Lalo ficasse famoso; entendia que o filho preferia mil vezes ficar na sala de reparo de máquinas do que atendendo clientes no balcão, que gostava da quietude do anonimato. Mas ele notou a crescente tristeza no olhar do filho, que a cada dia parecia mais com a sua. André sabia muito bem o quanto um coração partido podia destruir alguém. E apesar de Lalo ter pouquíssimas semelhanças físicas com o pai, a sensibilidade parecia ser um traço inato dos Garcia.
— Quando o programa vai ao ar? — pergunta ele, levando outra garfada à boca.
Lalo abre as panelas sobre o fogão. Carne de panela, arroz, feijão. Um saco de farinha de mandioca fechado com um pregador está em cima da pia.
— Não lembro — mente ele. Lalo monta o prato e o põe no micro-ondas. — Acho que daqui a alguns dias. Os episódios precisam passar por edição e tudo o mais. Não prestei atenção nisso.
André assente. Não é que Lalo não queira que o pai assista ao programa — André ficou verdadeiramente feliz com a escolha do filho de participar do reality. Lalo fez questão de não perguntar sobre datas por outro motivo: a ansiedade em obter qualquer tipo de resposta de Victor.
O micro-ondas apita e Lalo leva o prato fumegante à mesa. Ele despeja um pouco de farinha de mandioca sobre a comida e pega talheres na gaveta antes de se juntar ao pai.

— Está uma delícia — elogia ele, depois de uma garfada.

André agradece sem erguer o olhar do prato.

Lalo abaixa os talheres e limpa a boca com o dorso da mão. Ele se certifica de que seus gestos sejam demorados, precisa desse tempo para não reagir.

— Alguma ligação pra mim?

Não havia nenhuma chamada perdida no celular de Lalo, mas não custava nada perguntar.

André o fita com atenção agora, o rosto um tanto preocupado, e balança a cabeça em negativa.

— Esperando alguma?

— Não, não exatamente.

Lalo mexe no celular deliberadamente, estudando a reação do pai pela visão periférica. André parece ansioso, mas volta a comer em silêncio, olhando disfarçadamente para o filho aqui e ali. Lalo abre o Instagram, se concentrando no primeiro ícone de foto de perfil. Victor.

Lalo pigarreia.

— Como foi o dia na loja? — pergunta, fingindo naturalidade.

O pai responde. O movimento foi bom. Chegaram duas máquinas para arrumar. Tem peças para pedir. Lalo deveria estar prestando mais atenção, mas ele assiste aos stories de Victor, sem volume. Um *boomerang* do seu ex correndo num parque, a câmera apontada para o rosto e peito desnudo. Uma foto das pernas, o shorts mal cobrindo as coxas, relaxadas sobre a grama, um coco verde apoiado na mão. Outra foto de corpo inteiro, talvez tirada por alguém, de Victor plantando bananeira contra o sol. André continua falando sobre o que Lalo precisará fazer no dia seguinte na loja. Lalo assente, sem ouvir. As batidas fortes de seu coração pulsam dolorosamente nos ouvidos, e uma sensação assustadora faz seu estômago revirar.

Lalo reage a cada um dos stories de Victor: o primeiro com um emoji de foguinho, o segundo com uma curtida, o último com um emoji rindo. Ele também manda um coraçãozinho vermelho, a cor da paixão, e digita "sdds, meu lindo".

Ele quase espera que Victor veja suas notificações, agarrando-se ao celular como quem segura um cordão de resgate, apenas esperando o outro puxar. Mas Victor deve estar ocupado, talvez naquele curso de verão que comentou, e, se for isso mesmo, vai levar o dia todo para respondê-lo. Se é que vai se dar ao trabalho.

Houve um tempo em que Victor veria uma notificação com o nome de Lalo e responderia na hora. Eram dias de coração acelerado e sorrisos bobos e espontâneos para a tela do celular. Como quando conversaram por cinco dias inteiros pelo aplicativo de namoro até que Victor o chamasse para sair. Victor era extremamente charmoso ao vivo, com o jeitão extrovertido e a maneira desregrada com que pedia cerveja para o garçom e depois enchia o copo de Lalo sem que ele precisasse falar qualquer coisa — Lalo nem gostava tanto assim de cerveja, mas gostava de como Victor cuidava dele.

Mais tarde, quando Victor sugeriu que fossem ao motel, Lalo concordou num piscar de olhos. Victor até se surpreendeu. Dividiram a pernoite — já que não conseguiriam voltar para casa àquela hora — e transaram até caírem no sono.

Durante três meses, eles viveram essa rotina.

Lalo já havia esquecido Emília quando Victor conheceu, por acidente, seus colegas da faculdade. Lisa era legal, ele definiu, mas achava que ela não tinha gostado dele. O que era fato. Lisa não gostou de Victor. "Não dá pra confiar em alguém que tenha aquele sorriso seboso", disse. Mas ela foi simpática e não falou nada de mau sobre o Victor na frente dele, só brincou que era bom Lalo não virar o amigo que abandonava todo mundo por causa de macho. Nas entrelinhas, ela deixara claro que Lalo dava atenção demais para Victor e que se incomodava com a maneira como Lalo fazia absolutamente *tudo* por ele. Outra cerveja? Sim. Entradas? Claro. E se a gente der uma escapadinha? E deixar meus amigos? É. Tudo bem...

Lalo estava de quatro por Victor em mais de um sentido, e sabia disso.

Mas Victor trazia uma sensação de segurança que ele não sentia há muito tempo, e Lalo gostava de segurança. Ele sabia que tinha problemas com abandono desde que a mãe fora embora. Ela até ligava uma vez a cada sei-lá-quantos-meses. Nunca pedia para falar com Lalo, apenas com o pai dele. Nas raras vezes em que Lalo atendera o telefone, a alegria da mulher parecia forçada e sua voz soava afoita ao pedir para falar com André. Ela era a única que o chamava de Camilo. Era estranho, meio impessoal demais para a criança que você pariu e abraçou tão carinhosamente nas fotos de família — o que o fez ressentir o nome.

Então Victor estava ali, suprindo uma necessidade "emocional e sexual", Lisa diria. Lalo estava apaixonado. Quando Victor o apresentou como seu namorado pela primeira vez, ele não conteve o sorriso. Victor havia se virado para ele e perguntado se estava tudo bem em chamá-lo de namorado e justificou que era mais fácil usar o título do que dizer "o cara que eu tô pegando há meses".

Depois que Victor se mudou por causa dos estudos, Lalo dirigiu até a faculdade do namorado em todo feriado, configurou e consertou seu notebook e celular de graça várias vezes, e quase sempre pagava pelo jantar e motel no fim do dia, porque o pouco dinheiro que Victor tinha era para aluguel e alimentação — e Lalo só queria ter momentos felizes com ele, então não se importava de gastar.

Mas isso fazia tempo. Horas, dias, semanas. Tempo que Lalo não gosta de quantificar, não no que diz respeito a Victor. Porque isso o lembra de que faz seis meses desde que se viram pela última vez, vinte semanas desde que se falaram (uma ligação após uma série de mensagens não respondidas) e noventa e oito dias desde que Victor sequer visualizou seus stories. Sendo assim, não acompanhar o tique-taque do relógio ou as folhas do calendário é o melhor que ele pode fazer, pelo bem da própria sanidade.

Afinal de contas, quanto tempo é o bastante quando se dá um tempo?

Ele bloqueia o celular e fecha os olhos, respira fundo.

A sala de reparo de máquinas é uma bagunça completa, mas uma pela qual Lalo e André navegam sem dificuldade. A bancada de serviço, atulhada de peças de vários tamanhos, ferramentas, componentes de computadores e notebooks desmontados, está iluminada por uma lâmpada fluorescente. A luz branca reflete nas placas de metal de um notebook no qual Lalo passou a manhã trabalhando, pensando em como é incrível o estrago que um copo de refrigerante pode fazer.

Em uma escrivaninha atrás de uma estante com monitores monocromáticos cobertos por plástico para não pegarem poeira, André faz a contabilidade. A careca baixa, iluminada, entrecortada por fios de cabelo branco resmunga ao bater os dedos na calculadora com bobina. O papel engasga na bobina uma vez, o que faz André xingar baixinho.

— Pai, tudo bem aí? — pergunta Lalo, rosqueando um parafuso na placa de áudio.

André grunhe em resposta.

O sino da loja soa. Um novo cliente.

Lalo lança um olhar para o pai, imóvel, e suspira. Esfrega as mãos na camiseta cinza e se dirige até o balcão.

Duas mulheres o aguardam, mãe e filha. São tão parecidas que, não fosse a óbvia diferença de idade marcada nas rugas do canto dos olhos e boca em contraste com a pele suave e sem marcas de expressão da garota, ele poderia tê-las tomado por irmãs.

Lalo apoia os punhos no balcão e abre um sorriso.

— Como posso ajudar?

A mulher, que tinha levado o notebook para conserto, se demora um pouco demais no rosto de Lalo, a satisfação dando lugar a sobrancelhas unidas, como se tentasse se lembrar...

— Você não é o garoto daquele programa de namoro?

Lalo pisca, os lábios descolados em surpresa. Ele pigarreia, abre um sorriso, pequeno e nervoso. Uma sensação gelada sobe pelas costas. Ele tenta encontrar alguma saída daquela situação, mas sua reação o trai, e ele parece mais culpado do que se tivesse sido flagrado comendo um hambúrguer após o treino.

O rosto da mulher se ilumina.

— É você, sim, eu vi seu rosto na chamada! Não acredito que tô na frente de uma celebridade!

O sorriso de Lalo congela.

— Eu não diria isso... — Ele empurra o notebook, cujo único defeito era uma automação que desligava o aparelho a cada dez minutos, para mais perto da mulher. Pensa em colocá-lo em uma sacola, sinalizar que a conversa acabou, boa-tarde e volte sempre.

Mas a garota, provavelmente com quinze anos, se debruça sobre o balcão, o celular deixado de lado.

— Então quer dizer que o programa já foi gravado? — Ela se insere na conversa, curiosidade chamuscando nos olhos escuros. — Quem você escolheu?

— Eu... não posso falar sobre o programa. Contrato e tal...

A menina faz biquinho.

— Mas, tipo, é real? Porque essa coisa de programa parece tudo falso.

— Claro que é real, Gabi — corta a mãe, revirando os olhos em um pedido de desculpas.

Lalo abre a boca para falar, mas a garota não se convence.

— Ai, mãe! Só estava perguntando porque vai que, né? — Ela se volta para Lalo. — Eles pagam bem?

— Ele é uma *pessoa*, Gabriela! — exclama a mãe, horrorizada.

— Eu preciso voltar ao trabalho...

Lalo aponta o polegar para a sala de reparo e dá um passo para trás, quase tropeçando na cadeira giratória no processo. As mulheres se despedem dele com um aceno animado, quase violento. A garota ainda sopra um beijo melecado com gloss brilhante para ele.

De volta à oficina, ao lado do notebook desmontado em que trabalhava, a tela de seu celular acende com uma notificação. Por um segundo, ele esquece como respira, torcendo para que seja Victor, porque é óbvio que seria ele, especialmente depois de Lalo ter reagido aos seus stories na noite passada. Ele solta o ar com força ao dar com mais uma mensagem de texto da operadora lembrando-o de pagar a fatura no prazo para continuar usufruindo dos benefícios.

Agora bloqueada, a tela exibe o mesmo plano de fundo de meses atrás, uma foto que ele e Victor tiraram durante uma trilha na Estação Ecológica da UFMG. Suas peles brilham de suor sob os primeiros raios de sol, pela caminhada e pelo sexo, e um sorriso bobo coroa o rosto relaxado de Lalo, deitado no peito de Victor enquanto o namorado o abraça e beija sua testa, o rosto escondido em seus cabelos suados.

Lalo vira a tela do celular para baixo, aperta a ponte do nariz e espreme os olhos. Diz ao pai que precisa de uma pausa para ir ao banheiro, e se André percebe que ele só precisa de um momento de vulnerabilidade, não diz nada; por outro lado, tem a compaixão de aumentar o volume do samba que está ouvindo, dando ao filho privacidade suficiente para chorar em paz.

Entrou na água é pra se molhar!: conheça as dinâmicas e regras do "Love Boat Brasil"

Por Bearnardo Cavalcanti

Coloque oito pessoas para competir pelo amor de outra. Isso não é novidade para ninguém. Mas o *Love Boat Brasil* veio para mostrar que os realities de namoro ainda conseguem surpreender para além do clássico formato de encontros e eliminações: e se tudo for feito sobre a água?

O CanalSHOW teve acesso exclusivo a informações sobre o programa. Veja a seguir:

TEM QUE SABER NADAR
Todas as provas e dinâmicas do programa acontecem em ambientes aquáticos: lagos, praias, piscinas e até mar aberto! Imagina se esse barquinho vira? Não tem colete salva-vidas que ajude.

NO AMOR E NA GUERRA, VALE TUDO...?
Entre provas de resistência em um parque aquático fechado apenas para o programa, shows de talento e os clássicos encontros, os pretendentes deverão jogar limpo e de maneira respeitosa enquanto se esforçam para conquistar o coração do solteiro da temporada! Ou seja, nada de agressões físicas, assédio, discriminação ou qualquer comportamento que comprometa o ambiente do programa.

NÃO ADIANTA CHORAR PELO LEITE DERRAMADO
Embora se espere que os participantes demonstrem uma busca genuína e comprometida pelo amor, interagindo com honestidade e abertura emocional durante as dinâmicas do programa, o *Love Boat Brasil* não tem cláusula de reparação por "coração partido".

AMOR EM ALTO-MAR
O top 4 de pretendentes ganha uma passagem com tudo pago para um cruzeiro de luxo, onde acontecerão as gravações da segunda parte do reality. Podemos esperar cenários paradisíacos e muito romance! Outro lado bom é que quem estiver sofrendo por amor pelo menos vai sofrer com estilo.

SEM ESCAPADINHAS
Quem acha que reality é bagunça está muito enganado. Interações com o protagonista ou outros participantes por meio de redes sociais ou fora dos sets de filmagem são estritamente proibidas, sob o risco de penalidades no programa, multa e até expulsão. Xiii...

O *Love Boat Brasil*, comandado por Rodrigo Casaverde, estreia dia 23 de janeiro e vai ao ar toda terça e quinta. Todos os episódios estarão disponíveis no streaming do canal.

Seis

Bzzzz. Bzzzzzzzzzzz.

Duda, Maia e Rika aparecem na porta da casa de Fred carregando mochilas nas costas e sacolas de supermercado nas mãos. Eles gritam e sacodem as sacolas no ar, e Fred dá uma gargalhada antes de envolvê-los num abraço em grupo desajeitado.

— Não acredito que nosso bebê aqui finalmente estreou na televisão! — exclama Duda, embalando o rosto de Fred nas mãos. As alças das sacolas plásticas arranham sua bochecha e as garrafas de refrigerante geladas molham seu ombro.

— Esse é um momento pra recordar — diz Rika. Ele luta contra as muletas, com sacolas amarradas nos pegadores, e puxa o celular do bolso para tirar uma selfie. — Digam doido-que-pulou-da-ponte-em-rede-nacional!

— Vai se ferrar — diz Fred, em meio a um sorriso, enquanto os amigos se amontoam no batente da porta e tiram uma foto horrível, cheia de sacolas verdes e caretas, mas que vai ser impressa e pendurada no varal de fotos de seu quarto.

De dentro da casa, eles ouvem a voz de Cristina, mãe de Fred.

— O que vocês estão fazendo aí fora? Entrem!

Eles se atropelam, empurrando uns ao outros, até a porta estar fechada e trancada. Maia coloca as sacolas que segurava o mais cuidadosamente possível sobre a mesa da cozinha enquanto Duda ajuda Rika com a mochila.

Ao sair da cozinha com uma caixa de pizza nas mãos, Cristina arregala os olhos quando vê Rika se sentar no sofá, Fred ajustando uma cadeira acolchoada para que ele mantenha o pé erguido.

— Ai, pobrezinho — diz ela, botando a pizza de calabresa na mesa de centro. Cristina alisa o rosto do rapaz, o bigode grosso bem-aparado. Ela sorri com pesar. — Como você está? O Fred falou que você foi atropelado por algumas bicicletas lá no parque...

— Tentaram atropelar a homossexualidade pra fora de mim, tia, mas eu venci! — responde Rika, já se inclinando para pegar um pedaço de pizza.

— Alguém guarda rancor... — comenta Bárbara, a outra mãe de Fred, trazendo da cozinha uma vasilha de pipoca em cada mão. Ela dá um beijo no topo da cabeça de Rika.

— Se eu vir mais alguém usando uma camiseta com a palavra "fé" escrita em formato de cruz — diz Rika em tom ameaçador —, eu mato.

— Se te pegarem, eu te defendo — fala Bárbara, em modo advogada. Fred e Cristina a fitam, aguardando ansiosos ela levar a mão ao bolso do casaco e tirar um cartão de visitas. Bárbara se dá conta da falha, a mão no meio do caminho, e aperta o olhar para a esposa e o filho, que caem na risada. — Você já sabe o meu número.

— Obrigado, tia.

— Tia Cris, é pra levar o pudim? — grita Duda da cozinha, a voz ecoando pelo corredor.

— Sim! — responde Rika mesmo antes de Cristina.

Duda aparece com um prato grande de pudim de leite nas mãos, Maia logo atrás segurando pratinhos de doce e colheres. Elas encontram um espaço na mesa já abarrotada.

— Eu não perguntei pra você, Rika.

— Tá tudo bem, ele está doente. — Cristina afaga um trecho de pele da perna de Rika, logo acima do gesso.

— A mãe dele mandou uma marmitinha com comida saudável para ele se recuperar mais rápido, Cris... — acrescenta Maia, recostada no apoio lateral do sofá, os braços cruzados sobre o peito.

Rika estremece.

— Cenoura crua, batata-doce e peito de frango sem sal...

— Minha mãe dava isso pras nossas cachorras. — Maia acerta dois tapinhas nada suaves na cabeça de Rika.

— Vai se foder.

Soprando um beijo, Maia desliza até se sentar ao lado de Rika. Apesar do espaço apertado, sua figura delgada se acomoda bem ali.

— Então, que horas começa o programa? — pergunta Cristina, alcançando a mão da esposa no braço da poltrona adjacente.

— Depois da novela — responde Fred.

No tempo que leva para a novela acabar, eles comem, brincam entre si e fofocam. Maia, a pedido de Bárbara, explica o enredo da novela em reta final, e as duas têm uma conversa paralela sobre quem é filho de quem, quem morre, quem casa e quem vai sofrer um *plot twist* no último episódio. Rika, em toda piedade evocada de um jovem convalescente, é paparicado por Cristina, Duda e Fred. Na verdade, quem o mima é Cristina; Duda e Fred são reféns da gentileza da mulher que pede para que busquem pedras de gelo para o refrigerante de Rika, estourem mais pipoca, peguem os salgadinhos... É um terror.

No instante em que os créditos da novela sobem, todos se empertigam. Ouvem a chamada, a música de abertura, um som praiano e aveludado, e então Rodrigo Casaverde. Ele veste a mesma camisa de linho de quando Fred o encontrou pela primeira vez, os botões entreabertos revelando o peitoral definido, a pele com um brilho dourado de sol. Rika geme baixinho e sussurra a palavra "gostoso" para a tela. Fred, Duda e Cristina deixam uma risadinha escapar, os olhos focados na TV.

Após o vídeo de apresentação dos participantes — uma sessão de fofoca sobre cada um deles, com comentários lascivos patrocinados por Rika e até Bárbara dizendo que aquela garota ali, a ruivinha, lembra *muito* a Cristina quando mais nova (e uma memória bem desconfortável de quando elas quase foram pegas "namorando" no Parque Trianon) —, a edição começa. Uma tomada aérea do parque, ampliada no lago e no píer onde os competidores são trazidos, um a um, por jet skis. A câmera foca o rosto de cada um deles. A ruivinha que parece a mãe de Fred. Uma garota loira, que faz Duda torcer o nariz na direção de uma Maia *muito* interessada. Um garoto alto, forte, com tatuagens ao longo dos dois braços.

— *Esse* é o rapaz com quem você tá... tipo... — Na falta de palavras, Cristina divide um pedaço de borda de pizza e esfrega um lado no outro. Fred encara a mãe com os olhos arregalados. Rika começa a rir descontroladamente. Cristina retribui o olhar do filho, os olhos castanhos refletindo o brilho da TV. — Sabe?

— NÃO!

Bárbara, olhando de esguelha da esposa para as bordas mastigadas roçando uma na outra, intervém.

— Querida, para com isso. Tá esquisito.

Fred está um pouco ansioso. Suas pernas começam a sacudir e as palmas estão suando tanto que ele se pergunta se alguém é capaz de desidratar por suar demais pelas mãos. O peso familiar da mão de Cristina em sua cabeça fazendo cafuné, porém, o acalma.

Na TV, Lalo recebe os pretendentes, que sobem no barco.

— Ok, agora olhando pra esse barco cheio de gente eu entendo o que você quis dizer, filho — fala Bárbara, o queixo apoiado nas mãos cruzadas e as sobrancelhas unidas. — Sempre achei que era um lago artificial, algo mais decorativo. Não sabia que era tão fundo.

Quando o barco está sobre a água, a câmera volta a focar no apresentador. Em cima do palco, a luz clara da manhã contorna o perfil de seu rosto com um brilho quase angelical. Ele gira nos calcanhares, encontra a lente da câmera com um sorriso sedutor e olhos azuis afiados.

— Agora é com eles. Será que alguém vai conquistar nosso solteiro logo no primeiro encontro? Depois de hoje, um pretendente vai assistir ao barco do amor zarpar sem ele. O *Love Boat Brasil* volta depois do intervalo!

— Esse conceito de "barco do amor" é *tão brega*! — Maia exala sobre o gargalo de uma garrafa long neck de cerveja.

— Achei fofo — confessa Cristina, servindo-se de um pedaço de pizza. Uma azeitona rola para fora do prato direto para o colo de Fred. — Bem anos 1990...

— Claro que achou — ironiza Fred, catando a azeitona com um guardanapo de papel antes de jogá-la na boca. Cristina dá um leve chute nos flancos do filho, que resmunga e deita a cabeça em suas coxas gorduchas. — É que você é uma romântica, né, mãe? Ninguém falou nada de idade. Você é nova.

Cristina esprime os olhos para o filho em ameaça. Ele dá um beijo na perna da mãe e sorri, olhando para cima. Cristina revira os olhos e morde a pizza.

— Voltou! — avisa Rika.

Apesar do resmungo há um minuto, Maia puxa o balde de pipoca para o colo e entorna o resto da cerveja. Percebendo o olhar de Fred, ela encolhe os ombros.

— Tô curiosa — justifica, rápida ao voltar para a tela da TV.

De repente, o clima na sala de estar muda. Atrás dele, Cristina ofega, Rika dá risada e Duda deixa um "uau, eu apareci na TV!" escapar. Por um breve momento, Fred se descuida do refrigerante e o copo quase transborda. Ele dá goladas cuidadosas, sugando o excesso da borda, e vira a cabeça para a tela. Na poltrona ao lado, Bárbara está calada, acompanhando o movimento das câmeras. Maia, mastigando pipoca cada vez mais rápido, sequer pisca.

Fred e Duda estão na ponte sobre o lago, arfando após a corrida entre a multidão. Ele aponta para o balão em formato de coração, parecendo brilhar de dentro para fora, as silhuetas dos outros jovens que se arriscaram a entrar no lago atrás do ingresso escuras contra a luz.

Corta para Fred e Duda na ponte novamente. Eles estão discutindo. Fred empurra suas coisas para Duda e sobe a murada da ponte. Olha de um lado para o outro, o pânico cravado em cada linha do rosto.

Pula.

Ah, pois é.

Acima dele, na ponte, as tranças roxas de Duda caem feito hera sobre a murada, cobrindo parte do rosto. Ele não tinha visto isso, obviamente, pois estava debaixo d'água, mas ouve o grito dela quando emerge.

— FREDERICO, SEU DOIDO! VOCÊ QUER MORRER?!

Em casa, Cristina grita ao ver o filho pular da ponte. Bárbara, por outro lado, demonstra seu amor materno acertando um tapa na base da nuca de Fred — o estalo é alto o suficiente para se ouvir da calçada.

— Nunca mais faça isso! — ralha, as bochechas ruborizadas.

Duda, Maia e Rika riem.

Fred leva uma das mãos ao pescoço, massageando-o, e concentra um pedido para que os amigos calem a boca, por favor, no olhar. Não funciona.

— Ali, olha ali! — exclama Duda, uma das mãos apontando para a TV e a outra, um tanto melecada de doce, agarrada ao joelho de Fred, sacudindo-o tanto que ele acaba derrubando o celular no chão.

Cristina solta um gritinho.

— Ai, meu Deus!

Incapaz de conter a própria emoção, Duda se joga em Fred, apertando o braço do amigo, os olhos brilhando.

— É AGORA!

Fred enlaça os braços nos de Duda, o coração martelando contra o peito. Ele e Lalo se encaram, e Lalo está sorrindo. O rapaz tira os olhos dele, e então a TV é um retrato perfeito e em alta qualidade do protagonista do *Love Boat Brasil* — maçãs do rosto altas e mandíbula marcante, olhos castanho-escuros suaves, as linhas da tatuagem do pescoço, os lábios rosados e macios... o dente torto.

Os amigos e as mães explodem em euforia quando Lalo o beija. Até Maia, com todo o seu ceticismo fajuto, derruba alguns milhos de pipoca no sofá ao sacudir empolgada o balde.

Nos braços de Duda, sendo jogado de um lado para o outro feito um João-Bobo, Fred relembra o toque da boca de Lalo na sua, o gosto dele, o calor das mãos em seus braços e nuca. Agora que está dentro do programa, ele se pergunta o quanto daquilo foi real e o quanto era alguém puxando as cordinhas das marionetes. Apesar disso, o friozinho se espalhando pelo estômago lhe dá uma certeza: ele gostaria de beijar Lalo de novo.

Antes de ter tempo de se censurar pelo pensamento, duas mensagens pipocam na tela de seu celular.

R 😊: Você está nos trending topics de hoje, Fred

R 😊: Excelente trabalho

Fred se sente enjoado.

O programa acaba com um xingamento cortado pela metade.

— Pera aí, e a eliminação?! — protesta Maia, e Cristina concorda com a cabeça.

— Agora é ver o que acontece no próximo episódio — explica Bárbara, apontando a garrafa de cerveja para a TV.

— Eu quero saber quem saiu, amor! — reclama Maia.

— Fred, quem saiu? Fred? FRED! — pergunta Duda.

Assustado, ele leva o telefone ao peito, o coração disparado, e pisca rápido para a amiga, que o encara com olhos entediados. Pelo canto do olho, ele espia a família e os amigos. Maia e Cristina parecem curiosas, enquanto Bárbara finge desinteresse ao beber outro gole de cerveja. Rika, por outro lado, o fita com desconfiança, os olhos atentos apertados em direção ao celular contra seu peito.

— Hã... — Ele hesita. Cuidadosamente, Fred deposita o celular entre uma almofada e sua coxa, de tela para baixo. — Eu tenho uma coisa pra contar pra vocês...

Por um instante, o único som que se ouve é o da propaganda de margarina na televisão. Fred não dá tempo para que a família se decida.

— Depois que levaram o Rika pro hospital, a equipe do *Love Boat Brasil* entrou em contato comigo. Eles me ofereceram um par de ingressos para o show da Aysha em troca de uma vaga no programa. E eu aceitei — anuncia ele, levantando-se com o celular na mão e logo deslizando-o para o bolso. — Já que ninguém tem perguntas, vou levar essas caixas vazias pra cozinha.

Com os batimentos raqueteando o peito, Fred pega as caixas de pizza e a garrafa de refrigerante vazias e as leva para a cozinha ao som de protestos dos amigos.

Não demora muito até que Maia e Duda apareçam ao seu lado com garrafas de cerveja dentro do balde de pipoca vazio.

— Você não pode soltar uma bomba dessas e sair andando, Fred!

— Isso quer dizer que você está no reality? — pergunta Maia, colocando a louça na pia.

— Eu achei que você tinha tomado um esporro por ter invadido o programa! — protesta Duda, cruzando os braços no peito. — Por que não falou nada pra gente antes?

— Tô com o mozão nessa — concorda Maia. — Você fala até da cor do seu xixi pra mim!

— Porque dá pra ver pelo xixi se você precisa beber mais água! — rebate Fred.

— Não é esse o ponto, amigo!

Esbaforido com o esforço, Rika bate com as muletas na parede e finca os olhos em Fred.

— Será que vocês podem dar uma licencinha pra eu conversar com o Frederico? — pede ele, seu nome soando como uma grande repreensão. Quando Duda e Maia abrem a boca para reclamar, Rika aponta uma muleta para elas. — Eu tenho privilégios de amizade mais antiga. Rala peito.

Fred acompanha as amigas voltarem para a sala com o canto do olho, oferecendo-lhes um sorrisinho nervoso na esperança de que elas entendam que ele pretende responder suas perguntas, é claro. Se ele sobreviver ao interrogatório com Ricardo.

— Por favor, me diz que você não entrou num reality show por causa dos ingressos — implora Rika.

— Nós não mentimos um pro outro, Rika.

Rika suspira dramaticamente.

— Você se superou.

— Obrigado.

— Frederico...

— Era a minha *única chance*! Você sabe disso!

— Tá, mas entrar num reality de namoro... Não sei, me parece errado. Quem te daria ingressos só para entrar num programa? O que eles ganham com isso? Isso não faz... — Rika arregala os olhos. — Eles vão te usar pra manipular o programa.

Nervoso demais para ficar de pé sem fazer nada, Fred brinca com duas laranjas tiradas da fruteira em cima da mesa.

— Do jeito que você fala parece algo ruim... — murmura Fred.

— Porque é algo ruim, Fred! Você pode acabar magoando alguém nessa brincadeira, e tudo isso por quê? Pra ver uma cantora estadunidense, ainda por cima?!

— Para com isso. Você, mais do que ninguém, sabe o que a Aysha significa pra mim.

Enquanto manca até Fred, os traços de Rika se suavizam.

— Eu sei como as coisas foram difíceis pra você na escola e como seria importante conhecer ela pessoalmente — diz Rika, baixinho, cobrindo as mãos nervosas de Fred com as próprias —, mas a Aysha não foi sua salvadora.

— Só tive coragem de falar pras minhas mães sobre o que os meninos faziam comigo por causa dela. — Fred suspira. — Não, ela não foi minha salvadora, mas ela me ajudou a encontrar forças pra mudar. Isso é importante pra mim.

Rika sacode a cabeça, espantando as críticas e as lembranças ruins. Fred sabe bem como é. Não raro, ele precisa assoprar para longe as partículas de memórias desagradáveis da época da escola. A vida é muito melhor hoje, mas de vez em quando ele lembra que nem sempre foi assim.

Os ombros de Rika caem, por fim, vencidos.

— Toma cuidado, viu? Não quero que você se machuque.

Fred abre um sorriso tranquilizador.

— Fica em paz. Tenho tudo sob controle.

Voltando para a sala, Fred encontra Bárbara sentada assistindo a uma entrevista onde Rodrigo Casaverde fala sobre o programa. Ao notá-lo, a mãe abaixa o volume da TV.

— Pelo menos ele é bonito, esse Lalo — diz ela, dando uma piscadela. Em tom de segredo, pergunta: — Ele beija bem?

Fred dá uma risadinha e joga a cabeça para trás, torcendo para que a luz não acentue o calor das suas bochechas. A mãe ainda o fita, e ele morde o lábio inferior.

— Sim.

Bárbara dá o menor dos sorrisos, um minúsculo movimento no canto esquerdo dos lábios, e assente.

— Melhor ir dar uma olhada no Ricardo ou ele vai comer todo o meu sorvete — diz ela, pondo-se de pé e partindo até a cozinha.

Fred respira fundo e, conferindo se não tem ninguém de olho, abre o Instagram. Lá está ele, o corpo tatuado suado e o sorriso de dente torto à mostra em uma foto tirada meses atrás. Como alguém como Lalo consegue ser tão biscoiteiro e tão *low profile* ao mesmo tempo?

A lembrança persistente do beijo o deixa levemente tonto. Hesitante, Fred bloqueia a tela do celular.

Sete

— **Esse programa é de duas semanas** atrás, como pode ser um reality? — questiona André.
— Eles gravaram os dois primeiros pra estarem adiantados com a exibição — responde Lalo. — Mas me disseram que os episódios em alto-mar vão ser praticamente simultâneos.
— É "vida real", tio — diz Lisa, desenhando aspas no ar com os dedos. Ela se firma no braço do sofá e deita a cabeça na palma da mão, os olhos castanhos deslizando sorrateiros para o canto de modo a fitar Lalo. — Supostamente sem roteiro nem atuação.
Lalo arqueia uma sobrancelha.
As bochechas de Lisa crescem ao abrir um sorriso sarcástico.
A barra de notificações denuncia a chegada de mais seguidores e curtidas na última foto postada por Lalo. Mais cedo, quando o número de seguidores pulou para a casa dos milhares e depois para a primeira centena de milhar, ele começou a suar frio, um misto esmagador de animação e ansiedade. Cada vez mais pessoas chegam a ele por causa do programa, homens — em sua maioria — e mulheres distribuindo likes e comentários do tipo "Lindo!", "Gostoooooosooooo", "Perfeito!".
O silêncio de Victor, por outro lado, o deixa à beira de uma crise de nervos. Como é possível tantas pessoas o notarem quando o programa ainda mal tinha ido ao ar e ele, que está na

sua vida há tanto tempo, não demonstrar interesse? Ele *ficou* on-line há pouco tempo, como pode não ter visto? Vai cair o dedo se pressionar duas vezes uma foto?

Lalo não sabe de onde vem aquele calor — a onda que o envolve pelo pescoço, seca a garganta e toma conta de seu rosto — nem a inquietação que o faz estralar os dedos da mão, então ele se força a se concentrar no programa.

Na televisão, ele beija Fred.

Ele. Lalo.

— QUÊ?! — André se levanta de súbito, empurrando a poltrona para trás. Lisa cai na risada e tenta explicar o que está acontecendo a André. Ele olha para o filho, então para a TV e de volta para o filho. Eles quase conseguem ouvir a bola de ping-pong quicando de um lado para o outro. — Mas ele nem tá no programa!

— O importante é tentar. — Lisa vem em socorro de Lalo. Ele quase a agradece em voz alta. — Quando foi a última vez que o Lalo beijou alguém? Interessa que seja com alguém do programa? Prioridades...

— Pera aí, do que você tá falando? — murmura Lalo.

— Amigo, você precisa transar — declara ela.

— QUÊ?! — Lalo engasga, os olhos disparando da amiga para o pai, que de repente parece muito interessado na televisão.

Lisa revira os olhos.

— Você precisa se desprender um pouquinho daquele chupa-cabra, amigo. Cuidar mais de você. Se dar uma chance. Tipo transar com alguém. Sério, você anda muito pra baixo.

— Eu não... faço isso!

— Eu sei — pontua ela com tristeza. — E aparentemente não se masturba também, porque faz semanas que não te vejo sorrindo.

— ELISÂNGELA!

— Que foi? O ato de se masturbar é extremamente benéfico para a saúde física e mental. Vários benefícios. Já viram como minha pele está sedosa hoje?

— Eu *não vou* falar da frequência com que eu... — Lalo enrubesce do pescoço até o couro cabeludo — ... faço *isso*! Meu *pai* tá aqui!

— Você tem vinte e três anos. Pode falar "masturbação". Não é pecado.

— Sua tia crente discorda... — intervém o pai.

— Por favor, *por favor*, vamos mudar de assunto.

— Só estou dizendo que tava na hora de você começar a beijar outras bocas, só isso... — Lisa volta a se afundar no sofá, encarando a televisão.

Um flash de memória: Fred e seus olhos pretos arredondados, o sorriso arteiro, o toque do cabelo grosso entre seus dedos.

Victor. Victor Victor Victor.

Lalo respira, segura o ar — um, dois, três, quatro —, e solta — um, dois, três, quatro. Ele tem que retomar o controle.

Ciente dos olhares preocupados e dos toques dos dedos na tela do celular, curtos e rápidos, ele bloqueia a tela antes que possa enviar uma mensagem vergonhosa a Victor.

Um ano atrás

— É um pouquinho vergonhoso, vai — diz Victor, rindo. — Você ia querer que eu mandasse um desses pra sua casa?

— Acho que é a intenção que conta — responde Lalo.

Do outro lado da rua, um homem preto na casa dos quarenta anos aguarda ao meio-fio com um buquê de rosas vermelhas. Atrás dele, um Ford Ka do início dos anos 2000 com o porta-malas aberto, revelando uma aparelhagem de som de colocar qualquer baile funk de rua no chinelo. À frente, uma mulher loira e gorda, vestindo jeans e camiseta, o cabelo descolorido preso por uma piranha, olha de um lado para o outro, parecendo igualmente humilhada e encantada. A dualidade de quem recebe um carro de Loucuras de Amor em frente ao local de trabalho, às quatro da tarde de um sábado. Ela quer esconder o rosto nas mãos, mas está gargalhando alto e repetindo "Eu não acredito, Jeferson!". Todos naquele restaurante pé na areia, do tipo que diz "Nós trouxemos a praia para a cidade e cobramos os olhos da cara por isso, olha como São Paulo é legal! Viva a Santa Cecília!", riem também. Tem quem esteja gravando vídeo para subir nas redes, tem quem esteja vibrando pelo casal, clamando por um beijo, e tem quem esteja escondendo o riso de alívio na concha da mão por aquilo não estar acontecendo com eles.

— Meu Deus, olha sua cara! Você quer muito que te mandem um desses! — Victor joga a cabeça para trás numa gargalhada, chamando atenção das mesas próximas.

Lalo sente as bochechas arderem.

— Não é isso — gagueja, tentando recuperar o controle da voz com um pigarro. — É o gesto, sabe? O cara não se importa de se humilhar na frente de um monte de gente para demonstrar o que sente. E a mulher tá vendo isso. Olha só, ela foi abraçar ele!

— Claro que foi, pra esconder a cara desse mico. Eu nunca me prestaria a esse papel, na moral. — Ainda sorrindo, Victor vira o restante da segunda cerveja e faz sinal para o garçom, pedindo por outra. — Você acha *isso* romântico?

O alto-falante do carro de Loucuras de Amor faz o chão vibrar, o metal frágil das cadeiras de praia tremendo ao som de um tecnobrega que ecoa nos ouvidos de Lalo muito depois de a música ter acabado e o casal ter desaparecido dentro do salão de beleza do outro lado da rua. Uma sensação desagradável começa a se formar no estômago de Lalo, e ele não sabe se é por causa da fritura ou do álcool.

— Você não? — devolve a pergunta, tentando fazer graça.

Victor sacode a cabeça em negativa, tirando o braço dos ombros de Lalo para servir mais cerveja em seus copos.

— O que isso diz sobre o amor? As pessoas estão tão preocupadas em performar essas coisinhas consideradas românticas sem se importar se é genuíno pra quem faz. Já parou pra pensar que talvez o cara lá estivesse morrendo de vergonha? E que no final a mulher só gostou de ver o cara se humilhando pra ela? Isso não é romântico.

— Mas as flores são românticas, você tem que admitir.

Victor dá de ombros

— Pra quem gosta...

— Você gosta?

— Prefiro perfume, se estiver pensando em me dar alguma coisa. — Victor dá uma piscadinha. Após um breve silêncio, encara Lalo pelo canto do olho. — *Você* gosta?

A areia escorre por entre os dedos de Lalo, que enterra e desenterra o próprio pé. Há certa ansiedade flutuando no ar com a pergunta de Victor, e ele não sabe dizer ao certo o porquê. Será que ele *gosta* de flores? Nunca ganhou para saber. Já ganhou chocolate de Lisa no último aniversário. As pessoas se dão chocolates em gestos românticos, né? E teve também roupas, mas isso não conta, ele acha. De repente, Lalo conclui que nunca ganhou nada muito *especial* de algum dos seus relacionamentos. Primeiro, porque nunca duraram mais do que alguns dias ou semanas, quando muito; então, não chegou a viver a conquista de um mês de relacionamento para ganhar algum presente mais significativo, muito menos uma Loucura de Amor. E, segundo, porque... bem, o que ele poderia ganhar que fosse tão especial? Talvez algo mais personalizado, que contasse algum tipo de história do relacionamento...

— Não sei, nunca ganhei — responde Lalo, sincero. — Mas gosto da reação das pessoas quando elas ganham, sabe?

Disso ele tinha certeza. Lalo ficava feliz em presentear e fazer coisas pelas pessoas com quem namorava. Para ele, fazer algo por outra pessoa significava afeto, cuidado, desejo em nutrir a relação. Não foi por isso que o tal do Jeferson contratou um carro de Loucuras de Amor? Não era por ele, Jeferson, mas pela cabeleireira. Se o outro gosta de algo, por que não proporcionar isso à pessoa?

Victor estala a língua.

— Acho que só sou um cara prático. Curto estar com a pessoa que eu gosto. Não me sinto confortável em ficar comprando florzinha, chocolate, fazendo coisa pelos outros só para que gostem de mim. Romance é mais do que essa necessidade de ter o outro fazendo algo que não quer só para você se sentir bem consigo mesmo por ter alguém rastejando aos seus pés. Tipo, será que *eu* não sou o suficiente? Preciso mesmo fazer mais, dar mais, ser mais? Sei lá, me parece desrespeitoso, como se a pessoa não quisesse estar *comigo* mesmo, mas com alguém que ela quer que eu seja. — Victor ergue a mão no ar, sinalizando para o garçom. — Ô companheiro, manda outra cerveja pra cá!

Lalo dá um gole na cerveja, embora agora não esteja mais tão gelada a ponto de ele fingir que gosta. Mas bebe mesmo assim, porque precisa de tempo em silêncio para processar o que Victor acaba de dizer. E, no final, até que faz sentido. Lalo gosta de presentear as pessoas, então ele o faz. Victor pode não ser do tipo que dá presentes, mas é do tipo que está presente.

Lalo se sente um pouco ridículo agora.

Como ele poderia querer mais do que o que já era perfeito?

Victor enlaça o pescoço de Lalo e o puxa para um beijo.

— Você é muito lindo, sabia? — diz, distribuindo beijos pelo rosto e pescoço de Lalo até uma risadinha escapar. — Não sei como dei tanta sorte de achar um cara tão lindo e tranquilo como você.

De repente, o incômodo se derrete tal qual o próprio Lalo, afundando na cadeira de praia até estar na altura de Victor. Ele se deixa levar pela boca macia e pelos dedos deslizando pela sua nuca.

— Você faria uma Loucura de Amor por mim? — pergunta Lalo, entre beijos.

— Eu já sou louco por você — responde Victor, ofegante. As mãos dele, grandes e fortes, encontram os pontos fracos de Lalo. — Essa coxa grossa... esse peito... esse bíceps... Você me deixa maluco.

Lalo nunca foi muito dado a demonstrações públicas de afeto, ainda mais tão intensas quanto esta, mas há uma segurança no modo como Victor o agarra, os dedos firmes contra sua pele, que o faz se sentir estranhamente seguro. Victor não tem medo de demonstrar o quanto o deseja. Victor não tem problema nenhum em pedir ao garçom para cancelar a bebida e trazer a conta, apesar da irritação do garçom, que já estava prestes a abrir a garrafa. Victor não tem problema em usar a língua para brincar com o lóbulo da orelha de Lalo e sussurrar:

— Vamos para um lugar mais calmo.
— Mas a gente não ia encontrar seus amigos...?
— Quero ficar só com você.

— A gente precisa sair pra bebemorar! — exclama Lisa quando o episódio chega ao fim.

Lalo sacode a cabeça.

— Preciso ajudar na loja amanhã cedo.

— Ninguém aparece às oito da manhã numa loja de informática, filho — pontua André, dando dois tapinhas no ombro do filho como quem diz "vai lá e aproveita a vida".

Lisa bate palmas animada, ostentando uma expressão de vitória. Olhando para a tela escura do celular, Lalo se levanta do sofá e cruza o pequeno cômodo em direção ao quarto.

— Aproveita e pega um pijama que tu não vai dormir pelado comigo, não!

A brincadeira é o suficiente para arrancar uma risada aspirada de Lalo.

Ele arruma a mochila depressa — uma troca de roupa, escova de dentes, desodorante, *pijama* —, cedendo ao impulso de checar o celular apenas duas vezes (e mais uma, antes de guardá-lo no bolso), e então se despede do pai, que agora assiste a um filme de corrida repetido na TV aberta.

— Acho que preciso de uma bebida mesmo — confessa Lalo, soltando o ar após recostar a cabeça no banco do passageiro do Volkswagen Fox vermelho de Lisa.

— É, você tá com cara de quem precisa mesmo. — Lisa gira o corpo no banco do motorista, fitando o amigo. — Tô preocupada com você, amigo. A gente estava vendo o reality e aí você ficou triste do nada. E começou a apertar tanto o celular que eu achei que ia quebrar o negócio, igual aqueles caras fortões que estouram melancia com as coxas na internet. — Lalo ri. — Tá se sentindo ansioso com o programa?

— Não é tanto o programa em si.

— Então o que que tá rolando?

Contar a verdade para Lisa não é uma possibilidade, não quando a amiga é a responsável por ele estar no *Love Boat Brasil* e menos ainda considerando que ela nunca foi lá muito com a cara de Victor. Porém, se ela percebeu que alguma coisa está errada, é apenas questão de tempo até descobrir por que Lalo aceitou participar do reality. Mas ele está ansioso e cansado de se sentir assim, e Lisa é sua melhor amiga, então decide contar *uma* verdade:

— Mandei mensagem pro Victor — solta num só fôlego.

A reação de Lisa é bem menos agressiva do que ele esperava. Ela simplesmente o encara com os olhos claros espremidos daquele jeito que ela faz quando procura brecha na armadura de Lalo, os dedos tamborilando no volante.

— Meu amor — começa ela, mantendo a voz controlada —, você sabe que eu só quero o seu bem, né? E é porque eu te quero bem que vou dizer isso do jeito mais carinhoso que consigo: seis meses é tempo *demais*.

— Mas e se ele...?

— Já passou do prazo de validade, amigo.

Lalo pensa nisso às vezes. Seis meses *é* muito tempo, mas o que esse tempo significa? Será que tempo significa alguma coisa quando ainda existe amor envolvido? Se o prazo de validade tivesse expirado, ele não teria deixado de amar Victor — ou pelo menos sentido o amor diminuir aos poucos até se transformar em outra coisa? Por que, então, ele se sentia tão apaixonado quanto antes — coração acelerado, falta de ar, um único nome ecoando na cabeça?

As emoções devem piscar em luz néon no rosto de Lalo, pois não demora muito até Lisa envolvê-lo em um abraço meio desajeitado; seu corpo é grande demais para o carro compacto da amiga, e ele fica espremido entre o painel e o banco, com o breque de mão cutucando suas costelas. Apesar disso, Lalo se permite ser acolhido, deixando que o carinho abafe não só a angústia dos últimos meses, como também os pensamentos gritantes de que cabe somente a ele salvar o próprio relacionamento.

— Sei que te chamei pra bebemorar — murmura Lisa —, mas é fim de mês e meu vale refeição tá zerado, então vamos ter que dividir uma pinga de cinco conto e assistir anime lá em casa, tá?

— Acho que tenho alguma coisa no banco — responde Lalo, afundando o rosto no cabelo de Lisa. — Dá pra pegar aquela promoção de três vinhos por R$50 no mercado.

— Graças a Deus, porque prefiro beber gasolina do que essas pingas de cinco reais!

O motor do carro ruge baixinho e Lisa dá a partida. Lalo sente falta do abraço, mas o conforto da companhia da amiga hoje é o bastante.

Como os reality shows de namoro estão impactando os relacionamentos contemporâneos? Uma análise do primeiro episódio do *Love Boat Brasil*

POP THAT WALK! | Ep. #113

Se tá difícil conseguir alguém pra beijar e dormir de conchinha na era dos apps de pegação, o que você faz: decide conhecer pessoas do jeito antigo, entra pra um grupo de corrida ou se inscreve num reality show?

Apresentadores: Phelipe Sant'Anna e Amanda Amorim.
Convidade: Andy Bubu.

Phelipe: Oi, eu sou o Phelipe!
Amanda: E eu sou a Amanda!
Phelipe: E este é o *Pop that Walk!*, seu podcast quinzenal de cultura pop pra gente fofocar sobre o que tá em alta no momento.
Amanda: Essa semana, vamos falar sobre a estreia do novo reality show de namoro do Canal 8, o *Love Boat Brasil*, e como a cultura dos reality shows está mudando. Para isso, temos a participação de Andy Bubu, que explodiu com vídeos de análises socioantropológicas de programas de TV no YouTube. Andy, é um prazer ter você conosco hoje.
Andy: É um prazer estar aqui para fazer duas coisas que eu amo.
Phelipe: Que seriam...?
Andy: Fofocar e comer de graça.
Phelipe: Hahaha!
Amanda: Não deixe de experimentar os pãezinhos lua de mel, foi o Phelipe quem fez!

Andy: Carboidratos, açúcar e reality shows, tudo o que alguém poderia querer! Isso aqui está uma delícia, Phelipe. Quero a receita.

Amanda: Falando sobre receita, será que podemos concordar que o *Love Boat* parece ter uma receita do sucesso nas mãos? Adorei conhecer um elenco tão diverso e brasileiro quanto esse!

Phelipe: Eu não sei, Amanda. Fiquei com a sensação de que muita gente ali estava engessada, a começar pelo próprio Lalo.

Amanda: Concordo, mas acho que isso é esperado quando uma pessoa comum vai para a televisão, ainda mais em um programa como esse, no qual você precisa se mostrar mais vulnerável. Andy, o que você acha?

Andy: A primeira coisa que precisamos entender é como a mídia de massa moldou a maneira como entendemos o que é intimidade e como agir em situações relacionais, no caso, no âmbito amoroso e sexual. A mídia tem quase um papel de escola ao modelar e reproduzir normas sociais, como se devessem ser perpetuadas. No caso de um reality de namoro, em que acompanhamos pessoas se apaixonando, nós só temos acesso a uma versão idealizada do que é um relacionamento. Isso porque o programa passa por edições e, obviamente, existe uma construção de narrativa. Espera-se do espectador que aquilo não só seja visto como verdadeiro, mas também desejável.

Phelipe: Como um filme de romance!

Andy: Exato! Por mais que a gente saiba que aquilo é ficção, as sensações que temos são tão verdadeiras que acabamos desejando aquilo para nós mesmos e, por consequência, acabamos por incorporar um pouco disso na vida real. Quando se coloca pessoas reais nesse papel, essa ideia é reforçada. Pode haver um estereótipo no qual querem que os participantes se encaixem, tipo o homem branco padrão com carinha de cachorro sem dono que acaba de ter o coração partido? Com certeza. Faz parte da narrativa.

Phelipe: Apesar dos pesares, não tô reclamando de passar 45 minutos olhando para um gostoso desses duas vezes por semana.

Amanda: Vocês se voluntariariam para curar o coração do Lalo Garcia, pessoal?

Andy: Eu passaria horas em cima daquele peitoral.

Phelipe: Quem não gosta de padrão que levante a mão. E você, Amanda?

Amanda: Eu estou muito feliz no meu relacionamento; inclusive, um beijo pra minha namorada.

Phelipe: Beijo, Wendy! Então, voltando à questão da narrativa, porque você trouxe algo muito bacana sobre os estereótipos, o Lalo é um homem bissexual. Tô vendo a Amanda se remexer na cadeira já...

Amanda: Eu tô meio puta com uns comentários que li no Twitter.

Phelipe: Você acha que corre algum risco de o programa perpetuar a ideia de que bissexuais são promíscuos?

Andy: Sou uma pessoa otimista, Phelipe, então apesar de ter conhecimento empírico sobre a opinião dos outros acerca de pessoas bissexuais, acho que podemos nos tranquilizar e curtir o programa. Lembra daquilo que eu disse antes? Acredito que ter um homem abertamente bissexual saindo com homens e mulheres na TV seja uma representação saudável que pode ajudar a moldar a percepção do público. Assim, obviamente haverá comentários maldosos a princípio...

Amanda: (sons de vômito)

Andy: Pois é. Mas, com o tempo, as pessoas perceberão que aquilo que estão vendo na TV é algo com o qual já estão acostumadas: paixão, tesão, amor...
Phelipe: E bota tesão nisso, porque aquele beijo...
Amanda: Meio cuzão da parte dele, o garoto nem tava no programa!
Phelipe: Olha, vou passar esse pano... é um programa, né? Tem que ter emoção!
Andy: Foi só ver dois machos se agarrando que o Phelipe não acha o Lalo mais tão engessado, né?
(Amanda e Andy riem.)
Phelipe: Só não quero ver ninguém atuando! É pra ser real! E beijar alguém de fora me parece mais real do que casar com alguém logo no primeiro episódio. A gente sabe como esses programas são.
Amanda: E fica aí mais uma pergunta, Andy, será que podemos acreditar que o que estamos vendo é real e não uma minissérie brincando de reality?
Andy: Eu amo essa pergunta. Existe uma preocupação em saber se um reality é real ou roteirizado. Por que essa obsessão pela binariedade? Um programa de namoro pode, sim, ser roteirizado porque é, sobretudo, um programa, mas também carrega algo de real porque esses participantes são todos seres humanos fazendo as próprias escolhas, por mais limitadas que sejam. Não seria legal descobrir que, no fim de tudo isso, encontramos pessoas genuinamente apaixonadas umas pelas outras?

Oito

Fred Takara sente os efeitos do energético se dissiparem como se a própria vida estivesse sendo sugada.

Nos últimos dias, ele passou por uma montanha-russa emocional. A corrida pelos ingressos, invadir as gravações do *Love Boat Brasil*, beijar um participante em rede nacional, entrar no programa, lidar com o contrato, lidar com a mãe lidando com o contrato — nem sempre é fácil ter alguém que pode te tirar de enrascadas jurídicas morando na mesma casa que você —, lidar com os amigos e os questionamentos intermináveis deles madrugada adentro, conseguir duas horas de sono antes de ser chamado para o estúdio do tal programa e agora ser vestido, maquiado, gravado e fotografado em mil e uma poses no mesmo cenário praiano artificial.

Talvez a culpa não seja do fígado absorvendo o energético, mas o cansaço acumulado. Vai saber.

— Hã, a cara dele tá oleosa! — anuncia o fotógrafo, sem a menor consideração pela compleição de Fred.

A maquiadora corre até ele, tirando lenços removedores de oleosidade e pincéis do cinto. Recostado em um coqueiro com um holofote tão quente quanto o sol em cima da sua cabeça, Fred abre um sorrisinho para a mulher cuidando do seu rosto.

— Japonesa? — pergunta ele.

— Descendente. Segunda geração. E você?
— Meu vô era imigrante.
— Sinto muito.
— Valeu, mas eu nunca conheci ele. Ele expulsou minha mãe de casa quando ela disse que gostava de mulher.
— Ei, a mesma coisa que minha vó fez comigo!

Os dois riem. Fred sente aquele familiar puxão no estômago.

— Como você se chama?
— Tati. E você é o Fred, né? O carinha que se jogou da ponte.

Fred coça atrás da orelha.

— Pois é — diz, envergonhado. — Acho que isso meio que virou minha marca registrada.

Tati ri baixinho.

— Sabia que pensaram em construir uma ponte aqui na praia antes do seu ensaio? Disseram que não foi aprovado porque não fazia sentido uma ponte nesse cenário, mas sabe como é. Fofocas dos bastidores. — Tati ergue um espelho de mão na altura dos olhos de Fred. — O que acha?

— Você é mágica!
— A gente tem o mesmo tipo de pele. Passa no camarim antes de ir embora que eu te dou umas amostras de produtos ótimos!

Depois que Tati se vai, o fotógrafo volta a se dirigir a Fred por exclamações. Segure-se no coqueiro! Agora gira! Abre um sorriso! Assim não, um sorriso sexy! Muito bom, agora na espreguiçadeira! Vamos tirar a camisa! Meio magro demais! Alguém passa o contato do nutricionista da equipe pra ele!

— Não sou magro, sou esguio — murmura Fred para si mesmo, uma hora mais tarde, enquanto se admira no espelho do camarim. Ele tem músculos. As coxas e a bunda são bem delineadas e fortes por causa da corrida. O peitoral e os braços são naturalmente marcados. E daí que ele não tem tanquinho? Fred gosta do próprio corpo do jeitinho que é.

Toc-toc-toc.

A porta se abre, revelando Rodrigo Casaverde e seu sorriso deslumbrante. Ele entra no camarim seguido por Carlinhos, segurando um tablet nas mãos.

— Meu querido, que bom te ver de novo! — Rodrigo aperta a mão de Fred, puxando-o para um abraço rápido que tira seu fôlego. — Sabia que você seria a estrela do show!

Mesmo afastado, rastros do perfume de Rodrigo marcam a pele de Fred, deixando-o um pouco inebriado. Ele pisca, desanuviando os pensamentos.

— Se isso me deixa mais próximo da Aysha, então fico feliz.

Rodrigo dá um sorrisinho.

— Que bom que estamos conversados. O Carlinhos leu seu contrato e passou com nosso time. Não costumamos abrir mão de algumas cláusulas nas quais você pediu alterações... mas decidi te dar um voto de confiança.

— Você vai perceber que aceitamos a emenda sobre os direitos de imagem, mas acrescentamos uma cláusula ao elemento das suas obrigações que eu gosto de chamar de "cláusula de narrativa", que não é muito comum, mas que concordamos que se aplica no seu caso — diz Carlinhos, tomando a dianteira com o tablet virado para Fred. Embora a simples visão do contrato o faça querer bocejar, ele finge ler.

Olhando de soslaio para a poltrona onde Rodrigo está sentado, Fred processa o pouco que entendeu e junta os pontos.

— Com "cláusula de narrativa" vocês querem dizer que sou legalmente obrigado a fazer o que vocês mandam?

Carlinhos troca um olhar rápido com Rodrigo.

— Por que você não veste uma camisa e se senta aqui do meu ladinho? — Rodrigo aponta para uma cadeira em frente à penteadeira, o semblante calmo.

Por um momento, Fred havia se esquecido de que estava de peito nu. Ele pega a camiseta de mangas cortadas, um merch não oficial da Aysha, passando-a pela cabeça enquanto ocupa a cadeira vazia. À sua frente, Rodrigo deita na poltrona, cruzando as pernas numa pose relaxada.

— Você deve estar se perguntando "como um apresentador tem tanto poder?". A verdade é que não tenho tanto poder quanto você imagina. Sou parte do programa. Uma carta coringa. Apresentador e rosto do *Love Boat Brasil*, junto com os demais do elenco, e produtor-executivo. Além disso, o programa também é importante para mim por motivos pessoais. Preciso fazer as coisas darem certo e garantir que ele seja um sucesso. Não me entenda mal, não pretendo fazer nada imoral ou contra a lei pra isso. Essa é a razão de termos uma cláusula de narrativa. Quando te abordei no parque, fui transparente sobre as minhas intenções de ter você no elenco, ou não?

— Sim.

— Entendo que tudo é novo, e é óbvio que você está sendo bem assessorado judicialmente, então fique tranquilo. Meu objetivo é extrair o melhor de cada núcleo do programa. O Lalo é interessante, mas a narrativa do cara de coração partido em busca de um novo amor é um pouco batida. Agora, ter homens e mulheres competindo pelo coração da mesma pessoa quando, de repente, uma nova pessoa surge, avançando casas que nenhum dos outros havia conseguido? *Isso* é um show. E você é a minha estrela particular.

— Eles vão me pegar pra Cristo — desabafa Fred, esfregando a mão no rosto.

Rodrigo confirma com um aceno de cabeça.

— Vão. Não vou ditar cada um dos seus passos, Frederico. Você tem jogo de cintura, vai saber lidar com a situação. Mas se precisar de qualquer coisa, conte comigo. Pedi para o Carlinhos ficar de olho em você, já que é mais fácil você se comunicar com alguém da produção do que comigo. E você tem o meu celular...

Terror se mistura ao cansaço, mantendo Fred em uma corda bamba de emoções perigosas. No fundo de sua cabeça, a voz de

Rika ecoa um alerta, mas estudando as palavras do apresentador, Fred diz a si mesmo para relaxar. Tudo está às claras: entrar para o elenco do *Love Boat Brasil* e seguir as instruções de Rodrigo Casaverde para ganhar os ingressos de Aysha. É como um trabalho — na verdade, é exatamente isso!

Dando a conversa por encerrada, Rodrigo fica de pé e se encaminha em direção à porta.

— Estou apostando em você — diz ele antes de sair.

Fred ainda encara a porta quando um pigarro chama sua atenção. Ele se vira, dando de cara com Carlinhos.

— Já encaminhei o contrato corrigido e o cronograma de gravações pro seu e-mail. Um carro vai te levar para a locação de amanhã, então esteja pronto. Não se preocupe com roupas, já temos suas medidas e estilo. O figurino vai ter algo para você.

— Ah, certo. Valeu.

— O carro já está te esperando.

— Não era amanhã?

Carlinhos revira os olhos.

— Pra te levar pra casa.

Com um gesto para que o siga, Carlinhos guia um Fred levemente confuso e de passos arrastados até o estacionamento da emissora, onde um carro preto aguarda. Antes que Fred possa fechar a porta, Carlinhos a segura e o encara dentro do veículo.

— Por favor, tente dormir. As gravações são puxadas e, mesmo com maquiagem, dá pra ver que você tá com olheiras.

Fred torce o nariz.

— Obrigado — diz, a contragosto.

Mas Carlinhos não fecha a porta. No banco da frente, o motorista aguarda com paciência, embora espie vez ou outra pelo retrovisor. Carlinhos morde o lábio inferior, atiçando a curiosidade de Fred.

— Está tudo bem?

— Eu não gosto de me intrometer no trabalho dos meus superiores — diz Carlinhos, rápido e baixo, após um momento de deliberação. — Então só quero te lembrar de que é imprescindível que você cumpra a sua parte do acordo, entendeu?

— Tá bem...

— Escuta, garoto. Dentro do programa, você vai fazer parte de uma narrativa, só que não é você quem está contando a história, são *eles*. Se envolva o quanto quiser, mas pense nisso como um jogo. Se não puder ganhar, tente não perder.

A única coisa em que ele consegue pensar é nos ingressos, mas a urgência na fala de Carlinhos, a intensidade em seu olhar ao fitá-lo, instala um frio quase glacial no estômago de Fred.

No entanto, ele não tem muito tempo para pensar. Antes que o carro saia do terreno da emissora, seu celular vibra com a chegada de uma nova mensagem.

> **Bárbara:** Acabei de ver o contrato. Tudo certo. Pode assinar, filho.

Ele assina o contrato eletronicamente, deita a cabeça na janela e fecha os olhos.

É só um programa de namoro, o que pode acontecer?

Nove

— LALO, O QUE TÁ ACONTECENDO?!

Dinda, a produtora-executiva, sai de trás das câmeras pisando firme. Ela tira o ponto do ouvido, irritada com o fio que se enrola nos dedos, e tenta sacudi-lo como quem espanta um mosquito.

— Você pediu pra gente gravar antes e agora pede um tempo?! Sabe quanto custa estar aqui, perdendo essa luz?!

— Desculpa, Dinda. Tô com a cabeça em outro lugar...

A produtora leva a mão do rosto à cabeça, reprimindo uma bufada por pura educação, na opinião de Lalo. De alguma maneira, Dinda o lembra do pai, talvez por causa da careca ou estrutura atarracada, o que torna a reprimenda menos pior.

— Precisa ligar pra um terapeuta?

— Não tenho terapeuta.

— Podemos te oferecer a nossa.

Lalo tenta calcular quanto tempo vai levar para processar o fato de que Victor, seu ex-mas-na-verdade-não-tão-ex-namorado, ainda não deu sinal de que o viu no programa nem entrou em contato para esclarecer a situação e dizer que o ama e reassegurá-lo de que o relacionamento não passou do prazo de validade, como Lisa insinuou, fazendo com que desista do *Love Boat Brasil* no meio das gravações. Nesse caso, ele também se pergunta se a produtora seria tão boazinha a ponto de oferecer apoio psicológico enquanto Lalo sofre o terror burocrático de escolher não cumprir com sua parte do contrato.

— Não, tá tudo bem.

— Se tá tudo bem, por que você tá atrapalhando a minha vida? — resmunga Dinda, entredentes.

— TUDO BEM POR AÍ? — a diretora, uma mulher de black verde-néon, pergunta aos gritos.

— TUDO ÓTIMO, SÓ CONVERSANDO COM O TALENTO — responde Dinda.

— Eles estão todos aqui? — pergunta Lalo, inseguro.

A carranca de Dinda se desmancha num semblante compassivo, embora as sobrancelhas continuem permanentemente grudadas — isso ou ela tem uma monocelha; Lalo não saberia, pois a produtora exibe um mau humor constante. Ela cobre o ombro de Lalo com uma das mãos, a outra tampando o microfone, e fala baixinho:

— Não vou mentir pra você, garoto. Alguns deram trabalho, chegaram a falar em sair do programa. Mas quando dissemos que você queria se desculpar, ficaram mais maleáveis.

— Sério?

— Também lembramos que estar no programa gera exposição, o que rende uma caralhada de seguidores, e que os escolhidos fariam uma viagem com tudo pago em um cruzeiro pela costa brasileira. Isso animou a galera.

Lalo sorri, mesmo sem vontade.

— Podemos gravar?

— Podemos.

Meia hora depois, Lalo se encontra na ponta de uma longa mesa no restaurante flutuante da Praia dos Anjos, rodeado pelos seus pretendentes. De onde está, ele consegue ver toda a faixa da marina, das lanchas, escunas e iates dos mais variados tamanhos até a casa de barcos que hoje acomoda todo o elenco do *Love Boat Brasil*.

Quem come, o faz em silêncio. Outros espalham comida pelo prato com a ponta do garfo, para o horror do chef francês que comanda o restaurante. Correndo o olhar pelo grupo, Lalo se pergunta se foi inteligente seguir com a ideia de se desculpar com os pretendentes em um restaurante chique quando sua cabeça continua perturbada. Pelo canto do olho, ele vê as feições nada amigáveis da diretora e as câmeras. Parado ao lado da diretora, Dinda faz um gesto apressado com a mão como quem diz "desembucha!".

— O que acharam do restaurante? — pergunta Lalo.

O som do tapa que Dinda dá na própria testa ecoa pelo ar. Lalo alcança sua taça de mojito e a ergue no ar.

— Fiz questão de chamar vocês aqui antes do nosso encontro individual porque preciso me redimir. Devo desculpas a vocês. O que aconteceu na última vez... Vocês não merecem uma desculpa esfarrapada, merecem um pedido de desculpas sincero.

— A cara de pau... — murmura Vanessa, atraindo olhares de esguelha.

— Acho que eu não tinha entendido como *isso aqui* era real até estar de pé naquele palco. E por mais que eu tenha me inscrito para o programa para curar um coração partido... Não sei, talvez eu tenha achado que era cedo demais, ficado com medo de me envolver, e cometi um erro. Mas bastou olhar para cada um de vocês para perceber que eu *quero* que seja real, porque *precisa* ser real. Todos vocês são importantes para mim e sei que, ainda que estejam magoados, o fato de estarem aqui hoje mostra que também estão abertos a descobrir o que pode haver entre nós.

O discurso sai fácil, como um seminário para o qual se treina as falas na frente do espelho, porque foi exatamente o que Lalo fez durante a estadia no apartamento de Lisa. Ele cuida de cada palavra, certificando-se de encontrar o olhar de seus pretendentes um a um. Lalo precisa deles. Além do mais, sabe que magoou gente que só queria conhecê-lo melhor, então não é como se não se importasse com o que diz. Ele apenas se certifica de não fazer promessas.

— Peço perdão a todos vocês — continua, estacionando o olhar em Enrique. — Espero que possam me dar mais uma chance.

Os semblantes ao seu redor são sobretudo positivos, exceto o de Vanessa, com quem Lalo suspeita que terá um encontro difícil mais tarde.

— Sem mais surpresas? — a voz de Enrique soa baixa, mas incisiva.

Lalo leva uma das mãos ao peito.

— Dou a minha palavra.

Uma brisa suave sopra do mar aberto, o rugido das ondas, um sussurro distante. Não há nuvens no céu. Lalo volta para o cenário da gravação, o calor fazendo-o suar. Ele ergue o rosto para cima, cerrando os olhos para o brilho do sol, e inspira o ar salgado.

— Tira a camisa! — grita Matheus. — Tira a camisa!

Lalo revira os olhos. De costas para a câmera, se esforça para tirar a camisa numa velocidade angustiantemente lenta.

— Tenta de frente agora!

Ele se veste depressa, alisa os vincos do tecido e, de frente para a câmera, volta a fazer o strip tease que passou a primeira hora do dia de gravação aprendendo a fazer. Lalo sente os olhares da equipe e o foco das câmeras deslizando pelo seu torso, famintos, deliciados. A sensação é meio amarga no ego de Lalo — eles *estão* olhando e *gostam* do que veem, mas ele tem a impressão de que poderiam usá-lo e jogá-lo fora tão rápido que ele só notaria os pedaços faltantes muito tempo depois.

O produtor ergue os dois polegares no ar. Lalo faz o mesmo, com uma empolgação que enganaria melhor que a grávida de Taubaté. Ele está exausto depois dos encontros e vídeo-depoimentos ao final de cada um, e mal pode esperar para sair deste iate e voltar para casa.

Ainda bem que a produção comprou a ideia do almoço especial com seus pretendentes. Quando os encontros individuais começaram, Lalo soube que tinha reconquistado o interesse deles.

Nicolas foi o primeiro. Ele chegou no iate com o sol do meio-dia, todo sorrisos e músculos bronzeados. Falaram sobre família, especialmente a de Nicolas, e sobre como foi a avó quem comprou briga para acolhê-lo ao revelar que era um homem trans.

— Eu assoprei as velas, cortei o bolo, e aí meu pai perguntou o que eu tinha desejado. Falei pra família toda bem ali "quero ser um menino de verdade". A vovó fez um sinal da cruz, agradeceu a Deus pelo neto que sempre quis ter e me abraçou.

Lalo não conseguiu impedir o sorriso.

Logo em seguida, falaram sobre como a atividade física ajudava a lidar com os demônios da cabeça e, quando os quarenta e cinco minutos deles acabaram, Nicolas deu-lhe um beijinho bem no canto da boca, deixando Lalo ao mesmo tempo encabulado e excitado.

Quando Luiz embarcou, foi preciso uns bons quinze minutos para ele se soltar. Embora a timidez fosse fofa a princípio, depois de tanto tempo caçando assunto, Lalo se sentiu um entrevistador em busca de um candidato a uma vaga de emprego — o que, percebeu com uma pitada de felicidade cruel, era meio o que ele estava fazendo.

Ainda assim, havia uma doçura incontestável nos cachinhos ruivos, no rosto pontilhado por sardas e nas marcas de dentes no lábio inferior que manteve Lalo preso ao garoto. Especialmente quando Luiz falou que havia tido uma revelação em sua última viagem para Bogotá e decidira tentar o vestibular de novo para trocar de curso.

Luiz conquistava pela fofura. E, para testar uma teoria, Lalo o abraçou com força durante a despedida. As bochechas de Luiz brilharam no tom de rosa mais fofo possível.

O encontro com Vanessa se desenrolou como esperado: desconfortável e arrastado. A garota não o havia perdoado pelo beijo no desconhecido e deixou claro que, se Lalo a quisesse, sofreria o inferno na Terra para conquistá-la. O grande problema é que ele *não queria* conquistá-la. Nenhum deles, honestamente. Mas depois de dois encontros bons, foi difícil encontrar motivação para continuar a farsa.

— Nunca andei, mas acho que teria sido igual agora: meio paia. Não gosto muito de sol. Nem do mar — respondeu ela, dando de ombros, quando Lalo perguntou se ela já havia andado de iate antes.

— Hã... mas nessa primeira vez, o que acha? — insistiu.

Ela fez uma careta e virou o rosto, encontrando o copo com alguma bebida. Sem ideia de como continuar, Lalo deixou que o encontro seguisse seu rumo. Em silêncio.

Quando Vanessa foi embora, os cabelos vermelhos reluzindo sob o sol forte das duas da tarde, e Carina entrou no convés, torcendo o nariz para a pretendente anterior, Lalo conteve um suspiro.

— Ahhh, você tira uma foto minha aqui? Preciso atualizar meu feed.

Carina é uma beleza comum. Impressionante, claro, mas comum. Padrão.

Lalo buscou por alguma negativa nos olhos astutos de Matheus, mas o produtor fez que não se importava. Então, ele se posicionou a alguns metros de Carina, tirando fotos e mais fotos em seu iPhone de última geração. Mais tarde, avaliando as fotos sentada na cadeira lounge, Carina deu uma risadinha e provocou:

— Você não é muito bom fotógrafo, né?

Puxando os óculos de sol do cabelo loiro para os olhos, a mulher girou o corpo de modo a encará-lo, deitando-se feito uma diva, e piscou para ele.

— Tudo bem. Ninguém é perfeito. Posso te ensinar.

Enquanto aguardava a entrada de Enrique, Lalo sentiu-se confuso. O jeito como Carina conversava colocou a autoestima de Lalo numa montanha-russa. Ele não gosta de montanhas-russas.

Lalo e Enrique lancharam juntos. Tecnicamente, foi um segundo almoço, visto que tinham comido cedo demais. Enrique fez questão de servir e preparar uma bebida para Lalo — e ele tinha que admitir, havia algo muito sexy no modo como Enrique tomava o controle da situação, algo que o lembrava de Victor...

E foi esse pensamento que o impossibilitou de curtir o encontro.

Enrique atendia a toda necessidade: carregou boa parte da conversa, discorrendo sobre a vida como mochileiro no leste europeu; preparou mais dois drinques, pois ele aprendera a mixar para pagar as contas enquanto morava na França; e até passou protetor no corpo de Lalo, algo que as câmeras adoraram.

— Você tá tão tenso... — disse ele ao pé de seu ouvido, massageando seus ombros. — Sou eu que te deixo assim, Lalo?

Lalo não teve a coragem de dizer que sim e fazer parecer que havia alguma atração por Enrique. Na verdade, ele se sentia enjoado. Pela primeira vez, sentiu que estava traindo Victor de algum modo, isso contando o beijo em Fred!

Eles se despediram com um beijo na bochecha e uma pausa para Lalo respirar.

Felizmente, o encontro seguinte foi com Rafaela. Ela desfilou tão confiante em sua saída de praia e biquíni azul-metálico que Lalo precisou cuidar para não babar.

Tão logo se sentaram, as pernas preguiçosamente estiradas sobre o estofado, começaram a conversar. Lalo se empolgou em uma conversa sobre as cachoeiras de Minas Gerais e o amor da garota pelos animais — Rafaela está estudando para ser veterinária na clínica dos pais, onde já aprendeu algumas coisas.

O vento soprava do leste, bagunçando o cabelo castanho da garota e levando seu perfume de baunilha até Lalo. Rafaela é uma visão: a pele sedosa, o cabelo ondulado, o corpo gordo, lindo, com curvas que deixam seus dedos curiosos. Mais do que isso, ela é a simpatia em pessoa.

— Eu estava tão nervosa em vir aqui hoje que passei a noite assistindo filme, tentando me acalmar — confessou Rafaela, escondendo uma risadinha atrás de um drinque.

— O que você assistiu?

— Talvez você não conheça... Eu amo filmes de Natal, mesmo fora de época, então revi *Klaus* pela vigésima quinta vez.

— Tá brincando? Esse é o meu filme de Natal favorito!

Eles se perderam em uma conversa sobre filmes natalinos de tal modo que, quando chegou a hora de Rafaela ir, a diretora precisou gritar "CORTA!" tão alto que deviam ter ouvido em terra firme. Ao despedir-se de Rafaela, dois beijinhos no rosto, Lalo conseguiu enxergá-la sendo muito bem recebida em seu grupo de amigos.

O último encontro do dia foi com Jonathan. E talvez fossem os drinques falando, mas Lalo não conseguiu tirar os olhos dele.

Assim como ele, Jonathan estava com a camisa aberta, revelando um tanto de músculos e muita pele. Um beijinho aqui se transformou num toque ali, que deu espaço para a mão firme de Jonathan no pescoço de Lalo enquanto ria baixinho.

— Não vou te beijar até você estar sóbrio — disse o rapaz.

Lalo riu, envergonhado, e se retraiu de volta para sua cadeira.

— Então me conta sobre essa tatuagem que você acabou de fazer — falou Lalo, apontando para a coxa de Jonathan, onde um pedaço de plástico-filme escapava por debaixo da bermuda.

— É meu gato. Queria tatuar uma homenagem a ele. — Jonathan ergueu a bermuda só um pouquinho, revelando coxas grossas e sem pelos. A tatuagem era um cartoon de um frajolinha, os contornos ainda vermelhos na pele negra por ser recente. — Fiz durante a madrugada, depois do meu turno.

— Você fez sozinho? Até a ilustração?

— Faço o serviço completo.

Bêbado, Lalo não pôde deixar de ouvir o duplo sentido na frase. Jonathan também não. Ele riu, sem graça, e desviou o assunto. Embora ouvisse atento o pretendente falar sobre sua jornada na arte, de grafiteiro a tatuador a artista plástico, o álcool se provou insuficiente para manter a consciência leve.

Não havia uma só pessoa por quem Lalo não se sentisse, ainda que minimamente, atraído — mesmo Vanessa, que apesar de tê-lo deixado inseguro no encontro, tem uma beleza inegável. Esse é o objetivo do programa, não é? Encontrar alguém para Lalo. Claro que todos o atraem.

E, no entanto, ali está: a culpa, como um âncora segurando um barco em meio a uma tempestade.

O *Love Boat Brasil* é um meio, ele precisa se lembrar disso. Victor é o objetivo. Ele só precisa perceber que Lalo pode seguir em frente. Talvez assim... Talvez, ao ver Lalo pelas lentes das câmeras, pelos olhos dos outros participantes, Victor possa reencontrar a faísca entre eles.

Pelo menos conseguiu segurar a onda até o fim do encontro.

— Já acabamos? — pergunta, esfregando as palmas das mãos na bermuda ao caminhar em direção a Matheus.

O produtor levanta o indicador no ar a centímetros do nariz e o sacode de um lado para o outro.

— Não. Falta o garoto novo.

— Que garoto novo?

Com uma expressão de surpresa, Lalo olha ao redor, o álcool há muito evaporado do corpo, e avista um barco a motor se aproximando. Ele não acha que é possível, mas Lalo sabe que tem a vista perfeita, sabe quem é aquele rapaz vestindo uma camisa regata cor-de-rosa e com cabelos bagunçados tão bem quanto sabe o gosto de sua língua.

— Um tal de Fred — diz Matheus, divertido. — Conhece?

Dez

Fred sente falta do ar-condicionado do sedã preto reluzente que o buscou em casa. Assim que abre a porta, ele é envolvido por um bafo quente, como vapor cozinhando seus pulmões. O carro estacionou em frente a uma grande casa de madeira que abriga os barcos e iates. O motorista, um homem branco e gordo com uma careca brilhante, aponta para as portas, onde um pequeno grupo de pessoas vestidas de preto da cabeça aos pés se amontoa feito formigas.

Para que fazer aquela gente sofrer nesse calor de 34ºC em roupa preta?

Fred agradece ao motorista e fecha a porta com cuidado.

O ar quente cheira a camarão e peixe fritos, protetor solar e também a um suave odor misto de mar e água doce. Ele fecha os olhos.

— Você está *atrasado*! — alguém grita, e Fred abre os olhos, assustado.

— Quê?

Uma mulher baixinha, gorducha, careca e com a boca torta numa careta desaprovadora marcha em sua direção. Ela segura uma prancheta, e o celular, preso ao pescoço por uma fita amarela, chacoalha a cada passo.

Ela pega Fred pelo punho e o arrasta para dentro da casa de barcos.

Carlinhos surge detrás dela, esbaforido pela corrida.

— Dinda... oi... deixa que eu cuido dele... não se preocupa...

— Você devia ter chegado às onze, com todos os outros! — ralha ela, ignorando Carlinhos, que corre em seu encalço, e então bufa, os passinhos apressados sobre o concreto.

— O carro foi me *buscar* às onze — balbucia Fred, confuso.

Dois seguranças da equipe estão postados um de cada lado da porta que dá para a casa de barcos. A mulher sacode a mão no ar, um gesto que diz "chega pra lá", que os homens rapidamente interpretam como "abre-te Sésamo". Eles dão passagem e logo há uma floresta de fios de câmeras e pessoas vestindo preto — sério, eles não podiam ter deixado que os caras pelo menos vestissem algo numa cor menos *quente*? Fred e Dinda cortam pela multidão, tomando cuidado para não tropeçar nem derrubar nada.

— RODRIGO! RODRIGOOO!

Dessa vez, atrás de uma mesa de comida repleta de frutas, pães e frutos do mar de dar água na boca, Fred o vê. Rodrigo Casaverde gira a cabeça na direção da voz estridente da mulher, as sobrancelhas franzidas.

— Eu *falei* que cuidaria dele, mas a Dinda... — dispara Carlinhos, mas não adianta, Dinda o ignora mais uma vez.

— RODRIGO! Por que esse garoto aqui — ela sacode o braço de Fred, seus dedos dançando no ar — me disse que o carro *buscou ele* às onze quando ele deveria *estar aqui* pontualmente às onze da manhã?

Os olhos azuis de Rodrigo flutuam da mulher para Fred.

— Dinda... ele está aqui — diz ele, calmo. — Isso é o que importa.

— Ele está aqui com três horas de atraso! Isso gera *custo*, Rodrigo!

Rodrigo Casaverde alcança a mão de Dinda, agarrada à prancheta, os dedos longos dele cobrindo a mãozinha dela. O apresentador pisca os olhos azuis e abre um sorriso que Fred só consegue descrever como esmagador. Dinda arqueia uma sobrancelha.

— Você tem razão. Sinto muito. Mas olha só, o iate do Lalo ainda está em alto-mar. — Rodrigo joga a cabeça para trás, apontando para a abertura da casa de barcos que mostra o rio, e então o oceano. Lá longe, Fred consegue traçar as linhas de um iate e aperta os olhos, como se isso garantisse a ele o superpoder da visão além do alcance e ele pudesse ver Lalo. — O show tem que continuar, né?

Dinda solta o ar pelo nariz, a irritação evaporando no ar. Por fim, com uma olhada de rabo de olho para Rodrigo e seu sorriso desconcertante, a mulher grunhe, finalmente liberando o braço de Fred.

— Coloquem esse garoto num barco. AGORA! — ordena Dinda para ninguém em particular, então dá as costas e desaparece na bagunça de equipamentos de gravação.

Fred esfrega a pele do punho, abre e fecha os dedos. Quem diria que alguém tão pequena pudesse ser tão forte. Um braço longo e musculoso passa pelos seus ombros, e Rodrigo Casaverde o puxa para si, encontrando o olhar de Fred com uma piscadinha.

— Desculpa pela confusão — fala Rodrigo baixinho —, mas eu precisava que você chegasse no último minuto para garantir que tudo saísse como planejado. — O apresentador dispensa um Carlinhos estressado, guiando-o pelo cais até onde dois barcos aguardam e uma equipe de câmeras prepara os equipamentos. — Estou feliz que você tenha chegado, Fred. Queria falar com você antes do seu encontro com Lalo.

Fred ouve os sussurros. Ali, tão fortes quanto o som das ondas arrebentando nas pedras dos cais, cheios de perguntas, indignação e indiferença. Ele só consegue captar um vislumbre, mas é o suficiente. Um pequeno grupo de participantes se formou num semicírculo, os olhos fixos em Fred e no apresentador. Ele reconhece a menina com o corte pixie no grupo, os dentes à mostra numa careta raivosa. De olhos arregalados, ele vê a garota mover os lábios, um xingamento silencioso. Ela o chamou de imundo ou vagabundo? Seja o que for, é o bastante para que sinta dificuldade de respirar e queira sair dali o mais rápido possível.

— ... Fred? Você tá me ouvindo?

— Quê?

Rodrigo acompanha o olhar de Fred e balança a cabeça em compreensão.

— Eles se sentem ameaçados por você — conclui o apresentador, anuindo com a cabeça. — Isso é bom. Quer dizer que você está desempenhando bem o seu papel.

Embora ainda um tanto abalado com a súbita agressividade da garota, os ouvidos de Fred se atentam à última frase do apresentador. Deixando o grupo hostil para trás, Fred se vira para encarar Rodrigo, os lábios bem apertados enquanto pondera o significado daquelas palavras.

— Qual é o meu papel?

— Seu papel — diz Rodrigo, em um tom conspiratório — é gerar interesse. Você é a peça central da narrativa que estamos desenvolvendo para o programa. Lembra o que falei quando nos conhecemos lá no parque?

Fred encara Rodrigo de soslaio.

— Quantas pessoas estão nesse jogo?

— Todos estamos, Fred. É isso que o programa é: um jogo.

Fred troca o peso do corpo de um pé para o outro.

— E quem está ciente dessa jogada?

— Quem precisa estar. — Rodrigo abre um quarto de um sorriso. — Faz o que eu te falei e tudo vai dar certo. Ok? Agora vai lá e me dá um show.

Fred ainda está tentando normalizar a respiração quando pisa no iate. O barco que o levou até lá cortou brutalmente as ondas, jogando Fred para o alto, para os lados, para a frente a cada solavanco. Ele tem certeza de que suas tomadas ficaram horríveis; a equipe que gravou seu trajeto em direção ao iate parecia bastante frustrada.

Já no iate, Tati, com seu cinto cheio de cacarecos tilintando nos bolsos, o puxa para o canto sombreado, seca o suor de seu rosto com uma toalha e rapidamente aplica um pouco de corretivo, blush e pó solto, escondendo a única marca de espinha que, sem dúvida, alguém estourou na unha. Após isso, Fred é empurrado em direção à proa.

Ele está mais atento às dezenas de cabos grossos presos pelo chão. Ainda assim, tropeça quando uma pessoa o encaminha para o centro das gravações, onde está uma mesa redonda grande com pratos de frutas e dois drinques que alguém da produção acaba de depositar na mesa menor entre duas cadeiras de aparência muito confortável.

De pé apoiado na grade, Lalo observa o mar. Fred repara nas tatuagens das costas, uma logo abaixo do pescoço e outra um palmo acima do cóccix, à esquerda. Embora esprema os olhos, os desenhos são intricados demais para Fred discernir suas formas.

— VAMOS GRAVAR, PESSOAL!

Lalo dá um salto e se vira depressa, encontrando o olhar curioso de Fred, que arregala os olhos, um tanto envergonhado por ter sido flagrado, e desvia para uma das cadeiras de estilo lounge.

Fred não sabe ainda, mas uma câmera capturou sua espreitada.

A mudança em Lalo é automática. Possivelmente por ser seu oitavo encontro no dia, ele se tornou um especialista em sorrir na hora certa.

— Oi! — cumprimenta ele, caminhando até Fred. Ele abre os braços, e o cérebro de Fred quase entra em curto-circuito. Pele, músculos, tatuagens, o cheiro de perfume e protetor solar. Fred sequer tem tempo de processar a visão quando as imagens se tornam sensações físicas e ele se vê dentro do abraço de Lalo. — Parece que eu te esperei a vida toda!

Fred engole em seco. Ele se lembrava de Lalo ser bonito, mas isso já é um exagero.

A conversa com Rodrigo Casaverde ainda está fresca em sua memória. Um jogo. Fred solta o ar devagar. Tudo está combinado. Isso é um jogo.

Fred enlaça as costas e a cintura de Lalo.

— Espero que não tenha se cansado de tanto esperar.

Lalo desmancha o abraço.

— Alguma coisa me dizia que a espera valeria a pena — confessa ele, quase em um sussurro, terminando com uma piscadela. — Vem, senta comigo.

A cadeira é *muito* confortável. Fred se espreguiça ao sentar, a maresia refrescando o calor que queima sua pele. Ele vira o rosto para o lado de modo a encarar Lalo. Pelos cílios, Lalo o fita com um sorrisinho de lado enquanto brinca com um kiwi.

— Então... — começa ele, tão desajeitado que Fred é incapaz de impedir um sorriso. — Você tá aqui.

— Aham.

— Como isso aconteceu?

Por fim, Lalo ergue o olhar, e Fred não sabe dizer se ele está surpreso, curioso, ou alguma combinação dos dois.

Girando o corpo até ficar deitado de lado, Fred diz:

— Pulei de uma ponte.

Lalo leva um segundo para cair na risada, e é como se toda aquela aura, o sorriso treinado e as poses sexy, desmoronasse, dando lugar a algo fluido e doce. Ele joga a cabeça para trás, dando um vislumbre do dente torto, e passa uma das mãos nos cabelos. É pior do que antes, quando ele parecia ser intencionalmente sedutor.

Fred pega uma bebida da mesa de centro e toma um gole rápido, deixando que o gelo controle os pequenos incêndios em seu corpo.

— Essa foi a melhor piada que me contaram o dia todo — revela Lalo.

— Porque não é uma piada.
— Por que você fez isso mesmo?

Fred encara o homem à frente, boquiaberto, enquanto um sorriso descuidado se forma em seus lábios.

— Tinha um coração muito especial naquele lago que eu queria pra mim — diz, sem tirar os olhos de Lalo.

Lalo pisca devagar, a boca entreaberta. Ele afunda os cotovelos na cadeira, ajeitando o corpo, e Fred não consegue deixar de dar uma olhadinha em seu torso, onde gotas de suor começaram a se formar e a deslizar pelas reentrâncias dos músculos do peito e abdômen.

— Parece um jeito muito arriscado de se conquistar o coração de alguém — pontua Lalo, e justo quando ele encontra seu olhar, Fred sabe que não foi tão discreto quanto gostaria.

Sem quebrar o contato visual, Fred diz:

— Alguns corações valem a pena, você não acha?

Franzindo o cenho, Lalo abaixa os olhos para o copo de mojito em suas mãos. Ele toma um gole silencioso, como se estivesse se retirando da conversa por um momento enquanto Fred estuda a mudança em seu semblante.

— Acho que você tem razão — diz ele, por fim.

— E eu acho que você bebeu um pouco demais. Sério, quantos desse aqui você tomou ao longo do dia?

Lalo ergue o rosto, levemente confuso.

— Não contei.

— Se perdeu as contas, então pode ir me passando esse daí, vai.

O semblante indefinido se derrete em um sorriso miúdo, e Lalo entrega o mojito pela metade a Fred, que bebe e faz uma careta.

— Deus, por que isso aqui tá quente? Vou fazer outro.

— Você sabe fazer drinques? — pergunta Lalo, curioso.

Fred pausa a meio caminho da mesa onde estão as bebidas. De onde está, consegue ver Lalo por completo, deitado sobre o braço esquerdo, enquanto o outro faz vezes de viseira, encarando-o de baixo com os olhos castanhos semicerrados por causa do sol. Incapaz de conter um sorrisinho, Fred desvia o olhar para a garrafa de rum e folhas de hortelã.

— Não... Mas não deve ser tãããoo difícil assim, né?

O resultado faz Lalo franzir o rosto todo, mas ele não reclama.

— Além de drinques, o que mais você gosta de fazer? — pergunta, alcançando um pacotinho de açúcar.

— Essa pergunta sempre faz eu me sentir meio podado... — responde Fred, aceitando quando Lalo se oferece para adoçar sua bebida. Muito mais gostosa assim. — Tipo, vou te dizer que gosto de correr porque isso me ajuda a extravasar as energias, mas também porque faz eu me sentir livre. E se estou correndo, precisa ser com música, porque amo música e é isso o que faço quando estou acordado, ouço música. Às vezes, enquanto durmo também. Hã... também gosto de estar com meus amigos, fazendo qualquer coisa? E de ler mangás quando estou cansado? E obrigado pelo açúcar. Ah, também gosto de dançar! Minha pontuação no *Just Dance* é insuperável.

— Como essa pergunta te faz se sentir podado? Descobri mais sobre você em um encontro do que de alguns outros aqui no programa.

Fred morde o canto do lábio.

— Se eu te perguntar as coisas de que você gosta, vou ter só um pedaço seu — diz Fred, inclinando-se na cadeira para se aproximar de Lalo. Seus braços roçam sem querer, e Lalo encara o ponto do toque pelo rabo do olho antes de voltar a atenção para Fred, o cenho enrugado. — É um pedaço bonito, que ajuda a começar as coisas com o pé direito quando temos algo em comum, mas... normalmente é tão pouco. Você não sente isso? Gosto dos porquês, isso é o que me faz entender as pessoas, vê-las por inteiro, sabe? E também, se eu entender as pessoas, talvez eu me conheça um pouco melhor.

— E se você deixar as pessoas te conhecerem? — devolve Lalo, inclinando-se para a frente.

— Ninguém nunca se importou muito com isso, mas... estou deixando que *você* me conheça.

Eles estão próximos agora, tanto que Fred pode sentir a respiração de Lalo fazer cócegas na pele suada do rosto. Ele captura a imagem da boca de Lalo, entreaberta, e não consegue se conter: toca as maçãs do rosto dele com a ponta dos dedos, deslizando-os pelo maxilar, queixo e lábio inferior. Seu coração bate errático e o calor o deixa meio zonzo, mas ele sabe que o ritmo da sua respiração pouco tem a ver com o sol, e sim com o jeito como Lalo trava ao sentir seu toque, fechando os olhos com força.

— Posso dizer, por exemplo, que eu sei por que *você* está aqui — diz Fred baixinho, fazendo com que Lalo abra os olhos rápido, encarando-o com leve assombro. — Você terminou um relacionamento e quer seguir em frente...

Lalo umedece os lábios.

— Por que você entrou aqui, de verdade? — pergunta a Fred, a voz enrouquecida não mais do que um sussurro que poderia facilmente se perder no ronronar do oceano.

— Você me beijou, lembra?

— CORTA!

Confusão e um pingo de humor cruzam o rosto de Lalo. Isso, por alguma razão, instiga Fred.

Apesar de o céu estar limpo de nuvens, o semblante de Lalo fica nublado, apenas o calor das bochechas transparecendo por trás das sombras. Lalo engole em seco. Eles trocam um olhar que parece durar vários minutos em vez de poucos segundos.

Fred arqueia uma sobrancelha com desconfiança.

Seja para o sol ou para Fred, Lalo semicerra os olhos. Eles bebem um gole dos mojitos, sustentando o olhar um do outro. O fundo dos copos acerta o tampo da mesa em delicada sincronia.

Debaixo de um sol escaldante, suando horrores mesmo com metade do corpo à mostra na regata rosa-flamingo, bebendo e aparentemente flertando com um completo desconhecido com quem, ao que tudo indica, vai acabar "namorando" em rede nacional por um par de ingressos... as coisas parecem ganhar uma nova tonalidade.

Eles se despedem com um abraço e um beijo na bochecha, mas, mesmo separados, o aroma cítrico com um quê de lavanda e protetor solar parece impregnado na frente da regata de Fred. Ele leva o tecido ao nariz, inala fundo, e sente algo se apertar na garganta quando seus batimentos aceleram.

Fred entende por que os demais se inscreveram para o programa para ter uma chance com Lalo.

Onze

Lalo tem certeza de que precisa eliminar Fred.

Ao vê-lo, levemente confuso e deslumbrado, pela primeira vez no programa, soube que esse era o certo a fazer. Afinal de contas, por que alguém toparia entrar a esta altura em um reality de namoro?

No exato instante em que percebeu o olhar de Fred, pensou ter encontrado a resposta. O rapaz não é *nada* tímido. Os olhos espertos deslizaram pelo corpo de Lalo num movimento lento, estudando os desenhos, compondo sua história, como quem aprecia uma peça de arte num museu. E o jeito como o garoto fala? Não é possível que alguém fale desse jeito na vida real. Fred não mantém conversas, ele *flerta*. Essa foi a luz vermelha para Lalo.

Fred está interessado nele.

E, bem, o beijo foi... muito bom.

Apesar disso, Lalo precisa traçar limites. Ele precisa de alguém interessado o bastante para causar ciúme em Victor, mas não tanto a ponto de achar que seu coração está pronto para seguir em frente após um beijo.

Ele é o único culpado.

Durante o encontro, Lalo tem o cuidado de representar bem seu papel. Flerta com Fred, o convida a se sentar, deixa que o observe. Fred é bonito, descarado e tem *algo* na maneira como ele fala quando não está flertando, cândido e apressado, como um vazamento num cano que ele cobre tão logo percebe o quanto deixou escapar. Além disso, tem *aquele olhar*, esperto e profundo, de alguém acostumado a desvendar mistérios. Esse olhar arrepia os pelos do braço de Lalo e o deixa desconfortável — não porque faz com que ele se sinta visto, mas porque faz com que ele *queira* ser visto, algo muito perigoso quando se tem um segredo a guardar.

— Por que você entrou aqui, de verdade? — pergunta Lalo, desesperado para saber o quanto ele sabe.

— Você me beijou, lembra?

Lalo contorce o rosto. Ah, ele se lembra. Seu ato de rebeldia agora cobra o preço.

É isso. Lalo precisa eliminar Fred.

Quarenta e cinco minutos passam rápido.

No que parece um piscar de olhos, Fred é escoltado para outro canto do barco, Lalo grava seu depoimento sobre o encontro nas cadeiras confortáveis e o iate volta para o cais. A movimentação para o desmonte da equipe de filmagem começou antes que Lalo desembarcasse, de modo que ele chega em meio a um frenesi de comandos e equipamentos sendo carregados. Dinda, a produtora careca, o recebe assim que ele sai do barco. Ela e Tati, a maquiadora, acompanham Lalo até a faixa de areia onde câmeras, técnicos de fotografia, áudio, os pretendentes e Rodrigo Casaverde esperam por ele.

— Ok, sr. Coração Partido — diz Dinda apressadamente, fazendo careta para o apelido inventado pelo apresentador. — Agora que você tem oito competidores de novo, hoje precisa eliminar dois.

Lalo concorda com a cabeça.

— E, pelo amor de Deus, seja rápido. A luz do sol tá quase acabando e nem eu posso evitar que o sol se ponha. Acredite, eu tentei. — Dinda afunda os sapatos na areia fofa e tropeça. Ela xinga e chuta a areia, arrancando uma risadinha silenciosa de Tati.

A poucos metros do grupo, Dinda estica o braço numa espécie de cancela. Lalo para, e Tati aproveita o momento para sacar papel-toalha e pincéis do cinto de maquiagem. A produtora-executiva se vira para ele, a expressão séria.

— Quando o Rodrigo me disse que você teria mais um concorrente, fiquei furiosa porque isso mexia com meu planejamento, mas eu sabia o que isso significava para o programa. — Por detrás dos pincéis cheios de pó da maquiadora, Lalo encontra o olhar duro de Dinda. — Eu concordei porque todos nós aqui queremos um show, e eu trabalho nesse ramo há tempo demais, então sei do que tô falando. *Você* entende o que quero dizer?

Uma linha confusa desenha a testa de Lalo.

— Dinda... — Tati a repreende, e a produtora cerra os lábios numa linha fina quando a maquiadora volta a falar com Lalo. — Escuta, lindo. Muita gente acha que reality shows são falsos e que a gente manipula cem por cento das narrativas aqui dentro. — Dinda engasga uma risada, e Tati a acerta com um de seus pincéis. — Apesar de ser um pouquinho verdade na maioria dos casos, os sentimentos que surgem aqui são tão reais quanto se você tivesse conhecido qualquer uma dessas pessoas numa balada ou num aplicativo de relacionamentos. Segue o seu coração e tudo vai dar certo. — Com uma última beliscada nas bochechas de Lalo, Tati se despede dele e o empurra na direção do grupo.

Por cima do ombro, Lalo assiste à maquiadora baixinha acenar para ele com uma Dinda irrequieta ao lado. Quando Rodrigo Casaverde o vê se aproximar, o apresentador abre os braços e dá um sorriso.

— Lalo! — A equipe de filmagem abre passagem para o apresentador, que o envolve em um abraço de lado, luzes vermelhas se acendendo aqui e ali. — E aí, sr. Coração Partido. Espero que tenha aproveitado os encontros do dia. O que achou do nosso iate?

— Ah, eu nunca tinha andado de iate antes — responde Lalo. Rodrigo o posiciona em um ponto da areia marcado com um x em tinta spray amarela. O apresentador continua sorrindo, e Lalo se pergunta se ele também sente as bochechas doerem no final do dia ou se está acostumado a isso. Parece tão natural.

— Foi incrível.

— E com acompanhantes como esses — Rodrigo gesticula para o semicírculo de costas para o mar onde oito pessoas, visivelmente nervosas, aguardam —, é claro que foi uma experiência memorável.

— Com certeza, Rodrigo.

Para a câmera, Rodrigo Casaverde diz:

— Hoje recebemos um novo participante, embora ele não seja um estranho para nós aqui do *Love Boat Brasil*. Batam palmas para o Fred!

A recepção é morna, para dizer o mínimo.

— Como Fred entrou no programa hoje, ele está imune e não pode ser eliminado — informa Rodrigo. — Dito isso, infelizmente para dois participantes, o barco do amor vai zarpar sem eles.

Desta vez, a informação é recebida com arquejos de surpresa e só dois xingamentos. Menos morna, então.

— Quem vai embora hoje, Lalo?

Lalo dá um passo trôpego para a frente. Câmeras giram de um lado para o outro, acompanhando seu movimento, garantindo o enquadramento perfeito de cada um de seus pretendentes, alinhados por ordem de encontro: Nicolas, Luiz, Vanessa, Rafaela, Enrique, Carina, Jonathan e Fred.

Analisando cada um dos encontros, a cabeça de Lalo começa a girar. O plano de eliminar Fred foi por água abaixo. Embora seja justo mantê-lo no programa por pelo menos mais um encontro, Lalo está confuso. Em sua marca dentro do semicírculo, Fred bate os pés descalços na areia, como se dançasse ao som de uma música que só ele pode ouvir.

Lalo pigarreia.

— Eu adorei conhecer cada um de vocês. Obrigado por tornarem esse dia especial. Obrigado por me darem uma chance. — Lalo relanceia cada pretendente. — Dessa vez, tive a oportunidade de conhecer melhor quem vocês são. Sei que menos de uma hora parece pouco, mas minha decisão de hoje se baseia em conexão e interesses mútuos. E dois encontros não me trouxeram isso. — Oito pares de olhos encaram Lalo, mas ele não se incomoda. O vento que sopra do mar é um sussurro: *Victor. Victor. Victor.* — Enrique e Vanessa.

Por um momento, há apenas o som da praia. Gaivotas, ondas, vento, banhistas, barcos e a música ao vivo de um restaurante ao longe. As câmeras se detêm nas reações dos participantes. Com um estalo da língua, Vanessa se adianta. Enrique hesita, mas também dá um passo à frente.

— Enrique e Vanessa — repete Rodrigo Casaverde, o tom sério. — Obrigado pela participação, mas sua jornada no *Love Boat Brasil* acabou.

Lalo faz menção de abraçar cada um deles. Enrique mais se deixa ser envolvido do que retribui. Já Vanessa envolve seu pescoço com os braços, beija sua bochecha e aproveita para mandá-lo à merda baixinho. Lalo força um sorriso, mas não se importa de verdade. Ele se despede dos dois, vendo-os trilhar o caminho de volta e desaparecer na curva que leva para a casa de barcos. Enquanto todos ainda os acompanham, Lalo rouba um vislumbre de Fred encarando-o e seus olhares se encontram. Uma agitação cresce em seu estômago.

— Bom, é isso aí. — Rodrigo Casaverde reassume o ar brincalhão e sedutor em frente à câmera. — Ainda temos seis pretendentes. Semana que vem, teremos apenas cinco, mas só quatro poderão embarcar nas ondas do amor. Fiquem comigo e não percam um só segundo. O show continua nas redes sociais! Um beijo pra vocês!

— CORTA!

Vozes preenchem o ambiente ao passo que a equipe do programa se rearranja e começa a desmontar o cenário. O sol arde na pele mesmo às seis da tarde, e Lalo está plenamente ciente do suor escorrendo pelas costas e se acumulando debaixo das axilas. Os participantes começam a se dispersar, alguns virados para o ponto na areia onde as ondas quebram, considerando molhar os pés na água antes de irem embora.

— Ótimo programa, pessoal! — Dinda estala os dedos no alto, chamando a atenção dos participantes. Quando percebe que poucos notam, ela leva dois dedos aos lábios e solta um assobio agudo. — A gente se vê em dois dias no estúdio. Cheguem no horário. — Lalo repara que o olhar da mulher se fixa em Fred.

Com uma passada de mão nervosa na careca, a produtora-executiva volta a encarar o grupo, que não se atreveu a se mover um milímetro após suas ordens.

— Mais uma coisa. Vocês vão voltar pra casa antes da próxima rodada de gravações, mas preciso reforçar que qualquer interação entre os pretendentes e o solteiro fora do programa está proibida. Entenderam? Pro-i-bi-da. Nada de DM, ligações ou encontros. Quem estragar meu programa tá fora. Está no contrato. Não me deem dor de cabeça.

Tão depressa quanto apareceu, ela vai embora, sumindo ao dobrar à direita.

Na praia, os pretendentes de Lalo se fecham em um círculo, conversando entre si, deixando Fred de cócoras às margens da praia, brincando sozinho nas ondas enquanto uma única câmera registra a cena.

Trechos das entrevistas com os participantes do *Love Boat Brasil*

TEMPORADA 1, EPISÓDIO 2

Rodrigo Casaverde: E aí, conta pra gente sobre seu encontro com o Lalo hoje. Eu vi que vocês tiveram um momento muito *íntimo* no iate...
Jonathan: (rindo) Tivemos um momento bacana no iate, mas o Lalo estava obviamente bêbado... Não rolou nada, mas já deu pra ter uma noção da química entre a gente.

Rodrigo Casaverde: Como você acha que as coisas estão indo entre você e o Lalo?
Nicolas: Gostei do Lalo desde o momento em que o vi nos VTs e, mesmo depois do que rolou no último encontro, ele mostrou que é um cara interessado. Ele quer fazer dar certo. Tô aqui pra isso.
Rodrigo Casaverde: Você tá falando do beijo no Fred?
Nicolas: O que aquele cara tá fazendo aqui?

Rodrigo Casaverde: O que você achou da chegada de um novo participante no programa?
Carina: Como se não bastasse mais um participante, ele ainda é imune? Tipo, isso existe em reality de namoro?

Rafaela: Não me importo. O Lalo é um querido, me tratou como uma princesa, e tenho certeza de que não está aqui para magoar ninguém. Ele vai escolher com o coração.
Rodrigo Casaverde: E se ele não te escolher?
Rafaela: Confio que o universo sabe o que é melhor.

Rodrigo Casaverde: Depois daquela conversa no início do dia, como vocês se sentem com a eliminação de hoje?
Enrique: Ele prometeu que não haveria surpresas... E eu achei que estava tudo certo entre a gente no iate. Quero dizer, eu fui um pretendente exemplar! Fiquei muito surpreso em ser eliminado. Foi ele quem me perdeu.
Vanessa: Quero que ele vá pra puta que pariu! Padrãozinho desgraçado de merda...

Doze

— **Motivação e emoção?** Ah, esquece, essa matéria é só no próximo semestre.

Deitado na cama com a perna em cima de uma almofada e sem camisa, Rika encara a lista de matérias disponíveis para matrícula na faculdade com uma careta de dor.

— Não tenho o pré-requisito, então pra mim não rolaria de qualquer jeito.

— Já se matriculou em "Introdução à psicopatologia"? — pergunta Duda.

— Já — responde Rika. — Vou te mandar o print da turma.

— Valeu.

O silêncio recai sobre o quarto, tão abafadiço quanto o calor do lado de fora. O ventilador de teto gira lá em cima, embora não faça muito para aliviar o mormaço.

Entediado, Fred recorre ao peso reconfortante do celular na palma da mão. Não sabe como, mas em algum momento saiu do site do sistema da faculdade e chegou ao Instagram. Seu foco está em baixa, distribuindo curtidas como quem troca beijos no carnaval, até se deparar com o perfil de Lalo. Ele se empertiga, encarando a tela. De repente, está um pouquinho mais interessado.

— Fred, você já terminou? — pergunta Maia.

— Hmmm...

— Cara, você conhece o sistema da faculdade. Se enrolar, vai ficar sem opções.

Fred luta contra a vontade de fechar os olhos e respirar fundo. Ele clica em uma foto de Lalo, ignorando a situação por apenas alguns segundos. É uma foto padrão no espelho da academia: gotas de suor pontuam a testa e escorrem pelo pescoço largo de Lalo, os fones de ouvido são dois pontinhos brancos nas orelhas. Embora sorria, Fred não enxerga o dente torto.

— Eu sei — admite, cansado. Ele bloqueia o celular e coloca no chão com a tela virada para baixo, as mãos em cima de maneira protetora. — Só tô com a cabeça cheia.

— Cheia do quê? — ironiza Rika. — Você só pensa em uma coisa: Aysha.

— Ha, ha, muito engraçado.

— Não, pera — intervém Duda, pondo o notebook sobre o gaveteiro de Rika. — Ele também pensa no Lalo.

— Depois eu é que sou o gay viciado em macho... — retruca Rika baixinho.

Nervoso, Fred joga os braços para cima, aperta os dedos ao redor do peitoril da janela e bufa.

— Eu *não* estou pensando no Lalo, ok? Tô pensando no programa. — Após um momento de silêncio, ele completa: — E na Aysha.

— Sabia! — Duda bate palmas, empolgada. — Quero as fofocas.

Fred revira os olhos. Puxa as mãos para o colo, limpando a poeira dos dedos no shorts, e pesca o celular. Talvez seja o calor, talvez seja a conversa, mas ele não está com muita paciência hoje.

— A gente pode falar de outra coisa? Tô pensando em me inscrever em "Telejornalismo".

Maia espia a tela do celular de Fred.

— Você nem tá na página da faculdade!

Ele afasta o telefone, mas Duda se estica para a frente e toma o aparelho dele. Ela arfa, os olhos arregalados fixos nas fotos que rolam pela tela conforme ela passa o dedo.

— Você tá stalkeando o Lalo!

Fred morde o lábio inferior. Ok, é possível que estivesse stalkeando Lalo, mas não é como se tivesse planejado isso. Ele olha ao redor, para a expectativa nos rostos dos amigos. Algo dentro dele se derrete feito um sorvete debaixo do sol fervente. Nesse meio-tempo, seus amigos trocam olhares entre si, uma constatação silenciosa que Fred não consegue interpretar.

— Só estava curioso... — revela Fred baixinho.

— Qual é o arroba dele? — pergunta Rika.

— É @lalogarcia — responde Duda.

— ACHEI! — exclama Rika. Ele ergue o notebook até ficar na altura dos olhos e solta um assobio. — Uau...

— Ele é muito gato — concorda Duda.

— Olha só esses peitões!

— JÁ CHEGA, VOCÊS DOIS!

Tomado por um misto de vergonha, ciúme e desespero, Fred se estica para pegar o celular de volta. Duda se esquiva, saltando para sentar na cama ao lado de Rika. Fred geme, frustrado, e bate com a cabeça de volta na parede. Maia pressiona os lábios em linha, controlando a própria vontade de rir, e pousa uma mão solidária sobre o ombro de Fred.

Duda cobre a boca em "o" com a mão, sufocando o riso.

— Meu Deus, ele tem uma tatuagem de pássaro bem em cima do...

— É no abdômen inferior, Duda! — explica Fred, derrotado.

— Metade fica pra dentro da bermuda, e isso aqui é cintura baixa! — replica Duda, animada, o telefone a meio palmo do rosto e os dedos em pinça ampliando a fotografia. — Imagina só onde termina.... — Ela dá uma piscadinha antes de voltar a examinar as fotos de Lalo.

Após um período de tempo constrangedor, cheio de risadinhas e gritos da parte de Duda e Rika, enquanto Fred se afundava tanto contra a parede e o chão do quarto que quase se fundiu à construção, Rika fecha o computador com um gesto dramático e deita a cabeça na montanha de travesseiros atrás das costas. Ele fixa os olhos cor de mel em Fred, encolhido logo abaixo da janela, e sorri.

— Não é à toa que você se jogou de uma ponte — diz ele, o tom levemente zombeteiro, as sobrancelhas dançando como quem faz um brinde vitorioso.

Fred dispara um olhar mortal na direção do amigo.

— Você estourou em falta porque fazia banheirão!

— Eu não te critiquei! — protesta Rika, fingindo ofensa com a mão sobre o peito de maneira afetada.

Duda dá uma risadinha, os ombros sacudindo conforme o som atravessa o ambiente. Ao lado de Fred, Maia revira os olhos.

— Ô, inferno, vocês...

Rika dá de ombros em falso desinteresse.

— Tá, se você não quer falar, não precisa.

— Precisa, sim! — reclama Duda.

Sem muito esforço, Fred se levanta. Em duas passadas, ele cruza o pequeno espaço livre do quarto até Duda, apanhando o celular da mão distraída da amiga de volta. Duda mostra a língua, mas aceita a derrota. Quando torna a ocupar o posto debaixo da janela, ele desbloqueia o telefone e se depara com todas as fotos de Lalo curtidas. Fred cerra os olhos com força por um segundo, então sacode o telefone em frente ao rosto, confrontando os amigos com a prova do crime.

— Que fique claro que são vocês que estão me impedindo de fazer matrícula pra falar de macho!

— Argh, me dá isso aqui. Eu faço pra você. — Maia toma o celular de Fred tão rápido que ele quase o derruba no chão. Se Maia não fosse uma veterana de jornalismo, ele ficaria preocupado com a velocidade com que ela seleciona suas matérias para o próximo semestre. Pouco mais de um minuto depois, ela estende o telefone para Fred. — Pronto.

Três pares de olhos o encaram, todos exprimindo a mesma pergunta: *e aí?*

Fred engole em seco.

— Vocês sabem que entrei no programa por causa da Aysha...

— Sim, a gente sabe que você é uma marionete do entretenimento — provoca Rika, e acaba levando uma cotovelada nas costelas de Duda.

— Continua, amigo — incentiva Maia.

Fred faz uma careta.

— Não tem muito o que dizer. O Rika tá certo, sou uma marionete do programa. Só que durante o encontro... sei lá, fiquei com a sensação de que o Lalo tava desconfortável com alguma coisa. Tipo, ele ficou bem surpreso ao me ver no iate, mas quando falei que sabia o motivo de *ele* estar no programa, ele me perguntou por que *eu* entrei, e quando respondi, ele meio que... não pareceu gostar da resposta.

Duda ofega, surpresa.

— Pera, você contou que entrou por causa dos ingressos?!

— Meu amor, eu amo quando você se empolga com essas coisas... — diz Maia, olhando com doçura para a namorada. — Mas é claro que o Fred *não* falou dos ingressos.

— Eu *não* contei sobre os ingressos. Falei que tinha sido por causa do beijo.

— Ahhh...

— Você não beija tão mal assim pra ele não ter achado uma resposta válida — diz Rika em sua defesa.

— Obrigado.

— Talvez ele tenha pensado que não era razão suficiente? — oferece Maia, as engrenagens em seu cérebro montando a história. — Se ele entrou no programa com a intenção de se apaixonar de verdade, pode ser que procure alguém que o queira *de verdade*. Já beijei um monte de gente no carnaval, mas isso não significava que eu queria me relacionar com essas pessoas.

— Bom saber, dona Maia. — Duda empina o nariz e joga as tranças por cima do ombro.

— Com exceção de você, meu amor.

— Então vocês acham que o Lalo não tá muito a fim de mim porque eu não tenho razões sólidas para estar no programa? — pergunta Fred.

— Olha, ele foi pego de surpresa — diz Duda, afundando-se em uma almofada. — Dá um tempo pra ele. Assim que ele te conhecer melhor, vai gostar de você.

— Mas por que você tá tão preocupado com o Lalo gostar de você? — intervém Rika — Achei que sua única preocupação fossem os ingressos.

— Eu quero os ingressos, mas também quero que ele goste de mim. Ele é um cara legal, atencioso, bonito... que mal tem?

De repente, todos os olhos se voltam para Fred.

Ele sente calor no pescoço e baixa os olhos para o celular. A tela de bloqueio é uma foto editada do clipe mais recente de Aysha, com tranças platinadas pontilhando sua silhueta. Um sorriso pequeno curva o canto da boca da cantora. Quanto mais Fred a encara, mais tem a impressão de que ela, assim como seus amigos, parece saber de algo que ele ainda desconhece.

— A busca pelo amor não é fácil. Até mesmo a pessoa mais habilidosa em um barco pode enfrentar ondas terríveis que são verdadeiros obstáculos. Para provar seu comprometimento com o Lalo, nossos pretendentes terão que encarar uma pista de obstáculos para terem a chance de conquistar o coração do nosso crossfiteiro favorito!

— O Lalo nem faz crossfit! — cochicha Nicolas.

— Os pretendentes serão divididos em duas equipes. A equipe vencedora se une ao Lalo para um piquenique especial — diz Rodrigo Casaverde, gestuando para uma tenda na margem oposta do lago, de onde Lalo assiste a tudo. — Já a perdedora, além de ficar de fora do encontro, vai para a berlinda, e um dos seus integrantes dirá adeus ao *Love Boat Brasil*.

O silêncio entre os participantes é desconfortável. Carlinhos os leva a uma tenda menor, na esquerda do lago, onde uma faixa grande diz "início". O produtor bate os olhos em uma prancheta e indica coletes para cada pretendente.

— Carlinhos, posso trocar de colete com a Rafa?

— Por que, Carina?

— Azul-bebê não me favorece.

Carlinhos revira os olhos, encara a prancheta e, contendo um sorrisinho, assente.

— Juro pra vocês que não entendo esse programa... — reclama Carina, passando um colete cor-de-rosa pela cabeça.

— Havia uma cláusula sobre saber nadar... — oferece Rafaela, torcendo o nariz para o colete azul.

— Pelo menos não é tão alto assim...

Vestindo um colete azul-bebê por cima da regata branca — antes era uma camiseta falsa da última turnê da Aysha, mas a produção o fez trocar por questões de copyright, propaganda ou sei-lá-o-quê que ele já tinha esquecido —, Fred solta o ar pela boca, os lábios tremendo.

Jonathan aparece por trás dele, dando-lhe um susto.

Virando-se para olhá-lo, Fred fica momentaneamente feliz por dar de cara com um rosto simpático.

— Oi — diz, sorrindo. — Lembra de mim? Você ajudou a me tirar do lago aquele dia.

Não é o melhor jeito de iniciar uma conversa, mas ele precisava começar de algum lugar.

— Lembro, sim. Você é o carinha que entrou de surpresa no programa.

— Eu diria que caí de paraquedas, mas estaria mentindo.
— Fred dá uma risadinha nervosa, coça o pescoço e estica a mão para o rapaz. — Sou o Fred. Prazer.
— Sei quem você é. Eu sou o Jonathan. — Ele aperta sua mão com um sorriso contido no canto da boca, os olhos espertos deslizando pela silhueta de Fred. — Você encarnou mesmo essa pegada de praia que o programa vende, né?
— Não gosto de mangas. Muito limitante.

Jonathan assente.

— Posso perguntar uma coisa? — pede Luiz, entrando na conversa, a voz baixa ganhando um volume surpreendente em meio ao silêncio constrangedor.

— Vai fundo.

— Por que você entrou no programa?

Algumas orelhas se esticam para ouvi-lo melhor, pescoços girando lentamente, olhos que fingem estudar o circuito aquático que terão que fazer ao mesmo tempo que deslizam até o cantinho, curiosos para saber a resposta. Fred imaginava que pudessem lhe fazer essa pergunta; depois de Lalo, é claro que os demais competidores ficariam curiosos a respeito de uma adição em cima da hora.

— Não é que a gente tenha algo contra você... — Luiz se apressa em dizer, ajustando os óculos na ponte do nariz.

— Na verdade, a gente meio que tem... — sussurra Carina para Nicolas, que pressiona os lábios para não rir.

Fred ignora o comentário.

— Pela mesma razão que vocês, acho — responde.

— Você sequer chegou a se inscrever? — dispara Nicolas, os olhos duros e fixos nele.

Nicolas fica sem resposta, pois Carlinhos chega com um colete cor-de-rosa tamanho grande e entrega para Jonathan.

— Eu acho que você se sentiria mais confortável se tirasse a camisa. Você também, Nicolas. Acho que o Lalo gostaria disso... — O rádio no cinto de Carlinhos chia um "Estamos prontos para eles, Carlinhos". — Estão vendo essa linha branca aqui? Fiquem atrás dela. Não saiam da ordem que eu colocar vocês. Não saiam da marca até ouvirem a buzina. — Ele pesca o rádio e diz: — PODE RODAR!

— Antes de começarmos, deixa eu explicar o circuito pra quem é de casa. Nossos participantes foram divididos em dois times: no time azul, temos Fred, Luiz e Rafaela; no time rosa, temos Carina, Nicolas e Jonathan. Os participantes precisarão pular nas boias de vitórias-régias até chegarem ao túnel de cordas. No final, eles terão de balançar e se jogar contra a parede inflável, escalá-la, e então desviar dos espaguetes e rolos que tentarão derrubá-los até o fim da plataforma antes de descerem de tirolesa até o final da prova. Os dois times sairão ao mesmo tempo. Para um time vencer, todos os integrantes devem passar pelos obstáculos e cruzar a linha de chegada. Se um deles cair na água durante o percurso, precisa voltar para o início.

Nicolas está animado. Jonathan não demonstra muita emoção, mas está focado. Carina e Rafaela parecem igualmente preocupadas, embora Fred acredite que uma esteja mais preocupada com molhar o cabelo do que com o circuito. Luiz parece que vai vomitar.

— Lalo, você tá empolgado para ver nossos participantes desbravando esse circuito? Curioso para ver quem serão os três vencedores?

— Isso aqui me lembra um jogo de videogame. E todo mundo é bem competitivo, então vai ser engraçado.

— Então pode soar a buzina!

Tão logo a buzina atravessa os ouvidos dos participantes, eles disparam sobre as boias vitória-régia, saltando de uma para outra da melhor maneira possível. Surpreendendo zero pessoas, Nicolas e Jonathan atravessam o segundo obstáculo com agilidade e já estão se jogando contra a parede de escalada antes que os outros consigam sair das boias.

— Ela trocou... de coletes... porque queria... estar no time... vencedor — diz Rafaela com dificuldade, enrolando as pernas numa corda antes de soltar a anterior. — Esperta...

Fred desconfiava que esse tivesse sido um dos motivos.

— Esquece ela. Se concentra no circuito — diz ele. — Quer ajuda?

Rafaela balança a cabeça, o rosto vermelho, determinado.

— EU QUERO! — grita Luiz, encarando o túnel de cordas com olhos arregalados. Fred volta o percurso sem dificuldade e estende uma corda na direção dele. — Eu não sou muito atlético. Não sei fazer... isso.

— Usa os nós pra apoiar o pé. Se sentir que a corda está escorregando dos dedos, tenta alcançar a que está em cima da sua cabeça. Assim.

Lado a lado, os dois conseguem cruzar o túnel de cordas, mas quando chegam à parede de escalada, são os últimos da corrida. Rafaela está no topo, desviando dos espaguetes e rolos. Fred nem se dá ao trabalho de localizar Nicolas e Jonathan para não ficar ansioso.

O rosto de Carina desponta no topo da parede. Ela segura o capacete e, com um sorriso malicioso, entorna a água sobre a parede inflável bem na hora em que Fred alcança um pegador novo. Seus dedos escorregam e ele perde o equilíbrio. Precisa se jogar para o lado para não derrubar Luiz enquanto cai.

Um apito denuncia sua queda e ele volta para o início, grunhindo de raiva.

Molhado, é um pouco mais difícil de passar pelas cordas, mas o ódio é um excelente combustível. Quando chega àquele ponto de novo, ele dispara parede acima feito um gato, olhando de um lado a outro, receoso de que Carina apareça com outro capacete cheio de água.

Os espaguetes e rolos são um problema. Enquanto ele refazia o percurso, Jonathan e Rafaela caíram, mas já estão de volta ao circuito. Carina desvia de um espaguete e pisa em falso. O riso farfalha na garganta de Fred enquanto ele pensa em justiça divina ao vê-la se segurar pelos dedos, sofrendo para conseguir se reerguer. Mas antes que ela caia, Nicolas dá meia-volta numa velocidade impressionante, agarra-a pelos antebraços e a coloca de pé.

Estraga-prazeres.

E eles ainda têm a *pachorra* de fitá-lo com um sorrisinho do outro lado.

Luiz está travado, observando o movimento dos rolos.

— Luiz, você tá bem?

— Sim. Tô calculando...

Os espaguetes não têm tanta força para derrubá-los, apenas atrasá-los. Luiz perdeu os óculos, não que pareça se importar. Há um vão grande o bastante entre os rolos e a plataforma para alguém "magro demais!" se arrastar igual a uma minhoca sem correr o risco de fazer outro mergulho.

Pode ser anticlimático para os espectadores, mas Fred precisa ganhar. Ele lida com Rodrigo depois.

Ao chegarem na tirolesa, veem Jonathan de pé na linha de chegada e se animam. Os dedos de Luiz escorregam da barra a milímetros da linha de chegada, mas, como desceram juntos, cada um numa linha diferente, Fred não consegue impedir que ele caia na água.

Felizmente, Jonathan o agarra no colo, colocando-o em segurança no chão.

— Obrigado! — Luiz funga em seu peito, abraçando-o.

— Fica em paz, bichinho.

Fred põe a mão no ombro de Luiz, feliz por ele, mas de repente percebe como a linha de chegada está vazia.

— Pera aí. Cadê o Nicolas e a Carina?

— Não consigo vê-los — responde Jonathan. — Acho que foram derrubados pelos rolos.

A parede de escalada é alta e não dá para enxergar além dela, de modo que, se eles tiveram que voltar para o começo, estão longe demais para chegar a tempo. Sorrindo, Fred envolve Luiz num abraço.

— Agora só falta a Rafa e estamos salvos!

— OLHA ELA ALI!

— VAI, RAFA! VAI, VOCÊ CONSEGUE!

Rafaela se esquiva do rolo e corre em direção aos últimos espaguetes, sorrindo.

Até que, de dentro do emaranhado colorido de espaguetes, saem Nicolas e Carina, correndo para as tirolesas.

Eles esperaram lá dentro.

Fred encontra o olhar incrédulo de Luiz, ciente da sua boca aberta em rede nacional, se perguntando como eles conseguiram se esconder ali por tanto tempo, esperando… como se tivessem planejado aquilo.

Quando o pensamento passa pela sua mente, ele sabe.

Aquilo *foi* planejado.

E ele não acha que foi por Nicolas ou por Carina.

Eles pousam da tirolesa com urros de vitória, encontrando Jonathan em um abraço em grupo monstruoso.

De cima da plataforma, aguardando as barras voltarem, Rafaela encara Fred e Luiz com os olhos brilhando de lágrimas no instante em que a buzina corta o ar e a voz de Rodrigo Casaverde soa pelos alto-falantes:

— Parabéns pela vitória, time rosa! Infelizmente, o time azul perde o jogo e, agora, um deles deixará o programa. Vocês descobrem quem fica e quem sai depois dos nossos comerciais.

Treze

— **Agora é com você,** Lalo. Quem encerra a sua jornada nas ondas do amor: Fred, Luiz ou Rafaela?

Lalo junta as mãos, mirando seus três pretendentes.

O circuito foi insano.

Mais cedo, quando Matheus revelou que a proposta do circuito era um tipo de "crossfit sobre a água", Lalo franziu o cenho e esperou que explicassem o motivo.

— Porque você é todo fitness, sabe, e essa coisa de água tem a ver com o tema do programa — falou o produtor.

— Eu não faço crossfit.

— Agora faz.

Então, ele foi arrastado para figurino e maquiagem, carrinho de golfe — era a primeira vez dele em um carrinho daqueles, foi divertido — e aquela tenda de piquenique em esteroides, algo mais próximo de um sheik árabe do que um cara de T.I. da periferia de Osasco. Três longas mesas em U, cobertas com toalhas bonitas e macias, abarrotadas de comida. Uma tinha frutas e duas fontes de chocolate, a outra, diversos tipos de canapés, pães e frios, e a terceira, uma cascata de champanhe e morangos impossivelmente gordos e vermelhos, rodeada por taças e garrafas de bebidas que ele não reconhecia.

Matheus apareceu com uma bandeja de metal repleta de frutas e uma taça de champanhe.

Ele nunca tinha comido tâmara na vida. Tinha gosto de chocolate.

Lalo estava muito relaxado quando a dinâmica começou. Tudo parecia um pouco engraçado, como se estivesse assistindo a algo na TV que não fosse com *ele*.

Os pretendentes saltaram as boias vitória-régia igual a sapos, treparam nas cordas como... coisas que trepam em cordas, escalaram a parede de escalada e atravessaram os obstáculos feito gatos ligeiros. Quando a primeira pessoa caiu na água, Lalo até deu uma risadinha. Depois, ao perceber que Carina ria do alto da escalada, ele começou a prestar mais atenção.

Ela havia sabotado Fred.

Foi só um pouco de água. Fred sabe nadar. E, no entanto, Lalo não conseguia se livrar da sensação gelada no estômago, dizendo-lhe que ali aconteciam coisas que seus olhos não viam.

Depois disso, tudo pareceu voltar para um estado de competição amigável, até que ele perdeu Nicolas e Carina de vista. Ele gostava de Nicolas e pensou que o rapaz pudesse ter caído na água, mas quando não viu Carina, se empertigou na cadeira e assistiu quando eles saíram do esconderijo e cortaram Rafaela.

Nada daquilo era contra as regras. O problema era que Lalo não achava justo. Ele buscou nos rostos de Rodrigo, dos produtores e até da equipe por algum traço de que aquilo era *errado*, mas tudo o que encontrou foram olhares vidrados e sorrisos satisfeitos.

Foi quando percebeu que não era o único a considerar o *Love Boat Brasil* um jogo.

Enquanto Carina, Jonathan e Nicolas celebravam na tenda imensa, ele e o apresentador foram levados no carrinho de golfe até a minitenda, onde o time perdedor o aguardava.

Agora, Lalo segura uma boia salva-vidas, o olhar passeando por Fred, Luiz e Rafaela. Ele precisa impedir que o rosto se contraia em simpatia; eles só perderam porque o jogo pareceu manipulado para que isso acontecesse.

Tem alguma coisa acontecendo, ele sabe disso.

— Sinto muito que vocês estejam na berlinda. Imagino que seja muito difícil estar nessa posição e ouvir isso, mas espero que tenham se divertido na dinâmica de hoje e curtido nosso tempo juntos. Eu sei que eu curti. — Lalo abre um sorriso, amenizando o clima. Os três correspondem com sorrisos de canto, o que já é alguma coisa. — Tenho duas boias salva-vidas, então só posso salvar dois de vocês. Espero que me perdoem por isso.

Ele dá um passo adiante e, sem pensar, estende uma delas para Rafaela.

— Rafa, eu gostaria que você continuasse no programa comigo.

Rafaela o envolve em um abraço apertado, e ele sente as lágrimas no pescoço antes de ouvi-la fungar. Ele a abraça de volta, sorrindo quando ela toma a boia nos braços como se fosse mesmo sua salvação.

Lalo pega a outra boia.

— Antes de escolher quem fica no *Love Boat Brasil*, quero agradecer a presença de vocês, Fred e Luiz, por mais curta que tenha sido. Mas preciso escolher com o coração, e só posso ficar com quem sinto que tive tempo para formar uma conexão. De todo jeito, quero dar um abraço em vocês dois antes. Posso?

Essa é a desculpa perfeita para se livrar de Fred.

Ele abraça Luiz primeiro. O rapaz treme, os braços enrolados com força ao redor de seu corpo.

— Não se preocupa — sussurra Lalo ao pé do ouvido dele, e quando se afasta, vê um traço de alegria em seu rosto.

Quando é a vez de abraçar Fred, ele se sente um pouco pra baixo. Por mais que tenha a intenção de eliminá-lo, parte de Lalo se chateia por eliminar a única pessoa que pareceu capaz de vê-lo por trás da armadura, como se, ao mandá-lo embora, estivesse condenando a si próprio a viver um jogo de mentiras quando poderia deixar que Fred o ajudasse a se abrir e se aceitar como é.

É justamente *esse* o motivo pelo qual Fred não pode ficar.

Mas quando Lalo o abraça, imprimindo toda sua simpatia naquele adeus silencioso, Fred o aperta com força, cobrindo o colar com microfone com o corpo, e enterra a cabeça em seu pescoço.

— Eu *sei* por que você tá aqui e posso te ajudar — murmura Fred, apressado. — Confia em mim.

De volta à sua marca, Lalo não consegue deixar de encarar Fred, os olhos arregalados, a boca entreaberta, o coração martelando nos ouvidos *Victor, Victor, Victor.*

— E então, Lalo — o apresentador insiste, trazendo-o de volta ao momento presente. — Quem você salva e quem você manda pra casa?

— A pessoa que fica no *Love Boat Brasil* comigo é...

Por favor, diz Fred, apenas movendo os lábios.

Os olhos de Luiz se enchem de água.

Lalo aperta a boia com tanta força que os dedos ficam esbranquiçados. Ele não consegue olhar, então fecha os olhos e força as palavras para fora.

— Sinto muito, Luiz.

Há um suspiro alto, aliviado, e também uma fungada.

Ele não precisa ver quem soltou o quê.

— Fred, você foi salvo, então leva a boia salva-vidas. Luiz, obrigado pela participação, mas a sua jornada no barco do amor chegou ao fim. — Rodrigo Casaverde faz uma pausa, na qual Luiz caminha devagar até onde Matheus está e então desaparece em um carrinho de golfe. — Uma decisão emocionante no *Love Boat Brasil* hoje. O programa continua com cinco participantes. Fiquem com a gente para saber tudo o que vai acontecer no piquenique luxuoso entre Lalo e os vencedores da prova. Não saiam daí!

***

Carina tem muito a dizer, então Lalo deixa que ela fale pelo tempo que quiser. Depois de saber que ela pediu para trocar de colete com Rafaela, só tinha uma coisa que ele queria dela: admissão de culpa e um pedido de desculpas. Tudo o que conseguiu foi um monólogo exaltando a si própria.

— Eu sabia que o Nicolas é personal trainer e o Jonathan é superatlético e tal... Meu pai sempre diz: todo dia sai um bobo e um esperto de casa, a gente tem que escolher ser o esperto pra não se dar mal igual o bobo. Ah, esse champanhe é francês? Senão não é champanhe *de verdade*...

Nicolas tenta engajá-lo em uma conversa sobre um jogo de videogame que começou anteontem, despertando a animação de Lalo, pois é um dos seus favoritos, mas sua atenção está tão baixa depois de ouvir a tagarelice de Carina que o rapaz interpreta a distração como fome e o força a comer um sanduíche natural e tomar um copo de iogurte.

— Você precisa de proteína — diz ele, e o cuidado que tem com Lalo ajuda a mitigar um pouquinho a chateação, tirando-lhe um sorrisinho de canto.

Jonathan é o único com quem Lalo consegue conversar. Embora num primeiro momento pareça que a única coisa que têm em comum são as tatuagens, o estilo tranquilo de Jonathan o deixa mais confortável.

— Você não tem cara de quem gosta de samba — diz Jonathan.

— Meu pai adora. Cresci ouvindo Martinho da Vila, Clara Nunes e Alcione em casa. Acabei gostando...

— Esses são os clássicos, mas e os atuais?

— Não sou muito de ouvir música nova.

Jonathan balança a cabeça, um sorriso de canto.

— Quem sabe um dia eu não te leve numa roda de samba?

É o primeiro sorriso sincero pós-eliminação que Lalo abre.

Catorze

> esse é o Fred que eu conheço, sempre se metendo em loucura...

> n acredito que vc tá num reality vsf vc é doido demaaaaaais

> APROVEITA E PEDE UM ESTÁGIO NA EMISSORA!!!!!

Quando as mães chegam, ecobags nos ombros, saco de pão nos braços, Fred está na cozinha, lendo as mensagens dos vários grupos da faculdade. Ao que parece, ter sua imagem aparecendo em todo canto da TV aberta e da internet pode chegar a algumas pessoas.

Ele rapidamente larga o celular com a tela virada para baixo. Se fosse em qualquer outro momento, ficaria feliz com a atenção, mas Fred é incapaz de espantar o nervosismo do próprio sistema desde a eliminação do dia anterior.

Cristina deposita um beijo na testa do filho ao passar, deixando as compras em cima da mesa. Bárbara vai direto até a cafeteira.

— Alguém acordou cedo... Acho que foi a animação com o programa. Olha a cara dele, tá todo nervoso! — provoca, enchendo duas xícaras tiradas do escorredor com café.
— Não tô nada!
— Tá, sim.

Fred vira o rosto, escondendo a cabeça entre os braços. Apesar de estar usando shorts, ele se sente mais nu do que nunca.

— O que está acontecendo aí na sua cabecinha, hein, filho? — Bárbara coloca uma xícara de café em frente a Fred, aquela com um gatinho preto sorrindo dizendo *Good Meowning!*, e puxa uma cadeira para se sentar.

Cristina vem logo atrás, com uma xícara própria em uma das mãos e o pote de manteiga na outra.

— Nada de mais — mente Fred, cuidando para não relancear o celular na frente de Bárbara. Aprendeu isso com o contrato para o *Love Boat Brasil*.

— Você não vai contar para as suas mães? — pede Cristina, a voz com uma falsa pitada de mágoa.

— Somos ótimas em guardar segredos. — Bárbara toma o lado da esposa.

— Claro que são, mãe.

Fred bebe um gole do café, expirando lentamente quando o líquido aquece seu estômago.

A mesa treme quando o telefone vibra e zumbe, deslizando sobre a madeira. Fred decide ignorar a mensagem e bebe mais um gole. Bárbara semicerra os olhos, o indicador traçando círculos perto do celular de Fred. Um calafrio sobe pela coluna dele, arrepiando os pelos da nuca.

— Hm, filho. Sua mãe e eu estávamos conversando antes de dormir e achamos tão legal que você esteja participando do programa! Fazia tempo que você não se envolvia com ninguém. Não que eu estivesse com saudade de fazer café da manhã pra alguém diferente todo domingo, mas...

— MÃE!

Bárbara, com o semblante impassível, alcança a mão da esposa e a aperta uma vez.

— Querida...

Cristina comprime os lábios, as bochechas ruborizadas. Eles tomam café aos sons do tráfego na avenida próxima e do chilrear dos pássaros.

— Enfim, estamos felizes que esteja se envolvendo com alguém de novo — diz Cristina.

De olhos fechados, Fred engole o bolo de pão com manteiga mastigado com um último gole de café, agora já frio.

— Tecnicamente, estou no programa pelos ingressos, e vocês sabem disso.

— Mas você *disse* que aquele rapaz beija bem...

Agora é a vez de Fred estreitar os olhos na direção de Bárbara.

— Eu contei isso pra mãe — frisa ele.

— Ela me contou.

— *Tsc-tsc-tsc.* E ainda dizem que conseguem guardar segredo.

Fred lava a louça e coloca mais pó de café na máquina enquanto Bárbara desaparece no escritório e Cristina se ocupa em preparar o café da manhã. Quando ninguém mais está dando atenção, ele discretamente recolhe o celular da mesa e se deita no sofá da sala, o telefone erguido a um palmo do nariz.

A central de notificações provoca uma bagunça de sentimentos, o coração acelera e os pensamentos correm tão depressa que Fred fica tonto.

Mundinho Aysha
@mundinhoayshavive AIMEUDEUS insider confiável avisa que o lead single sai nas próximas horas!!!!! CES TÃO PRONTES????
grrrr8beat
@grrrr8beat aysha droppin' lead single today

> **Lalo:** Fred, precisamos conversar.

Fred se senta no sofá num salto. Talvez ele devesse cuidar melhor da saúde, porque é altamente provável que esteja tendo um ataque cardíaco.

Aysha. Lalo. Single. Conversar.

AAAAAAAAAAAAAAAAAAAAAAH!!!!

Fred respira fundo, embora os pés descalços sapateiem sobre o tapete. Ele se atrapalha ao abrir o Twitter e acidentalmente abre o Tinder — melhor deletar esse aplicativo depois. O perfil oficial da Aysha não postou nada, o que não significa necessariamente que os rumores são verdadeiros, mas se depender do entusiasmo dos fãs respondendo ao tuíte do Mundinho Aysha...

Ok, ok.

Ele puxa o ar, forçando as pernas a se acalmarem.

Após abrir a mensagem de Lalo e encarar as palavras na tela, sente as sobrancelhas se unirem e a testa vincar em confusão. Ele esperava que pudessem conversar em breve, mas não no dia seguinte à exibição do programa.

> **Fred:** oi!

> **Fred:** sobre o que quer conversar?

> **Lalo:** Sobre o programa.

> **Lalo:** Acho que vou desistir.

Fred fecha os dedos em garra ao redor do celular e põe a cabeça entre os joelhos. A claridade da luz do dia invade o cômodo através das cortinas fechadas; partículas de poeira dançam no ar parado, a imagem da calmaria após o amanhecer. Ele solta o ar devagar, os polegares digitando uma nova mensagem.

> **Fred:** a gente pode se encontrar agora e conversar pessoalmente, que tal?

> **Fred:** vc já tomou café?

Lalo está digitando algo. Para. Volta a digitar. Para.
Fred está a ponto de morder uma das almofadas favoritas das mães quando a mensagem, por fim, chega.

> **Lalo:** Melhor não.

QUÊ?!
Fred corre escada acima e morde a língua ao bater o dedo na quina do degrau para impedir que xingue em voz alta e acorde os amigos, que estão dormindo em seu quarto, antes de se trancar no banheiro. Ele se senta sobre a tampa da privada, puxando os pés para cima, e fita o celular. Sem pensar duas vezes, clica no ícone de telefone e aguarda enquanto chama.
Lalo atende com uma fungada. De repente, toda a raiva e frustração de Fred somem.
— Fred? — diz ele baixinho, incerto. Uma porta se fecha, trancada, e então Lalo retorna. — Por que você tá ligando? Como você tem meu número?
— Ligação pelo Instagram, e porque eu fiquei preocupado. — Fred torce o cordão do shorts. — O que tá acontecendo?
— Pera, por que esse eco? Você tá falando do banheiro?

— Eu precisava de um lugar quieto pra falar com você. — *Longe dos ouvidos curiosos das minhas mães fofoqueiras*, ele completa em pensamento. — Aconteceu alguma coisa?

Lalo espera um pouco antes de responder:

— Não é nada. — Do outro lado da linha, Lalo conversa com alguém, a voz abafada como se tivesse coberto o telefone com a mão. Ele suspira. — Olha, eu tô com um pouco de ressaca e confuso e… desculpa, não devia ter te mandado mensagem. É que o programa… isso não tá funcionando como eu planejei, eu…

— Olha, me desculpa por ter te colocado naquela posição ontem, mas acho que temos uma ótima oportunidade e sei que vai dar tudo certo se trabalharmos juntos.

Fred aceitou participar do programa sob duas condições autoimpostas: ganhar os ingressos pro show da Aysha e não machucar ninguém. Ele não tinha como ter certeza sobre a última parte além de uma frase, mas achou que os danos seriam mínimos. Ele se revirou na cama a noite toda pensando nisso, com o fantasma do choque no rosto de Lalo e os sons de Luiz chorando se repetindo em mil e um cenários diferentes.

Sobre o motivo que levou Lalo a entrar no *Love Boat Brasil*, ele tinha um palpite e jogou verde. Não esperava *aquela* reação.

A princípio, tudo o que Fred recebe é o silêncio. Ele aguarda tão pacientemente quanto consegue — estala os dedos dos pés enquanto faz e desfaz nós no cordão do shorts —, dando tempo a Lalo. O que quer que o esteja afetando, é importante para ele. Lalo demora tanto a responder que Fred dá uma olhada na tela, verificando se a ligação não caiu.

— É um motivo idiota… — resmunga Lalo, derrotado.

— Não se for importante pra você.

Lalo funga mais uma vez. Uma onda de empatia cai sobre os membros de Fred, relaxando-o e fazendo-o querer confortar o rapaz do outro lado da linha.

— Ei — chama ele baixinho. — Onde você tá agora?

— Na casa de uma amiga. Osasco.

— Certo. — Fred abre o Google Maps e bola um plano. — Me encontra no meio do caminho. Que tal no shopping? Não, tem muita gente... Sabe onde fica o Parque Villa-Lobos?

O Parque Villa-Lobos está longe de ser "meio do caminho", mas talvez Lalo aprecie não ter que ir tão longe hoje.

— Uhum.

— Tem um restaurante de um conhecido meu ali perto. Me dá uns trinta minutos de dianteira e eu te encontro na saída da estação, ok?

— Ok — responde Lalo, a voz abatida.

Tão logo encerra a ligação, Fred desliza para fora dos shorts e entra no banho.

Enrolado numa toalha e com o celular na mão, ele sai do banheiro e, na pressa, quase tromba com Rika, parado em frente à porta. Fred derruba o celular no chão e pisca, assustado.

— Desculpa, amigo, você queria ir no banheiro?

Rika não diz nada quando Fred se abaixa para pegar o aparelho, secando-o na toalha.

— Quem era no telefone? — pergunta Rika, fazendo um esforço tremendo para cruzar os braços com as muletas.

— Por que você quer saber?

— Porque eu acho que você tava falando com o Lalo. E acho que você tá perigando fazer alguma coisa impulsiva e idiota.

— E se eu *estivesse* falando com ele?

— E você tá indo encontrar com ele agora, né?

Fred revira os olhos.

— Sério, Rika, qual é o problema?

— Não é preciso ser um gênio pra saber que você não deveria estar falando com ele fora do programa, muito menos *saindo* com ele! Frederico, isso é quebra de contrato! Sei que você caga e anda pras consequências, mas você não tem mais quinze anos, você é adulto e nem a Bárbara vai poder impedir caso eles decidam te processar.

Balançando a cabeça, Fred se esgueira para fora do banheiro, segurando a toalha no lugar com a mão do celular, e diz:
— Acho que você está exagerando...
Rika bufa.
De repente, uma muleta aparece na frente de Fred como uma cancela de estacionamento, impedindo-o de seguir adiante.
— Você tá gostando dele? — Rika dispara a pergunta.
— De onde você tirou isso?!
— É sempre assim: você começa a gostar de alguém e de repente parece que seu cérebro para de funcionar. Foi assim quando você ficou a fim daquela menina da Letras, daquele roteirista de meia-idade que foi palestrar na faculdade de cinema e de Kira!
— A menina da Letras foi só uma ficada, o roteirista era um daddyzão lindo de quarenta e cinco anos e Kira tem todo aquele lance de androgenia que...
— NÃO INTERESSA! — grita Rika.
As cabeças de Duda e Maia aparecem, semiescondidas pelo batente da porta do quarto.
— Gente... vocês precisam de ajuda? — oferece Duda, aparecendo por inteiro agora, à distância.
— Não — responde Fred, passando por debaixo da muleta de Ricardo e indo em direção ao quarto.
— Aonde você vai? — pergunta Maia, dando passagem ao puxar o colchão de ar para o canto da parede.
Fred e Rika falam ao mesmo tempo:
— Vou ver um amigo.
— Ver o Lalo.
Duda e Maia cruzam o olhar. Antes que a namorada possa falar alguma coisa, Maia enlaça o braço de Duda e as duas deixam o quarto dizendo que vão conversar com as mães de Fred, assim não ficarão tão preocupadas com a discussão.
Lançando um olhar agradecido à amiga, Fred abre as gavetas em busca de roupa limpa.

— Rika, eu não quero brigar — diz ele, quicando pelo quarto ao tentar vestir a cueca por debaixo da toalha. — Sei dos riscos que tô correndo e tenho tudo sob controle. Vou encontrar o Lalo, acertar as coisas e pegar meus ingressos quando o programa acabar.

Rika suspira, subitamente exausto, e fala em voz baixa:

— Você *acha* que tem tudo sob controle, mas nós dois sabemos que isso tá te estressando. Eu também estava na cama, senti você se revirar a noite toda. Meu medo é que você faça algo que te machuque, porque tudo o que eu *não* quero é assistir de camarote ao meu melhor amigo sofrendo.

Fred abre a boca, então fecha.

Lalo já deve estar saindo de casa a essa hora, e a última coisa que Fred quer é dar tempo demais para que ele desista do encontro, ou então já pode dar adeus ao programa e aos ingressos para o show.

Quando se volta para Rika, querendo lhe fazer um milhão de perguntas, ele não está mais lá. Uma explosão de risos viaja pelo ar direto da cozinha, seguido por um coro de "bom dia" conforme recebem Rika para o café da manhã.

Por alguns segundos, Fred permanece ali, no corredor, o cabelo úmido gotejando nos ombros. Será que estão falando dele lá embaixo? O que estão cochichando?

Não que ele queira dar razão ao amigo, mas Rika está certo: os últimos acontecimentos começaram a afetá-lo e Fred não confia que está no controle. É mais fácil ser um fantoche, um boneco de madeira facilmente manipulável, do que a pessoa segurando os fios. Ele não quer ser responsável pela dor de ninguém, só quer os ingressos. Não deveria ser tão difícil assim.

Fred não tem tempo para refletir.

Ele se veste em tempo recorde, pega a mochila de pano e dispara escada abaixo, berrando uma despedida para as mães e amigos:

— Preciso resolver um negócio! Volto pro almoço!

Quinze

A estação está movimentada às sete e pouco da manhã. Homens e mulheres em roupas sociais, o cheiro de sabonete e perfume em uma nuvem densa e quente pairando no ar. O som das catracas girando a cada transeunte, do plástico do cartão de passagem no metal, de sapatos de salto alto e todos os estilos musicais vazando dos fones de ouvido fazem a cabeça de Lalo latejar.

Espremido no canto, ele abaixa a aba do boné azul-escuro emprestado de Lisa numa tentativa de cobrir o rosto. Apesar de ter entrado num vagão lotado, ninguém prestou muita atenção nele — havia outras coisas mais importante em que se concentrarem, tipo o sono, os feeds das redes sociais, um episódio de alguma série. Lalo conseguiu sair do trem e subir as escadas da estação Villa Lobos-Jaguaré escondido entre os passageiros. No entanto, ele não consegue se desprender da sensação de estar sendo observado.

Lalo pesca o telefone do bolso. Há duas ligações perdidas de casa e algumas mensagens no grupo de amigos. Ele ignora as notificações e abre o Instagram. É cedo, mas Victor postou uma selfie correndo sem camisa no que parece ser um parque e um print de um aplicativo indicando os oito quilômetros percorridos.

Uma pontada de dor de cabeça e o gosto da bile na garganta provocam um arrepio em Lalo. Um relance no relógio: Fred está atrasado, mas não mandou mensagem. Ele guarda o celular, levanta o olhar e respira fundo. O que ele está *fazendo*?

Pelo canto do olho, percebe um grupinho de jovens na saída da estação cochichando. Seus olhos, ligeiramente arregalados, encontram Lalo. Um deles ergue o celular fingindo naturalidade, mas Lalo se vira e esconde parte do corpo largo atrás de um totem. Que estúpido ele foi ao concordar em sair logo hoje, um dia depois do programa ir ao ar.

É isso. Chega.

Ele se vira para ir embora quando um novo fluxo de passageiros vem em sua direção. Encolhido atrás do totem, Lalo sente o telefone vibrar no bolso enquanto aguarda a massa de pessoas passarem.

> **Fred:** tem muita gente no metrô. vão nos reconhecer

> **Fred:** fui burrinho, me perdoa

> **Fred:** me encontra na rua baicuri 392

Lalo tem duas opções: voltar para a casa de Lisa e chorar as pitangas ou se encontrar com Fred e descobrir o que ele queria dizer com ajudá-lo a reconquistar o ex.

Por mais que ele queira fugir, a pulsação nos ouvidos ecoa o mesmo nome: *Victor, Victor, Victor*. E é assim que ele abaixa o boné, se embrenha no fluxo de pessoas e foge dos olhares astutos em direção ao parque Villa-Lobos.

A caminhada é um pouco mais longa do que ele gostaria. Quando dobra a praça Boaçava, uma figura se destaca entre o cinza do concreto e o verde das árvores, os cabelos pretos e a pele clara reluzindo sob a luz do sol. Fred abre um sorriso apologético e ergue uma mochila de pano na altura do peito. Ele está usando outra camiseta regata, de um amarelo gema de ovo que deveria agredir os olhos, mas não chega a isso.

— Me desculpa! — diz ele com um sorriso, agora tão perto de Lalo que as pontas de seus sapatos se tocam. — Parei no caminho pra comprar comida. Você disse que estava de ressaca, então imaginei que não tivesse se alimentado ainda.

Lalo balança a cabeça.

— Tá tudo bem.

— Você não estava pensando em ir embora, né? — pergunta Fred, uma sobrancelha arqueada em desafio.

— Estava — admite Lalo.

Fred, por outro lado, não se abala.

Enquanto ele digita algo no celular, Lalo franze o cenho para a casa atrás deles.

— Achei que íamos nos encontrar em um restaurante...

Fred indica uma pedra entalhada ao lado da porta, na qual duas aves se encaram, os pescoços entrelaçados como se estivessem abraçadas. Abaixo, há um letreiro pequeno em cursiva, agora apagado, onde se lê Dodô&Flamingo.

Imediatamente, a porta é aberta e um rapaz alto com o cabelo à la Cruella De Vil olha de um para o outro antes de pousar o olhar em Fred, sorrindo.

— Oi, sumido...

— Oi, Edu. Você é um anjo.

— Eu sei, eu sei — diz Edu, guiando-os para dentro. — Mas seria legal se você não me ligasse só quando precisa de alguma coisa.

— Você é quem demora uma vida pra responder minhas mensagens — brinca Fred, mas Lalo capta uma ponta de mágoa no tom dele.

— Foi mal, meu bem.

Na área externa, mesinhas de ferro para dois adornadas com vasos de flores coloridas e castiçais vazios. Dentro, um cômodo de pé-direito alto, um lustre grande, mais mesas e um palco miúdo. As paredes foram pintadas de tons terrosos, dando certo aconchego ao ambiente, e Lalo imagina como deve ser aquele espaço à noite — tem cara de ser um daqueles lugares onde se toca jazz ou música de gente rica, com o cardápio em francês e o drinques que custam um rim. Fred sobe por uma escada em espiral que leva para o segundo andar.

— Vou preparar alguma coisinha pra vocês comerem, por conta da casa — diz Edu, lançando uma piscadinha a Lalo e então dirigindo-se para a cozinha.

Subindo as escadas, Lalo repara que Fred escolheu uma mesa próxima à sacada, escondida o suficiente para nenhum pedestre curioso reconhecê-los, mas em um lugar arejado e com vista para o topo das árvores, que contrasta com o céu azul. Uma brisa quente entra, esquentando o rosto de Lalo quando ele se senta de frente para Fred.

— Hmmm. Você e o Edu, vocês…?

— Muito tempo atrás. Hoje tá tudo certo.

— Você soou magoado quando disse que ele não responde suas mensagens.

Há surpresa nos olhos de Fred, mas ele vira o rosto para baixo e, um segundo depois, o encara com uma curiosidade perfurante. Por um instante, nenhum deles fala. Então, Fred dá um sorrisinho de canto.

— Antes de a gente ir direto ao assunto… — Ele abre a mochila de pano, tira uma sacola de papel e uma garrafa de refrigerante de limão. — Melhor remédio pra ressaca: carboidrato queimado e soda.

Dentro da sacola de papel, há um pão com manteiga na chapa. O cheiro de gordura não ajuda o estômago de Lalo, porém ele não consegue negar — especialmente quando Fred o está encarando, os olhos brilhantes e as sobrancelhas erguidas em um incentivo silencioso. Lalo morde, mastiga devagar. Seu estômago reclama e ele pega mais um pedaço. Fred abre o refrigerante para ele. Quando ele drena as últimas gotas da bebida, a sacola de pão vazia, já se sente melhor.

Fred sorri em aprovação.

— Isso aqui é meu remédio, nunca falha. Isso e uma panela de arroz puro — comenta ele, apoiando as costas no respaldo da cadeira ao se espreguiçar —, mas foi o melhor que consegui fazer na pressa. Como você tá se sentindo?

Lalo arrisca um sorriso de lábios fechados.

— Melhor, obrigado.

Fred mantém os olhos escuros treinados em seu rosto, aguardando pacientemente. Sentindo uma pressão no topo do estômago e na garganta, Lalo desvia o olhar. A calmaria de Fred é tão enervante quanto sua energia frenética. Sem tirar os olhos do movimento suave das folhas nas árvores ao longe, pigarreia.

— O que você disse no programa... Como você sabia? Alguém te disse ou...?

Fred meneia a cabeça.

— Acho que a ideia passou pela minha cabeça quando me convidaram para o programa, mas só depois...

— Pera aí. Te *convidaram* para entrar no programa? Por quê? — pergunta Lalo, sentindo o estômago se revirar.

— Aysha.

Lalo leva um minuto para entender.

— A cantora...?

— Essa mesmo. Lembra aquele dia no parque, quando eu pulei na água? Eu queria aquele balão em formato de coração.

— Isso eu percebi.

— Dentro daqueles balões, havia ingressos para um show exclusivo da Aysha. Um número superlimitado foi disponibilizado para o público, então reuni meus amigos e fomos à caça. Ela só pisou aqui no Brasil uma vez pra um *pocket show* e participação em programas de auditório, mas eu era muito novinho e minhas mães não me deixaram ir. — Fred mantém os olhos castanho-escuros fixos em Lalo, os dedos batucando a mesa de madeira, o único traço de nervosismo traindo o rosto tranquilo. — Enfim, a gente não conseguiu nenhum ingresso. Mesmo eu me jogando de uma *ponte*... — Ele sacode a cabeça. — Juro que não sabia que estava rolando uma gravação no parque aquele dia. Mas daí você me beijou e...

Lalo ergue um dedo no ar, pausando o monólogo de Fred.

— Calma, segura aí. Tá me dizendo que entrou no programa porque eu... por causa do beijo?

— Aham. A produção me encontrou depois e disse que o nosso beijo tinha sido o ponto alto das gravações.

Enjoado, Lalo se levanta da cadeira.

— Isso foi um erro...

— Lalo, espera!

Tentando se levantar depressa, Fred escorrega no piso e acaba ajoelhado no chão, um braço aparando a queda enquanto o outro está esticado, os dedos fincados no bolso de trás do jeans de Lalo. Surpreso, Lalo vira o corpo para encará-lo.

Fred pisca sem parar, os cílios como um borrão.

— A-HAM.

Fred e Lalo giram os pescoços em direção ao som. No topo da escada, Edu carrega uma bandeja em cada braço e uma careta no rosto. Um segundo se transforma em um minuto inteiro até que ambos se deem conta da situação: Fred, ajoelhado e quase tirando as calças de Lalo, cujas bochechas ardem num tom rosado que poderia facilmente ser lido como *outra coisa*.

Lalo ajusta a calça depressa, calculando as chances de um cara de vinte e três anos no ápice da saúde física morrer de vergonha.

Um sorrisinho ergue o canto de sua boca quando Edu coloca os hambúrgueres, fritas e dois copos de alguma bebida cor-de-rosa na mesa.

— Para quando abrir o apetite de vocês — diz ele, o cabelo branco e preto desaparecendo escada abaixo.

Fred parece achar graça da situação.

— Isso é engraçado pra você? — dispara Lalo.

Fred dá de ombros.

— Isso renderia horrores no *Love Boat*, quase fico triste de saber que ninguém vai ver. — Limpando as mãos na bermuda, ele volta a se sentar, cravando o olhar em Lalo enquanto joga uma batata frita dentro da boca. — É o tipo de coisa que eles *esperam* que eu faça.

— *Esperam* que você faça... — repete Lalo baixinho, o comentário buscando o ponto em aberto da conversa deles. — Você estava falando dos ingressos. Eles te compraram?

— "Comprar" é meio forte, faz eu me sentir um produto. E não é como se eu fosse o único no programa com um interesse secreto. — Fred indica a cadeira vazia com o queixo, um convite silencioso. Assim que Lalo volta a ocupar o assento, continua: — O que eu disse é verdade, podemos ajudar um ao outro. Você volta pro seu ex-namorado e eu consigo os ingressos pro show.

As engrenagens no cérebro de Lalo giram numa velocidade surreal.

— Eles te usam pra manipular o programa?

— Até agora, sim — confessa Fred. Seus lábios se abrem em um sorriso travesso que Lalo já reconhece. — Mas estou pensando que a gente pode usar isso a nosso favor.

Quando Lalo encrespa o cenho, confuso, Fred se aproxima e fala baixinho:

— Você está usando o programa para provocar ciúme no seu ex — complementa.

— E como eu preciso de você pra isso?

— Respondendo à sua pergunta com outra pergunta: seu plano já deu certo? Pra você querer sair do programa...

Lalo desvia o rosto.

Fred respira fundo e alcança sua mão por cima da mesa, a unha do mindinho pintada de azul.

— Olha, tô trabalhando com suposições aqui. Acho que você quer voltar pro seu ex e que não quer magoar ninguém no programa. Acredito que o melhor jeito não seja namorar cinco pessoas de uma vez só, mas estabelecer laços com elas. Ou melhor, com *uma* delas. — Os olhos de Fred faíscam. — Talvez tudo o que você precisa seja mostrar a... qual é o nome dele? Ou dela? Enfim, seja quem for, se você mostrar que está se apaixonando de verdade por alguém, tenho certeza de que vão te notar. Se essa pessoa te quiser mesmo, ela vai tomar alguma atitude.

— Você tá propondo um relacionamento falso.

— Você disse que eu era seguro porque não queria me apaixonar, lembra? Não que você não seja bonito, você é gostoso pra caramba, todo padrão e tatuado... — acrescenta Fred, apressado, com um sorrisinho apologético. — É que você obviamente não entrou no programa com a intenção de se apaixonar, e eu só entrei porque me prometeram um par de ingressos pro show da Aysha. — Ele dá de ombros. — Podemos unir o útil ao agradável.

Parando para pensar, ele tem um ponto.

Essa foi a razão para tê-lo beijado aquele dia, o fato de Fred ser o único no barco que não estava a fim de se apaixonar. Embora o beijo tenha sido prematuro e quase arruinado suas chances com os outros pretendentes, Lalo compreende as falhas do plano — ao dar atenção a todos os participantes, ele deixou seu objetivo de lado. Ele esperava que só aparecer na TV fosse o suficiente. Para conseguir Victor de volta, ele precisa entregar algo mais verdadeiro do que encontros que não levam a lugar algum (Victor o conhece bem, vai saber a diferença) porque Lalo tem medo de causar a algum dos seus pretendentes a mesma dor que ele sentia.

Mas com Fred... eles podem fingir se apaixonar, um processo natural dentro de um programa de namoro. Podem até acabar o programa juntos. Então, quando Victor reaparecer clamando por seu coração, pode "terminar" com Fred e ficar com o homem que ama.

É o plano perfeito.

— Você acha mesmo que vai dar certo? — pergunta Lalo, hesitante.

— Claro que sim! Acha que pessoas que não têm um carinho especial uma pela outra ficariam de mãozinhas dadas num restaurante enquanto falam da vida e a comida esfria?

Uma risada arranha a garganta de Lalo, que sente o rosto arder e a mão começar a suar. Ele não falou no sentido romântico, mas isso *parece* romântico.

— Não sei, Fred...

— Não precisamos nem nos beijar, se isso faz você se sentir mais confortável.

Imediatamente, a lembrança lateja em seus lábios quando Lalo baixa os olhos para fitar a boca de Fred. Ele engole a saliva, os olhos fechados. Sim, isso o deixaria mais confortável... e de quebra não estragaria a relação dele com os atuais pretendentes.

— Sem beijos, por favor — concorda ele.

— Certo. Agora me fala da pessoa que te trouxe aqui — pede Fred, raspando o molho do hambúrguer aberto com uma batata frita.

— O nome dele é Victor. Eu sou apaixonado por ele há... sei lá, uns dois anos? A gente se conheceu num aplicativo que meus amigos insistiram que eu baixasse porque estava deprimido por ter terminado um relacionamento com a Emília...

O começo é devagar, como entrar numa piscina gelada — primeiro as pontas dos dedos, as palmas das mãos em seguida e, percebendo que a água não ficará mais agradável nesse banho a conta-gotas, ele mergulha de cabeça.

Lalo fala em um jorro de confusão, e Fred está ali, ouvindo-o e encorajando-o a falar mais. E é tão *bom* só ser ouvido, tão *reconfortante* não ser julgado, que ele sequer luta contra as lágrimas: elas rolam livremente pelo rosto e criam pontos escuros em sua camiseta.

Em algum momento, Fred entrelaçou os dedos com Lalo, o polegar desenhando círculos invisíveis no dorso de sua mão.

Lalo repara na maciez da pele de Fred em contato com a sua, meio áspera e calejada do trabalho com máquinas e exercícios na academia, e na firmeza de seu toque. Um que ele gosta, percebe.

Um toque que não vacila, que o acalma, em que ele pode confiar. Um toque com a sensação de lar.

Lalo puxa a mão, flexionando-a, como que para espantar aquela sensação da própria pele, e pega o hambúrguer.

— Você acha esquisito, né? — pergunta, os olhos fixos no lanche. — Eu insistir nesse relacionamento? Pode falar.

— Escuta, se você acha que vale a pena, eu te apoio — diz Fred, sacudindo a cabeça ao mesmo tempo que gira uma batata frita no ar. — O que você quiser fazer, eu topo. Com uma condição.

— Qual?

— A gente vai de cabeça. Sem dar pra trás.

Sem que se dê conta, Lalo está sorrindo.

— Você é sempre assim, entrando de cabeça nas coisas, pulando de pontes...?

Fred explode em uma gargalhada nervosa.

— Meu Deus, ninguém NUNCA vai esquecer isso?

— Vai ser difícil superar aquilo — brinca Lalo.

— É o preço de ser inesquecível — retruca Fred com uma piscadela. — Aliás, eu estava aqui pensando que logo, logo começa a segunda fase do programa. Talvez isso ajude o nosso plano... — Um sorriso travesso desperta a covinha da bochecha de Fred. — Já separou as sunguinhas, Lalo?

Calor se espalha pelo rosto de Lalo ao mesmo tempo que uma risada arranha seu peito.

— Não, não separei — confessa em meio ao riso. — Eu não uso sungas.

Os olhos de Fred lampejam por um instante.

— Nudista, então?

— Fred...

— O quê?

Fred pisca, inocente. Lalo o encara de volta, os lábios se abrindo em um sorriso.

— Então você curte uma bunda bronzeada?

— Curto bundas num geral.

Lalo mal consegue acreditar nesse garoto.

— Por que você só pintou a unha do mindinho de azul? — ele muda de assunto, apontando para o dedo erguido ao segurar o hambúrguer a meio caminho da boca.

— Pra dar boa sorte. Faço desde meu aniversário de quinze anos e nunca falhou.

Antes que perceba, Lalo se pega admirando o rosto de Fred. O formato dos olhos castanho-escuros, os fios pretos e grossos caindo como cascata sobre eles, o lábio superior, um arco do cupido perfeito. O ar fresco da manhã fica quente, úmido e difícil de respirar.

Lalo engole em seco.

Uma enxurrada repentina de notificações quebra o momento. O celular de Fred dispara feito uma bomba-relógio, apitando e vibrando incontrolavelmente quando ele o tira do bolso.

— Ai. Meu. Deus.

— Fred? Tá tudo bem?

— AI. MEU. DEUS.

— Fred...?

De pé, Fred olha fixamente para a tela do celular, boquiaberto. Ele clica na tela com dedos trêmulos, o rosto ganhando um tom avermelhado. Até que ele encontra o que estava buscado, pois começa a pular, um sorriso gigante no rosto.

— AIMEUDEUSSAIU! SAIU! SAIU! SAIUSAIUSAIUSAIUSAIU!!!!

— O que saiu?

— O NOVO SINGLE DA AYSHA! — grita ele, e Lalo pode jurar ter ouvido uma porção de talheres acertando o chão no andar de baixo e talvez uma debandada de pássaros das árvores ao redor.

Fred aumenta o volume do celular ao máximo e fecha as mãos em concha na saída de som para amplificá-lo. Basta uma nota, um eco suave repetido no silêncio acumulando intensidade para explodir numa batida contínua e animada; o olhar eufórico de Fred captura Lalo, e, ao desviá-lo, nota que os pelos dos braços estão arrepiados.

A música acaba sem que ele preste muita atenção na letra, apenas no ritmo contagiante e na reação de Fred. Em um acordo silencioso, os dois ouvem a música de novo, Fred dançando livremente ao ritmo da canção. Quando acaba, ele está vibrando de felicidade. Dá pra notar que quer ouvir de novo e de novo, mas algo o congela no lugar.

— O que foi? — pergunta Fred.

— Quando foi que você virou tão fã dela?

Fred dá leve mordidinha no lábio inferior.

— Eu tenho duas mães: a Bárbara e a Cristina. Minha casa sempre foi um lugar bom. Não que elas não brigassem de vez em quando, imagino que todo casal se desentenda... o que quero dizer é que minha casa sempre foi um ambiente acolhedor. Minhas mães me entendiam desde cedo, então tudo era normal. Mas não era assim na escola. Eu odiava ir pra lá. Não basta ser filho de duas mulheres, ser uma bicha japonesa afeminada é prato cheio para bullying. — Fred finalmente se senta, abrindo um sorriso forçado, sem o brilho de costume. — Sabe aquele menino afeminado no meio de um grupinho de meninas? Era eu. Elas eram as únicas que me aceitavam na escola, e mesmo assim não éramos amigos de verdade, então eu... ainda me sentia meio sozinho. Até que encontrei a Aysha. E não sei explicar *como* aconteceu, mas nas músicas dela encontrei a força e o acolhimento de que precisava, como se ela fosse uma irmã mais velha superpoderosa que lutava contra tudo e saía cada vez mais forte das suas batalhas. Eu queria ser igual a ela... Inclusive, deixa eu te mostrar meu Santuário!

A boca de Fred se abre em surpresa, e ele baixa os olhos para o centro da mesa. Lalo o imita, flagrando a mão entrelaçada à dele. As batidas angustiantes do seu coração causam enjoo. Foi mais forte do que ele.

Fred procura algo no celular antes de entregar o aparelho para ele, alheio ao fato de a mão de Lalo agora estar escorregadia por causa do suor.

Lalo seca a mão na camisa e encara a foto.

Um pôster gigantesco de Aysha — a pele escura em contraste com o laranja e rosa-néon da roupa, brilhando sob os holofotes de um palco — ocupa o centro da parede, rodeado por fotos impressas, capas de CD e pôsteres menores. Ao lado, duas prateleiras ocupadas com CDs e DVDs. Acima, um quadro com uma ilustração de Aysha, desta vez de tranças infinitas chicoteando ao vento, autografado.

— Uau! — Lalo assobia. — Isso é que é ser fã.

— Cara, eu não sou fã. Sou maluco por ela. Sou o maior fã — diz Fred, e a proximidade de sua voz faz Lalo piscar, assustado. Fred está de pé ao seu lado, erguendo a camiseta até o ombro e deixando as costelas à mostra. — Tenho até o nome do álbum dela tatuado aqui, ó, tá vendo? — Lalo deita a cabeça no ombro para ver melhor. A palavra BRAVE, "coragem" em inglês, em itálico e caixa alta. Fred abaixa o braço e volta a se sentar, a empolgação dando lugar a uma expressão incerta.

Ele se inclina sobre a mesa e toca no ponto franzido entre as sobrancelhas de Lalo, os lábios encrespados num sorrisinho.

— Você precisa aprender a relaxar, sabia? — diz ele, massageando a testa de Lalo com a ponta do dedo.

— Sinto muito — responde Lalo.

— Não tem por que se desculpar — garante ele. — Acho que preciso ir agora, ou minhas mães vão surtar...

Fred não faz menção de se mover. Lalo também não.

Enquanto eles mantêm o olhar preso um no outro, Lalo sente a estática no ar deixando a pele dos antebraços sensível e fazendo os pelos se arrepiarem. O estômago é tomado por algo sólido e ele não sabe distinguir o que está acontecendo, mas ouve a própria voz dizendo:

— Te vejo amanhã.

É Fred quem quebra o contato visual. Ele sorri satisfeito, pega o celular da mesa e se vira para ajeitar a mochila de pano nos ombros.

— Acho que não é muito inteligente a gente ser visto junto, então vou me despedir do Edu, se quiser ir terminando seu lanche... — Antes de se levantar, ele lança um último olhar para Lalo. — Não sei se ficou óbvio, mas confio em você e sei que vai conseguir passar por tudo isso. *Nós* vamos. Vou estar contigo sempre que precisar — diz Fred, levantando-se num salto. — Até amanhã, Lalo.

Update Aysha Brasil @updateayshabr • 5 minutos atrás

🔔 SAIU! Ouça agora "Kaleidoscope", novo single de Aysha!
Terça-feira, 30 de janeiro de 2024

💬 62   🔁 79   ♡ 1,2 mil   ılı 1 mi

@takarafred AAAAAAAAAAAAAAA JÁ TAVA NA HORA
    @badudats ESSA MÚSICA!!! VENCEMOS DEMAIS!!!!
    @takarafred @badudats não consigo parar de ouvir!!!!!!
    @badudats @takarafred EU TAMBÉM NÃO!
    @sourika_ @takarafred @badudats eu não aguento mais vcs
@lovelulur 3 anos de espera pra isso?
    @ayshasluv pare já
    @lovelulur @ayshaluv ai amig parece descarte do BRAVE
    @mthsdearaujo @lovelulur guarda na fan base e dê streaming pra lenda
    @lovelulur @mthsdearaujo obviamente
@kai1989 EU ESPEREI TANTO POR ISSO!!!
@minedetuba AVISA QUE É UMA DAS MAIORES DA CARREIRA
@ariastar Oi, eu sou uma artista indie e tô lançando meu novo single "Me desfaça" hoje! Ouça minha nova música no Spotify.

Dezesseis

— Uau.
— Como eles fizeram isso caber aqui dentro?
— É muito grande.
— Título da sua *sex tape*!
Fred acerta um tapa no braço de Rafaela, que ri com o gesto.
— Ninguém está interessado na sua vida sexual, baixinho — ferroa Nicolas.
Jonathan envolve os ombros de Fred e Rafaela com os braços.
— A gente vai continuar ignorando a existência de um rio dentro de um estúdio? — pergunta ele, indicando a construção à frente com um gesto de cabeça.
Rafaela aperta os lábios e desvia os olhos.
— Não acho que seja um rio… — diz ela.
Seja o que for, é imenso.
O Túnel do Amor é uma explosão de tons de rosa e vermelho, adornado por diversos corações aqui e ali, dentro de uma montanha cenográfica. Alguém da equipe grita "Pode soltar a água!" e logo o som de água corrente preenche seus ouvidos.
Dinda, a produtora-executiva careca mal-humorada, acena para eles de uma plataforma do outro lado do estú-

dio. Ela parece menor e mais irritada do que de costume. O grupo aperta o passo, seguindo as direções de uma jovem estagiária com olheiras profundas e o cabelo preso em um rabo de cavalo.

De perto, a estrutura é ainda mais impressionante. Eles sobem por uma escadaria coberta por grama sintética, encontrando Dinda, com uma prancheta em mãos e dois assistentes flanqueando-a, ao lado de uma gôndola. Atrás dela, um gondoleiro com um chapéu de abas largas, camisa listrada e calças pretas dá ares italianos à atração.

— Ok, pretendentes. É assim que a coisa vai funcionar. — Dinda aponta para o interior do túnel, iluminado por um suave tom rosado. — Vocês vão entrar no túnel com o Lalo dentro dessa gôndola. Cada encontro dura uma hora. A ordem dos encontros é por sorteio.

— A eliminação é no fim? — pergunta Carina, finalmente erguendo o olhar irritado dos saltos para o produtor.

Dinda olha para a prancheta e sua boca se contorce num sorrisinho sarcástico.

— Essa parte é surpresa.

Carina bufa e olha para o alto.

Um membro da produção traz uma urna com a logo do programa.

Dinda toca o receptor no ouvido e assente.

— ESTAMOS PRONTOS, PESSOAL!

— Ok, Lalo. Agora está na hora de sortear quem será o primeiro a entrar no nosso Túnel do Amor com você.

Rodrigo Casaverde dá um passo para o lado, revelando uma mesinha com a urna. Lalo vai até lá, a mão vasculhando o conteúdo, e tira uma bolinha cor-de-rosa. Um sorriso se espalha em seus lábios ao ler o nome colado ali.

— Fred.

Por alguma razão, o coração de Fred dá um salto ao ouvir o próprio nome. Ele encontra os olhos castanhos de Lalo e vê uma leveza que não existia ali ontem.

Lalo põe a bolinha cor-de-rosa em um suporte na mesa e continua com o sorteio. Ele é gentil e sorri para cada participante, arriscando até mesmo uma piscadinha para um ou outro ao dizer seus nomes. Nicolas, Jonathan, Rafaela, Carina. Pela visão periférica, Fred nota o rubor no rosto de Rafa, a expressão convidativa de Jonathan, o sorriso de Nicolas e até a jogada de cabelo de Carina.

Ele está orgulhoso de Lalo, feliz por vê-lo mais animado e talvez um pouquinho ansioso para passar mais tempo com ele. Além disso, Deus bem sabe que eles precisam fazer isso dar certo — pelo bem dos seus ingressos.

Rodrigo Casaverde gestua para a gôndola, encorajando Fred e Lalo a embarcarem. O apresentador captura seu olhar por um momento fugaz, os olhos azuis tão frios e duros quanto uma geleira. Os pelos do braço de Fred chegam a arrepiar. Ele quase balbucia algo, mas o toque quente da mão de Lalo encontra sua cintura, e então ele está sentado na gôndola, deslizando pela água túnel adentro.

Fred se odeia por isso, mas ao bater os olhos no interior do túnel, seu queixo cai.

Ele não sabia o que esperava encontrar ali dentro. Talvez algo meio infantil, tipo uma floresta encantada falsa com bonecos animatrônicos cantando aquela musiquinha chata, "Pequeno Mundo", que fica grudada no cérebro por dias.

A princípio, a única luz do túnel vem dos arcos néon, dando à água um brilho rosado que quebra em ondas metálicas quando o remo perfura a superfície. Às margens, uma floresta tropical de um verde-escuro intenso cria uma atmosfera intimista, misteriosa e sensual.

Mas é quando o túnel se transforma em uma espécie de praia privativa, com coqueiros e palmeiras e Deus-lá-sabe que outros tipos de plantas são aquelas, areia branca e um bar, que o cérebro de Fred entra em curto-circuito.

    Lalo dá uma risadinha. Ele toca o queixo de Fred com a ponta dos dedos e empurra gentilmente até fechar sua boca.

— Bem legal, né?

— Eu não acredito que isso tudo coube *aqui dentro*! — Fred deixa escapar antes de se dar conta de um produtor zangado cruzando os braços em x em frente ao pescoço. *Ah sim, precisa vender a magia do programa.* — O que quis dizer é... isso é tão surreal! Parece mágico!

    Soa como uma grande bosta, mas pelo menos o produtor não parece mais bravo com ele.

    A gôndola estaciona e Lalo o ajuda a se levantar. Eles ficam de pé, cara a cara, com menos de dois centímetros de distância entre eles. Lalo continua sorrindo, então Fred sorri de volta.

— Precisam de ajuda para descer? — A pergunta do gondoleiro é suficiente para quebrar o feitiço.

    Enquanto descem, Fred sente um frio no estômago que ele rapidamente categoriza com orgulho: aquele olhar vai causar uma reação no público. Com sorte, Victor estará assistindo.

    Os tênis afundam ao pisarem na areia. Fred tira os sapatos com a ajuda do calcanhar e os chuta para longe. É tão macio! Ele pula no mesmo lugar, trocando o peso do corpo de uma perna para outra, rindo quando a areia engolfa seus pés.

    Ele passa correndo por Lalo, empurrando-o com os ombros, em direção ao bar. Não precisa olhar para trás, ele o sente em seu encalço. Estão esbaforidos pela leve corrida até o bar, mas riem mesmo com o pouco fôlego que têm.

— Achei que você não cansasse fácil — acusa Fred, em meio ao riso. — Indo pra academia todo dia.

    Lalo revira os olhos.

— Por que você saiu correndo? — retruca.

— Porque a areia é macia demais, e porque é divertido!

A expressão confusa de Lalo ao encará-lo arranca outra gargalhada de Fred. Ele bufa e se vira para o bar, onde uma barwoman em camiseta baby look magenta e óculos de sol espera. Lalo ergue um dedo, e após malabarismos com a coqueteleira, a barwoman coloca um mojito decorado com um guarda-chuvinha amarelo na sua frente.

Fred balança a cabeça, impressionado.

— Uau.

— A mágica da televisão. — Lalo ergue o copo em um brinde silencioso e dá uma piscadinha. — Vai querer um?

— Uhum.

Desta vez, a barwoman não espera por um comando.

No tempo que leva para seu drinque ficar pronto, Fred apoia os cotovelos no balcão e fita o rapaz ao lado. Ele está quase idêntico à foto de perfil do Instagram, exceto pelos óculos escuros. Justo quando os lábios de Lalo encontram a beirada do copo, Fred toca seu braço, a palma cobrindo uma tatuagem.

— Não bebe ainda.

Lalo arqueia as sobrancelhas.

— Beber sem brindar é igual a sete anos sem transar — explica Fred.

As bochechas de Lalo são tomadas por um tom rosado, mas os olhos castanhos faíscam. A bebida de Fred fica pronta e eles brindam, e Lalo sacode a cabeça de um lado para o outro quando bebe, incapaz de se conter.

A barwoman espalma o balcão e se inclina para eles.

— Se quiserem, tem uma mesa reservada para vocês bem ali — diz ela, indicando o lado oposto com a cabeça. — Vão indo na frente, eu levo as próximas bebidas até vocês.

Saindo do bar, a luz intensa quase se assemelha à luz do sol. Não fossem todas as câmeras, aparelhagem de iluminação e a falta de brisa, Fred poderia jurar que estavam mesmo em uma praia. A mesa de madeira está coberta com sanduíches, frutas e outros aperitivos. Fred ataca o petisco de camarão, segurando um com os dedos em pinça antes de atirá-lo dentro da boca.

Lalo faz uma careta.

— O que foi? Não gosta de camarão? — pergunta Fred.

— Não sou fã de frutos do mar.

Fred ri.

— Você acertou em cheio na escolha de reality.

— E você acha que eu vim aqui pra comer? — retruca Lalo.

Fred dá de ombros.

— Se você não comer, como eu. Sou um cara versátil. — O olhar intenso, beirando o lascivo, faz Lalo ruborizar de novo. Fred morde o lábio, reprimindo um sorriso. — Droga, você não vai me beijar agora que comi camarão, né?

Lalo engasga com um sanduíche, rindo em meio à mordida. Fred acerta tapinhas em suas costas enquanto limpa as lágrimas dos próprios olhos. No exato instante em que seus olhares se cruzam, o mundo se afunila, e os coqueiros, a areia, a gôndola, e tudo o que compõe o programa desaparece.

Quando Lalo abre a boca para falar, o olhar de Fred acompanha o movimento da ponta de sua língua ao umedecer os lábios, que franzem ao formar um biquinho antes de se alargarem em um sorriso.

— Posso lidar com o gosto do camarão — diz ele, a voz ligeiramente rouca.

Fred quer rir de nervoso. Foi engraçado. Mas também bastante real. Se ele tivesse ouvido essa cantada em outra situação, é possível que sentisse o estômago dar cambalhotas antes de se inclinar e ele mesmo beijá-lo. Foi *boa*, não foi? Ou ele só está muito confortável com Lalo depois de terem topado fingir se apaixonar um pelo outro a ponto de achar uma cantada horrível de repente bastante aceitável?

Ele não sabe, então continua encarando o rapaz à sua frente. Lalo respira fundo, o pomo de adão treme ao engolir em seco, e de repente Fred percebe como está com sede.

Ele vira o restante do mojito num gole só.

— Cuidado, isso é bebida de verdade — avisa a barwoman, trazendo outra rodada para eles. — Elas sobem rápido.

— Ah, valeu, mas não precisa se preocupar comigo — responde Fred, e tenta evitar, mas Lalo está exatamente de frente para ele, encarando-o. — Eu aguento o tranco.

A barwoman se diverte. Ela retira os copos, dá uma piscadinha, e volta para o bar.

— Ouvi dizer que você tem um remédio ótimo para ressaca — provoca Lalo, tomando um gole do drinque. Há um tom de diversão em sua voz.

Como ele ficou tão confiante assim da noite pro dia? Deve ser muito bom ator mesmo...

Fred cruza as pernas e apoia o peso do corpo nos cotovelos sobre a mesa.

— Qualquer dia desses eu te ensino. Mas só se a bebedeira for de felicidade.

— Então só pode beber se for de felicidade agora?

— Óbvio que não. Eu sou brasileiro, pansexual, tô na faculdade e desempregado. Se eu não beber de vez em quando, só posso contar com o sono pra me esquecer dos problemas. — Fred para por um instante, como que sentindo só agora o significado das palavras que acabou de dizer. — Ok, só pra deixar claro, eu *não* tenho problema com bebida. Bebo de vez em quando e raramente fico de ressaca. Não tô me ajudando, né?

— Não muito. — Lalo sacode a cabeça, rindo.

— Como foi seu dia ontem? — pergunta Fred. Em primeiro lugar porque quer mudar de assunto, pois sente que está metendo os pés pelas mãos. Em segundo porque precisa saber como ele está depois do encontro deles no

Dodô&Flamingo. A única notícia que teve de Lalo após se separarem foi uma mensagem às três da tarde dizendo que havia chegado em casa.

— Tive meus altos e baixos — responde ele com honestidade —, mas no fim deu tudo certo. Estava animado pra... — ele agita as mãos no ar, sinalizando a praia e as câmeras posicionadas em círculo atrás deles — cair de cabeça nisso tudo.

— Quer dizer que estava animado para me ver — diz Fred, o canto da boca curvado em um sorrisinho.

— Você tem um ego impossível — constata Lalo.

— É minha lua em Leão.

— Você é assim com todo mundo?

— Só com quem eu gosto.

Um lampejo de algo impossível de detectar perpassa o rosto de Lalo.

Os dedos de Lalo pairam no ar em cima de uma bandeja de palha trançada na qual Fred não havia reparado. Um envelope colorido com um adesivo do *Love Boat Brasil* repousa em uma cama de fiapos de papel de seda cor-de-rosa.

Fred sabe que vai ser escolhido. Isso não tem nada a ver com a lua em Leão, o sol em Sagitário ou qualquer outro aspecto do seu mapa astral. Eles combinaram. E a maneira como o encontro deles hoje está se desenrolando... Bom, talvez isso não tenha tanto a ver, mas está sendo um encontro legal.

O que explica a empolgação borbulhante na boca do estômago.

Lalo saca o envelope da bandeja e crava os olhos castanho-escuros nos seus.

— Acho que eu deveria esperar até o terceiro ou quarto encontro do dia, mas não sei explicar, é como se tivéssemos uma ligação especial... você sente isso também?

Fred faz que sim, a garganta seca.

Isso é o combinado. Ele precisa dizer coisas assim.

— Fred, você gostaria de continuar no programa comigo?

A voz de Lalo está um pouco intensa demais, Fred precisa avisá-lo sobre isso depois. A combinação voz mais olhar é quase suficiente para embasbacar Fred. Não é uma sensação a qual esteja acostumado. Ele gosta disso. Um pouco demais.

Para dar fim ao arrepio que ergue todos os pelos do corpo, ele diz:

— Depende. — A cor some do rosto de Lalo, a confiança titubeando. Fred se inclina sobre os braços, mantendo o rosto sério. — Isso quer dizer que vou te ver de sunguinha?

Lalo ri em meio a um suspiro aliviado, uma faísca de reconhecimento nos olhos.

— Eu não uso sungas — responde.

Com dedos ágeis, Fred alcança o envelope e o puxa delicadamente. O papel desliza das mãos de Lalo para as dele numa transação de alívio e ansiedade mútuos.

— Uma lástima.

Na hora de partir, eles brindam seus mojitos e competem para ver quem bebe mais depressa. Embora esteja a ponto de ganhar, Fred se lembra da conversa sobre bebidas e enrola na última golada. De volta à gôndola, eles se sentam de frente um para o outro. Ao passo que a embarcação se move, eles seguem conversando. A cada pequeno solavanco da gôndola, Fred esbarra os joelhos nos de Lalo, e eles sorriem.

Quando saem do túnel, veem os demais pretendentes à distância, esticando as cabeças, curiosos.

As câmeras acompanham cada movimento: a gôndola parando ao lado da plataforma; Lalo se levantando e esticando a mão para Fred; Fred aceitando a mão de Lalo e saltando da gôndola antes que Lalo possa guiá-lo para fora; o "tchau" silencioso que dizem um ao outro enquanto Fred, inconscientemente, sente os cantos do envelope nas dobras internas dos dedos ao envolvê-los no papel.

Trechos da entrevista com participante do *Love Boat Brasil*

TEMPORADA 1, EPISÓDIO 4

Rodrigo Casaverde: Lalo te deu o envelope. Isso significa que você está salvo para a próxima fase do programa e vai poder passar mais tempo com ele. Parabéns!

Fred: Obrigado, Rodrigo! Tô bem feliz. Gosto muito do Lalo.

Rodrigo Casaverde: Eu e o pessoal de casa estamos doidos para saber uma coisa. Na última prova, Lalo ficou entre você e o Luiz. Por um momento, pareceu que ele escolheria o Luiz, mas mudou de ideia no último instante e ficou com você. Hoje, ele te dá o único envelope. O que você acha que mudou?

Fred: Não sei se alguma coisa mudou. Deve ter sido muito difícil pro Lalo. Fiquei com medo de ele não me escolher, até porque só tínhamos tido um encontro.

Rodrigo Casaverde: A gente sentiu uma tensão sexual, hein...

Fred: Você acha? (risos)

Rodrigo Casaverde: Está tudo nas câmeras, meu querido.

Fred: Ah, é, então. Acho que o Lalo e eu temos uma conexão especial. É muito cedo pra falar isso?

Rodrigo Casaverde: Você sente o que você sente, Fred. Sentimentos são reais. Neste momento, o Lalo está num encontro com o Nicolas. Como você acha que os demais pretendentes reagirão ao descobrirem que você já ganhou passe livre pra próxima fase?

Fred: Não acho que vão gostar.

Rodrigo Casaverde: (sorrindo) Obrigado, Fred. Acho que acabamos, pessoal...

***

Todos se reencontram na praia dentro do Túnel do Amor.

Lado a lado, nenhum dos pretendentes de Lalo consegue esconder o cansaço dos rostos depois da espera de quase seis horas, por mais que a equipe de maquiagem tenha ajudado. A tensão os obriga a sacudir os corpos, cutucar as unhas e até a jogar conversa fora.

— Como foram os encontros de vocês? — pergunta Rafaela primeiro, jogando o peso do corpo de um pé para o outro.

— Foi muito bom — responde Jonathan, sorrindo. — O Lalo quis saber mais sobre os rolês que vou lá na Vila Matilde, e eu tentei ensinar ele a sambar.

— E ele dança bem? — pergunta Rafaela.

Jonathan ri.

— Ele se esforçou.

— Comigo foi esquisito no começo — diz Carina. — Mas depois ele se soltou um pouco. Acho que estava cansado.

— Eu tive um encontro excelente — responde Nicolas, todo sorrisos, abrindo os botões da camisa quando Carlinhos sinaliza que estão prestes a começar a gravar.

Carina chuta a areia, revirando os olhos.

— Claro, né, você foi o segundo! É um saco ser a última.

Rafaela cutuca Fred nas costelas, fazendo-o dar um pulinho no ar.

— E o seu, Fred? Como foi ser o primeiro?

— Você tá bem quieto — aponta Nicolas, encarando-o pelo canto do olho.

— Foi bom, na real — responde ele.

— Só isso? — insiste Rafaela.

— Eu ficaria com medo de ter tido um encontro "bom" depois de quase ter sido eliminado no último encontro — diz Carina como quem não quer nada, um sorrisinho irônico nos lábios. — Mesmo cansado, senti que o Lalo se divertiu. E eu *sei* que ele quer ficar comigo.

Nicolas pressiona os lábios para não rir.

— Falando nisso, o que vocês fizeram na última dinâmica foi sacanagem! — diz Rafaela, incisiva sem aumentar a voz.

— Foi mal, Rafa — Nicolas se desculpa —, mas a gente fez o que precisava fazer pra ganhar.

Carina joga o cabelo.

— Não é culpa nossa se você é lerda.

— Não culpe os outros pela sua falta de caráter — diz Fred.

Quatros pares de olhos humanos e mais uma porção de luzes vermelhas se viram na direção de Fred.

— O que você disse? — pergunta Carina, falando pausadamente, o rosto tomado pelo ultraje.

— Você me sabotou na prova.

— Ai, pelo amor de Deus. Você *caiu* na água.

— Porque você jogou água na minha cara e na parede de escalada, e ela ficou escorregadia!

Jonathan gira a cabeça, olhando de um para o outro.

— Pera, foi isso o que rolou?

— *Eu* ganhei tempo pra *nossa* equipe — diz Carina. — E por isso eu, você e o Nicolas conseguimos um encontro especial com o Lalo. Valeu a pena.

— Não desse jeito.

— Jonathan, não reclama. Se você não tivesse tido esse tempo com o Lalo, não teria descoberto que ele gosta de samba. Você só teve um encontro bom hoje porque *eu* intervi. A palavra que você está procurando é "obrigado".

— Nessas horas, eu questiono a sororidade... — murmura Rafaela, baixo o bastante para que apenas Fred escute. — Queria que ela engolisse essa arrogância toda.

Fred lança um último olhar para Carina, que plantou um sorriso no rosto tão falso quanto a cor dos cabelos ao ouvir a contagem regressiva.

— Tenho uma carta na manga — murmura ele de volta.

***

— O *Love Boat Brasil* está prestes a zarpar, mas só há espaço para quatro pretendentes no nosso navio — diz Rodrigo Casaverde, erguendo quatro dedos para a câmera. — Depois de um encontro mágico no nosso Túnel do Amor, está na hora de Lalo decidir qual participante fica para trás nessa jornada.

— Antes de mais nada, quero agradecer a presença de todos — diz Lalo, mirando cada um de seus pretendentes com um sorriso. — Tive um dia cheio, mas também muito empolgante. Se eu chamar seus nomes, por favor, fiquem ao meu lado. Se não, a gôndola te levará de volta.

Rodrigo Casaverde sacode o indicador no ar, um sorrisinho lupino brincando nos lábios.

— Ainda não, Lalo. Eu *quase* me esqueci: na verdade, só temos três vagas para o navio do amor.

Entre trocas de olhares arregalados, lambidas nos lábios e bocas abertas em diferentes circunferências, Rodrigo Casaverde e Lalo têm uma visão quase cômica do elenco do *Love Boat Brasil*.

Todos, menos de Fred.

— Isso porque — continua o apresentador, deliciando-se com o suspense — uma vaga já foi preenchida. Não é mesmo, Lalo?

Lalo passa a ponta da língua no lábio superior e respira fundo.

— Hoje mais cedo, recebi um envelope. Dentro deste envelope, há uma passagem para um cruzeiro que vai cobrir a costa brasileira. A pessoa que recebeu esse envelope tem um lugar garantido ao meu lado na próxima fase do programa. Mas antes de revelar quem recebeu o envelope... — Lalo dá um passo, ficando frente a frente com Jonathan. — Jonathan, você aceita embarcar nas ondas do amor comigo?

Jonathan abre um sorriso tranquilo e abraça Lalo, então ocupa um lugar atrás dele.

Lalo se vira para a esquerda, onde Rafaela está.

— Rafaela. Você aceita…?

— ACEITO!

Rafaela pula para os braços de Lalo, enfiando o rosto em seu pescoço. Há algumas risadinhas no estúdio.

A formação em meia-lua está quase vazia agora. Nicolas e Carina estão em uma ponta e Fred, na outra, com um vão imenso que nenhum deles quer preencher.

— Nicolas, você aceita embarcar nas ondas do amor comigo?

Com um suspiro aliviado, Nicolas abraça Lalo e lhe dá um beijo no rosto antes de se unir a Jonathan e Rafaela.

Apesar de sentir o envelope pesando no bolso, Fred é incapaz de conter o nervosismo que faz suas pernas sacudirem e o peito bater desenfreado. Por que ele está demorando tanto?

— Opa, me perdoa, pessoal — intervém Rodrigo Casaverde, aparecendo entre ele e Carina e puxando-os em um abraço atrapalhado. — Tô meio esquecido hoje, mas a chefe já me lembrou aqui no ponto: Lalo, você tinha *dois* envelopes, não é mesmo?

— Isso aí, Rodrigo.

— Mas só um deles contém a passagem para o Barco do Amor.

— Exatamente.

— Fred e Carina, vocês dois receberam envelopes do Lalo hoje. — O apresentador diz, o tom brincalhão dando lugar a uma voz soturna. Ele fita um e depois o outro pelo canto do olho. — Vocês já abriram esses envelopes?

A pulsação de Fred está tão forte que ele sente que pode estourar os ouvidos.

— Não — dizem ambos, em uníssono.

Fred rapidamente pesca o envelope, segurando-o com dedos trêmulos. Para seu pavor, Carina tira do bolso de trás do jeans um envelope idêntico ao seu. Carina o encara, o olhar em desafio, então ele se lembra de momentos antes, quando ela disse que sabia que Lalo a queria.

Seus dedos não são rápidos o suficiente. Por uma fração de segundo, ele acha que vai ter um piripaque — já pode sentir a pressão se acumulando nos olhos.

Ele e Lalo tinham um acordo.

Eles tiveram um bom encontro.

Havia *algo* entre eles, Fred havia *sentido*, não podia ser coisa da sua cabeça.

Então por que ele faria...

— NÃO!

Um cartão de embarque branco e azul-escuro desliza para fora do envelope, exprimindo um suspiro aliviado de Fred ao encontrar a passagem direta para o navio e, mais importante, a garantia de permanência no programa.

Rafaela ofega, a mão cobrindo a boca.

Jonathan solta um assobio.

— Só pode ser sacanagem... — murmura Nicolas.

Carina passa a mão pelos cabelos, o envelope vazio ainda entre os dedos, soltando uma risada nervosa.

— Isso não tá acontecendo comigo — repete ela, de novo e de novo. Carina varre a praia com o olhar, passando pelos demais pretendentes e o apresentador até, por fim, travar em Lalo. — Eu não vou sair. Você estava cansado, não é justo comigo. A gente vai encerrar por aqui, você vai dormir e amanhã vamos ter um encontro decente, então você vai eliminar *alguém* e aí nós dois...

Aproximando-se com cuidado, Lalo tenta acalmá-la colocando as mãos em seus ombros.

— Mas isso não é justo! Ele chegou depois! — Carina se livra do toque de Lalo com um safanão.

— Não é sobre quem chegou primeiro — diz Lalo, o tom gentil contrastando com a dureza do olhar. Ele relanceia os demais pretendentes antes de fitar Carina novamente. — Embora o *Love Boat Brasil* seja uma competição, eu espero que todos vocês joguem limpo. Durante a dinâmica do último encontro, você tentou sabotar o Fred. Todo mundo tem defeitos, mas não quero estar com alguém que se sinta tão orgulhosa por puxar o tapete do outro.

— *Você!* — Ela gira nos calcanhares, parando de frente a Fred, o rosto todo vermelho. — Me dá esse envelope agora!

Fred leva um momento para computar a mão estendida de Carina.

— É o que, minha filha?

— Eu não vou sair.

— Carina, por favor... — Lalo tenta argumentar com ela, mas Carina o ignora e alcança o envelope e cartão de embarque nas mãos de Fred.

— Me dá esse envelope...!

Fred puxa de volta, aproveitando-se do *momentum* para esconder os papéis dentro da cueca.

— ME DÁ O ENVELOPE!

— Carina, sinto muito, mas sua jornada no *Love Boat Brasil* acabou — declara Rodrigo Casaverde, a uma distância segura.

— Mas isso não é justo! — Ela bate o pé mais uma vez, lembrando uma criança birrenta. Carina ergue o rosto para Lalo, os lábios apertados em um beicinho. — Por que você escolheu logo *ele*?

— Porque ele é transparente comigo e isso é o que eu busco em um relacionamento — diz Lalo, sem titubear.

— Mas eu... mas eles... mas...

Carina busca apoio em outros rostos: Nicolas, Carlinhos, as câmeras. No final, ela dá as costas, cobrindo o rosto com as mãos, se para encobrir o choro ou a vergonha, ninguém sabe, e sai pisando fundo até a gôndola.

Quando um braço envolve seus ombros, puxando-o até que vire para fitá-lo, Fred enlaça o pescoço de Lalo com os braços, a cabeça escondida no vão entre o maxilar e a clavícula, as pernas parecendo palitinhos de queijo de tão moles.

— Por um segundo eu achei... — murmura Fred, incapaz de completar a frase.

— Eles me obrigaram a fazer isso. Me desculpa. — Lalo o abraça apertado, então seus lábios encostam na orelha de Fred, enviando arrepios por todo o corpo. — Vamos de cabeça. Juntos.

Eles se afastam, os olhares fixos um no outro. Há um sorriso miúdo no canto da boca de Lalo.

Fred precisa *mesmo* falar para ele cuidar da intensidade, pois em momentos como esse, quando seu corpo é pura emoção, ele pensa que Rika pode estar certo.

Ele gosta de Lalo.

Dezessete

Para Lalo, a visão da fachada da loja de computadores dos Garcia costuma trazer a mesma sensação de ver a própria cama ao fim de um dia cheio de trabalho: paz. Especialmente hoje há uma sacudida das entranhas, certa leveza e uma empolgação de querer sair correndo que é nova.

Debruçado sobre um notebook idoso e judiado, André é uma imagem formada por uma careca preocupada, ombros tensos e ossos protuberantes criando a ilusão de montinhos nas costas. Ao ouvir o sino eletrônico que anuncia a entrada de Lalo, ele ergue a cabeça, um sorriso largo estampado no rosto.

— Filhão! — exclama, abandonando o trabalho para dar a volta na bancada e envolver Lalo em um abraço.

— Oi, pai — responde ele, dando um beijo na cabeça de André.

— Já acabou a gravação do programa?

— Por hoje, sim, mas preciso fazer as malas. É para a nova fase do programa. Volto em alguns dias.

André assente, então lança um olhar demorado para o filho, estudando-o de cima a baixo. O canto da boca se curva em um sorriso cauteloso conforme André apoia o peso do corpo na bancada da recepção.

— Tem alguma coisa diferente em você.

— Em mim?

— Uhum. Tô vendo que está se sentindo melhor. Alguma coisa a ver com um certo rapaz de cabelo preto e regata? Eu vi as fofocas, tenho um alerta do Google com seu nome agora.

Lalo se mantém ali, parado no meio da loja, a boca escancarada entre o horror e o divertimento. Ele desliza as mãos pelo cabelo, entrelaçando os dedos na nuca, um sorriso despontando nos lábios.

— Também — admite ele.

— Sabia!

— Mas e você? Quando eu entrei, você tava rindo. O notebook te contou uma piada?

— Não, mas a Magdanela contou. — Ao dar com a expressão curiosa do filho, André solta uma risadinha sem graça e coça a nuca. — Acho que te ver no programa me inspirou e... tive coragem de baixar um aplicativo de relacionamentos e arriscar a sorte. Ver se esse velho aqui também pode encontrar alguém.

Lalo respira fundo. Ele está um pouco emocionado.

— Vai depressa arrumar a mala, filho! — diz André, enxotando Lalo escada acima e retomando o lugar de trabalho atrás do velho notebook.

Lalo galga de dois em dois os degraus da escada em caracol que leva até o apartamento, um sorriso incrédulo estampado no rosto. Ele toma um banho demorado, deixando a água correr pelo corpo enquanto os pensamentos se demoram nas lembranças do dia. Depois de conversar com Fred, se sente mais confiante. A pontada de culpa que sentia ao eliminar Luiz do programa não existe ao tirar Carina do páreo. Lalo fez o que devia fazer e acredita de verdade que agora, sim, as coisas vão melhorar!

Enrolado numa toalha, Lalo pega a mala de viagem e despoja as gavetas de suas melhores roupas de praia — que não são muitas, mas está confiando no guarda-roupa do programa para ajudá-lo.

Olha só para ele, todo confiante de novo!

A sensação é tão inebriante que ele deixa as camisas de lado e pega o celular, abre o Instagram e busca a conversa com Victor. Não há fotos novas no feed, mas ele atualizou os stories. No vídeo de cinco horas atrás, alguns meninos da república onde Victor mora largados no sofá da sala, jogando videogame. Na foto seguinte, postada há cinco minutos, uma escrivaninha lotada de livros, um notebook aberto num daqueles programas de arquitetura e a mão de Victor segurando uma latinha de energético no ar. Lalo curte a última e digita uma mensagem curta: "Não deixa a faculdade te matar, hein! 😵 Sdds"

Lalo navega pelo feed, vendo vídeos e curtindo fotos, enquanto secretamente aguarda uma resposta de Victor. Faz tão pouco tempo que ele postou o último story que, apesar de o status não denunciar se ele está on-line ou não, Lalo espera que a notificação com sua mensagem apareça e Victor o responda.

Deixando o celular ao lado da bolsa, Lalo termina de fazer as malas, a atenção dividida entre a tela desbloqueada e escolher as cuecas boas para viajar. A cada minuto que passa, pode sentir a empolgação diminuir. Ele agarra a roupa de treino contra o peito e olha ao redor, sentindo-se como um balão murcho.

Lalo fecha o zíper da mala. Veste a roupa, pesca os fones de ouvido em meio à bagunça da escrivaninha, calça os tênis. Olha uma última vez para a tela do celular.

Deve estar estudando.

Alguns meses antes

> **Lalo:** O que você tá fazendo?

> **Victor:** esperando vc me mandar mensagem hehe

> **Lalo:** Fofo! Achei que tava em aula

Victor: tô sim, mas a aula tá um porre

Victor: o que vc tá fazendo?

Lalo: Saindo do treino agora. Vou tomar um banho e volto pra oficina

Victor: aposto que vc deve estar todo suado

Lalo: Hahaha sim!

Victor: tô com tanta saudade, lindo

Lalo: Eu também, meu amor

Victor: me leva pra tomar banho contigo

Lalo: Quando eu estiver em Minas, nós vamos! ♥

Victor: não, minas não

Victor: agora

Victor: liga a câmera

Lalo: Mas vc não tá em aula?

Victor: indo pro banheiro

Victor: vai me deixar sofrendo com saudade do meu homem?

Victor: que maldade...

> **Lalo:** Nunca!
>
> **Lalo:** Te ligo em dois minutos
>
> **Lalo:** 🙍‍♀️
>
> **Victor:** 😼😼😼

Por que ele está ouvindo Rodrigo Casaverde na academia?

Em meio aos sons de pesos tilintando, grunhidos de esforço e de música eletrônica, Lalo reconhece a voz do apresentador — o tom paquerador e carismático — com a familiaridade de quem nota um amigo.

Lalo vira a cabeça no assento e espia pelo canto do olho o reflexo no espelho que cobre toda a parede. *Ah, não*, pensa ele, o rosto contorcido em uma careta. Alguém colocou de propósito o episódio da semana em todas as televisões da academia.

Não demora muito até que o ruído metálico de pesos e máquinas diminua — os clientes pouco a pouco hipnotizados pelas telas penduradas a cada três metros —, substituído pelas risadinhas e murmúrios de um único nome que eles conhecem bem: *Lalo*.

— De onde eu conheço esse cara? — murmura alguém com os pés para cima, os cinquenta quilos esperando para serem levantados.

Um tapa estala pelo ar, e Lalo flagra, de novo pelo espelho, uma menina apontando para ele de uma máquina de *leg press*. O menino que falou assiste, boquiaberto, a Lalo desistir da série de exercícios para o peitoral e se sentar. De repente, dezenas de pares de olhos o estão observando.

A tensão pesa no ar junto ao cheiro de perfume, suor e desinfetante. Lalo alcança a garrafa de água e toma um gole devagar, hesitante. Na TV, aparece em um flashback entretendo seus pretendentes até que o foco muda para a ponte. Ele sabe o que vai acontecer, mas é incapaz de desviar o olhar. Fred salta, embarca no bote, eles se beijam. Algumas pessoas aplaudem, gritam. Lalo fica sem graça, mas sente os músculos do rosto contraídos num sorriso.

E então uma horda de pessoas o rodeia, celulares a postos, mãos e braços e corpos suados espremidos contra o dele, *snaps* e *clicks* de fotos sendo tiradas, alguns beijos no rosto, muito falatório.

— Cara, você tá famoso!
— Não acredito que você tá num programa! Que massa!
— Tira uma foto comigo!
— Vamos revezar nas máquinas?
— Reposta meus stories!
— Quem você escolheu?

É praticamente impossível discernir quem diz o quê. Lalo sorri, responde as perguntas que entende — "Que nada, não sou famoso", "Claro", "Tô acabando por aqui", "Não posso dizer. Contrato..." — e, quando a multidão se acalma, ele lança um olhar desconfiado para a recepcionista e diz um "Te odeio" sem som. Ela sopra um beijo. Lalo não a odeia de verdade, e sabe que a ovação é só porque todos ali sabem quem ele é. Lalo conhece *quase* todo mundo também, com exceção de alguns novatos. Apesar da exposição, os tapinhas nas costas, sorrisos e brincadeiras ajudam a melhorar seu humor. Isso ou a endorfina liberada pela atividade física.

Quando se dirige para as esteiras, um adolescente correndo ao lado tropeça e é quase jogado para fora do aparelho. Ao mesmo tempo que pressiona o dedo no botão de diminuir a velocidade, ele se atrapalha com o celular.

— Posso tirar uma foto com você? — pede ele em tom de desculpa. Lalo assente, preocupado com a quase queda do rapaz, e posa para a foto.

Após uma caminhada, Lalo aumenta o ritmo do exercício para uma corrida. Cada pisada na esteira ajuda seu cérebro a focar. Ele veio para a academia para tirar Victor e a seca de contato, por duas horinhas que fosse, da cabeça, mas até então, sem sucesso. Tenta se lembrar do que Fred falou no parque sobre como a segunda fase do *Love Boat Brasil* pode ajudar no plano e, diante da lembrança, diminui a corrida para um trotar.

Ele limpa o suor da testa com as costas da mão.

Lalo desliga a máquina com um suspiro. Ele sente os pés leves ao pisar no chão e subir as escadas até o vestiário. Cada músculo de seu corpo queima. *A gente vai de cabeça*. A água fria da ducha arranca o ar de seus pulmões e, com ele, Lalo deixa a frustração ir junto. *Sem dar pra trás*.

A voz de Fred repete-se feito um mantra na cabeça de Lalo.

Sentado no banco calçando os sapatos, a toalha úmida pendurada nos ombros nus, Lalo tira o celular da bolsa e não se surpreende com a enxurrada de notificações do Instagram ao abrir o aplicativo. Ele abre as marcações e reposta cada uma delas — em parte porque prometeu aos (e seu rosto se contorce ao pensar na palavra) fãs, em parte porque ainda não desistiu de que Victor o note.

E qual é a sua surpresa ao abrir uma postagem de vinte e três horas atrás, em meio à lista de notificações com fotos e nomes de desconhecidos, e encontrar a foto de um homem sem camisa e óculos escuros no topo de um penhasco. A imagem do homem *fitness*, jovem, livre. Uma foto que ele conhece bem — foi ele quem a tirou tantos meses atrás quando estiveram em Minas Gerais e fizeram trilha juntos. E, como se fosse pouco, uma notificação dizendo: Victor Rodrigues curtiu a sua mensagem.

Uma súbita sensação de confiança borbulha no estômago de Lalo e se alastra no rosto na forma de sorriso.

Está funcionando.

Victor finalmente o notou.

Love Boat Brasil: heróis e vilões?
POP THAT WALK! | Ep. #114

Amamos odiá-los. Hoje, falamos sobre os mais recentes episódios do *Love Boat Brasil* e alguns de nós declaram sua torcida.
Apresentadores: Phelipe Sant'Anna e Amanda Amorim.
Convidade: Andy Bubu.

Phelipe: Vamos direto ao ponto.
Amanda: Por favor.
Phelipe: Detestei a saída da Carina.
Amanda: O QUÊ?!
Phelipe: Eu sustento a minha opinião.
Andy: Deixa eu adivinhar, agora você está torcendo pro Nicolas?
Phelipe: ISSO! Mas não porque ele é gato nem nada.
Andy: Eu não disse isso. E você, Amanda, torce por quem?
Amanda: Acho que ainda é muito cedo pra dizer, sinto que o Lalo fica bem com qualquer um dos pretendentes atuais, mas seria ignorante da minha parte dizer que não existe uma faísca especial entre ele e o Fred.
Phelipe: Duas semanas atrás estava dizendo que Lalo foi cuzão de beijar o garoto...
Amanda: Mas ele foi! A diferença é que, agora, pude ver os dois juntos e quero que se beijem de novo. Estão demorando demais!
Andy: Eu tô adorando que o Lalo está cozinhando todo mundo em fogo baixo. Mostra que ele não é o garanhão que o programa quer que ele seja com todas essas cenas sem camisa...
Phelipe: Amém.

Andy: ... mas sim um cara sensível que está disposto a conhecer as pessoas com quem está se relacionando. Se me lembro bem, falamos sobre a questão da promiscuidade no último episódio.
Amanda: Total! E, tipo, quando o Lalo esteve com os outros naquele iate?
Phelipe: Alerta de seca.
(Amanda ri)
Amanda: Ele estava obviamente bêbado e dando em cima de todo mundo. Se não fosse o Jonathan falar, acho que já teríamos visto muito mais pegação.
Andy: Mas também acho que o Lalo teria ficado sem graça, e vocês?
Phelipe: Não mais sem graça do que no último episódio. Ele mal olhou na cara da Carina, vocês viram?
Amanda: Ele não estava sem graça, estava irritado. Foi um bom entretenimento, mas entendo a opinião do Lalo. Eu também não ia querer ficar com alguém que faz aquele tipo de coisa e ainda conta vantagem. Pura escrotidão.
Andy: A Carina ocupou muito bem a posição de vilã, né? Desde a saída da Vanessa e do Enrique — que, tadinho, quebrou a cara na hora de eliminação —, o programa ficou com esse vazio.
Phelipe: É, e agora ficou de novo.
Amanda: Gay não pode ver uma loira virada no capiroto que já quer chamar de mãe.
Phelipe: Eu seeeei que a produção do *Love Boat* deve estar puta por causa disso!
Amanda: Andy, na sua opinião, é possível que agora o programa escolha um novo vilão?
Andy: Talvez sim, todo protagonista precisa de um antagonista, ou a coisa fica sem graça. Como falei no último

episódio, os realities perpetuam uma versão idealizada da vida que ajuda a moldar a sociedade. A questão de se ter um herói e um vilão claros só é possível porque não temos acesso a tudo o tempo todo, aquilo que assistimos no programa é um recorte enviesado. Não vou entrar no mérito de como isso delineou a nossa própria visão de "pessoas boas" e "pessoas ruins". A proposta é maximizar a diversão de quem está assistindo em casa, proporcionando momentos de alienação que diminuem as dores da vida real, e a luta entre bem e mal sempre rendeu ótimas histórias. Mas não acho que essa é a história aqui.

Phelipe: Com todo respeito, Andy, mas isso é um reality, eu quero treta! (*Bufa*) Já vi que a única história entre heróis e vilões é da Amanda arrumando briga nos comentários do Twitter.

Andy: Não faça isso, Amanda.

Amanda: Não consigo evitar, sou ariana.

(Risadas)

Dezoito

— **Bom dia pra você** que tá aí em casa, e bem-vindos ao *Love Boat. Bra-sil!* — exclama Rodrigo Casaverde ao microfone, rindo ao evocar uma onda de gritos animados. — Hoje, falamos diretamente do navio *Seashore* em algum lugar no meio do Oceano Atlântico! — Mais gritos. Alguém joga um boné no ar, acompanhado de uma canga e um colar de flores coloridas. — Lalo escolheu quatro pretendentes para trazer a bordo desse cruzeiro incrível. Ao longo dos próximos dias, eles terão encontros mais do que especiais nas acomodações luxuosas do *Seashore* e em alguns dos melhores cenários do litoral brasileiro. Na última noite dessa jornada, Lalo fará sua escolha final, e a essa altura não vou poder mais chamá-lo de "sr. Coração Partido", não é mesmo? — Rodrigo lança uma piscadinha para a câmera. Ele abre os braços para a multidão e diz: — E, com vocês, nosso elenco maravilhoso!

A câmera gira em seu posto no palco da piscina, onde Rodrigo continua sorrindo ao cumprimentar um produtor, em direção ao elenco do *Love Boat Brasil* esparralhado pelo convés. Todos os participantes e passageiros, convidados pela equipe do programa, soltos no deque dezesseis, ambas as mãos segurando drinques tão suados quanto seus corpos sob o sol das duas da tarde, dançando e gritando e sarrando uns nos outros como se não houvesse amanhã — ou ISTS. É como uma micareta em mar aberto.

A música explode pelos alto-falantes e vibra no chão do convés. Fred navega entre as pessoas, rindo com algumas meninas que o recebem com gritinhos agudos enquanto dançam funk. Os passageiros que não quiseram se unir ao elenco assistem por trás das câmeras ou do deque superior, alguns dançando junto de um jeitinho tímido que é sobretudo um remexer de ombros. Fred se pergunta se eles tiveram que assinar algum termo de confidencialidade ao embarcarem — *divirta-se num cruzeiro incrível enquanto aparece nas TVs de milhões de brasileiros!* Pelo menos, no meio de tantos desconhecidos, Fred pode se divertir. Ele tenta se imaginar curtindo uma festa com Nicolas, por exemplo, e a vontade é de grunhir de frustração.

Os primeiros acordes de "LUCID", de Rina Sawayama, despertam uma onda de gritos e uma chuva de bebidas, que transbordam de copos erguidos para o alto, e Fred se encontra em um grupo gigante, saltitando e jogando o cabelo de um lado para o outro, deslizando e mexendo os braços e pernas enquanto canta a música a plenos pulmões.

Pelo canto do olho, ele encontra Lalo recostado na grade de proteção do outro lado do deque, a cabeça balançando no ritmo da música, com o que parece ser um mojito na mão. Quando seus olhares se cruzam, ele pode jurar que Lalo sorri.

Fred sente o coração acelerar.

Nicolas aparece com dois copos na mão, entregando um a Lalo. Então, o sorriso que era seu alguns milésimos de segundos antes agora é de Nicolas. O que quer que estivesse provocando a leveza no estômago assenta como uma pedra afundando em um lago. A euforia pela música diminui e Fred se sente meio bobo; no entanto, continua dançando com o grupo quando a próxima começa.

Os pensamentos giram em segundo plano na cabeça de Fred ao passo que a música toma conta. Ele para. Ao fundo, gritos finos de excitação se misturam à batida dance/pop da música. "Cravin' You", de Aysha, explode pelos alto-falantes. Antes que possa perceber, Fred está urrando o refrão com todas as forças. Ele dança a coreografia com dois desconhecidos durante o *break* dentro de uma rodinha. Os demais participantes do programa bradam incentivos e batem palmas, e a energia é tanta que Fred começa a rir.

Em meio a um rodopio, Fred capta o olhar de Rodrigo Casaverde de cima do palco. Ele está ao lado do DJ, os olhos brilhando selvagens ao pousarem na piscina. Uma mensagem silenciosa, uma ordem impossível de se desafiar.

Tudo acontece rápido demais.

Aysha murmura palavras de amor, de loucura, de liberdade. Sua voz cresce, e Fred toma impulso, até estourar em um agudo. Ao passo que os outros dois rapazes deslizam de joelhos pelo convés, Fred salta com um grito para dentro da piscina.

Debaixo d'água, tudo é plástico, amortizado. O grave da música ainda vibra potente ali.

Ao emergir, ele é recebido com palmas e gritaria. Do alto, Rodrigo assente com a cabeça, bem-humorado. Fred revira os olhos, aterrisando-os em Lalo, cujos lábios estão comprimidos numa tentativa adoravelmente malsucedida de bloquear um sorriso.

A porta da cabine 5134 se abre com um *click*.

Jonathan empurra a porta com os ombros, sorrindo para os colegas competidores e para as câmeras, e embolsa o cartão magnético. Rafaela e Nicolas seguem. Fred, por outro lado, continua parado no corredor, metido em um roupão seco e com uma toalha branca fornecida pela produção pendurada nos ombros, os cabelos ainda pingando água clorificada no carpete azul-cobalto, preso entre um *déjà-vu* e um terror diurno.

Uma produtora sinaliza exasperada para que ele entre. Fred espia para dentro da cabine e se sente tonto. Ele mal consegue ver a cabine pequena com Nicolas parado no corredor estreito, mas de uma coisa ele tem certeza: não tem nenhuma janela.

Não que ele seja claustrofóbico. Fred já ficou em lugares mais apertados — ele pega o metrô todos os dias às sete da manhã pra ir para a faculdade. No entanto, ele sente os dedos do pé gelados e trêmulos, os joelhos fracos e a respiração, rasa.

Ele respira fundo. Só precisa entrar. Um passo adiante.

— Vai ver usaram todo o orçamento naquele túnel do amor e não sobrou o bastante para colocar a gente em uma cabine maior — comenta Jonathan, baixinho.

— Eu gostei. Achei um lugarzinho *aconchegante*! — dispara Rafaela, a saia esvoaçando nos tornozelos quando ela rodopia no centro do quarto. Ela para, o olhar fixo em Fred, e arqueia uma sobrancelha em uma pergunta silenciosa.

— Poderia ter uma janela aqui — comenta Fred, os músculos tensos protestando ao virar a cabeça de um lado para o outro, absorvendo o espaço da cabine. — Não precisava nem abrir. Só pra ver a luz do dia.

Fred quase pode *sentir* as paredes se fechando. Seus dedos, sempre inquietos, paralisam ao lado do corpo. Ele se pergunta se o quarto não é *propositalmente* pequeno, como se a produção achasse que quanto menor o espaço, maiores as chances de cultivar alguma briga e gerar material em frente às câmeras.

Os pensamentos rodopiam na cabeça de Fred, deixando-o ao mesmo tempo leve e pesado, feito uma estátua oca.

Sentado em uma poltrona, bebendo o que restou de um suco de tomate, Nicolas dá um sorrisinho tão rápido que um segundo depois já não está mais lá.

Rafaela envolve Fred em um abraço.

— Respira fundo — aconselha ela, aos sussurros. — Inspira quatro. Segura. Expira quatro. — A garota o segura pelos ombros, capturando seu olhar nervoso e sustentando-o. Então começa a respirar, mostrando como Fred deve fazê-lo. Eles repetem o movimento algumas vezes e, de repente, a pressão diminui. Fred só percebe que estava com os olhos fechados ao reabri-los e encontrar Rafaela sorrindo. — Isso. Muito bom.

Fred agradece.

— Escuta, Rafa, você tá ok de dividir o quarto com a gente? — pergunta Fred baixinho, ainda controlando a respiração como Rafaela o ensinou.

— Antes de embarcar, eles me perguntaram se eu preferia dividir a cabine ou ficar sozinha — responde ela, atraindo a atenção de Jonathan e Nicolas. — Achei legal da parte deles considerar que eu poderia não me sentir à vontade ou segura num quarto com outros homens, mas não queria ficar sozinha nesse navio gigante. — Rafaela dá um sorriso tímido. — E, sei lá, a gente meio que tá juntos nessa há algumas semanas e eu gosto de vocês. Me sinto melhor assim.

Rafaela abre um sorriso, e Fred se sente imediatamente mais confortável.

Ele também deseja imediatamente que Rafa e ele virem amigos fora do programa.

— Vamos escolher as camas? — Jonathan muda de assunto, pousando a mão no ombro de Fred. — Tem duas camas retráteis aqui em cima que viram beliche. Aqui. — Ele encaixa os dedos em uma alça e um pedaço da parede se destaca, feito uma gaveta, e se transforma numa cama. Jonathan faz o mesmo do outro lado da cabine. — Alguém tem alguma preferência?

— Eu prefiro não ficar nas camas de cima — diz Rafaela.

— Se ninguém fizer questão, também quero a de baixo — fala Nicolas.

Jonathan assente.

— Rafa e Nicolas, camas de baixo. Fred e eu ficamos com as de cima. Tudo bem? — Jonathan lança a pergunta para Fred, que se limita a assentir, resignado. Jonathan aperta as mãos uma na outra, contente. — Então fechou.

Os minutos seguintes são recheados de sons de zíperes se abrindo, velcro descolando e o tinir de cabides sendo pendurados. Alguém liga o ar-condicionado. Fred sobe em sua cama, a pele arrepiada no ar gelado, e deita de barriga para cima. O teto da cabine está perto *demais*.

— Você e o Lalo ficaram bem próximos hoje, hein, Nicolas? — aponta Rafaela, chamando a atenção de Fred. Ele rola na cama, cuidando para não cair.

Na cama oposta à dele — ainda bem que Jonathan teve o bom senso de não reclamar ao ver Fred escalar a cama acima da de Rafaela —, Nicolas se estica com as mãos cruzadas atrás da cabeça. Ele chuta os tênis, sem se importar com aonde caem, abrindo um sorriso presunçoso.

— É sempre bom falar com o Lalo — confirma Nicolas. Seu queixo ergue apenas um centímetro, os olhos resvalando sobre Fred. — A gente tem bastante coisa em comum e a conversa flui. Soube que tem uma academia aqui no navio. Chamei ele pra ir treinar comigo mais tarde.

— Hmmm. Verdade. Tem vários lugares aqui no navio pra conhecer — concorda Rafaela. A porta do banheiro se abre e Jonathan sai de lá vestindo uma camisa florida, shorts e sandálias brancas, um contraste que faz sua pele escura brilhar. Rafaela levanta a cabeça para vê-lo melhor. — Já tá na hora do seu encontro individual?

— Uhum. Não sei aonde vamos, então me vesti para qualquer coisa num navio, eu acho. Nunca andei de navio antes. — Jonathan admira o próprio reflexo no espelho entre as duas poltronas. Ele flagra o de Fred inclinado na beira da cama superior, apreciando-o, e sorri. — O que você acha, bichinho?

— Gato demais — aprova Fred. — Quer abrir um ou dois botões dessa camisa?

— FRED! — protesta Rafaela.

— Que foi? O Jonathan é um gostoso.

Rafaela sacode a cabeça, aparentemente achando graça, mas Fred pode jurar que a vê ruborizar.

Quando Jonathan sai da cabine, o "boa sorte" dos outros três ecoando no ronronar suave do ar-condicionado, cada um dos participantes se deita nos lençóis, agora encrespados, de suas respectivas camas pensando em como é estranho desejar sorte para que outro consiga algo que eles deveriam querer para si mesmos.

Desacostumado a ficar tanto tempo parado, Fred repara no movimento do navio sobre o mar, um delicado sobe e desce, o vaivém suave... Uma calma estranha formiga em seus membros. Até o brutal rangido de uma cama abrir seus olhos, fazendo-o se virar na direção do barulho.

— Você tá muito quieto — diz Nicolas, erguendo-se para ficar no nível da cama de Fred.

Lá se foi a calma.

— Nicolas... — adverte Rafaela. O rapaz joga as mãos para o alto e pega a mochila do chão. Os dedos de Rafaela, com as unhas pintadas de rosa, tateiam a cama de Fred até encontrar um trecho de pele. Ela o aperta com carinho. — Vou ouvir um pouco de música pra relaxar antes do encontro, mas se quiser conversar, é só me cutucar, viu?

Fred exala.

— Valeu, Rafa.

A sensação de paz se transforma em inquietude enquanto ele assiste a Nicolas se mover pelo quarto.

Fazendo barulho, Nicolas apoia a mochila na cama de Jonathan, de modo que Fred tenha uma visão perfeita do momento em que ele saca uma tira de camisinhas.

— Nunca se sabe... — Nicolas pisca, guardando as camisinhas no bolso da bermuda.

Fred joga as pernas para fora da cama e dá um impulso, aterrisando aos pés de Rafaela.

— Vou dar uma volta — avisa ele, calçando os tênis de qualquer jeito.

— O que você fez? — sibila Rafaela. Talvez não fosse para Fred ouvir, mas ele ouve.

Ele espreita pelo canto do olho: Nicolas dá de ombros, um gesto ingênuo demais para um homem como ele.

Fred pega o cartão magnético e sai da lata de sardinhas que chamam de quarto.

Dezenove

Lalo nunca esteve num luau antes.
    Há um bar a céu aberto, onde as estrelas e as luzinhas coloridas pintam o céu noturno. O vaivém das ondas ainda deixa seu estômago sensível, mas Matheus é só sorrisos e diz:
    — Bebe uma coisinha que passa.
    Lalo acha que querem deixá-lo bêbado, mas não importa.
    Victor finalmente o notou.
    O plano está dando certo.
    Então, ele encontra Jonathan no bar.
    Jonathan está lindo, a pele escura reluzindo debaixo da luz amarelada das chamas falsas de uma tocha. Eles se cumprimentam com um beijo no rosto antes de ocuparem a baia preparada exclusivamente para os dois. O perfume de Jonathan é doce, suave, e de alguma maneira o faz pensar em água de coco e pé na areia. Eles falam de tatuagens e viagens conforme o balanço do navio e o do álcool se tornam um.
    — É a minha primeira vez num navio... — confessa Lalo.
    — A minha também! Não sou de viajar, tô sempre trabalhando, e agora com a faculdade...
    — Pois é, eu entendo.
    — A classe trabalhadora tem que ficar unida, né? — brinca Jonathan.

Lalo dá uma risadinha.

— Então vamos aproveitar isso aqui enquanto podemos — diz, erguendo o mojito em um brinde.

Quando o tempo deles acaba, Lalo está alegre em mais de um sentido.

Rafaela é a próxima. Ela chega em um vestido branco que segue o caminho do vento, erguendo a barra da saia e acentuando as curvas da barriga, coxas e seios. O cabelo agita-se em direção ao rosto de Lalo quando eles se aproximam para um abraço, fazendo-o cheirar notas de baunilha e laranja, e ele arrisca girá-la no ar.

— Lalo do céu… — diz Rafaela, cambaleando até a mesa para se firmar. — Acho que tenho labirintite.

— Você está linda, Rafa.

Embora levemente tonta, Rafaela abre um sorriso e desvia o olhar.

— Obrigada. Você também.

Apesar da simpatia de sempre, Lalo a sente insegura, então faz questão de dar a ela sua atenção completa.

— Não senta — diz ele. Rafaela ergue uma sobrancelha. — Vem, vamos dançar.

A garota hesita, buscando o olhar da produção atrás de um sim. Lalo imagina que vá ouvir de Matheus depois, mas agora ele só quer que Rafaela se divirta. Como ninguém faz objeção, Lalo puxa sua pretendente até o começo da festa. As pessoas dão passagem para eles se embrenharem na multidão e eles dançam e conversam por toda a duração do encontro. Aos poucos, Rafaela volta a agir como ela mesma: o riso fácil, a jogada de cabelo, o magnetismo…

— Top três coisas do navio até agora — pede Lalo.

— Até agora? A piscina com hidromassagem, o teatro e o aquário.

— Você ficou aqui por menos de três horas e conseguiu ir numa piscina de hidromassagem?

— Não fui, mas vi que tem. — Rafaela gargalha. — Você?

— Não tive tanto tempo assim, mas o bufê de café da manhã 24h com certeza tá no meu top três.
— Achei que sua comida favorita fosse hambúrguer.
— E logo em seguida vem o café da manhã.
Eles ainda estão rindo quando o encontro acaba. Lalo realmente lamenta a intervenção de Matheus. Nicolas chega logo em seguida, envolvendo Lalo num abraço apertado.
— Você parece mais feliz hoje — pontua Nicolas, olhando-o por cima do drinque depois de se sentarem.
Tirando o suor da testa com as costas das mãos, Lalo deixa uma risada nervosa escapar.
— Você acha?
— Alguma coisa mudou para melhor... — Ele estica a mão por cima da mesa, alisando o antebraço de Lalo. — Espero que tenha a ver com o que tem rolado com a gente no programa.
Você não faz ideia.
Lalo e Nicolas trocam um olhar.
Os dedos de Nicolas escorregam pela sua pele, os calos em suas mãos provocando cócegas, indo de encontro à sua mão. Dedos entrelaçados, Nicolas abre um sorriso grande. Por impulso, Lalo puxa a mão para receber outro mojito, deixando uma expressão confusa no semblante do competidor, com o cenho franzido e a boca semiaberta.
Nicolas pigarreia.
— Então... tudo certo pra gente treinar amanhã? — pergunta, estralando os dedos da mão estendida enquanto beberica o suco de tomate.
Ouvindo a mágoa no tom do rapaz, ele assente.
— Claro!
Nicolas sorri, a mão ainda disponível para Lalo. Quando ele não a pega, Nicolas puxa a mão vazia para o colo com uma bufada de frustração.
Dinda, por outro lado, não poderia estar mais feliz com isso — Lalo não se lembrava de tê-la visto abrir um sorriso sequer

antes, mas talvez estar à bordo de um cruzeiro de luxo deixasse a produtora de bom humor. Ele *certamente* está.

Mal podia esperar a hora de encontrar Fred.

Algo aconteceu — ontem? Dois dias atrás? Era difícil crer que o tempo havia passado tão rápido — no restaurante. Fred deu-lhe um centro, paz e esperança. Foi sua salvação enviada dos céus, caindo de paraquedas para salvá-lo de si mesmo. Lalo ri, uma gargalhada borbulhante. Talvez ele deva tatuar um paraquedista.

De todo modo, lá está ele, no meio de um encontro com Nicolas, se esforçando para animá-lo enquanto fala de treinos e suplementos e planejando, em um canto seguro do cérebro, como contar a Fred que o plano deles está dando certo.

— Me encontra na academia amanhã lá pelas seis? — sugere Lalo ao fim do encontro.

As linhas do rosto de Nicolas se animam.

— Vem com energia que vou te cansar, lindo — diz ele, despedindo-se com uma piscadinha.

No intervalo entre a troca de pretendentes, Lalo pede outro mojito ao garçom, os dedos batucando uma melodia qualquer na mesa enquanto aguarda. Fred aparece cinco minutos depois.

Tão logo ele ocupa a cadeira à frente, o garçom ressurge com um único copo de mojito em uma bandeja.

— Mojitos são a sua assinatura, hein? — insinua Fred, colocando o cotovelo na mesa e apoiando o rosto sorridente na palma da mão.

— Gosto deles. Não tem por que mudar.

Lalo toma um gole, uma única sobrancelha arqueada.

— Que mal tem experimentar coisas novas? — rebate Fred. Para o garçom, ergue os olhos e pede, animado: — Pode me trazer algo gostoso, doce e forte? Nada com tomates nem legumes, pelo amor de Deus.

— Nada de legumes? Quantos anos você tem?

— O suficiente pra decidir não consumir legumes. Pelo menos quando minhas mães não estão por perto.

Lalo revira os olhos, divertido.

— O que aconteceu com "experimentar coisas novas"? — provoca Lalo, flexionando os dedos para desenhar aspas no ar.

O garçom pede licença, rindo.

— Minha mãe, a Cristina, era professora de ciências para crianças. Ela me forçou a comer tudo quando eu era pequeno. Chegou até a esconder berinjela na minha lasanha. Quem faz isso com uma criança de cinco anos? — Fred balança a cabeça, estoico. Lalo deixa uma gargalhada escapar e é presenteado com um olhar cerrado. — Foi um ato baixo. Levou anos para que eu conseguisse recuperar a confiança nela.

— Então você não come legumes? É sério isso?

— Como, mas só um pouquinho. O suficiente pra acalentar a culpa por decepcionar minha mãe. Uns três pedacinhos de cenoura, uma folha de alface, batata frita e é isso.

— E os tomates? — Lalo insiste um pouco mais.

— Tomate é tranquilo, mas vi o Nicolas tomar um daqueles sucos e achei bizarro — confessa Fred.

— Por quê? Não é a mesma coisa que molho de tomate?

— Não é, não! Quem *bebe* molho de tomate? — exclama Fred, e acrescenta, aos sussurros, como se falasse algo errado, espalmando a mesa com a expressão alarmada: — É *estranho*.

De repente, a energia em que estão imersos muda. Num instante, eles estão rindo, envolvidos pela música ambiente, um pop animado com saxofones e chocalhos, as vozes e o tilintar das pedras de gelo nos copos, e o calor das *softboxes* que iluminam a cena para a gravação do programa. Em uma batida de coração, Lalo toma consciência da respiração de Fred provocando cócegas em seu nariz, o hálito recendendo hortelã. Ele sequer havia reparado que começou a se inclinar, mas agora está na beirada da cadeira com metade do corpo prensado na mesa.

Lalo volta a sentir as costas da cadeira. Fred pisca, inocente. Quando olha ao redor, percebe que boa parte do grupo os encara, ao passo que uma parcela menor observa a tela da câmera com avidez.

Ele dá uma risada nervosa.

A bebida de Fred chega, algo com bolhas, decorada com um mini guarda-chuva amarelo, e eles mudam de assunto. É muito fácil falar com Fred. Talvez porque já tenham se encontrado fora do programa ou porque Fred sabe como carregar uma conversa sem necessariamente fazer perguntas, Lalo apenas... fala.

— ... e aí meu celular ficou todo preto, aparecendo uma coisa tipo atualização de *firmware*... não faço ideia do que seja isso...

— É um tipo de software que gerencia as tarefas básicas do hardware.

— Ah. Isso explica por que não estava funcionando. Eu achei que meu celular tivesse estragado quando saí pra correr na chuva e enfiei ele no arroz japonês... era a primeira vez que a *sobo* ia visitar depois que o meu vô faleceu e minha mãe, Cristina, ficou uma fera quando encontrou meu telefone lá...

— Você colocou o celular direto no pote de arroz?

— Era o que a internet dizia pra fazer! — exclama Fred, rindo da própria situação, então captura o olhar de Lalo. — Eu não tinha um Lalo para me ajudar na época.

— Agora tem — diz Lalo, em tom calmo.

Fred desvia o olhar, o sorriso teimando no rosto ainda que o canto inferior do lábio esteja preso entre os dentes, um leve rubor beliscando suas bochechas.

Há uma brecha, grande e escorregadia, para um novo assunto, mas Lalo não consegue se forçar a revelar a novidade sobre Victor. Isso é algo que ele quer compartilhar com Fred, mas parece íntimo demais para ser dito em frente às câmeras.

Antes que possa ficar nervoso, ele sente a maciez da mão de Fred cobrindo a sua. Quando foi que ele esticou o braço na direção dele? Quem alcançou quem primeiro? Meu Deus, ele deve estar muito bêbado se é incapaz de se lembrar das próprias ações — talvez seja melhor parar com os mojitos por um tempo.

É a expressão de Fred que o ancora. A maneira como os olhos refletem o amarelo suave da cortina de luz acima deles, as sobrancelhas grossas arqueadas e a boca delineada quase num formato de coração. É o suave inclinar de cabeça, a alça da camiseta regata deslizando até os limites do ombro. É a mensagem escondida na pressão relaxante dos dedos de Fred que microfone algum capta.

— OK, PESSOAL, CHEGA POR HOJE — anuncia Dinda, erupcionando um caos de câmeras e maquiadores e assistentes ao redor deles, mais um lembrete de que eles não estão sozinhos, até que alguém guia Fred por entre a multidão e ele desaparece, deixando Lalo de cenho franzido.

O mais estranho de tudo são os batimentos acelerados no centro do peito e o calor que o domina dos pés à cabeça, que nem mesmo a maresia em alto-mar parece capaz de aplacar.

— Eu te juro, cara, se ela me dissesse "foge comigo", eu pulava desse navio e nadava até a costa.

— Matheus...

— Ou roubaria um bote. É muito difícil nadar em alto-mar sem treino...

— Matheus...

— ... paralisado da cintura pra baixo.

— MATHEUS!

— Ué, *eu* posso fazer piada autodepreciativa. — Matheus cruza os braços atrás da cabeça, avaliando o bronzeado na pele após um dia na beira da piscina. — Mas só pra esclarecer: o Marthelus Júnior funciona, são as outras duas pernas que não funcionam muito bem.

— Pelo amor de Deus! — Lalo esfrega o rosto com a palma enquanto acompanha o bom humor de Matheus se espalhar pelos lábios através das frestas entre os dedos. — Pera, você chama seu pau de "Marthelus Júnior"?

— Matheus. Martelo. Tão difícil assim de entender? — Ele ergue uma sobrancelha, encarando-o com curiosidade. — Qual é o nome do seu?

Lalo desvia os olhos, as bochechas coradas, tanto pelo álcool quanto pelo tópico da conversa.

— Você não devia, sei lá, ir falar com ela? — desconversa Lalo.

— Mas eu nem sei se ela gosta de mim! Vive escapando das minhas cantadas...

— *Quem* é ela?

— Ah, minha musa inspiradora, a dama da minha alma, a guerreira Kyoshi do meu coração... — diz ele, sonhador. Matheus solta o ar numa lufada e deita a cabeça no encosto da cadeira de rodas.

— Você tá muito apaixonado — aponta Lalo em meio a uma risada.

Matheus dá de ombros.

— Talvez eu chame ela pro seu casamento, as mulheres acham isso romântico, né?

— Quem aqui vai casar?

— Ué, você e o Fred. Estavam cheios de amorzinho mais cedo, mais uns dez minutos e vocês teriam se atracado em cima da mesa do bar. — Lalo olha feio para Matheus, que dá risada. — Ah, para! As piadinhas? As mãozinhas se tocando? Vocês se encarando com aquela carinha de quem quer e tá sabendo pedir? Melhor encontro da noite. Ainda bem, porque fizemos bolão e eu apostei em vocês dois.

— Tá falando sério?

— Claro! E é bom eu ganhar, porque apostei alto! — provoca Matheus, atirando uma almofada do sofá em Lalo.

— Algum conselho pra mim, já que você é meu produtor e tudo o mais?

Com um gemido de satisfação, Matheus abre a latinha de castanhas do aparador de Lalo e joga algumas para dentro da boca.

— O encontro com o Fred foi ótimo, mas você tirar a Rafa pra dançar foi muito bom também. — Matheus rouba uma minigarrafa de água do frigobar e bebe um gole antes de continuar. — Você precisa dar mais atenção pro Nicolas. O cara só faltou se jogar em cima de você e você soltou a mão dele? A careta dele foi engraçada, mas deu pra ver que ficou magoado.

— É, eu percebi...

— Você ficou magoado com a estratégia dele e da Carina de ganhar aquela competição? Foi por isso que você tirou a Carina, né?

— Não foi legal, mas pelo menos o Nicolas não tentou derrubar ninguém.

— Aquela menina tinha sangue nos olhos. Não conta pra ninguém que eu te disse isso, mas os chefões não gostaram da eliminação dela. Eles queriam transformá-la em vilã, e ela era perfeita pro papel. Mas já que tá tudo bem com o Nicolas, seja mais legal com ele. — Matheus enche a boca de castanhas. — Você e o Jonathan se dão bem. Gosto dele. Cara legal. Mas não sei se o público quer ver você encontrando um Cara Legal™. Você quase beijou o homem no iate, achei que tivesse alguma faísca entre vocês dois.

Lalo cai deitado na cama abraçado com a almofada. Depois grunhe, escondendo o rosto nela.

— Estar aqui demanda muita energia...

— Isso aqui é televisão, tem que ter emoção. Você aceitou os termos. — Matheus limpa a boca nas costas da mão, escondendo a latinha entre as coxas. Lalo quase ri. — Aliás, queria te perguntar isso faz um tempo. Pra quem você tá mais inclinado? É o Fred mesmo?

Um eco retumba forte nos ouvidos de Lalo, *tu-dum, tu-dum*, ao mesmo tempo que seu coração parece mais sensível. Ele se senta tão rápido, os calcanhares enfiados embaixo do corpo, que fica tonto por um segundo.

— Eu e o Fred não somos um casal — dispara Lalo.

— Jura? Vocês formam um casal bonitinho.

Lalo suspira.

— Você só diz isso porque apostou dinheiro. Fred e eu somos...

Lalo percebe, pela primeira vez, que não tem uma palavra exata para definir o que Fred é para ele. Amigo. Parceiro de crime, talvez, se enganar milhares de espectadores e quebrar contratos se qualificar como um. Mas um pretendente? Ele sacode a cabeça, organizando os pensamentos.

— ... não somos um casal.

— Se você está dizendo...

Três batidinhas na porta, um som tímido. Lalo e Matheus fitam a entrada, incertos se realmente ouviram algo. Então, elas voltam, três batidinhas, desta vez mais urgentes. Matheus se apressa, saindo na frente com a cadeira antes que Lalo possa sair da cama, e abre a porta, dando de cara com Fred. Eles se encaram por um total de dois segundos antes de Fred passar por ele às pressas e se esconder dentro do quarto.

— O que você tá vestindo? — pergunta Lalo, preso numa mistura de riso e choque.

— Um disfarce. Não quero que me peguem quebrando as regras.

O disfarce de Fred consiste em óculos escuros, um roupão apertado junto ao corpo — o peitoral, normalmente liso, preenchido com duas toalhas de rosto, de modo a simular as curvas dos seios, as quais ele tira de debaixo da camiseta regata e arremessa no chão — e uma toalha branca enrolada no topo da cabeça, jogada de qualquer jeito na cama aos pés de Lalo.

Matheus continua encarando Fred, a cabeça balançando de um lado para o outro com um sorriso estampado no rosto.

— Eu vou aproveitar essa sensação de vitória, fingir que não tô vendo isso e voltar para a minha cabine, que calha de ser logo ao lado, então estarei com fones de ouvido pelo restante da noite. Boa noite, rapazes.

Tão logo a porta se fecha às costas de Matheus, abafando a melodia de seus assobios.

— Cacete, que susto! Não estava esperando encontrar o Matheus aqui, não sabia que vocês eram amigos — fala Fred, a mão no peito.

Lalo volta a atenção para ele.

— Sério, por que o disfarce? — pergunta.

— Porque se eu levar uma multa por quebra de contrato, minha mãe me mata! E porque, durante nosso encontro, tive a impressão que você tinha alguma coisa pra me dizer, mas ficou quieto por causa das câmeras. — A voz de Fred se sobrepõe à dele, silenciando-o. — E já que não tem sinal de celular em alto-mar e a taxa do Wi-Fi custa o olho da cara, achei melhor vir aqui. — Lalo abre a boca para protestar, mas Fred ergue as mãos, interrompendo-o novamente. — Relaxa. Ninguém me viu, o Matheus disse que tá suave, e não tem câmeras nos quartos. Estamos seguros. Agora, o que você queria me contar?

Dando-se por vencido, Lalo diz:

— O Victor viu meus stories. E curtiu uma mensagem.

— Sério? Quando?

— Ontem.

— Viu! O plano tá dando certo!

Lalo dá uma risadinha.

— Sim.

— E o que ele falou? — Quando as sobrancelhas de Lalo se unem, Fred se senta na beirada da cama. — Ele não mandou mensagem ainda?

— Não.

Fred assente.

— Um passo de cada vez. Agora que sabemos que ele está te acompanhando, podemos usar isso a seu favor. Uma pena não poder postar fotos do programa antes de as imagens irem ao ar...

Fred anda de um lado para o outro. Não parece nervoso, é apenas o jeito elétrico dele, Lalo percebe com naturalidade.

— Talvez algumas selfies provocantes? Fotos de bebida, comida, da paisagem... — sugere Lalo.

— Isso deve ajudar a construir uma narrativa bacana... — concorda Fred. Ele para no espaço aberto entre a cama, o sofá e o aparelho de TV, lançando uma piscadinha por cima do ombro.

— Se bem que todas as suas selfies são provocantes, Lalo.

Lalo ri.

— Sua cabine é ótima — ele volta a falar, girando no centro do quarto com os braços abertos. — É, tipo, três vezes maior do que a nossa.

— Sério?

— Uhum. Estamos eu, Rafa, Jonathan e Nicolas.

— E não fica apertado?

Um tremor sacode todo o seu corpo, e Fred desliza a porta de vidro que dá na varanda. O vento salgado os atinge, bagunçando os cabelos pretos de Fred.

Lalo estuda o perfil do rapaz, os olhos fechados, o corpo curvado na direção do oceano e do céu noturno, preenchendo os pulmões com ar como se não fosse respirar direito por muito tempo. Olhando com atenção, é como se Fred se expandisse bem diante de seus olhos. O que o faz refletir sobre o quanto o rapaz deve estar se sentindo desconfortável no navio, em uma cabine com um terço do tamanho da sua.

— Você deveria passar a noite aqui — diz Lalo, talvez baixo demais para que Fred o escute, pois ele continua encarando o horizonte, sem demonstrar tê-lo ouvido. Ao seu lado, ele repete:

— Você deveria dormir aqui.

As pálpebras de Fred tremulam, e então Lalo está fitando um par de olhos escuros. O canto esquerdo de sua boca irrompe num sorriso triste.

— Essa cabine é imensa, você mesmo falou. — Lalo sorri de maneira encorajadora, indicando a cabine. — E tem espaço de sobra. Você fica com a cama, eu durmo no sofá.

— E o que a gente faz quando a produção me pegar dormindo no seu quarto?

— Você pode sair antes do dia de gravações começar. Ninguém vai perceber.

— Você é um cara realmente gentil, né? — declara Fred, o sorriso cada vez mais melancólico.

Algo está diferente. A configuração mudou sem que Lalo percebesse. Eles estão na varanda, frente a frente, tão próximos quanto naquele momento durante o encontro, quando nem sequer um móvel pôde impedi-los de se aproximar um do outro. Fred põe as mãos nos bolsos do roupão e o encara por entre os cílios grossos.

— O pessoal do quarto vai perceber. Melhor guardar o drama para o programa. Acho que vou fazer hora a céu aberto e ir pra cabine quando estiver com sono. — Fred morde o lábio inferior. — Ainda estamos na mesma página?

Lalo leva um momento para entender a pergunta, mas faz que sim com a cabeça, um movimento lento e quase titubeante. *Como ele pode perguntar isso numa hora dessas?*

Fred o imita. Dá uma última olhada saudosa para o mar aberto e então diminui a distância entre eles, segurando o rosto de Lalo com a mão em concha, e beija-o na bochecha. A sensação dos lábios de Fred de novo traz lembranças do beijo no lago, lábios macios e quentes, queimando a carne como ferrete. Lalo sente um arrepio erguer os pelos da nuca.

— Muito obrigado pelo convite — diz Fred baixinho contra a pele de Lalo —, mas deixa que eu dou um jeito na minha ansiedade.

Sem saber o que falar, Lalo umedece os lábios. Fred cutuca o ponto tenso entre suas sobrancelhas e murmura:

— Você também precisa relaxar, Lalo.

E, com isso, se despede, rapidamente vestindo o disfarce e certificando-se de que o corredor está vazio antes de sair.

Quando Lalo cai na cama, ainda vestido, ainda tenso e ansioso, ele ouve a cacofonia de móveis batendo na parede e gemidos vindo da cabine de Matheus. Ele só escuta um "Ai, Fred...!" antes de esmurrar a parede atrás de si uma única vez. Ao som da gargalhada de Matheus, Lalo esconde o rosto em um travesseiro e solta um grunhido frustrado.

Vinte

Ao longe, Ilha Grande é um exuberante monte pincelado de folhas de um verde tão vivo que é quase como se ganhassem vida própria ao dançarem no balanço do vento, e a faixa de areia da qual se aproximam, uma estrada de tijolos de ouro. O pequeno barco sacoleja ao cortar as ondas, jogando seus passageiros para o alto. Eles pulam e caem de bunda nos assentos duros e respingados de água. Quanto mais se aproximam da ilha, mais difícil fica de discernir a vibração do barco da enxurrada de notificações que, por pouco, não trava seus celulares.

    Se por um lado os demais participantes estão concentrados nos próprios aparelhos celulares, Fred está extasiado com a expectativa de pisar em terra firme. Sem dúvida o *Seashore* tem muito a oferecer além daquela cabine infernal na qual ele é obrigado a dormir, mas nada se compara à liberdade do vento em seu rosto, do mar a apenas um braço de distância, e daquela ilha, quilômetros e quilômetros de espaço sem nenhuma parede confinando-o aos peidos fedidos do Nicolas, ou aos roncos do Jonathan, nem ao sono inquieto da Rafa que sacudiu sua cama a noite inteira.

    — Você parece um cachorro com a cabeça pra fora da janela do carro — desdenha Nicolas.

Fred não o ouve com o som do vento nos ouvidos. Rafaela dá uma risadinha e aponta o celular para tirar uma foto. Ela vira a tela para que ele a veja.

— Você tá muito fofo, Fred!

Ele sorri e assente, então volta a inclinar o corpo para fora do barco, apesar dos avisos da produção e do capitão do barco, inspirando o ar.

Quando *finalmente* atracam, Fred é o primeiro sair do barco. Tudo o que mais quer é sair correndo aos gritos pela praia, dar piruetas e fazer anjinhos de areia. Sob a supervisão severa de Dinda e dos demais produtores, ele se contenta em pular no mesmo lugar, sentindo a energia e o sangue circular pelo corpo.

Por sorte, eles têm um dia cheio.

Após o café da manhã em uma mesa exclusiva à sombra de guarda-sóis na praia, eles foram encaminhados para uma área de vôlei de praia, onde competiram entre si e Fred pôde gastar um pouquinho da energia. Um tempo depois, Lalo e Jonathan sumiram para o encontro privativo, um passeio de jet ski. Os outros continuaram jogando, embora a tensão da hora seguinte os fizessem perder a bola mais vezes do que podiam contar.

Debaixo de uma tenda orgânica, Tati o saúda com um sorriso gigante e começa a trabalhar rapidamente nele.

— Não tem muito o que fazer por você hoje — diz ela, aplicando uma camada extra de protetor solar com efeito mate no rosto dele. — Mas podemos dar uma reforçada no pó solto pra segurar o suor desse rosto.

Num silêncio carregado, Carlinhos o leva até uma plataforma de madeira que range sob seus pés, onde Lalo passa a mão pelos cabelos molhados debaixo do sol.

Fred repara em duas coisas. Primeiro que, infelizmente, Lalo realmente não usa sunga. Ele usa algo infinitamente melhor: um shorts cor-de-rosa tão curto que mal chega ao meio das coxas grossas. E o melhor de tudo — molhado, dá a Fred uma visão que o deixa sem fôlego e o faz agradecer por ser um garoto com desejos simples. Segundo, que ele precisa tirar a regata com urgência e amarrá-la na cintura para que as mães não o vejam de pau duro na TV grande da sala.

Ele se apressa e desliza para fora da regata feito uma minhoca, enfiando a gola para dentro da sunga de maneira estratégica.

— Até quando você vai ficar aí debaixo do sol me seduzindo? — fala Fred em voz alta, dando passos cuidadosos e garantindo que a camiseta não saia do lugar.

Lalo abaixa a cabeça, os lábios se esparramando em um sorriso lento que por pouco não faz Fred perder a compostura.

— Ainda preciso te seduzir? — pergunta Lalo, a mão esticada para Fred. A pergunta é inocente, Fred sabe disso. Tudo parte do plano. Porém, ele não consegue deixar de correr os olhos pelo antebraço de Lalo, uma trama de veias protuberantes e tinta, o peito, a barriga, e aquela maldita tatuagem de águia perdida entre o cós do shorts cor-de-rosa...

É um pouco demais para ele.

Fred suspira e enlaça os dedos nos de Lalo, fazendo o possível para ignorar o pânico que bombeia o sangue para cada membro do corpo.

— Se você tentasse, eu entraria em combustão e teria que me jogar no mar.

Eles riem da piada, e Fred torce para que ele não capte o fundo de verdade na brincadeira.

— Ainda bem que nosso encontro envolve muita água, então pode entrar em combustão à vontade.

Eles caminham lado a lado na plataforma de madeira, as mãos ainda entrelaçadas, até a lancha na outra ponta. Fred faz biquinho.

— Passeio de lancha?

Lalo nega com a cabeça.

— Algo ainda melhor — diz em tom conspiratório.

Quando ele avista o um homem alto e robusto, os cabelos queimados de sol e a pele bronzeada, metido em roupa de mergulho, Fred sente um nó no estômago.

— Mergulho, é?

Lalo se vira para ele, curioso. Provavelmente o tom dúbio que Fred usou poderia dar a entender que ele não se animou muito com a ideia, o que é em parte verdade. Ele já está se cansando de ser O Cara Que Se Joga Na Água.

Fred reprime um suspiro, abre um sorriso e saltita em direção à lancha.

— Vem, velho da lancha! — grita Fred. — Vai ser divertido!

— Eu sou só dois anos mais velho do que você!

— E muito mais lento, como pode?

Lalo dispara numa corrida, os passos pesados chacoalhando a plataforma de maneira perigosa, pega Fred pela cintura e o ergue no ar. Fred deixa um "Eita porra!" escapar em meio ao riso. Ao olhar para baixo, encontra Lalo com um sorriso brilhante. Ele se sente tão leve que quase se esquece da ereção nem um pouco discreta naquela posição, criando uma tenda nos shorts.

Quando se aproximam da lancha, Lalo o põe no chão com cuidado, e Fred não sabe onde esconder o rosto porque existem outras coisas que ele *não* consegue esconder, mesmo jogando as costas um pouquinho para trás e cruzando as pernas.

De joelhos, Lalo ergue o olhar, sorrindo a princípio, mas mudando para uma risada nervosa em seguida. Ele pigarreia ao ficar de pé, o lábio inferior preso entre os dentes e as bochechas ruborizadas.

— Pronto pra mergulhar? — pergunta o instrutor de mergulho animado, convidando os rapazes a embarcarem.

Fred é o primeiro a ir, caminhando desajeitado pela popa.

— Tenho a impressão de que só querem me ver molhado nesse programa... — resmunga ele em tom de brincadeira.

Lalo solta o ar em um suspiro trêmulo.

— Acho que quem vai entrar em combustão sou eu.

***

Snorkeling foi uma das melhores experiências que Fred já teve na vida.

Não foram muito longe com a lancha. Encontraram uma área delimitada para mergulho, com ilhotas surgindo da água aqui e ali. A água azul-turquesa e cristalina tinha um reflexo espelhado onde o sol a encontrava na superfície. E, após a curta palestra do instrutor de mergulho, eles encontraram um mundo tão colorido que Fred precisou emergir para recuperar o fôlego.

O fundo do mar era um tapete branco pontilhado por conchas e pedras cobertas de vida. Eles encontraram estrelas-do-mar enquanto nadavam por cardumes de peixes listrados, outros prateados, e alguns quase translúcidos. Em certo momento, Lalo se aproximou com uma câmera — um "mimo" da produção — e eles tiraram fotos um do outro debaixo d'água, flutuando ao lado de corais, peixinhos amarelos e fazendo caretas. Antes de irem embora, garantiram uma foto juntos: metade dos rostos encobertos por óculos de mergulho pretos e a outra por sorrisos gigantes, o braço de Lalo envolvendo os ombros de Fred e trazendo-o para seu peito enquanto Fred fazia sinais com a mão livre, porque a outra estava ocupada enlaçando a cintura de Lalo.

De volta à lancha, eles ocupam o banco traseiro, as pernas molhadas encostando-se suavemente com o balançar do barco, enquanto se secam.

— E então, o que achou? — pergunta Lalo, abrindo um sorriso que revela a pontinha do dente torto.

— Foi incrível! — responde Fred, entusiasmado.

O sorriso de Lalo parece crescer, como se fosse possível, e ele ouve com atenção, assentindo animado a tudo que Fred fala. Os peixes! Os corais! A água quente em cima e gelada embaixo! Eles riem juntos, percebendo que o encontro de fato acabou quando atracam à plataforma de madeira.

Alto no céu e implacável na pele, o sol a pino indica meio-dia. Eles se apressam até o restaurante onde almoçarão com o restante do grupo com os estômagos roncando. Uma vez lá, a recepção é de calorosa para morna. Rafaela, como sempre, apresenta-se a mais receptiva, perguntando sobre o encontro conforme um grupo de garçons abastece a mesa com uma variedade de pratos. Até Jonathan sorri quando eles falam sobre o mergulho, e Fred aproveita o gancho para perguntar sobre como foi o seu encontro com Lalo.

— Nunca tinha andado de jet ski na vida! — exclama Jonathan.

— E ainda assim ganhou de mim na competição! — acusa Lalo.

— Toda vez que a gente pairava no ar entre uma onda e outra, achava que ia sair voando — confessa Jonathan, sorrindo. — Foi bem divertido.

Fred se dirige a Rafaela e Nicolas, apoiando o queixo na mão.

— E o que vocês dois fizeram nesse meio-tempo?

— Eu fui pro mar — responde Rafaela.

Nicolas dá de ombros.

— Saí para correr pela praia.

Como um bom anfitrião, Lalo divide a atenção entre o almoço e seus pretendentes. Mas mesmo ele, que não é fã de frutos do mar, acaba se rendendo à lagosta na manteiga marrom com ervas depois de receber um olhar de Fred.

— Experimenta coisas novas — incentiva ele, rindo quando o rosto de Lalo vai de uma careta desconfiada para um tremor de deleite.

A música ressoa ao fundo misturada ao tilintar de talheres, e Fred suspeita que todo esse trecho vá ser cortado na edição. Ele se esbalda em uma porção de peixe frito e molho ranch, beliscando cada novo prato que chega até a mesa. Por fim, quando todos estão satisfeitos e não há sequer uma sombra do sorvete de cocada com bolo em seu prato, Fred pede licença para ir ao banheiro.

Ele passa mais tempo sentado na tampa da privada lendo as mensagens dos amigos do que planejava — vão acabar achando que ele está com dor de barriga —, então manda uma última mensagem para as mães e deixa a cabine.

Ainda secando as mãos no papel toalha, ele para no meio do salão, as duas sobrancelhas erguidas em surpresa ao se deparar com a cena à sua frente.

Os garçons já limparam boa parte da mesa, deixando apenas algumas opções de sobremesa, uma jarra de caipirinha e um bule de café no centro. Do outro lado, os participantes do *Love Boat Brasil* estão enfileirados aplicando protetor solar uns nos outros como se estivessem no trenzinho do *skincare* — Lalo em Jonathan, que massageia os ombros de Rafaela, que espalha a gosma branca no pescoço e ombros, agora avermelhados, de Nicolas.

— Oi, Fred! — diz Rafaela.

— Estamos reaplicando protetor solar — explica Jonathan, achando graça na situação.

— Você também precisa reforçar, já passou de duas horas — adiciona Rafaela, caindo na gargalhada.

Fred espia a jarra de caipirinha pela metade.

— Anda logo, o Nicolas pode passar em você. — Jonathan sinaliza o início da fila com a cabeça. Ele desliza os dedos sobre a coluna cervical de Rafaela, arrancando-lhe um gemido satisfatório e gargalhadas dos outros.

Nicolas gira o pescoço devagar, fitando-o de cima a baixo com uma centelha ardendo no canto dos olhos. O sorriso de Fred congela. Nicolas pega a colher ao lado e volta a encarar a mesa.

— Eu ainda tô comendo — diz ele, inclinando-se sobre a taça de creme de mamão com cassis e farinha láctea. — Preciso repor o que perdi treinando hoje.

— Nicolas! Eu devia te deixar queimar, isso sim! — repreende Rafaela, acertando um tapinha na curva do seu pescoço. Nicolas não demonstra sentir dor ou remorso. Virando-se para Fred, Rafaela completa: — Assim que eu acabar com esse egoísta aqui, te ajudo com o protetor.

— Ah, relaxa. Por mais que eu adore um trenzinho de vez em quando, dou meu jeito. Sou muito bom com as mãos. — Fred lança uma piscadela, fazendo Rafaela corar.

— Eu cuido do Fred — diz Lalo. — Já acabei aqui.

Lalo finaliza as costas de Jonathan com dois tapinhas em seus braços e vira para o lado oposto, puxando a cadeira adjacente e indicando que Fred a ocupe.

Quando ele se senta, as costas viradas, Lalo apoia o queixo em seu ombro e murmura num tom suave:

— Depois é sua vez de cuidar de mim, combinado?

Um arrepio atravessa todo o seu corpo, erguendo os pelos do braço e da nuca. Pelo menos agora, sentado, Fred não precisa se preocupar com ninguém reparando no volume entre suas pernas.

Ele deveria ter previsto que as coisas aconteceriam daquele modo. Fred sempre foi muito bem resolvido com a própria sexualidade e, embora não se considere necessariamente um hedonista, sente prazer em sentir prazer. Ele gosta de pessoas bonitas. Gosta que o olhem, que o envolvam, que o toquem. No entanto, algo está fora do lugar. O toque de Lalo, os dedos e as palmas calosas deslizando pela sua pele, quentes, delicados e fortes. A respiração de Lalo provocando cócegas no ponto sensível de sua nuca, onde a linha do cabelo acaba e uma trilha suave de pelos começa. Fred não imaginava que a atração pudesse ser tão intensa a ponto de tirar-lhe o ar dos pulmões. Mas é quando Lalo hesita, um breve momento antes de a ponta do indicador tocar o centro de suas costas e desenhar, vagarosamente, uma linha vertical e uma horizontal, conectando-as pelas extremidades, que Fred sente a cabeça latejar e o corpo superaquecer.

L.

Lalo desenhou um L em suas costas.

E não é o tesão falando — pelo menos Fred acha que não. *Aconteceu.* Ele pode sentir os traços como um beijo gelado na pele escaldante, leve e marcante. As mãos de Lalo voltam a percorrer suas costas, espalhando o protetor solar. Como se aquele segundo — *pareceu* mais longo, mas não pode ter durado mais do que isso — não tivesse acontecido. Como se ele não o tivesse *marcado*. Fred não estava imaginando coisas, estava? Porém, mesmo quando Lalo acaba, suas mãos continuam ali, protetoras, possessivas, uma em seu ombro e a outra cobrindo sua cintura.

Quando seus pulmões queimam pela falta de ar, Fred inala, a respiração vacilante.

— Pronto — diz Lalo, a voz enrouquecida.

Fred tinha razão: ele vai explodir.

Rafaela chama a atenção de Lalo, estourando a bolha em que eles estavam, um *plop* que só Fred pode ouvir. Lalo se afasta, o calor do seu corpo desaparecendo, levado pela maresia.

— Comecei a fazer um miniálbum de fotografias da nossa viagem de cruzeiro! Tirei, tipo, umas três até agora… — diz ela, colocando o celular na frente de Lalo e deslizando o dedo na tela, exibindo as fotos. — Eu e os meninos fazendo hora no bar. Essa aqui é da gente jogando vôlei. E tem essa do Fred que é a coisa mais fofa do mundo, olha!

Rafaela entrega o celular nas mãos de Lalo, que aproxima a tela do rosto para ver melhor. Fred consegue enxergá-la por cima do ombro do rapaz, ele com a cabeça para fora da janela parecendo um cachorro, como Nicolas apontou. Ele não deu muita atenção à foto mais cedo quando Rafa a mostrou. É um ótimo registro.

— Manda pra mim?

Quatro pares de olhos encaram Lalo, os sentimentos óbvios em seus rostos. Ciúmes. Curiosidade. Decepção. Lalo finalmente ergue o olhar da tela e, num tom animado, pede:

— Todas as fotos do dia. — Lalo devolve o celular para Rafaela e abre um sorriso. — Quero todas.

— Não tiramos muitas fotos… mas acho que podemos resolver isso! — diz Rafaela, otimista. Ela aponta o celular para Nicolas, aperta o botão no centro da tela, e admira o resultado. Uma carranca a encara de volta. Rafaela sorri, bem-humorada.

— Um retrato muito fiel.

Enquanto os cinco se revezam para tirar fotos no restaurante, Dinda anuncia que está quase na hora de terceiro encontro do dia, com Rafaela.

Lalo é o primeiro a se levantar, aproveitando a bagunça de cadeiras para sair na frente. Fred tenta capturar seu olhar antes que ele suma, mas os olhos castanhos de Lalo se esquivam e ele some atrás da porta que indica o banheiro, o corpo ligeiramente inclinado para a frente, como se estivesse encobrindo algo.

Um sorrisinho maroto brinca nos lábios de Fred.

Levantar âncoras, marinheiros, pois parece que a vela já foi içada.

O céu ainda ostenta vislumbres do sol no tecido azul-escuro quando Fred e os outros são vestidos, maquiados e guiados até as espreguiçadeiras da piscina no deque dezesseis. Lalo ocupa uma banqueta alta, ao lado de um telão. Câmeras e equipamentos de iluminação fecham um círculo ao redor deles e dos quatro cantos da piscina. Em meio à contagem regressiva, alguém da equipe do *Love Boat Brasil* deixa um copo de bebida nas mãos de Fred.

Ele não precisa beber, não aéreo desse jeito. Não desde que Lalo desenhou a inicial em sua pele, quando o ar ficou quente e denso e Fred mal pôde respirar. As horas longe de Lalo foram o suficiente para ativar o lado racional de seu cérebro. E se aquele movimento foi calculado — um VT provocante para os espectadores do programa? É possível. Eles tinham um acordo.

Por mais que não ensaiassem cada passo, Fred sabia que eles tinham uma imagem para vender ao público.

Mas seu corpo se deixou confundir. E ele *sabe* que não foi o único a sentir a reação química daquela empreitada. Não podia ser.

— Boa noite, tripulantes do *Love Boat Brasil*! — Rodrigo Casaverde acena animado para os hóspedes do *Seashore* que se aglomeram na balaustrada. — Um capitão não é nada sem uma tripulação de confiança, e é por isso que hoje temos algo especial reservado para nossos pretendentes.

— Hoje vocês vão conhecer uma pessoa muito especial pra mim, a Lisa — diz Lalo, dando um sorrisinho encabulado mas genuíno. — Ela é minha melhor amiga e basicamente a razão de eu estar aqui hoje.

O telão pisca, atraindo a atenção dos pretendentes. Uma jovem mulher branca, de cabelos castanhos com luzes presos num coque apertado sorri. Ela tem os olhos claros e o rosto sarapintado, o que lhe dá um charme de quem passa os dias ao ar livre. Metida em uma camisa retrô listrada, óculos de sol no topo da cabeça e pulseiras de miçanga sacudindo conforme acena, Lisa passaria facilmente como uma hóspede do *Seashore*, se não estivesse sentada em uma espreguiçadeira na praia cenográfica no estúdio do *Love Boat Brasil*.

— MEU DEUS, VOCÊS SÃO MAIS BONITOS ASSIM DO QUE NA TV! — dispara Lisa, arrancando uma gargalhada do público.

— Obrigado por trazer o sr. Coração Partido a bordo do nosso navio! — diz o apresentador para a câmera. — Conta pra gente o que você está fazendo aqui hoje, Lisa.

— Bom, eu assisti aos encontros de hoje e vou fazer algumas perguntinhas pra vocês, pra gente se conhecer melhor — diz Lisa, parecendo ler de algum roteiro. — Depois, vou escolher um pretendente para um encontro especial com o nosso Lalo na próxima parada de vocês. Mas vocês só vão descobrir quem foi escolhido amanhã, na hora do encontro.

Rodrigo levanta a mão num gesto empolgado.

— Vamos começar?

A rodada começa com perguntas fáceis de responder, mas aos poucos elas vão ficando mais complexas e, quando Lisa brinca sobre Fred e Lalo não terem conseguido tirar a mão um do outro no almoço de hoje, Fred fica nervoso e toma um gole da bebida.

Eca, quem achou que um drinque com *pepino* era boa ideia?

— E você, Fred? — insiste Rodrigo Casaverde, o sorriso impossível perfeitamente gentil e encorajador escondendo a ansiedade diante do silêncio confuso do rapaz. — Gostou de explorar o fundo do mar?

— Ah. Ah! Foi incrível! Uma das melhores experiências da minha vida. Acho que em grande parte pela companhia. — Fred ensaia uma risada nervosa, o olho atento nas reações do apresentador. Rodrigo assente brevemente. — Vou colocar esse mergulho como o segundo mais memorável da vida. Pelo menos dessa vez consegui ver alguma coisa.

Uma bolha de risadinhas cruza o ar, e Rodrigo Casaverde direciona uma pergunta a Rafaela.

Ele arrisca uma olhadela de rabo de olho. Lalo está encarando, e ele está tão lindo! *Argh, não! Sem objetificar.* Mas como *não* reparar? Metido em uma camisa azul simples, os três botões superiores estrategicamente abertos revelando tanto e uma bermuda curta, cor de creme, igualmente reveladora; o caimento do cabelo, modelado para trás e parecendo tão macio; os olhos penetrantes que ignoram o mundo inteiro ao encontrar os seus. Com um único olhar, Lalo evoca uma maré de sentimentos, e Fred se encontra perdido entre a necessidade de respirar e o desejo de se afogar.

Em algum momento, Jonathan fala sobre como eles passaram a tarde enquanto os outros estavam em encontros e pergunta algo a Fred. Como ele não responde, alguém faz piada. Apesar das risadas, Fred nota a insatisfação na curva do sorriso do apresentador.

Merda.

— Sei que o foco é o presente e todas as coisas lindas que vocês podem construir com o Lalo, mas... — começa Lisa de maneira conspiratória, causando uma onda de incentivos da plateia. — Queria saber um pouquinho mais do passado de vocês, começando pelo Nicolas.

— Excelente ideia, pessoal! — O apresentador dá a volta na espreguiçadeira de Nicolas e se senta na beirada. — Nicolas, você comentou que está solteiro há uns dois anos, se dedicando à academia que você gerencia. A gente está doido pra saber como um cara que, sejamos sinceros, reproduz perfeitamente os padrões de beleza ainda não foi fisgado por ninguém!

Fred está com a cabeça a mil, o cérebro doendo com a velocidade com que as imagens, as perguntas, e as teorias cruzam sua mente. Ele finge que ouve a história de Nicolas, fazendo caras e bocas enquanto evita se deixar atrair para Lalo novamente. Mas ele falha. Olha de novo. E de novo. E a cada vez seu olhar se demora um pouco mais.

Até que Lalo o pega em flagrante, mas em vez de recriminá-lo, ele sorri, um flash que mostra a pontinha do dente torto de relance. Lalo faz um sinal rápido com o queixo, redirecionando a atenção de Fred para a piscina.

— ... Fred?

Rodrigo Casaverde se senta ao lado de Fred, ocupando metade da espreguiçadeira. Ele joga o braço por cima do respaldo, os dedos roçando na pele do ombro de Fred, e o fita com expectativa. O apresentador perguntava sobre o passado deles, e todos falaram de relacionamentos passados. Ele provavelmente lhe fez a mesma pergunta.

— Ah. Estamos falando de passados sombrios com ex? — arrisca Fred, buscando alguma confirmação no rosto de Rodrigo, mas ele é uma máscara impossível de ler. Pelo sim e pelo não, Fred emenda depressa: — Nunca tive um relacionamento, desses oficiais, pra falar a verdade.

Ele franze o cenho e brinca com o canudo em sua bebida. O gelo derreteu e agora só tem pepino e cachaça aguada. Ao se ver no meio de um silêncio expectante, Fred solta uma risadinha e deixa as palavras rolarem apressadas pela língua.

— Nunca pareceu dar certo. Sabe quando você encontra uma pessoa que brilha? Ela é ótima, vocês começam a se conhecer, a coisa é excitante e o sexo é incrível e vocês estão tão conectados que só de cruzar o olhar dá pra saber no que o outro tá pensando. Mas daí alguma coisa muda de repente, o brilho fica meio fosco... e então, sem saber dizer *o que* aconteceu ou *quando* aconteceu, você tá sozinho. — Fred encara os próprios punhos sobre o colo. Sentindo as unhas machucarem a palma da mão, ele ergue o rosto e sacode as mãos no ar, rindo de nervoso. — Uau, essa é uma resposta muito longa pra sua pergunta. Foi mal. Vai ver por isso não dei certo com ninguém até agora.

Rodrigo Casaverde puxa Fred para um abraço lateral apertado, o peito chacoalhando em meio a uma gargalhada. A risada do público se mescla à do apresentador, e Fred tem a sensação de que ou acertou em cheio, ou errou feio.

Ele se atreve a roubar uma última olhada de Lalo. O sorriso continua ali, embora não seja o mesmo de antes, um que Fred já classificava como *dele*. Agora, há um vinco profundo entre as sobrancelhas de Lalo enquanto o encara, como se alguém tivesse acendido a luz num canto antes escuro de um cômodo e enfim percebesse algo incompatível com a decoração tão cuidadosamente escolhida.

Algo naquele olhar faz Fred se remexer no assento, as pernas sacudindo de um lado para o outro, os olhos cravados no oceano.

Vinte e um

O assoalho de madeira polida espelha o brilho pálido da noite, pontilhado pelos círculos luminosos das luzes de fada penduradas nos mastros. É um pouco assustador encontrar o navio tão silencioso, sem garçons transitando entre o enxame de passageiros, a sinfonia de música, risadas, conversas e o tilintar dos copos e talheres. Apenas o mar persiste, ronronando uma melodia estável, pontuada pelo rangido do peso dos passos de Lalo pelo deque sete.

Ele não sabia o que queria quando saiu do quarto. Definitivamente não estava com cabeça para explorar o navio, mas queria ir a um lugar diferente. Levou um total de quarenta minutos perambulando pelos vários ambientes do *Seashore*, se esquivando daqueles ainda abarrotados de gente mesmo às quatro da manhã, como o cassino, até sentir o ar livre cortar seu rosto e se deparar com a piscina, a borda quase imperceptível dando a impressão de que um mergulho bastaria para cair em mar aberto.

Lalo passeia por entre as mesas de bar vazias, contornando espreguiçadeiras, em direção à grade de proteção. Ele apoia os antebraços na madeira, fecha os olhos e respira. Rebobinando os acontecimentos do dia, Lalo sente como se as últimas vinte e quatro horas tivessem durado uma semana inteira. Se tivesse sinal de Wi-Fi, poderia mandar mensagem a Lisa para se distrair. Ela provavelmente perceberia que há alguma coisa errada e encontraria algum modo de descobrir o motivo, e por mais que Lalo apresentasse resistência no início, ele acabaria contando tudo. O fantasma de Victor em seus stories; os encontros com Rafaela, Jonathan, Nicolas e Fred na noite anterior e em Ilha Grande; o eco de Matheus ao dizer que ele iria se "casar" com Fred; o próprio Fred e... bem, Fred.

Um suspiro leva todas as forças de Lalo, a madeira úmida da grade de proteção colada à testa desanuviando seus pensamentos para conjurar a imagem de Fred, a risada dele ressoando em seus ouvidos, o calor e a maciez da sua pele quando o tocou, até mesmo a maneira como seu corpo gritava aquilo que Fred escondia por trás do sorriso.

Eles estão apenas atuando. Tudo parte do plano. Certo?

O baque surdo de algo caindo ao chão o faz erguer a cabeça. Lalo olha ao redor, esquadrinhando o ambiente. Ele pensou que estava sozinho, mas na ala direita de espreguiçadeiras, escondido no ponto cego das luzes de fada, alguém dorme com o que parece ser uma toalha sobre o corpo.

Lalo espreme os olhos para enxergar melhor.

A pessoa se move na espreguiçadeira, virando de lado, e Lalo dá uma risada curta, sacudindo a cabeça diante da impossibilidade da situação.

Ainda incrédulo, ele cruza a piscina e para a seu lado, observando-o dormir. Fred está encolhido na espreguiçadeira, as pernas longas dobradas junto ao corpo tentando caber debaixo de uma toalha de piscina. Lalo respira fundo, apertando a ponte do nariz entre o indicador e o polegar. Ele se agacha diante de Fred, encontrando a fonte do barulho: um quadrinho em capa dura escondido debaixo do assento.

— Fred? — chama Lalo, baixinho, tocando seu ombro. Quando o rapaz não se move, ele tenta de novo. Fred resmunga, mas não acorda.

Lalo quer rir — porque é engraçado e porque está um pouco frustrado —, porém ele se pega admirando as feições relaxadas de Fred e algo dentro de si amolece. De repente, ele está com a mão nos cabelos de Fred, os fios grossos e sedosos deslizando por entre os dedos.

— Vamos, Fred, acorda — pede Lalo, e se surpreende ao ouvir a doçura na própria voz. — Anda, você vai pegar um resfriado.

As pálpebras de Fred tremem e seus olhos se abrem devagar. Ele leva um instante para focar o rosto de Lalo, piscando e piscando, os longos cílios espanando o sono.

— O que você tá fazendo aqui? — pergunta Fred, sonolento.

— O que *você* está fazendo aqui? — retorque Lalo, ainda afagando os cabelos de Fred. — Por que não tá dormindo na cabine?

— Prefiro aqui.

Lalo se lembra da conversa da noite passada, de como Fred ficou ansioso à menção do espaço pequeno ao qual ele e os outros três estão confinados.

— Vem, vamos pra minha cabine.

— Você ainda não respondeu.

Fred se senta, os olhos brilhando com a esperteza de sempre. Lalo pousa a mão sobre o livro, desviando o olhar para os dedos abertos sobre a capa.

— Vim dar uma volta. Precisava de um ar.

O ar frio da noite subitamente não faz mais efeito em Lalo, cujo rosto esquenta sob o olhar atento de Fred. Ele levanta o rosto, encontrando Fred com a cabeça deitada sobre o braço apoiado no respaldo da espreguiçadeira.

— Sou todo ouvidos — diz o garoto.

Por um momento, Lalo quase fala. Então ele para, sentindo o gosto do nome de Fred na ponta da língua.

— Ah. — Fred suspira, um meio sorriso triste manchando os lábios. — Tem a ver com o que eu falei naquele jogo de perguntas, não tem? Fiquei pensando nisso a noite inteira. Vim aqui pra me distrair... acho que acabei pegando no sono.

Lalo relanceia a toalha amontoada no colo de Fred.

— Parece que você veio bem preparado... — aponta Lalo, sinalizando para o livro, e Fred simplesmente o encara, o meio-sorriso encorajando-o a falar. Lalo suspira. — Fiquei surpreso com aquela história. Só isso.

— Todo mundo tem história — declara Fred, reflexivo. — Acho que deveria ter te contado um pouco da minha. Não foi muito justo da minha parte.

— Eu nunca perguntei...

Fred assente, sem tirar os olhos de Lalo.

— Você quer saber? Sobre meu "passado sombrio com o ex"? — Fred desenha as aspas com os dedos, modulando a voz para soar como Rodrigo Casaverde. A imitação é horrenda, mas arranca uma risadinha de Lalo.

Embora eles estejam cercados por pelo menos uma dúzia de espreguiçadeiras desocupadas, Fred abre espaço na sua para acomodar Lalo. Ele se senta com cuidado, desconfiado dos rangidos da cadeira, sentindo o corpo de Fred se ajustar ao contorno do seu.

— Pra falar a verdade, eu nem sei por onde começar... — ele diz baixinho, soando pequeno demais para o Fred que Lalo conheceu.

—Ajuda se eu fizer perguntas?

Devagar, Fred faz que sim.

— Você disse que nunca teve um relacionamento oficial. Você quis dizer que nunca namorou do tipo...?

— Do tipo chamar alguém de namorado ou namorada. De conhecer a família e fazer parte da vida dela. Essa coisa que a gente construiu de "estar num relacionamento".

— Por que as pessoas... desbotam?

Fred solta uma risada curta.

— Ser um puta fã de música me deu a habilidade de fazer uma ou outra metáfora mais ou menos decente. Mas é isso mesmo. Não sei se sou eu ou a outra pessoa, mas a sensação que tenho é a de que todos os outros casais conseguem transformar aquela coisa vibrante da paixão em um relacionamento. Devo ter faltado nessa aula de artes, porque não sei fazer isso, e aí quando dou por mim, acabou. E eu tento, sabe? — diz Fred, jogando a cabeça para trás em meio a uma risada ansiosa. — Era de se imaginar que pegando geral eu tivesse mais chances nessa coisa de amor, mas calha que no fim só tenho mais opções de rejeição.

Lalo ouve em silêncio.

— Sendo completamente honesto, não é como se as pessoas *me* rejeitassem. Acho que rejeitam a ideia de um relacionamento. E tudo bem, nem sempre a pessoa tá pronta naquele momento, e a gente sabe que às vezes é o outro. Mas quando *você* é o denominador comum dessa operação, fica difícil acreditar que... — Ele prende o restante da frase dentro da boca, incitando uma maré de ansiedade em Lalo. Sacudindo a cabeça, Fred continua: — Não gosto de pensar no assunto. Tirando os meus amigos, ninguém nunca lutou por mim, e mesmo eles um dia vão acabar se cansando. Então, é isso aí. Não vou virar um monge celibatário, mas também não quero forçar nada. Acho que vou ficar feliz de me quererem, pra variar. — Ele solta um suspiro longo. — Desculpa, isso foi pesado.

Lalo se sente impotente. Ele quer abraçá-lo, mas algo em Fred lhe diz que o rapaz precisa de espaço agora, então se contenta em dar de ombros.

— Eu perguntei — diz ele como se pedisse desculpas.

Fred deita sobre a lateral do corpo e o encara.

— Agora vamos abrir para as perguntas da plateia.

Lalo engole em seco e estala a língua.

— Quantas vezes isso já aconteceu?

— Só no ano passado, umas duas — responde ele, pensativo. — Teve a Sara, que parecia gostar mais de um cara afeminado pra dar uns beijos e fofocar sobre *RuPaul's Drag Race* do que pra namorar porque, quando viajei até Campinas pra passar o fim de semana com ela, tomei o maior esculacho das amigas dela antes de ela achar melhor ficarmos só na amizade. Depois foi o Luan, que era... hmm... pai de um colega da faculdade.

— Ele era pai de alguém da sua faculdade? — pergunta Lalo, boquiaberto. — Quantos anos ele tinha?

— Luan estava solteiro e no auge dos seus quarenta e sete anos. — Fred cutuca o abdômen de Lalo, arqueando uma sobrancelha. — Colocava o seu tanquinho no chinelo, viu?

Uma risada escapa dos lábios de Lalo. Fred o acompanha com um sorriso que não chega aos olhos.

— Não deu certo com ele? — pergunta Lalo, sóbrio.

Fred se remexe, desconfortável. Pensando ser por falta de espaço, Lalo dá mais abertura para o garoto, mas Fred o ignora e o puxa com delicadeza para perto de si, os pelos da perna e dos braços se arrepiando com a proximidade dos dois.

— Por um tempinho, deu. Nossos problemas foram outros. O filho dele ficou super sem graça quando descobriu que ele tava saindo com alguém da faculdade. O pai ser bissexual tudo bem, mas pegar alguém da idade dele foi demais. E Luan é diretor de cinema, então trabalhava à beça... depois de umas semanas longe trabalhando, ele parou de responder minhas mensagens. Só um mês depois veio dizer que tava de rolo com alguma atriz, algo mais "apropriado" pra ele, e que o melhor era eu seguir em frente com alguém da minha idade que gostasse de mim. Coincidentemente, foi quando conheci o Edu. Aquele do restaurante que te levei, lembra? — Fred sacode a cabeça. — Não era a mesma coisa, mas foi divertido.

Lalo assente, pensando no rapaz de cabelo bicolor.

— O Edu parecia ainda gostar de você...

— Gostar e querer são duas coisas diferentes — diz ele, simplesmente.

— Você não acha que dá pra tentar de novo? — insiste Lalo, procurando em seu rosto qualquer traço de dor ou saudade. — Se não com o Edu, talvez com o Luan?

Fred encara o teto de estrelas com uma expressão tranquila.

— Essa coisa de tentar de novo... não sei se funciona comigo. Não somos mais as mesmas pessoas que éramos antes. Não dá pra voltar no tempo. Teríamos que nos conhecer de novo, nos apaixonar de novo... e, talvez, não exista mais essa abertura para as pessoas que nos tornamos. — Fred balança a cabeça em negativa, quase como se estivesse preso em um labirinto de pensamentos e buscasse encontrar a saída. — É daqui pra frente, Lalo.

Lalo não responde.

— Não estou dizendo que isso não seja possível pra *você* — completa ele rápido, encontrando seus olhos pelo canto do olho. — Você está lutando por ele. De um jeito bem não convencional e que, sinceramente, não é qualquer um que entenderia, mas mesmo assim. Se alguém consegue voltar no tempo, acho que pode ser você.

— Como foi que você chegou aqui? — pergunta Lalo, por fim.

— Vim de carro igual a todos os outros participantes, ué.

Lalo abre um sorriso involuntário e dá um cutucão nas costelas de Fred.

— Quis dizer: como você consegue levar isso tão bem?

— Não sei. — Fred morde o lábio, e o movimento é tão sutil, tão contrário às certezas que Fred representa, que Lalo acaba encarando. — Acho que foi algo que aprendi com o tempo. Não é porque você gosta de alguém que vocês vão ficar juntos. A vida é um pouquinho mais complicada. — Fred deita de costas na espreguiçadeira e volta a mirar o céu. Lalo o imita. — Enfim, eu não teria falado se não fosse por aquela dinâmica. O Rodrigo perguntou, então eu respondi.

— Não foi bem isso o que ele te perguntou, Fred.

— Quê?

— Ele perguntou "Você fica frio com ex?". No sentido de se você se importa com o passado das pessoas.

Fred gargalha alto, uma risada contagiante que pega Lalo no embalo. Eles deixam os corpos escorregarem na espreguiçadeira e se inclinarem na direção um do outro.

— DE JEITO NENHUM ELE DISSE ISSO! — contesta Fred em meio ao riso.

— Juro pra você!

— Não faz nem sentido! Vou ser obrigado a ver a gravação e reviver o sentimento de humilhação do pulo da ponte de novo.

Eles caem num silêncio reconfortante, envolvidos pelo balançar gentil do barco e pelo som das ondas sussurrando em seus ouvidos.

— E você? Se importa com o passado das pessoas? — Fred quer saber, um minuto depois.

Lalo acompanha o olhar de Fred e fita as estrelas. Em alto-mar, há mais delas do que ele jamais viu na cidade, uma infinidade de pontos luminosos pendurados no céu como votos de esperança em vez de bolas de ar gasoso.

— Não tenho moral pra isso, acho que estou mais preocupado com o presente do que com o passado — diz Lalo.

Lalo deita a cabeça no ombro direito, observando Fred admirar o céu. O pensamento ecoa em sua mente, a manifestação de uma mensagem que não chega a se traduzir em palavras, mas que ele sente mesmo assim: *Mas me importo com seu presente, Fred.* Ele fecha os olhos e exala profusamente pelo nariz.

— Está com frio? — pergunta Fred, alcançando a toalha jogada em cima das pernas. — Só tenho uma toalha para me aquecer, mas se a gente compartilhar, pode ficar quentinho.

— Você pegou uma toalha *usada*? — Lalo toca na toalha, horror tracejando seu rosto ao constatar que ainda está úmida. — Não é à toa que estava com frio, ela tá molhada!

Então, Fred o fita com aqueles olhos escuros, brilhando com malícia e mais ardentes do que qualquer estrela.

— Um resquício de memória das minhas aulas de termoquímica do cursinho pra você, Lalo: a quantidade de calor sensível que um corpo recebe é diretamente proporcional ao seu aumento de temperatura. — Lalo encara Fred com espanto. Fred revira os olhos e bufa, ainda conservando a aura de travessura no canto dos lábios. — Ou seja, calor corporal é bom. Nunca ficou espremido na pista do show de alguém?

— Só tô... muito surpreso?

— Com o quê? Que eu entenda de termoquímica?

Sem saber a resposta exata para a pergunta, Lalo apenas sacode a cabeça. Fred arqueja uma risada e acerta o cotovelo nas costelas de Lalo.

— Ai!

Sorrindo, Fred estica o braço e envolve os ombros de Lalo num gesto rápido e carinhoso, encaixando-o no espaço entre o braço e corpo. O instinto diz a Lalo que cruze o braço por cima da barriga de Fred, puxando-o para perto e encaixando o nariz na curva de seu pescoço. A razão aponta para outra direção, lembrando-o de que estão em um jogo. No entanto, nessa posição, ele consegue sentir o coração de Fred bater, forte e constante, e o cheiro remanescente de sabonete, água do mar e luz do sol em sua pele.

Fred tem razão. O calor cresce nos pontos em que seus corpos se tocam, entrelaçados na espreguiçadeira, e se espalha pelo peito de Lalo, que se aconchega no abraço de Fred e ali fica até os primeiros sinais do nascer do sol.

O *Seashore* atraca nas águas baianas no quarto dia, e os participantes do *Love Boat Brasil* são os primeiros a colocar os pés em terra firme. Tal qual em Ilha Grande, Lalo é o primeiro a desembarcar — acompanhado por um Matheus tão animado que é como se ele estivesse de férias.

— Cara, eu tô doido pra conhecer a Bahia!

— Você vai ficar com a gente dessa vez?

— Uhum! Dois dias em terra firme? Preciso acompanhar minha estrela para que ele não cometa nenhuma cagada.

Mesmo dentro do carro com janelas escuras, Lalo põe os óculos de sol. Ele deita a cabeça na janela, onde o reflexo de uma careta o encara.

— Eu não fiz cagada em Ilha Grande.

— Não beijou ninguém, então fez cagada sim — diz Matheus, abrindo uma trouxinha de guardanapo com pães doces do café da manhã do navio. — Esse é um reality de namoro! As pessoas esperam drama e pegação. Se eu quisesse suspirar por troca de olhares, tava brincando de "Assassino, vítima e detetive".

— Não foi você quem disse que eu já iria casar com o Fred? — ironiza Lalo.

— Casamento não dá ibope.

O carro deixa o porto de Salvador para trás, voando pela via expressa, rodeada de montinhos verdes ladeados por casas aglomeradas umas sobre as outras. Lá fora, o dia está quente e o céu acima é uma grande mancha azul sem nuvens.

— Você vai ter que eliminar alguém amanhã — diz Matheus, de repente.

Lalo suspira.

— Eu sei.

— Eu sei que você sabe. O que você não sabe é que a pessoa não volta pro navio. — Diante do olhar inquisidor de Lalo, ele continua: — Eles vão sair com as malas prontas. A pessoa eliminada volta pra casa de avião logo após a eliminação. E Lalo... nem sei se deveria te dizer isso, mas talvez você não tenha muita escolha...

— Como assim?

Matheus mastiga e engole um pão doce antes de responder.

— Hoje você tem o encontro especial secreto, mas amanhã vai haver uma dinâmica. Eles vão ter que fazer alguma coisa que conta com o voto do público. Mas tem uma coisa que você precisa saber sobre esses votos...

Lalo fecha os olhos, sentindo o impacto antes mesmo de Matheus terminar de falar.

É claro que os votos são falsos.

***

Lalo brinca com o colar do microfone, repousado sobre a clavícula, enquanto caminha pela areia branca e fina da Praia do Flamengo, no litoral de Salvador. Câmeras o flanqueiam em meia-lua, captando cada movimento nervoso dos dedos e os olhares ansiosos em direção à tenda de madeira.

Lalo o vê antes de qualquer outra coisa — porque, sendo honesto, estava procurando por ele. A camiseta regata branca alguns números maior ondula na brisa do mar, chamando atenção para os braços cruzados atrás da cabeça e a risada contagiante. E alguma coisa muda em Lalo — o passo se torna mais firme, os dedos param de cutucar os microfones (para alívio do engenheiro de som do *Love Boat Brasil*) e desenham um arco no ar conforme ele acena. A maior mudança, uma que os editores farão questão de enquadrar quando o episódio for ao ar, é na expressão de Lalo: os olhos apertados de sol e o cenho franzido esvaecendo enquanto o caminhar se transforma numa corrida e os lábios se desdobram num sorriso; um tão brilhante que, como um farol, faz com que Fred o encontre à distância e acene de volta.

— Bom dia, pessoal! — Lalo os cumprimenta, dando um abraço rápido em cada um deles, sentindo o calor do sol em suas peles quando se tocam.

— E aí, Lalo! — diz Jonathan.

— Oi, lindo. — Nicolas dá uma piscadela.

— Fez boa viagem até aqui? — pergunta Rafaela, apontando para a cadeira vazia ao lado.

Lalo apoia os cotovelos nos joelhos, pronto para responder, quando se surpreende ao dar com um copo de mojito bem à sua frente. Ele não precisa olhar para saber de quem são aqueles dedos longos, mas o faz porque quer.

A covinha na bochecha esquerda o saúda com um "oi" cheio de segredos e travessura.

— Achei que fosse gostar. Mais um mojito pra conta — diz Fred, sentando-se com as pernas cruzadas em uma banqueta branca acolchoada.

— Valeu, Fred!

O restante se torna ruído. Lalo participa da conversa com Rafaela e Nicolas, ri das piadas de Jonathan e Fred, mas sua cabeça está em outro lugar. Funcionando no modo automático que ele guarda especialmente para interações muito sociais, Lalo contempla o grupo de dentro para fora. Um deles não vai voltar para o navio. Deveria ser uma escolha fácil, ainda mais quando ele já tem um "escolhido". Entretanto, ele continua ali, ruminando uma ideia que devia ter descartado, mas insiste em assombrá-lo em momentos como esse: ele vai machucar alguém.

— Eu acho que devíamos aproveitar o mar! — sugere Rafaela, pondo-se de pé. — É a minha primeira vez na Bahia e dizem que a água aqui tem uma energia única. Sem falar que está quente demais pra ficar só na água de coco.

Rafaela tira a saída de praia, desmontando o vestido coral em partes e revelando um biquíni metalizado. Lalo repara em sua beleza, em como Rafaela atrai olhares embasbacados de todas as outras tendas, incluindo os de Jonathan. Ele se lembra de quando a viu no iate no segundo dia de gravações e tenta conjurar aquele mesmo sentimento, aquela comichão no estômago. Nada.

— Andem logo! — chama Rafaela, prendendo os cabelos em um rabo de cavalo.

Jonathan arranca a camisa tão rápido que um olhar mais desatento teria perdido. A pele, de um marrom-escuro profundo e sedoso, brilha sob o sol. Tatuagens se espalham pelo seu peito e braços, e Lalo tenta mais uma vez encontrar algo... mas falha.

Eles correm até o mar com um drone acompanhando-os do alto, Rafaela e Jonathan na frente. Lalo sente, mais do que vê, Nicolas e Fred em seu encalço, mas ele não quer olhar ainda, não com seu estômago dando piruetas como agora.

Mesmo com o frescor da água, eles não ficam muito tempo no mar. Eles se entregam a um desejo infantil de fazer um castelo de areia na beira da praia, e depois resolvem enterrar uns aos outros na areia e competir para ver quem escapa primeiro. O último round é entre Fred e Lalo.

— GANHEI! — exclama Fred, rolando para fora da sua prisão, o corpo coberto de areia.

Debaixo de um guarda-sol, devidamente limpos e secos, Rafaela e Jonathan vibram com a vitória de Fred e riem com a careta e os grunhidos de Lalo quando ele se contorce e tenta forçar o caminho para fora da cova, sem sucesso.

Recém-saído do mar, pingando água ao jogar os cabelos molhados para trás, Nicolas oferece a mão para Lalo. Ele aceita, espanando a areia do corpo, e sorri em agradecimento a Nicolas. O rapaz responde com uma piscadinha, e Lalo, muito conscientemente, desce o olhar para roubar uma olhadinha de seu corpo. Rodrigo não mentiu quando falou que Nicolas segue os padrões de beleza. Sarado, barba bem-desenhada, algumas tatuagens em locais estratégicos. Não tem um milímetro do corpo de Nicolas que não seja um chamariz.

E mesmo assim...

— Ok, eu preciso me limpar. Tô me sentindo um peixe empanado fritando nesse sol — diz Fred, pulando no mesmo lugar para se livrar do excesso de areia.

— Eu tô morrendo de sede — confessa Jonathan, olhando de Fred para Lalo com expectativa. — Tudo bem pra vocês se a gente se encontrar lá na cabana?

— Sem problemas! Também preciso me limpar — responde Lalo, sinalizando o corpo salpicado de areia.

Rafaela e Jonathan sobem de volta para o bar. Nicolas lança um olhar enuviado na direção de Lalo, então se vira e os acompanha, relutante.

Igualmente hesitante, Lalo se levanta e caminha até o mar, onde Fred está submerso do pescoço para baixo. Quando se aproxima, a boca de Fred se curva num sorrisinho convidativo.

Uma corrente fria atiça o topo do estômago de Lalo, impedindo-lhe de falar. Ele afunda na água, morna em cima e gelada embaixo, sentindo a areia sendo puxada pela maré. Ao emergir, encontra apenas o horizonte azul à frente.

Confuso, Lalo gira o pescoço, buscando por Fred. O rapaz está logo atrás, de costas, removendo com água os grãos de areia teimosos colados em sua nuca e no cabelo. Lalo é incapaz de deixar de notar a aceleração abrupta dos próprios batimentos no ponto sensível em seu peito conforme acompanha o movimento dos dedos de Fred esfregando a pele dos ombros, deslizando pela curva do pescoço e tocando brevemente o centro das costas, onde Lalo enxerga o invisível.

Aquela letra. Aquele L tentador, quase como uma ponta de flecha, apontando para o coração de Fred. O olhar de Lalo permanece nas costas de Fred sob o sol, seus ossos doendo com a ânsia de tocá-lo, desejando poder escrever seu próprio nome nele.

Lalo engole em seco, sentindo-se fraco. As pernas tremem e a gravidade não funciona do mesmo jeito, não com a corrente agarrando-se a ele e puxando-o para o fundo.

— Precisa de uma ajudinha pra sair da água? — A mão esticada de Fred o alcança, roçando seus dedos. Lalo a segura e eles ficam de pé juntos.

Lalo se recusa a deixar que o olhar vagueie para qualquer outra direção, e os segundos se arrastam como se a areia da Praia do Flamengo fosse o próprio tempo.

— Que foi? Vai ficar só me olhando, é? — pergunta Fred, caminhando de costas para fora da água em direção ao bar. — Vem, Lalo. Tô morrendo de fome.

O calor os castiga, é verdade, e a fome os faz reféns do cheiro de comida frita e limão; mas Lalo sente fome de algo inteiramente diferente.

Vinte e dois

O mundo é vibração pura. A música alta, o peso dos corpos pulando e dançando no chão de madeira, o som de vozes conversando e de risadas. A combinação faz o chão tremer e transforma o ar em estática, do tipo que provoca uma série de choques na pele, arrepia os pelos do corpo, e torna impossível ficar parado. Mãos se enrolam nos braços de Fred, puxando-o para a pista de dança.

Espremido entre as dezenas de convidados da festa em um bar na orla da Praia da Paciência, no Rio Vermelho, Fred dança com Rafaela e Jonathan. Os três giram um ao redor do outro, com Fred e Jonathan fazendo caretas, Rafaela tentando ensinar Jonathan a fazer um quadradinho, e os três se revezando em ficar no centro de um sanduíche ao som da "Dança do Maxixe". Ele esbarra na multidão, sentindo alguma bebida escorrer pelo braço, pula, tropeça e ri, bêbado com a energia do lugar, quando encontra a testa de alguém ao se abaixar para gritar um pedido de desculpas.

Pelo ronco no estômago e a dor nos pés, é como se Fred tivesse dançado a noite inteira em vez de apenas pouco mais de uma hora.

Ele encontra uma mesa abarrotada de comida próxima ao bar, longe o suficiente para não ser o alvo de jovens adultos dançando destrambelhados, mas onde a música ainda pulsa em seus ouvidos. De longe, ele ainda enxerga Rafaela e Jonathan envolvidos nos movimentos lentos de um forró rala-coxa, alheios a todo o resto.

A mão de alguém pousa no centro das costas de Fred, provocando uma descarga elétrica em seu corpo. Quando ele vira o rosto, encontra Lalo sorrindo, a expressão anestesiada, com o característico copo de mojito na mão.

— Cansou? — pergunta Lalo, apoiando os quadris na mesa do bufê.

— De jeito nenhum! — responde Fred, imitando a pose. — Estava morrendo de fome. Não comi nada desde o almoço na praia. — Ele pega um bolinho de siri e joga para dentro da boca com um floreio.

Lalo ri, uma risada fraca que dá a impressão de que sua mente está pesada. Fred estreita os olhos. Embora tenham tido pouco tempo para se conhecerem, ele sente que conhece as faces de Lalo, tão familiares quanto a letra de uma antiga música favorita.

Dando um passo à frente, Fred desliza dois espetinhos de frutas com chocolate da bandeja e os segura na frente de Lalo.

— Aposto que como esse espetinho mais rápido do que você — diz Fred, arqueando uma sobrancelha e desembrulhando um sorriso fácil.

Lalo deita a cabeça sobre o próprio ombro, expulsando as nuvens sombrias dos olhos que agora brilham com o desafio.

— Acha que ganha de mim duas vezes no mesmo dia?

Fred estende um espetinho para Lalo.

— Então você topa?

Lalo aceita e seu olhar se divide entre as frutas e a expressão convencida de Fred. Então, ele põe o copo sobre a mesa e aponta com o espetinho para a bandeja.

— Quem comer mais, ganha.

— Fechado.

Eles se encaram por três segundos, fazendo uma contagem regressiva mental. Uma pequena pilha começa a se formar em cima da mesa, um espetinho atrás do outro. Eles têm o cuidado de tirar as frutas com os dedos antes de comerem para não se furarem, melecando os dedos com uma camada de chocolate derretido e suco de fruta. Quando nenhum dos dois aguenta mais e ainda há um último espetinho, eles trocam um olhar sofrido. Pela sua visão periférica, Fred nota os dedos de Lalo sorrateiramente alcançando a bandeja. Num movimento rápido, Fred puxa a bandeja para longe e pega o espetinho, fazendo questão de manter o contato visual enquanto se delicia com o último morango coberto de chocolate.

Lalo apoia as mãos na mesa e abaixa a cabeça com um resmungo, a respiração arquejante.

Apesar da barriga um pouco dolorida, Fred comemora.

— Ganhei de novo! Não sei você, mas eu amo ficar por cima — zomba Fred, lançando um olhar atrevido para Lalo.

Mesmo pelo canto do olho, a intensidade no olhar de Lalo inflama as emoções de Fred. Seu estômago se revira, subitamente sensível, e o coração erra uma batida quando Lalo se põe de pé, vira o restante do mojito e para ao lado de Fred. O hálito de Lalo — o calor e o cheiro de rum, hortelã e chocolate — provoca arrepios em sua pele.

Um pouco bêbado, Lalo responde baixinho em seu ouvido:

— Quando *eu* ficar por cima, você vai mudar de ideia.

De queixo caído, Fred encara o rosto ruborizado de Lalo — se pela bebida, a competição ou pelo diálogo, Fred não sabe dizer — enquanto ele se afasta em meio à multidão.

Só então Fred repara nos pulmões clamando por ar. Só então seu rosto, até aquele momento anestesiado pela essência de Lalo, dá sinais de um toque que ele sequer chegou a computar, mas que carrega a impressão digital de Lalo em uma mancha de chocolate. Fred limpa a bochecha com o dedo e o encaixa entre os lábios. Só então ele se lembra de onde está.

Água gelada no rosto ou um alívio rápido no banheiro do bar, é disso que Fred precisa, as opções saltando ao cérebro durante o tempo que leva para cortar a pista de dança, ao desviar dos participantes e das câmeras famintas do *Love Boat Brasil*, até estar trancado dentro do banheiro.

Meu Deus meu Deus meu Deus.

Ele escolhe a água.

Fred joga a água fria repetidamente no rosto na esperança de que ela lave o tesão e o pânico que o dominam. No espelho manchado, seu reflexo é deplorável. Fred se agarra à beirada da pia, forçando-se a respirar fundo. O rosto e até as pontas das orelhas estão afogueados, praticamente evaporando as gotas de água que escorrem pelas bochechas. Ele precisa se acalmar.

Inspira. Expira.

Isso... é apenas uma reação física. Não. Fred *gosta* de Lalo. Mas isso tudo é estresse — do programa, do jogo, daquela cabine minúscula que ele divide com outras três pessoas —, e talvez um pouco de abstinência. Quando foi a última vez que ele se sentiu tão atraído por alguém?

Inspira. Expira.

Isso é um jogo, repete Fred para si mesmo em pensamento. *Só que não é. Ele. O Lalo. Eu. Meu Deus.*

Inspira. Expira.

Alguém bate à porta.

— Oi? Tem alguém aí?

— Tá ocupado! — grita Fred em resposta, torcendo para que a pessoa vá embora.

Inspira. Expira.

De olhos fechados, Fred rebobina as cenas dos últimos dias, visualizando-as em sua mente. As imagens vêm fora de ordem: eles trocando mensagens; a ida ao restaurante; eles no deque sete, dividindo uma espreguiçadeira; Lalo tirando-o da água com a ajuda de Jonathan e logo em seguida beijando-o em frente às câmeras; o encontro em Ilha Grande, quando Lalo desenhou um L em suas costas.

Inspira. Expira.

Fred olha para si mesmo sorrindo no espelho, um sorriso que ele vê definhar conforme a realidade o atinge. Não era como as coisas deveriam ter acontecido. Lalo entrou no programa por Victor, não para se apaixonar. Há duas semanas, tudo o que Fred queria eram os ingressos para o show da Aysha. Agora, ele quer algo que ele sabia desde o início que não poderia ter.

Mas o que fazer com essa movimentação toda no estômago que o faz sorrir sem querer, deixa-o atordoado e com o pau latejando dentro da cueca?

Antes que possa considerar a opção, a porta treme com o impacto dos socos, ecoando pelo banheiro de azulejos vermelhos feito explosões num bombardeio.

— ANDA LOGO!

Parcialmente aturdido, Fred destranca a porta do banheiro.

— ATÉ QUE ENFIM!

A porta se escancara com um empurrão, batendo na parede e de novo na fechadura. Um cara baixinho e musculoso choca-se com Fred, que tropeça e acerta a bunda na pia, na corrida para a cabine do banheiro.

Fred chispa para fora do espaço, tomando apenas o cuidado de fechar a porta e dar um pouco de privacidade ao rapaz.

De volta ao ambiente vivo da festa, Fred se surpreende com a satisfação do cheiro de suor, cachaça e fritura. A bunda ainda dói onde bateu na pia, mas pelo menos a emergência o tirou do frenesi envolvendo Lalo. A pista de dança é o último lugar onde ele quer estar agora, então Fred busca as banquetas do bar, sem sucesso. Porém, ao lado do balcão, há um sofá de dois lugares ocupado por Carlinhos.

— Esse lugar está ocupado? — pergunta Fred, torcendo para que a resposta seja "não".

Carlinhos sacode a cabeça em negativa, arregalando os olhos para a presença inesperada. Ele termina de engolir a bebida e diz:

— Fica à vontade!

Fred deixa o corpo cair e afundar no couro craquelado do sofá, exalando. Ele vira o pescoço e encontra o produtor encarando-o.

— Você deveria estar na festa.

— Tecnicamente, eu *estou* na festa. — Fred dá um sorriso amarelo. — Você não deveria estar... sei lá, atrás de uma câmera ou cuidando do Rodrigo? E se alguma câmera pegar você?

Carlinhos revira os olhos e se afunda no sofá.

— Meu trabalho é ser babá de vocês, pretendentes, não do apresentador. — Ele aponta para si mesmo. — E eu não estou de uniforme. Podemos nos misturar nas gravações contanto que a gente não atraia atenção.

— Então você só veio descansar?

— Se você deixar... — responde Carlinhos distraidamente. — Preciso de um tempo. O encontro de hoje foi muito cansativo.

— Por quê? — pergunta Fred como quem não quer nada, apesar das extremidades do corpo vibrarem de curiosidade.

— Porque quando duas pessoas estão tentando muito, acabam drenando a energia de todos ao redor.

Carlinhos descansa a cabeça no encosto do sofá e encara o teto. O produtor é bonito. A barba recém-aparada delineia o rosto redondo, e a pele escura se destaca na camiseta cor de creme. Ele tem algumas tatuagens e pulseiras nos braços. Quando respira fundo, a camiseta sobe alguns centímetros, revelando uma linha de pelos encaracolados na barriga redonda.

Fred está distraído quando uma pergunta o pega desprevenido.

— Como *você* se sente sendo O Escolhido?

Ele pisca depressa, como se o ato de abrir e fechar os olhos pudesse fazer o cérebro pegar no tranco.

— Hã... Não acho que eu seja "O Escolhido". — Fred dá uma risadinha para desconversar. — Muita coisa ainda pode mudar no decorrer do programa.

O produtor balança a cabeça em negativa com um sorriso fraco.

— Isso pode ser verdade para algumas coisas, mas qualquer um vendo de fora consegue enxergar que o Lalo já escolheu você. E tá tudo bem. Tipo, a culpa não é sua nem dele. Vocês combinam. Quando os outros se derem conta disso, ou vão desistir do Lalo e curtir a viagem ou te isolar e tentar conquistá-lo a todo custo. Tipo a Carina, que te jogou pra fora daquele pula-pula de adulto.

O silêncio súbito atrai a atenção do produtor.

— Você quer saber com quem o Lalo esteve hoje de tarde?

Ele não tinha reparado que as pernas estavam sacudindo com tanta força. Pousando as mãos nos joelhos, Fred as força a se acalmarem. Ele solta o ar, assegurando-se de manter a língua controlada.

— Não. Tá tudo bem, obrigado.

O produtor dá de ombros.

— Você que sabe. Se quiser, pode perguntar pro Lalo quando a festa acabar. Botei você pra dividir o quarto do hotel com a Rafa, então vocês podem dar uma escapadinha depois que ela for dormir. Não é o tipo de coisa que um casal apaixonado faz? Aproveita que é publi, a diária de um hotel desses custa um rim.

— O Lalo e eu não somos... — Fred tenta explicar, mas Carlinhos o interrompe.

— Ah, parou! Vai me dizer que não rolou um clima com vocês dois ali na mesa do bufê. Todo mundo viu! — Fred continua estático, mordendo os lábios. Será que eles o viram correr para o banheiro naquela situação... desconfortável? — E você é praticamente a primeira escolha dele!

Fred pode sentir as bochechas ardendo. As observações de Carlinhos soam quase como acusações, e o fluxo de memórias que o assaltou no banheiro pisca em flashes na mente, tirando-lhe um sorriso involuntário. O produtor lê suas emoções como uma confissão.

— Então você *é* o escolhido.

As condições que coroam Fred "o escolhido" foram pré-determinadas. Não é como se Lalo estivesse apaixonado por ele, eles têm um acordo. Entretanto, Fred entende como isso parece aos olhos dos espectadores porque é como eles *querem* que pareça — independentemente do quanto disso é real ou não.

Derrotado, Fred aquiesce com a cabeça.

— Talvez o Lalo esteja me escolhendo... — admite ele, relutante.

— Sabia! — exclama Carlinhos.

Uma risada rouca, gotejando um misto de mágoa e desdém, arranha e envia uma onda de arrepios pela coluna de Fred. Ele gira o tronco para olhar a fonte do som e encontra Nicolas de pé ao seu lado, parado no bar, recebendo um drinque do barman. Nicolas, que Fred não havia visto a noite toda até este momento, dá um gole na bebida e metralha Fred com os olhos.

— Sabia — diz ele, bufando pelas narinas.

Eles se encaram por um momento tenso no qual Fred acha que vai levar o primeiro soco da vida adulta. Porém, Nicolas vira o restante da bebida, desce o copo com firmeza no balcão, levando um xingo de advertência do bartender, e sai pisando firme.

Fred está de pé antes que possa perdê-lo de vista.

— Acho melhor tentar esclarecer as coisas com o Nicolas.

— Boa sorte — murmura Carlinhos.

Fred varre a multidão com o olhar, embrenhando-se no meio do grupo, ansioso por encontrar Nicolas. Talvez ele devesse deixar as coisas como estão, mas a antipatia do rapaz já era incômoda o bastante sem esse agravante. Agora, Fred não consegue imaginar como ter um momento de paz pelos próximos dias se não resolver as coisas com Nicolas.

Ele procura no bufê, no banheiro e no andar superior. Nenhum sinal de Nicolas. Eles devem ir para o hotel juntos, então pode resolver as coisas com ele na van. O que é ótimo, ele pensa, pois com Jonathan e Rafaela como testemunha, Nicolas dificilmente vai pensar em descer o cacete nele.

Em uma última tentativa, Fred abandona o centro de calor e barulho da festa no bar e parte para a praia. A areia é macia e afunda sob os pés descalços, engolfando-os em montes amornecidos pelo calor residual do dia ensolarado.

Há uma figura na praia, sentada ao pé de um coqueiro alto. Num primeiro momento, Fred acredita que possa ser Nicolas, mas duas passadas em sua direção e ele reconhece a perna dobrada sobre os chinelos-nuvem vermelhos.

— A gente precisa parar de se esbarrar assim — diz Fred em tom de brincadeira, guardando um sorriso no canto dos lábios. Lalo o encara do chão, e, na baixa luz, Fred não consegue dizer se ele está feliz pela companhia ou não. Fred gestua para o espaço vazio ao lado de Lalo, sentando-se com as pernas em posição de borboleta na areia. — Sua bateria social acabou?

— É muito cansativo estar ali o tempo todo.

— Hmmm.

O mar estica ondas pela orla, marolas cada vez mais ousadas, cobrindo milímetros de trechos secos em expectativa. O gorgolejar da água e o farfalhar das folhas de coqueiro ao vento abafam a batida repetitiva do funk carioca que vaza do bar. Na paleta escura salpicada de estrelas do horizonte, Fred busca o *Seashore*, mesmo sabendo que o navio está ancorado no porto, do outro lado da cidade. Tudo o que vê é a linha dividindo céu e mar.

— Por que é que a gente sempre acaba assim: sentados sozinhos no meio da noite? — pergunta ele, contemplando o perfil de Lalo contra a luz.

Lalo deixa escapar uma risada fraca que sacode brevemente os ombros. Ele apoia a cabeça no tronco do coqueiro, os olhos brilhando à meia-luz, e inspira fundo.

— Não faço ideia — responde ele.

Então, ele inclina a cabeça para a esquerda e seus olhos encontram os de Fred.

O mundo é vibração pura. O vento não é páreo para a respiração de Lalo em sua pele, nem o sussurro das ondas o suficiente para impedir o sangue pulsando nos ouvidos. Eles estão com os lábios tão próximos que um tremor poderia uni-los. No entanto, suas bocas não se tocam. A imagem de Lalo sai de foco, e tudo o que Fred vê é uma fagulha dançando em seus olhos castanho-escuros. Ele sente a dor do desejo entalhada no próprio rosto — sobrancelhas franzidas, lábios entreabertos, o fôlego se desenrolando sofregamente para fora, os olhos cada vez mais cerrados. De repente, o peito de Fred ecoa feito um tambor, trovejando em uma tempestade de sentimentos que, em vez de confundi-lo, limpam os céus e o permitem enxergar com nitidez.

Todo o seu corpo dói. Neste momento, ele se esquece do programa, de Victor, dos ingressos, da Aysha... tudo o que Fred quer agora é que Lalo o beije de novo.

Ele espera por isso. A cada segundo excruciante que passa com a promessa daquele beijo, Fred espera que Lalo o queira também. Ele não quer apenas consentimento, ele quer reciprocidade. Porque ele precisa saber se Lalo sente o que ele sente, se a mente de Lalo se ocupa pensando nele, se o coração de Lalo bate mais depressa e seu estômago se agita quando ele está por perto como o dele faz.

Se Lalo está tão envolvido quanto ele está.

No instante em que os dedos calosos tocam seu rosto, Fred reprime um gemido. Ele encontra afago na palma da mão de Lalo, entregando-se ao toque.

— Fred... — murmura Lalo, os lábios roçando tão levemente nos seus ao pronunciar seu nome que ele sente como se tivesse esbarrado em ferro quente.
Por favor, se entregue pra mim.
Por favor, me queira.
Por favor, me beije.
— ... estão nos chamando. Está na hora de ir.

É meio da noite quando Fred fica sozinho no quarto do hotel. Rafaela e Jonathan até o convidaram para um mergulho noturno na piscina, mas ele tinha coisa demais para pensar. Caminha pela varanda, vê as luzes da cidade, fica tentado a dar um pulo na academia e correr na esteira até as dores no corpo falarem mais alto que as vozes de sua cabeça — até descobrir que a academia não funciona 24h, então volta para o quarto e se joga na cama, rolando de um lado para o outro.

Ele ainda sente o gosto dos morangos com chocolate na língua e o fantasma do hálito de Lalo em seu ouvido, arrepiando todos os pelos de seu corpo mesmo horas depois. Não só isso, mas os olhares demorados, a sensação de conforto em seu abraço, o L desenhado em suas costas...

Tem que haver *alguma coisa* entre eles.

Num ato desesperado, digita com dedos trêmulos uma mensagem no grupo de amigos:

Fred: digamos que eu esteja apaixonado pelo Lalo

Rika: SABIA!

Duda: qual seria o problema de estar apaixonado pelo Lalo?

> **Fred:** porque é meio bobo se apaixonar num programa de namoro, tipo, ninguém acredita de verdade nisso!

> **Fred:** e se ele não sentir a mesma coisa?

Silêncio.

> **Maia:** Você não precisa pedir permissão de ninguém pra se apaixonar. Sentimento é via de mão única, uma coisa que nasce e cresce dentro de você, não importa o que os outros façam ou digam. Se o Lalo sentir o mesmo, ótimo. Se não, pelo menos você sai dessa com os ingressos, né?

Ah, os ingressos.

Mas agora Fred fica em dúvida se os ingressos valem esse tipo de esforço. O amor é a maior força de todas, ele tem certeza de que até Aysha já cantou algo a respeito. Então, de que adianta conseguir os ingressos se, no fim, ele perder o homem que ama?

Fred rola para fora da cama, veste uma camiseta e os tênis e deixa o quarto vazio.

Lalo está no 13º andar, onde ele sabe que câmeras foram posicionadas de frente para sua porta a fim de captar as aventuras noturnas dos participantes. Fred não se importa com o que vão dizer; pensando bem, é até possível que aconteça alguma coisa entre eles. Seu estômago dá um salto ante à ideia.

Quando as portas do elevador se abrem no 13º andar, os corredores estalam com estática. Ele espia por trás de uma parede. No fim de cada corredor, as lentes das câmeras aguardam o menor movimento para apimentar as fofocas do programa seguinte. No entanto, não é isso que o faz se esconder próximo à saída de incêndio.

As portas do elevador ao lado abrem com um clangor, muito mais barulhentas do que aquele pelo qual Fred saiu. O eco nos corredores dormentes amplia o som.

Uma rápida batida em porta, um ritmo desconhecido e nervoso, faz o coração de Fred acelerar. Ele espreita pela curva do corredor, enxergando por cima do ombro do operador da câmera ansioso que se esforça para gravar cada *frame*. Apenas quando o cameraman se move é que Fred consegue ver com perfeição a cena se desenrolando bem na sua frente. Nicolas, vestindo nada além de um shorts e o bronzeado na pele desnuda do tronco, conversa aos sussurros com Lalo. Os dedos de Fred doem agarrados às arestas da parede, e um peso invisível pressiona seus ombros quando Lalo dá passagem a Nicolas e os dois desaparecem para dentro do quarto.

As luzes vermelhas das câmeras apagam. Um operador de câmera assobia, ao passo que o outro ri.

— Cara, por essa eu não esperava... — diz o Assobiador. — Jurava que ia ser o da ponte.

Com um nó na garganta e o corpo entorpecido, Fred abre a porta da saída de incêndio o mais silenciosamente possível.

Qual pretendente do Lalo, do *Love Boat Brasil*, mais combina com você?

O *Love Boat Brasil* é o reality show que está dando o que falar. A cada semana, o solteiro deve escolher quais participantes seguem no jogo do amor e qual vai para casa. Qual pretendente de Lalo, o famoso sr. Coração Partido, mais combina com você?

1. O que você faz quando está a fim de se divertir?
    a. QUALQUER COISA — comigo não tem tempo ruim!
    b. Barzinho com a galera pra botar a fofoca em dia.
    c. Roda de samba e uma cervejinha não se nega a ninguém.
    d. Treino ao ar livre: bom pros músculos e pra cutis.

2. Escolha uma roupa para um encontro:
    a. Algo despojado e confortável, meu charme fala por mim.
    b. Camisa com mangas enroladas, calças e tênis.
    c. Algo cheio de brilho e que mostre meus melhores atributos.
    d. Camisa da Renner, jeans e um tênis novo.

3. Qual é a sua ideia de primeiro encontro ideal?
    a. Barzinho ou restaurante, algo que me permita conversar e rir com a pessoa. Gente muito séria não me desce.
    b. Cineminha no fim de semana, dividindo um balde de pipoca e mãos se tocando no escuro.

c. Passeio cultural pelos pontos mais interessantes da cidade durante o dia e um pagodinho à noite.

d. Trilha no sábado pela manhã. Tem que compensar o estrago de sexta à noite.

4. Qual grupo de características mais te atrai em uma pessoa?

a. Determinada, atenciosa e bem-humorada.

b. Tranquila, sensível e calorosa.

c. Divertida, inteligente e sedutora.

d. Tenaz, forte e competitiva.

5. O que você mais busca em alguém?

a. Alguém que seja meu parceiro e compartilhe a vida comigo.

b. Alguém que me faça sonhar e seja gentil.

c. Alguém que me coloque em primeiro lugar.

d. Alguém que busque a minha melhor versão, mas me aceite como sou.

6. Escolha uma música para se estar apaixonade:

a. "I Know a Place", de MUNA.

b. "Ela Une Todas as Coisas", de Jorge Vercillo.

c. "Eu Não Sou de Me Entregar", Ferrugem.

d. "S de Saudade", de Luíza & Maurílio, Zé Neto & Cristiano.

7. Qual combo representa melhor sua linguagem do amor?

a. Toque físico & palavras de afirmação.

b. Tempo de qualidade & atos de serviço.

c. Atos de serviço & receber presentes.

d. Palavras de afirmação & tempo de qualidade.

8. O que vocês dois precisam ter em comum?

a. Leveza para levar a vida: equilíbrio é a palavra-chave!

b. Interesses profissionais: vamos crescer juntos!

c. Planos para o futuro: sem ambição, não se chega a lugar algum.

d. Gostos pessoais: se formos muito diferentes, o que nos conecta?

9. Agora para a parte chata: o que te afasta em uma pessoa?

a. Falta de educação. Faltou com respeito, tô fora!

b. Falta de iniciativa. Preciso de alguém que saiba o que quer.

c. Dependência emocional. Podemos encontrar felicidade na individualidade.

d. Necessidade de agradar. Ninguém gosta de um puxa-saco.

10. Fora o Love Boat Brasil, qual outro reality show você veria juntinho com a pessoa amada?

a. *Queer Eye*: é emocionante, te ensina sobre a vida, e de quebra tem cinco homens bonitos pra admirar.

b. *The Simple Life*: é antigo, mas nada mais divertido do que ver duas patricinhas se virando na roça.

c. *Magos da Decoração*: tranquilo, mas com a dose certa de adrenalina e de muito bom gosto.

d. *Jogo da Lava*: divertido e atlético? Tô dentro!

11. Por fim, escolha uma embarcação:

a. KKKKK embarcação pra quê? Bora nadando mesmo e ver quem chega primeiro!

b. Veleiro, uma coisa simples e divertida só para eu e meu amor navegarmos.

c. Navio cruzeiro, algo grande e cheio de atrações pra explorar!

d. Nada melhor do que passar um dia preguiçoso me bronzeando num iate de luxo.

Maioria A — Você gosta de aventura e diversão, com um pouquinho daquela alegria infantil, mas também aprecia alguém determinado, que te aceite como é e te impulsione a ser a sua melhor versão. Você busca alguém com quem possa formar um vínculo profundo e uma parceria para a vida toda. É óbvio que você e o Fred são perfeitos um para o outro! ♥

Maioria B — O que você está buscando é uma pessoa tranquila, que sabe apreciar o dia a dia da melhor maneira possível: foco e trabalho durante a semana, e um bom samba ou bar com pagode nos fins de semana. E se ele tiver um lado artístico e os braços todos tatuados, é um bônus! Você e o Jonathan seriam o casal do momento a todo momento! 🤩

Maioria C — Você procura alguém que te arrebate: tanto visual quanto intelectualmente. Você está buscando uma pessoa carinhosa, gentil e com os padrões de uma deusa grega porque sabe que, se elas existem, é para serem adoradas! E daí que te chamem de capacho de mulher bonita? Não é todo mundo que tem uma Rafaela a seu dispor. 😊

Maioria D — Você sabe o que quer: moreno, alto, bonito e sensual, que lute por você até o fim e que tenha uma personalidade que desafia a gravidade! É importante para você que seu parceiro tenha visão e também cuide de si mesmo. "Casal unido cresce unido", e aposto que vocês até revezam aparelhos na academia! Você e o Nicolas vão se dar muito bem... 🔥

Vinte e três

Salvador é uma explosão de cores vibrantes, com seu mar mais do que azul, construções coloridas, e uma sinfonia de gente-bicho-música-terra-mar que soa como uma ode à vida. Mas nem a capital da alegria consegue arrancar de Lalo a sensação de desalinho.

O que era para ser uma brincadeira acabou marcado em sua pele, como uma queimadura, ardendo na carne, impossível de ignorar. Ironicamente, havia sido *Lalo* quem o marcara, uma atitude impensada, um desejo incapaz de reprimir que ele mascarou como um showzinho para as câmeras. O único alívio que Lalo sentia era quando *ele* estava por perto — e, mesmo assim, a mera presença *dele* era o suficiente para disparar seu coração e fazê-lo suar.

Aquela competição de quem comia mais morangos com chocolate pareceu evidenciar mais do que o óbvio. Lalo não conseguiu parar de encarar Fred: os dentes quebrando o chocolate, os lábios envolvendo o morango, o suco que escorria pelo canto da boca, abrindo um rastro lento em seu queixo. Ele foi incapaz de ouvir a música na festa, pois os gemidos de Fred a cada mordida o deixaram desnorteado. Quando Fred capturou e sustentou seu olhar enquanto se luxuriava com o último morango...

De repente, estava 50°C em Salvador e Lalo estava a segundos de entrar em combustão.

Lalo inventou uma desculpa qualquer e conseguiu se afastar da festa, o coração batendo tão forte no peito que, por um segundo, ele temeu que alguma coisa ruim pudesse acontecer. Suas pernas estavam bambas, o estômago gelado, e Lalo só teve forças de se sentar na areia, fechar os olhos e respirar.

Enquanto buscava se acalmar, a mão pressionando o ponto sensível no peito onde o coração se rebelava, as lembranças se esparramaram sobre ele como as ondas na praia. Quando isso havia começado — na madrugada em que fitaram as estrelas juntos, em Ilha Grande, ao fecharem o acordo, ou antes mesmo de Fred entrar no programa, naquela única vez em que o beijou? Uma parte de Lalo torcia para que, ao conseguir apontar exatamente o momento em que *isso* acontecera, ele pudesse puxar o fio daquele novelo e se desemaranhar desses sentimentos.

O problema era que Lalo não tinha certeza se queria.

Ele gosta de como seu corpo responde à presença de Fred — mãos suadas, brincadeirinhas de duplo sentido. Gosta do toque, porque Fred sempre o toca, mãos macias e inquietas e carinhosas. Gosta de como estar com *ele* é viver em um estado de embriaguez emocional mais borbulhante do que todos aqueles mojitos já o deixaram. Agora mesmo, conjurando as sensações atreladas à memória *dele*, Lalo sorri para o horizonte.

Não posso ter me apaixonado, né?, pergunta a si mesmo com um sobressalto. Porque ele veio ao programa por Victor, pelo relacionamento que construíram ao longo de um ano, pelo amor que sentia por ele. Não há a menor possibilidade de ele abrir mão disso agora. Não após mentir para as pessoas que ama, enganar pessoas legais que pareciam genuinamente interessadas nele, embarcar em um plano insano com um total desconhecido para conseguir a atenção de Victor.

Victor Victor Victor.

O nome que reverberou em sua cabeça meses a fio.

E ainda assim, um nome que se fez tão silencioso nos últimos dias que Lalo contempla se, talvez, a amiga não tivesse razão. Porque — ele sente o peito apertar só de pensar nisso — com o eco do nome de Victor cada vez mais longe e Lalo estando *mesmo* apaixonado por uma nova pessoa... qual é motivo disso tudo?

Então, *ele* aparece.

Uma silhueta iluminada pelo rosa, azul e lilás das luzes estroboscópicas da festa, Fred se materializa ao seu lado com um sorrisinho de canto e pede para se sentar ao seu lado na areia.

— A gente precisa parar de se esbarrar assim — brinca Fred.

Ele se sente imediatamente mais leve. Fred é o oceano, puxando-o para suas profundezas; e neste momento Lalo não quer resistir. Ele relaxa o corpo, deixa que uma risada fraca emerja, e encontra o olhar do garoto. Por teimosia, ele abre os ouvidos, tentando encontrar no cochicho da noite algum eco que se assemelhe a um nome, mas o martelar em seus ouvidos abafa qualquer som que não seja o de dois corações à deriva encontrando um ao outro.

É, ele está apaixonado.

Rodrigo Casaverde os aguarda em meio a uma micareta, próximo a quatro mesas cobertas com um pesado pano branco. A areia exala tanto calor que Lalo mal pode conter o alívio quando Matheus, em uma cadeira de rodas anfíbia, o encontra debaixo do guarda-sol e entrega um mojito gelado.

— Gostei do upgrade! — diz Lalo, dando um gole na bebida.

— Agora posso nadar com a minha sereia nas águas da Bahia — brinca Matheus, dando dois tapinhas nas próprias pernas.

— Cara, quem é que você...

— Boa tarde, navegantes das águas do amor! — fala Rodrigo, interrompendo a pergunta de Lalo. Tati, da maquiagem, corre para tirar Matheus de cena antes de as câmeras girarem na direção de Lalo. — Hoje estamos falando diretamente do Farol da Barra, em Salvador, e vocês nunca viram nada tão lindo quanto essa cidade! É aqui que vamos fazer uma brincadeira. Como vocês sabem, Lalo é um cara que manda bem demais nos trabalhos manuais e que gosta de demonstrações de afeto. Sendo assim, cada um dos nossos pretendentes deve usar a criatividade para fazer algo que prove seus sentimentos pelo sr. Coração Partido.

— Mas eu não sei fazer nada manual! — cochicha Fred para Rafaela, pego de surpreso. — Meu único hobby é ler fofoca de diva pop. O que eu faço com isso, uma página do Twitter?!

Nicolas solta uma gargalhada.

— É isso que dá não ter um neurônio na cabeça — provoca ele.

— Mas a escolha não será feita pelo Lalo — continua o apresentador, forçando os pretendentes a ficarem em silêncio enquanto a ansiedade os mastiga —, e sim pelo público! Os dois pretendentes que receberem mais votos garantem a estadia no *Love Boat Brasil*. Já os outros dois vão para a berlinda e um será eliminado. Sendo assim, deem o melhor que puderem nessa prova, pois vocês não só terão que conquistar o Lalo com seus presentes como também a plateia aqui na praia. Vocês têm uma hora. Estão prontos? PODEM COMEÇAR!

Os quatro descobrem as mesas ao mesmo tempo.

— Ai, meu Deus, eu não faço ideia do que fazer... — diz Rafaela, olhando nervosa para a mesa de trabalho.

— Relaxa, pessoal. É só fazer o que vier à mente — diz Jonathan, tranquilamente.

— Fácil pra você! — acusa Rafaela, segurando um maço de papéis em uma das mãos e dois potes de tinta na outra.

— Jonathan, você é formado em artes plásticas, trabalha num estúdio de tatuagem e pinta — aponta Fred, igualmente perdido encarando todos os cacarecos à sua frente. — Nós estamos em desvantagem aqui.

— Vocês conseguem — garante ele, pegando um coco e admirando-o.

Lalo não consegue ouvi-los falar, pois a música retorna, alta o suficiente para abafar seus comentários. De longe, ele observa Jonathan compenetrado enquanto usa uma caneta elétrica num coco verde. Nicolas encara algo em sua bancada; seu rosto se contorce em uma careta, como se não estivesse cem por cento seguro a respeito do que fazer, mas logo ele também se inclina sobre a mesa para trabalhar.

— Enquanto isso, vamos bater um papo com o Lalo — diz Rodrigo Casaverde, sentando-se na cadeira ao lado. — Como foi o dia turistando por Salvador?

— Foi ótimo, Rodrigo. Eu nunca tinha vindo pra cá antes, então está sendo uma ótima primeira vez.

— Melhor parte do dia até agora?

— Pelourinho — responde ele. — O Jonathan e o Fred tinham muita coisa pra falar de lá. Foi como uma aula de história e cultura pop ao mesmo tempo. E depois fomos àquele restaurante superlegal, e eu comi moqueca. Isso foi... interessante.

— Fiquei sabendo que Fred te deu a sobremesa dele...

— Acho que ele ficou com pena de mim. Eu não como peixe, mas ele e a Rafa estavam tão empolgados pela moqueca que achei que seria legal botar em prática essa coisa de "testar coisas novas" que ele vive me dizendo pra fazer. — Lalo ri, sem graça. — Acabou que não consegui comer e, por mais que eles insistissem em pedir algo diferente, não quis dar trabalho. Na hora da sobremesa, Fred disse que estava cheio demais e que achava melhor eu comer a dele.

— Isso é *muito* atencioso da parte dele. — Rodrigo lança um olhar curioso para Fred, que está parado fitando a própria mesa há uns minutos. — Agora, sobre a competição de hoje, consegue imaginar o que cada um vai apresentar ou quem vai conquistar o público de casa?

— Não faço ideia do que eles podem fazer, Rodrigo. Como eles mesmos falaram, o Jonathan é um artista. As coisas que ele faz... Ele é extremamente talentoso, então acho que vai fazer algo incrível! Não sei se eu devia falar isso, mas acho que ele leva.

— E quem você acha que *não* leva? — enfatiza o apresentador, um lobo faminto espreitando sua presa escondido por trás do sorriso brilhante.

Lalo vira o rosto para espiar seus pretendentes. Ele tenta ser objetivo e pensar no programa como o jogo que é, mas gosta de todos eles, cada um à sua maneira, e não quer ter que mandar ninguém embora. Como se pudesse senti-lo, Fred ergue a cabeça e sustenta seu olhar. Ele abre um sorriso lento que mostra a covinha na bochecha esquerda, causando uma fisgada de tirar o fôlego de Lalo.

Lalo respira fundo.

— Por mim, nenhum deles sairia, Rodrigo — responde ele, sincero, embora saiba agora que a saída de um deles causaria-lhe uma dor maior do que a dos outros.

Vinte e quatro

Essa prova não foi projetada para ele.

No início, Fred não sabia o que poderia estar debaixo daquele pano branco, mas ainda se sentia um pouco otimista de que teria alguma ideia quando visse os materiais à disposição. E, puta que pariu, quem quer que tenha pensado nisso o fez com a eliminação dele em mente.

Potes de miçangas, glitter e lantejoulas, cocos, palha para trançar, potes de tintas, pilhas de papéis coloridos, tesouras, uma pistola de cola quente e muito mais. Isso parece muito com a mesa da cozinha quando Cristina ainda dava aula para crianças e passava os fins de semana arrumando os trabalhos de seus aluninhos. Sua versão de oito anos era ainda mais agitada do que a de vinte e um, de modo que, por mais que a mãe tentasse, Fred simplesmente não conseguia ficar parado para aprender a usar nada daquilo.

Ah, se arrependimento matasse...

Porém, o que chama sua atenção é um post-it grudado bem abaixo de uma cesta de folhas de bananeira, com apenas o título visível: IDEIAS DE ARTS&CRAFT – FRED.

Ele congela no lugar. Não é preciso pensar demais para saber que aquele post-it foi plantado por alguém da produção para ajudá-lo. Provavelmente Carlinhos, a mando de Rodrigo, listou coisas chamativas e fáceis que ele poderia fazer para vencer aquela prova.

Pela visão periférica, ele vê Jonathan, Nicolas e até mesmo Rafaela, que estava nervosa sobre o que fazer um minuto atrás, os corpos dobrados sobre as bancadas enquanto trabalham em seus presentes.

— Fred, o tempo tá passando — avisa Jonathan, usando uma caneta elétrica para gravar um coco verde.

— Deixa ele pra lá, Jonathan — se intromete Nicolas. — Já passou da hora do tampinha sair.

— Será que dá pra você largar do meu pé por um dia? — reclama Fred, acertando as mãos na mesa em um gesto raivoso. A atmosfera estala com expectativa conforme o olhar dos pretendentes, do público e das câmeras recai em Fred.

— Começou o showzinho... — Nicolas abre um sorriso irônico. — Sabe, nem todo mundo precisa se jogar de uma ponte pra conseguir a atenção do Lalo.

Fred revira os olhos com tanta força que chega a doer.

— Olha, Nicolas, você tá me alfinetando desde o começo do programa, e eu sei que não sou santo, mas precisa ser tão escroto o tempo todo?

— Será que vocês podem não brigar agora? — intervém Rafaela, soando exasperada. — Essa prova já tá me dando nos nervos. Não preciso de vocês dois tretando.

— Quem tá brigando? Tô só compartilhando como me sinto. — Nicolas o encara, inocente. — O que você achou que ia acontecer? Que você podia cair de paraquedas no programa e ninguém ia achar ruim? Nem a Rafa e o Jonathan queriam você aqui!

Fred arrisca uma olhada para os colegas. Rafaela e Jonathan abrem e fecham a boca, como dois peixes tentando falar debaixo d'água, um gesto que seria cômico em outra situação, mas que agora só serve para fazer o estômago de Fred se revirar. *Nicolas tem razão.*

— Isso foi lá no começo. — Rafaela finalmente ergue a voz, encontrando o olhar de Fred. — Muita coisa mudou de lá pra cá.

— Vamos deixar isso de lado e focar o trabalho? — sugere Jonathan. — A gente fala sobre isso depois.

Nicolas dá de ombros.

— Por mim, tanto faz. Não é como se ele fosse "O Escolhido", né?

— O que você quer dizer com isso? — pergunta Fred.

— Quando você entrou no programa, jurei que tinha acabado. Que ninguém mais teria chance. Que *eu* não teria chance. Fiquei puto com o beijo, mas não falei nada — diz Nicolas, o tom calmo da voz contrastando com o olhar duro. — Mas o Lalo continua me escolhendo. Apesar de *você*, eu criei uma conexão com o Lalo. E agora que cheguei até aqui, não vou desistir dele tão fácil assim.

— Parabéns, Nicolas — ironiza Fred. — Quer uma medalha pelo esforço?

— Eu e o Lalo passamos o dia juntos ontem — responde Nicolas, os dedos trabalhando rápido com um pote de conchas do mar e a pistola de cola quente. — Foi o melhor encontro de todos. Andamos de bike até uma praia aqui perto. Fizemos um piquenique nas pedras. Entramos no mar. Eu nunca tinha ficado tão próximo dele, abraçado com ele na água, conversando sobre a gente, sobre o futuro... — Ele olha de esguelha e dá um sorrisinho. — E, à noite, fui pro quarto dele.

O zumbido da caneta elétrica de Jonathan desaparece. Rafaela arqueja.

Fred cerra os dentes.

— Que coisa feia, Nicolas, querer causar ciúmes nos coleguinhas. Não confia no próprio taco?

— Só estou dizendo — Nicolas segue trabalhando como se não tivesse dito nada de mais — que eu e o Lalo nos conectamos num nível mais íntimo. Você não achou mesmo que era o único a ficar até tarde fora da cabine, né?

Jonathan e Rafaela trocam um olhar cheio de segredos antes de voltarem ao trabalho, as cabeças baixas, os olhos recusando-se a encontrar os de Fred, envergonhados.

Ele sabia que Nicolas havia ido para o quarto de Lalo, tinha visto aquilo de camarote. O que ele não sabia é que *Nicolas* fora escolhido para o encontro especial. Não que ele torcesse para ser Jonathan ou Rafaela; pensar em Lalo com outra pessoa — abraçados, se beijando, apaixonados... O gosto amargo da bile sobe à garganta e ele precisa engolir em seco para não acabar botando a moqueca para fora.

Afetado pelo ciúme, seria fácil puxar a cesta de lado e se aproveitar de uma daquelas ideias. Antes de tomar uma decisão, ele sente uma comichão familiar na nuca, um arrepio que o faz erguer a cabeça e encontrar Lalo, fitando-o.

Se Fred usar o que quer que esteja escrito naquele post-it, não será algo para Lalo, mas sim para o programa. Não é isso o que ele quer. Os olhos castanho-escuros o mantêm cativo, por puro capricho. O vento desalinha o cabelo de Lalo, jogando-o sobre o rosto, e um calor gostoso se espalha pelo peito de Fred, tornando-o sensível ao *tum-tum-tum* do coração.

Ele já sabe o que fazer.

— TEMPO ESGOTADO! — anuncia Rodrigo Casaverde, mais uma vez de pé ao lado das mesas. — Está na hora de descobrirmos o que nossos pretendentes prepararam para o Lalo. Lembrando que a plateia de hoje é quem escolhe! Ao final da rodada, façam barulho para votar no favorito de vocês. Os dois mais votados ficam a salvo da eliminação, e então cabe ao Lalo decidir quem continua a bordo do barco do amor.

— Tenho uma urna com os nomes de vocês aqui dentro — diz Lalo. — Quando eu chamar seu nome, venha à frente e me mostre o que você fez.

Lalo sacode a mão dentro da urna e tira um papel dobrado de lá.

— Jonathan.

Fred geme.

Por que chamaram logo o mais talentoso deles para ir primeiro?

Jonathan avança devagar, uma caixa de palha trançada nas mãos. Fred não faz ideia de onde ele conseguiu uma, e se recusa a acreditar que Jonathan teve tempo de criar um presente e o embrulho do zero — existe um máximo de humilhação que alguém consegue suportar.

Lalo recebe o presente com um sorriso.

— Eu fiz isso pensando no nosso tempo aqui no programa — diz Jonathan. — Achei que pudesse gostar.

Quando abre a caixa, Lalo fica sem reação.

Após um momento de queixo caído, ele cuidadosamente retira o coco verde em que Jonathan passou a última hora trabalhando, girando-o de um lado para o outro.

— Isso é... Uau... esse sou eu?

Jonathan assente, as mãos enfiadas nos bolsos traseiros da bermuda, e sorri.

— É... nunca tinha feito nada do tipo antes, mas pensei que não seria tão diferente de fazer tatuagens.

O retrato de Lalo ocupa quase todo o coco. Mesmo à distância, eles conseguem enxergar alguns detalhes da gravura, como os fios de cabelo rebeldes ou as tatuagens no pescoço, ombros e peito. Jonathan fez um excelente trabalho capturando a imagem de Lalo. Sentindo o coração palpitar, Fred se pergunta se ele também conseguiu transpor a pontinha do dente torto, o eterno vinco na testa ou a gentileza em seus olhos.

— Obrigado, Jonathan. Ficou incrível!

Uma salva de palmas erupciona do público, de quem Fred já havia se esquecido, e Jonathan retorna para sua mesa.

Após devolver o coco para a caixa de palha, Lalo pesca mais um nome da urna: Rafaela.

Vermelha da cabeça aos pés, Rafaela tropeça até o guarda-sol com a cesta de folhas de bananeira nas mãos. Assim que chega na marca, começa a rir.

— Eu sou péssima com trabalhos manuais — avisa ela, encaixando as palavras nas brechas de uma gargalhada. — A única coisa que sei fazer é dobradura de animais, que aprendi no 4º ano.

Ela tira uma série de cachorrinhos e gatinhos de papel colorido da cesta, erguendo-os na altura do rosto. Lalo se junta a ela numa risada, recebendo o presente com um "obrigado, eu adoro animais!". Ele se levanta da cadeira, dá um abraço em Rafaela e guarda os animaizinhos de dobradura na caixa com o presente de Jonathan.

— Nicolas? — chama Lalo, o semblante tranquilo.

— Preciso de um minuto para o seu presente, lindo — responde ele, escondendo algo dentro da roupa. — Pode passar outro na minha frente. Volto logo!

Ele some no meio da multidão, em direção à cabana de música. O elenco do programa troca olhares confusos, mas então Fred percebe que estão todos olhando para ele.

— Fred? — instiga Rodrigo Casaverde, dando sequência ao programa.

— Hã... tá bem...

Ele caminha até o guarda-sol, os pés escorregando na areia fina, abraçado ao embrulho de pano de mesa. Perto do trabalho cuidadoso de Jonathan ou do senso estético de Rafaela, mais parece um trambolho do que um presente.

— Pra ser muito sincero, eu não tinha a menor noção do que fazer — confessa Fred, rindo de nervoso. — Mas então olhei pra você e pensei que jornada doida é essa a que estamos fazendo e que, se alguém me pedisse para contar, não saberia por onde começar nem o que falar.

Lalo apenas o encara, as sobrancelhas arqueadas e o cenho franzido indicando dúvida, o canto da boca erguido em curiosidade.

— Isso tem a ver com você estar sem camisa?

Fred solta uma risada aspirada.

— Então, melhor voltar para o começo, pra quando o meu mundo e o seu mundo se encontraram. E, sim, tem um pouco a ver com isso.

Lalo pega o embrulho com carinho, sem tirar os olhos de Fred. Girando-o devagar nas mãos, ele desembrulha o presente, congelando no lugar ao vê-lo.

— A sua camiseta... — balbucia Lalo, piscando os olhos. — Você cortou ela pra fazer isso?

Devagar, ele traz o presente até a altura do rosto.

— Eu precisava de um pano e algo que representasse o começo da nossa história — murmura Fred, subitamente tomado por um desejo de desviar os olhos e brincar com a areia aos seus pés. — Desculpa, deve estar suada e fedida, não pensei direito...

— Não, não está — interrompe Lalo. — Ela tem seu cheiro.

A garganta de Fred fica seca.

Existe algo em Lalo capaz de remover todas as palavras de sua boca. Mesmo naquela noite no *Seashore*, quando ele falou sobre seu péssimo histórico de relacionamentos, ele não se sentiu tão vulnerável quanto agora. Os olhos ficam pesados com lágrimas vindas de sabe-se-lá-onde, o corpo vibra com eletricidade, e ele perde a habilidade de fala.

O presente era para ser algo simples, algo que o lembrasse do momento em que se conheceram. Não fosse por aquilo, Fred nunca teria pulado no lago, nunca o teriam puxado para dentro do barco, Lalo jamais o teria beijado em rede nacional e eles não estariam aqui, juntos, a centenas de quilômetros de casa, fingindo que estão se apaixonando um pelo outro.

Nada disse teria acontecido não fosse por aquele balão.

Bastou olhar para Lalo e ele soube o que fazer.

Fred tirou a camisa — uma da sua coleção preferida de merch não oficial da Aysha que passou no crivo de "nada com copyright!" dos produtores porque, para todos os efeitos, "é só uma regata com uma estampa de coraçãozinho, pelo amor de

Deus!" —, pegou uma tesoura, a pistola de cola quente, e a transformou em um coração. Ele não tinha algodão para preencher a almofada, então tomou a liberdade de estufá-la com folhas de bananeira. No final, ficou parecendo que ele tinha feito uma almofada da Aysha e teve a ideia de escrever uma frase atrás, algo que faria Lalo se lembrar dele.

— "Me jogo de cabeça em você" — ele lê em voz alta, erguendo o rosto para encontrá-lo. — Fred, isso é muito... especial. Obrigado. De coração.

Fred umedece os lábios com língua.

— Lalo, eu...

A música começa, uma batida seguida por um *yeah, yeah* enrouquecido que leva a galera à loucura.

Novamente, o elenco do *Love Boat Brasil* procura pela fonte da gritaria, confuso. O único que não parece surpreso é Rodrigo Casaverde, unindo-se à balbúrdia dos espectadores que gritam um único nome: Nicolas.

Ele aparece ao som de "Pony", de Ginuwine, vestindo nada além de óculos escuros, uma tanguinha adornada com conchas marinhas e muito, muito óleo de bebê espalhado no corpo sarado.

Nicolas se aproxima dançando, entrando no pequeno espaço entre Fred e Lalo. Ele gira no lugar, fazendo Fred cambalear para o lado. Nicolas passa a mão pelo próprio corpo, ondula o tanquinho, vira de costas e acerta um tapa na própria bunda, levando a multidão ao delírio. Dançando mais perto da cadeira agora, Nicolas alcança as mãos de Lalo e o encoraja a deslizá-las pelo seu corpo. Antes da música acabar, ele monta no colo de Lalo, segura-o pelos ombros e o puxa para um beijo.

Vinte e cinco

Durante a micareta após a prova, Lalo está de saco cheio. Ele revira os olhos para a música, grunhe para os outros que estão dançando e ignora o bar e a mesa de petiscos. Não enxerga nenhum de seus pretendentes de onde está, encostado na murada com o Farol da Barra sombreando a faixa de areia à frente. Sente-se quase como uma criança birrenta, cruzando os braços e fazendo bico, querendo ir embora.

— Recebemos os resultados da votação — avisa Matheus, uma bandeja de camarão empanado e dois copos de caipirinha no colo.

— Que votação rápida — desdenha ele.

O produtor o fita longamente, até por fim suspirar e entregar um celular para Lalo.

Lalo supunha qual seria o resultado porque, ao que parece, é assim que as coisas são no *Love Boat Brasil*.

— Vamos levar os pretendentes para o hotel, onde você vai decidir quem será eliminado.

Lalo sacode a cabeça.

— Não quero fazer isso agora.

— Lalo, o navio vai zarpar em algumas horas. Sei que você não queria eliminar ninguém, mas...

— Não é isso. — Lalo olha para o alto, o farol acima se alongando até tocar as nuvens, tentando ganhar tempo enquanto organiza os pensamentos. Baixando o olhar, encontra Fred na multidão, e as coisas mudam. — Preciso fazer uma coisa. Já volto.

Ele pega impulso na parede e cruza a multidão, determinado, deixando um Matheus frustrado para trás.

Como se soubesse que o estão buscando, Fred gira o pescoço. Parte da irritação de Lalo se dissipa. Ele se lembra da almofada de coração e sabe que um sorriso toma forma em seus lábios, pois a expressão de Fred se ilumina, todo luz e calor.

No entanto, antes que chegue até ele, Lalo dá de cara com um tronco descamisado, a pele bronzeada pegajosa com uma mistura de protetor solar e óleo de bebê.

— Lalo, oi! — Lalo dá um passo para trás, surpreso ao reparar que é Nicolas. — Tá curtindo a festa?

— Ei, Nicolas. Ér... mais ou menos, o dia está um pouco esquisito hoje... — Atrás de Nicolas, o sorriso de Fred se esvai em câmera lenta. Lalo se agita. — A gente pode conversar depois?

— Eu quero mesmo falar com você. — Nicolas põe a mão no ombro de Lalo, segurando-o gentilmente no lugar. — Sobre o beijo e a noite passada...

Lalo imagina que Nicolas tenha falado baixo, ou pelo menos essa foi a intenção. Não existe "falar baixo" em uma micareta. Quando Nicolas grita as palavras, as pessoas ao redor praticamente quebram os pescoços para encará-los. Por um breve momento, Lalo se permite fitar Nicolas, os olhos arregalados em assombro. Então ele os devia para Fred, o rosto fechado numa expressão curiosa e inabalável.

Nicolas segue falando:

— Quando fui para o seu quarto ontem, não imaginava... Eu só tô muito feliz que a gente tenha chegado nesse ponto. A troca que tivemos foi muito especial pra mim. Espero que pra você também.

— Hã... É, foi... foi especial pra mim também, Nicolas.

Nicolas sorri.

— Aqui tá muito barulhento — insinua Nicolas, cobrindo as orelhas com as mãos. — Quer ir para um lugar mais tranquilo conversar?

Não fosse a ânsia em falar com Fred, Lalo teria mais paciência para ficar no personagem e dar a atenção que Nicolas, com aqueles olhos suaves e sorriso ansioso, pede. Mas lá está Fred, parado a poucos passos de distância com a mesma expressão curiosa, esperando por ele.

A ansiedade de Lalo grita em seus ouvidos e faz suas emoções pipocarem na pele. Ainda assim, ele força seu melhor sorriso e toca o ombro de Nicolas.

— Preciso falar com o Fred. Podemos conversar mais tarde?

Ele não espera para ver a reação de Nicolas. No fundo da mente, torce para que não o interprete da maneira errada. Eles podem conversar, claro. Depois que ele falar com Fred.

— Acho que você quer conversar comigo — comenta Fred. Lalo sequer tem tempo para suspirar quando o rapaz acena com a cabeça, pedindo que o acompanhe.

Eles caminham devagar à beira do mar, afastando-se da micareta. Uma câmera os acompanha por todo o caminho, irritando Lalo. O mindinho de Fred enlaça o dele, e Lalo não consegue deixar de encarar.

— Essa é toda a privacidade que vamos conseguir hoje — diz Fred, olhando-o de esguelha. — Por que não me diz o que queria falar comigo?

— Queria saber se vocês estão bem.

Fred ergue as sobrancelhas.

— Na verdade, queria saber se *você* está bem. Todos vocês estão esquisitos hoje, mas você está… diferente. — Lalo respira fundo e, quando fala, a voz é um sussurro: — Te procurei no hotel hoje cedo, mas você já tinha saído.

Algo como surpresa perpassa o rosto de Fred, um flash de emoção desmontando a pose. Lalo prende os dedos de Fred nos seus, a pele macia e quente agitando as borboletas em seu estômago.

— O Nicolas fez uma baita declaração lá na micareta. Eu vi quando ele entrou no seu quarto ontem à noite. É sobre isso que você queria conversar?

— Não. Sim. Pera, você *viu* ele entrar?

Embora Fred mantenha o contato visual, ele mordisca o canto do lábio inferior, inseguro.

— Eu tinha uma coisa pra... falar com você.

— Pode me dar um minuto? Preciso respirar.

Lalo ergue os olhos para o céu, cerrando-os por causa do brilho do sol, e inala o ar salgado. Por um momento, tudo parece demais. Ele conta os segundos conforme respira. O que Fred poderia querer falar que o levaria à porta do seu quarto ontem à noite? E por que ele só assistiu a Nicolas entrar em seu quarto sem falar nada? Seria pelo programa? Por Nicolas? Lalo não acredita nisso. Não depois dos últimos dias. Não seria possível que...

— Quais são as chances de o que eu tenho pra te dizer ser o mesmo que você? — Lalo vomita as palavras, encontrando os olhos escuros de Fred ardendo com um desejo contido.

A mão de Fred aperta a sua. Ele se aproxima.

— Use as palavras, Lalo.

Lalo solta o ar.

— Fred, eu...

— CORTA.

Atrás da câmera, Dinda repete "CORTA" aos gritos durante o trajeto de quarenta metros até o ponto onde eles estão quase colados um ao outro. Fred dá um passo para trás, e Lalo quer explodir.

— O QUÊ?! — reclama Lalo.

— Precisamos ir. Temos um cronograma — diz Dinda, esbaforida. Ela aponta uma prancheta acusatoriamente para os dois. — Já estamos atrasados porque os bonitos resolveram sair pra caminhar. A van está esperando vocês.

Uma pressão atrás da testa anuncia a chegada de uma dor de cabeça. Ele estreita os olhos para Dinda, tentando decifrar se há algo por trás do que a produtora-executiva está dizendo, mas então Fred puxa sua mão e diz:
— Me conta depois.
Lalo vira o rosto para encará-lo.
— Não vai levar um segundo.
— Me conta depois — insiste ele. — Nós temos tempo.
Na fração de segundos em que se entreolham, o coração de Lalo perde o compasso. Ele assente.
— Nós temos tempo — confirma.
— Bom, se os namoradinhos já terminaram... — Dinda, com as mãos apoiadas nos flancos e a testa emplastrada de suor, ralha. — Será que podemos ir?
Fred e Lalo, ainda de mãos dadas, dão meia-volta.

A dor de cabeça chega com força total assim que Lalo sai do banho, os pensamentos ribombando no crânio como os alto-falantes de um paredão. Felizmente, Tati carrega uma cartela de analgésico em um dos muitos bolsos do cinto de maquiagem. Quando está na hora de gravar, Lalo tem uma nova camada de protetor solar, base, pó e o alívio dos primeiros efeitos do remédio.

O sol de fim de tarde pinta o topo dos edifícios ao redor de um laranja intenso e o céu ainda cultiva o azul brilhante. A cobertura do hotel reserva uma piscina imensa com bar, espreguiçadeiras com guarda-sóis entre coqueiros envasados espalhadas pela beirada e uma vista privilegiada para o mar. A movimentação de hóspedes é pequena, mas intensa. Alguns sacodem os pés na beira da piscina, outros bebem e riem nas banquetas do bar. Um casal está apoiado na murada de vidro, assistindo ao cair do sol.

Lalo põe os óculos escuros e procura pelo seu encontro do dia.

Rafaela está sentada em uma namoradeira de fibra de palha, linda com um vestido branco de linho esvoaçando nos tornozelos. Ele acena quando a vê, arrancando um sorriso da garota.

— Que lugar incrível! — diz Rafaela, abrindo espaço para Lalo. — Olha só essa vista, sério. Precisamos de uma foto aqui.

Lalo dá seu melhor sorriso para a foto. Rafaela tira uma selfie dos dois, a paisagem servindo como o pano de fundo perfeito para uma foto romântica. Um garçom aparece de repente, trazendo duas taças de champanhe em uma bandeja de prata. Tanto o uniforme do garçom quanto os guardanapos e as taças contêm a logo do hotel. Lalo e Rafaela brindam, garantindo que o nome do hotel esteja bem visível para as câmeras, e só quando a produção faz um sinal de joinha eles voltam à familiaridade do encontro.

— Você aproveitou o dia? — pergunta Lalo, girando o tronco para encará-la.

Rafaela imita o movimento, trazendo os pés para cima da namoradeira, e assente.

— Foi muito bom.

— Percebi um clima estranho entre vocês... — arrisca Lalo. Rafaela abaixa os olhos para os dedos sobre o colo. — Tá tudo bem se não quiser falar. Só pensei em perguntar pra saber se posso ajudar em alguma coisa.

— Não, é... — Rafaela suspira. — Algumas verdades vieram à tona durante a prova hoje. Não me orgulho muito desse momento. O Fred ficou bem chateado.

Lalo cobre a mão nervosa de Rafaela com a sua. Ela ergue os olhos, mas só por um instante. Suas bochechas ganham um tom rosado e ela usa a mão livre para ajeitar uma mecha de cabelo atrás da orelha.

— Tem muita coisa acontecendo, e esse programa mexe com a gente. Tenho certeza de que ele entende isso — diz Lalo.

— Quero conversar com ele depois do nosso encontro, limpar os ares. Gosto muito do Fred. — Ela gira o pescoço de um lado para o outro, ansiosa. — Não devíamos estar indo para o navio? Tá quase na hora de... — A compreensão cai sobre Rafaela, pesando suas pálpebras enquanto ela traga o ar profundamente. — Essa é a eliminação, não é?

Lalo fecha os olhos, refletindo sobre como Rafaela se importa tanto com ele, como ela transita entre o grupo com tamanha naturalidade e é sempre gentil com todos.

Em nenhuma outra eliminação ele sentiu vontade de chorar. Ele eliminou desconhecidos, quem estava interessado demais, ou pessoas com quem ele não tinha nada em comum. Luiz foi o único com quem sentiu algum traço de tristeza. Mas eliminar Rafaela dá um nó na garganta e faz seus olhos arderem.

— Eu gosto muito de você, Rafa.

— Queria ter me despedido dos meninos... — lamenta ela.

— Sinto muito. Eu não queria te magoar.

— Tudo bem. Eu meio que já sabia. Tá bem óbvia qual é a sua escolha — diz Rafaela, o tom gentil.

Lalo franze o cenho.

— Você não beijou ninguém além dele no programa. Bom, pelo menos até hoje... E eu vi o modo como você olha pra ele. E como ele olha pra você. — Oferecendo um sorriso melancólico, Rafaela vira a mão sobre o colo, de modo que sobreponha a mão de Lalo, e a aperta. — Eu já fiz as pazes com isso há um tempo, então não precisa ficar chateado por me magoar. Eu tô bem. — Rafaela sorri abertamente, as lágrimas iluminando ainda mais os olhos castanhos.

Sem saber se deveria ou não, Lalo envolve Rafaela num abraço. Ela o recebe de braços abertos, apoiando o queixo em seu ombro e fungando baixinho. Lalo quase quebra.

— Fica bem, viu? — sussurra ela.

— Você também. Vou sentir saudades — responde ele, no mesmo tom, ao pé do ouvido.

Quando eles se separam, os dois têm os rostos marcados pelo choro. Lalo leva a mão de Rafaela aos lábios e a beija. A

garota solta uma risadinha. Eles trocam um olhar carregado de carinho e despedida.
— Obrigado por ter vindo até aqui, Rafa.
— Seja feliz, Lalo.

Trechos das entrevistas com os participantes do *Love Boat Brasil*

TEMPORADA 1, EPISÓDIO 9

Rodrigo Casaverde: Rafaela, antes de tudo, obrigado pelo seu tempo conosco no *Love Boat Brasil*.
Rafaela: Eu é que agradeço o convite.
Rodrigo Casaverde: Como você se sentiu com a eliminação?
Rafaela: Eu meio que já suspeitava que iria pra berlinda. Meia dúzia de bichinhos de papel dobrado contra uma gravura em coco, uma almofada em formato de coração e uma dança sensual? Não tive a menor chance. Mas a eliminação em si... foi como disse pro Lalo, tá tudo bem. Entendo por que fui eliminada. A escolha dele tá bem óbvia.
Rodrigo Casaverde: Pode parecer que sim, mas eu não diria que o jogo tá ganho.
Rafaela: Ah, sim. Ainda tem o Nicolas, né? Aquele beijo...

Rodrigo Casaverde: Parabéns por ter vencido a escolha do público e levado a imunidade!
Jonathan: Obrigado, Rodrigo!
Rodrigo Casaverde: Você é realmente um artista. Até o próprio Lalo confiou que você levava essa prova.
Jonathan: É sério? Tipo, não duvido que ele tenha confiado em mim, o Lalo é muito atencioso e sempre quer saber mais sobre minha arte. O cara é gente boa demais.
Rodrigo Casaverde: Empolgado para mais um dia a bordo do *Love Boat*?
Jonathan: ...
Rodrigo Casaverde: Precisa de alguma coisa, Jonathan?
Jonathan: O que eu queria mesmo agora era conversar com o Lalo.

Rodrigo Casaverde: Em breve. Podemos saber sobre o que você gostaria de conversar?
Jonathan: Sentimentos. Acho que... *urrum*... tá na hora de eu me abrir com ele.

Rodrigo Casaverde: O que foi aquela surpresa, Nicolas? Você deixou todo mundo de queixo caído, foi o segundo mais votado pelo público — e também garantiu a permanência no programa —, e seu vídeo dançando já recebeu mais de 10 mil curtidas!
Nicolas: (rindo) Que bom que todo mundo gostou, mas minha única preocupação é que o Lalo tenha gostado.
Rodrigo Casaverde: Tenho certeza de que sim. Sinto que, depois daquele encontro especial, vocês se aproximaram bastante. Rolou até beijo!
Nicolas: Isso é. Ter o Lalo só pra mim, ainda que só por algumas horas, foi um sonho. Nunca encontrei alguém como ele, tão carinhoso e atencioso. Ele garantiu que eu estivesse hidratado por causa do calor, sugeriu que fôssemos nadar... O beijo, então... nossa... foi no calor do momento, mas sei que ele também sentiu que temos algo especial.
Rodrigo Casaverde: Você acha que é "O Escolhido", então?
Nicolas: ...
Rodrigo Casaverde: Nicolas...?
Nicolas: Nada, só acho curiosa a sua escolha de palavras. Enfim, eu não seria tão arrogante a ponto de sair por aí dizendo que eu sou "O Escolhido". O jogo continua. Não sei quem sai, mas é um competidor a menos.
Rodrigo Casaverde: Quem você acha que sai hoje?
Nicolas: Posso te dizer quem eu gostaria que saísse?
Rodrigo Casaverde: Vale tudo.
Nicolas: Fred.

Vinte e seis

O *Love Boat Brasil* é, em suma, uma overdose de festas.

Não que Fred não goste de festas, pelo contrário. Mas ele ainda está abalado pelo beijo de Lalo e Nicolas na prova e a conversa com Lalo na praia. No entanto, ao chegar no navio, os participantes foram instruídos a deixarem as malas com as etiquetas de identificação e irem direto para o deque dezenove, onde funk carioca explode das caixas de som.

Depois de roubar uma porção de batatas fritas recém-colocada na bancada, Fred decide procurar pelos colegas de quarto no bar. Ele ronda o lugar, mas não os encontra. Há um parque aquático sobre as ondas em frente ao bar, mas os únicos que se aventuram são os hóspedes. Ele duvida que Rafaela ou Jonathan estejam ali.

Ele abaixa o cesto vazio de volta no bar, mastigando a última batatinha, e pede uma Coca-Cola quando uma voz conhecida o faz virar o pescoço.

— Jonathan! — exclama Fred, controlando a animação ao perceber quem está do outro lado. — Nicolas. Oi. Estava procurando vocês.

— Fred, oi! — Jonathan ignora o barman que coloca um drinque à sua frente e o encara, o cenho franzido. — Escuta, sobre o que o Nicolas falou mais cedo...

— Ah.
— Ele não mentiu. Bom, não exatamente. — Jonathan limpa a garganta e se aproxima, falando um pouco alto demais no ouvido de Fred. — A verdade é um pouco diferente do que ele deu a entender. Eu queria poder contar tudo para você, mas não é um segredo só meu para contar. Espero que você entenda. Mas quero que saiba que eu gosto de você. E, se você topar, podemos ser amigos fora daqui? A Rafa e eu gostaríamos disso.

Fred se afasta e encontra sinceridade brilhando nos olhos escuros de Jonathan. Ele abre um sorriso e joga os braços ao redor de Jonathan, que dá uma risadinha.

— Eu gostaria *muito* disso — diz Fred, apertando o abraço.

Por cima do ombro de Jonathan, Fred arrisca um olhar para Nicolas. O rapaz bebe outro dos seus terríveis sucos de tomate, não demonstrando qualquer interesse naquela conversa.

— Você viu a Rafa? — Jonathan quer saber. — Eu ainda não a vi e está quase na hora do navio zarpar.

— Não, eu vim sozinho.

Jonathan solta o ar, finalmente pegando o drinque e brincando com o canudo. Mordendo o canto do lábio, Fred apoia os cotovelos no balcão do bar e esquadrinha a multidão. Um frio agita seu estômago ao reparar em Lalo caminhando ao lado do seu produtor, a aparência abatida. Ele se empertiga, desconfortável.

Ah, não.

— O Lalo já voltou — aponta Jonathan, erguendo os olhos da bebida —, talvez ela tenha vindo com ele.

Fred e Nicolas trocam um olhar soturno. Eles sabem. Jonathan chega à mesma conclusão, os lábios se partindo e os olhos perdendo um pouco do brilho. Ele vira o drinque em um único gole, sequer se importando com o excesso que escorre pelo canto da boca e molha a camisa, e deixa o bar às pressas, visivelmente transtornado.

Driblando a equipe do programa, Fred o segue em direção à cabine com Nicolas em seu encalço.

Quando chegam lá, Jonathan olha ao redor, agachando-se para espiar debaixo dos móveis, batendo na porta do banheiro, até que, por fim, se deixa cair sentado na cama de Rafaela.

— As malas dela não estão aqui — reclama Jonathan e faz um muxoxo, encarando as próprias pernas.

Fred toma a dianteira, agachando-se frente a Jonathan e pousando uma mão no joelho do rapaz. Do outro lado do quarto, Nicolas continua parado, a cabeça baixa.

— Todos nós saímos com nossas malas, Jonathan — começa Fred, baixinho, buscando os olhos de Jonathan. — A pessoa eliminada não voltaria para o navio. Nós falamos sobre essa possibilidade ontem quando desembarcamos, lembra?

— Ela deve voltar pra casa de avião — complementa Nicolas, parando ao lado de Jonathan e pousando uma das mãos em seu ombro. — Não faria sentido ela voltar para o navio sendo eliminada.

— Ela tinha que estar aqui! — insiste Jonathan. — Vocês não entendem... — Ele sacode a cabeça de um lado para o outro. Fred quer consolá-lo, mas não sabe como, então continua parado com a mão em seu joelho, dando-lhe apoio. Por fim, Jonathan cobre a mão de Fred e o fita com olhos tristes. — Valeu pelo apoio, mas eu quero ficar sozinho. Preciso de um tempo.

— Sabe onde encontrar a gente se precisar — diz Fred, pressionando o joelho de Jonathan e dando um sorriso gentil.

Nicolas espera por ele do lado de fora da cabine. Mais uma vez, seus olhares se encontram, perguntas nubladas por sentimentos conflituosos e, portanto, emudecidas.

Na festa, cada um vai para um lado. Ele não quer estar ali, mas pela maneira como uma jovem da equipe do programa urge em guiá-los para a festa ao encontrá-los no corredor, parece não ter outra opção.

Tão logo ele chega ao bar na intenção de entorpecer os pensamentos com álcool e batata frita, o barman desliza um copo de mojito com um guardanapo manchado de tinta azul para suas mãos.

Fred arqueia as sobrancelhas.

— Pediram para te entregar. Lê o guardanapo — diz o barman, lançando uma piscadinha.

Só Lalo poderia pedir para lhe entregarem um mojito.

Fred abre o guardanapo, agora molhado pela condensação do gelo na bebida, e lê a mensagem.

Me encontra na cabine daqui uma hora.

O bater de asas de um milhão de borboletas em seu estômago faz Fred se sentir um pouco desnorteado. Ele esquadrinha o salão atrás de Lalo, a camisa lilás, os óculos escuros, o cabelo brilhoso. Nada.

Uma hora.

Ele sente como se pudesse gritar de ansiedade.

Fred pesca o celular no bolso e ajusta um temporizador.

Ele pode esperar por uma hora.

Só não sabe como vai aguentar até lá.

No fim das contas, Fred bebe o mojito de Lalo e se joga na pista de dança.

Toc-toc-toc.

Diferente da primeira vez em que esteve na cabine de Lalo, o nervosismo que faz Fred trocar o peso do corpo de um pé para o outro pouco tem a ver com a possibilidade de alguém flagrá-lo entrando naquela cabine.

Felizmente, Lalo não demora a abrir a porta.

Ele ainda está usando a camisa lilás da festa, e a maneira como a cor destaca o castanho dos olhos é de tirar o fôlego.

— Você veio mesmo! — diz Lalo, surpreso.

Fred apenas o encara. Agora que está aqui, frente a frente com Lalo, ele não sabe muito bem o que dizer. *É absurdo o efeito que este homem tem sobre mim*, pensa. Ele quer sentir os cabelos de Lalo entre os dedos, tocá-lo no rosto, sentir o calor cruzar as barreiras de um corpo para o outro.

— Não achei que a mensagem fosse chegar. — diz Lalo, abrindo passagem para Fred. — Isso é tão coisa de filme.

Inspira. Expira.

Com a cabeça no lugar, ou tanto quanto possível, Fred abre um sorriso e entra.

— Você tá nervoso — constata Lalo.

Fred imediatamente olha para as próprias mãos. Ele solta uma risada nervosa e, por um segundo, quer bater com a própria cabeça na parede.

— Acho que *estou* um pouco nervoso — admite ele, contentando-se apenas em encostar a cabeça na parede, o rosto virado para fitar Lalo. — Muita coisa aconteceu nas últimas 24h e eu tô sentindo como se não soubesse lidar com nada disso.

— Fiquei sabendo da treta durante a prova — diz Lalo, as costas apoiadas na porta e as mãos escondidas atrás do corpo. — A Rafa não me contou os detalhes, mas deu a entender que foi feio.

— Como foi com... ela?

— Difícil. Gosto muito dela, mas... Fred, precisamos conversar.

— Me deixa falar antes?

Lalo assente.

— Não sei como dizer isso sem parecer um pouco ridículo. — Fred ri. O nervosismo ameaça tomar conta, então ele começa a caminhar pelo quarto enquanto fala. — A gente tinha um acordo com uma regra bem clara. Você tem seus objetivos aqui e eu tenho os meus. E achei que a gente conseguiria se ajudar, que eu seria capaz de levar isso adiante sem quebrar o nosso trato. — Fred para diante da porta da varanda e olha o chão, onde seus passos marcam um círculo no carpete. Ele busca os olhos de Lalo, paralisado no mesmo lugar, e sente um choque com a intensidade com que o olhar dele captura o seu. — Lalo, eu gosto de você. Muito. Mais do que deveria. Eu... tô apaixonado por você.

Ele suspira.

— Sei que isso atrapalha nossos planos porque não era o que você queria. Inferno, não era o que *eu* queria. Mas aconteceu e não consigo parar de pensar em você ou impedir meu corpo de reagir ao seu quando estamos perto, e eu deveria saber, deveria ter *pensado*. E agora tô falando igual uma matraca, mas precisava que você soubesse o que sinto, e que se você não sentir o mesmo, tudo bem, mas seja lá o que acontecer, estou do seu lado e vou te ajudar como puder.

Fred deixa o peso do corpo puxá-lo para o sofá e finalmente respira. Ele apoia os cotovelos nos joelhos e embala a cabeça nas mãos com um grunhido.

— Ugh! Não era assim que eu tinha planejado te falar isso.

— Quanta... coisa.

— E sobre você e o Nicolas, eu...

— Não aconteceu nada entre a gente.

Fred gira o pescoço tão rápido que ouve um estralo.

— Quê?

— O Nicolas foi me visitar. Não sei se ele queria que alguma coisa acontecesse, mas o que rolou de verdade foi uma conversa muito bonita e vulnerável sobre o passado e o que queremos para o futuro. Ele é um cara muito carinhoso, sabia?

O queixo de Fred cai.

— Aquele filho da puta me fez acreditar que tinha rolado algo a mais!

— Não achei que você sentisse ciúmes — brinca Lalo.

— eu não... — Fred morde o lábio inferior, refreando um sorriso. Quando fala, há vulnerabilidade em sua voz. — Olha, eu estava com o coração partido e me deixei levar, mas queria conversar com você antes de ter certeza. E todo mundo sente ciúmes. Pelo menos um pouquinho.

Um sorri para o outro.

— Ok, este sou eu te passando o microfone agora — anuncia Fred, esfregando as palmas das mãos no shorts. — Você queria falar comigo, né?

— Não sei o que falar depois de toda essa... revelação.

— Por favor! Eu já tenho material o suficiente para passar vergonha pelo resto da vida — suplica Fred.

— Eu não consigo parar de pensar em você — confessa Lalo após um momento, a voz rouca. Em poucas passadas, Lalo corta o espaço entre eles e se junta a Fred no sofá. — Também não sei quando isso aconteceu, mas você... você é a única pessoa com quem quero dividir meus segredos. A única com quem me sinto bem em ser eu mesmo. Me sinto confortável com você de um jeito que não me sinto com outras pessoas. Eu te busco aonde vou e sempre que te encontro, fico feliz. Quando estou perto de você, não sei, eu me sinto vivo. Elétrico. Leve. Você é... Eu acho que tô tentando dizer que eu...

— Tá tudo bem. Use as palavras.

Lalo exala uma risada nervosa.

— A gente realmente se sente um pouco ridículo falando isso em voz alta, não é?

— Eu confio em você.

— Tô apaixonado por você, Fred.

Fred acha que os cantos da boca podem rasgar se ele sorrir um pouco mais. Então, ele lembra. Aos poucos, o sorriso se desmancha, e ele precisa de muita força de vontade para não desviar os olhos para o chão.

— Não quero ser estraga-prazeres, mas onde fica o Victor nessa história toda?

Lalo cerra os olhos com força, como se a menção ao nome de Victor abrisse um corte em sua pele. O coração de Fred pulsa nos ouvidos. De repente, ele fica com medo. Medo de que Lalo retire o que disse ou que, independentemente do que tenha ouvido, precise manter o objetivo de voltar para Victor. Não faz muito tempo que Fred esteve neste mesmo quarto ouvindo Lalo falar sobre o ex ter visto seus stories. Por que ele puxou esse assunto? Burro, burro, burro.

Com uma respiração profunda, Lalo abre os olhos.

— Eu não sei — admite Lalo num suspiro, um vinco formando-se entre as sobrancelhas. Ele pisca, e seus olhos errantes encontram foco. — Mas alguém muito especial me disse para entrar nisso de cabeça, então acho que é isso o que eu tô escolhendo fazer agora.

Eles ficam parados, encarando um ao outro, levemente ofegantes. De propósito, Fred encosta o joelho no de Lalo e, aos poucos, eles estão se tocando — pernas, dedos, mãos.

Lalo exala, e o cheiro de hortelã e rum em seu hálito deixa Fred um tanto inebriado.

— Eu quero muito te beijar agora.

— E a regra de não nos beijarmos? — provoca Fred.

— Sei que disse que não deveríamos, mas...

Fred o silencia com uma careta.

— Lalo, eu tô há dias querendo que você me beije. Por favor, ignora as minhas piadas e me beija logo.

É como da primeira vez, quando Lalo o beijou de surpresa lá no parque.

Por um instante, ele está tão maravilhado que só consegue ficar ali parado, sendo beijado. A boca de Lalo é macia e, quando suas línguas se tocam, um gemido escapa do fundo da garganta de Fred, e ele sente que finalmente vai entrar em combustão.

Ele envolve o pescoço de Lalo com as mãos, enlaçando os dedos atrás da nuca. Eles se encaixam, Fred e Lalo, como duas peças de quebra-cabeça: as pernas coladas e presas por músculo e calor, os cotovelos apoiados nos ombros enquanto os dedos se afundam cada vez mais nos cabelos de Lalo, uma das mãos de Lalo explorando a cintura de Fred antes de deslizarem uma para a base das costas e a outra, para a do pescoço.

Antes, Lalo estava certo de que Fred não queria se apaixonar. Agora, ele está tão perdidamente apaixonado por Lalo que o alívio dos lábios dele nos seus é igualmente proporcional à angústia de não estarem próximos o suficiente.

Os pulmões de Fred doem com a falta de ar.

Ele não se importa.

Mas quando seus lábios estão quase dormentes de tão sensíveis, ele pisca e encontra os olhos de Lalo cravados nos seus. Eles sorriem com as testas coladas, ofegantes.

Lalo dá uma risadinha.

— Por que agora sou eu quem está nervoso? — sussurra ele, a boca roçando de leve na de Fred, o suficiente para enviar um arrepio por todo o seu corpo.

Fred engole em seco, tracejando com dedos trêmulos a linha do maxilar de Lalo.

— Sei o jeito perfeito de a gente relaxar — sussurra Fred de volta.

Dessa vez, Fred mergulha em Lalo com um beijo lento, delineando os lábios dele com a língua antes de capturar o inferior com a boca. Lalo geme baixo e rouco, um som que alimenta Fred de desejo.

Fred sente os músculos de Lalo por debaixo da camisa, encontrando pontos sensíveis que fazem Lalo gemer contra sua boca, e ele torna sua missão pessoal extrair o máximo que puder de sons como esses. Fred desce para o pescoço de Lalo. Ele alterna entre lambidas, mordiscadas e sugadas, sentindo o gosto salgado do suor na pele, enquanto os dedos invadem a camisa aberta de Lalo, acariciando a pele macia do peitoral. Pela maneira como Lalo arqueja e treme embaixo dele quando rodeia e belisca um mamilo entre a ponta dos dedos, Fred sabe que virou a chave de Lalo.

Subindo no colo dele, Fred o empurra até que ele esteja completamente recostado no sofá. Com um sorrisinho diabólico, abre a camisa de Lalo e distribui beijos pelo peito do rapaz, ouvindo a respiração dele falhar quando ele provoca o mamilo sensível de Lalo com a ponta da língua em círculos lentos antes de abocanhá-lo e sugá-lo.

— Fred... — choraminga Lalo, arqueando as costas ao mesmo tempo que enterra os dedos nos ombros de Fred.

Ele continua. A boca atravessa o peito da esquerda para a direita, repetindo o processo, para o completo deleite de Lalo. As mãos de Fred exploram a cintura e a barriga de Lalo, fisgando o cós da bermuda dele com os dedos.

Montado em Lalo, ele sente o que o aguarda, mas ele quer — não, ele *precisa* — tocá-lo. Fred se ajoelha em frente a ele, encarando-o de baixo.

— Posso? — pergunta, a voz rouca, massageando as panturrilhas e as coxas grossas de Lalo.

Lalo umedece o lábio inferior com a ponta da língua e faz que sim com a cabeça.

O mundo se reduz a pele bronzeada, músculos e tatuagens conforme Fred baixa os olhos até o volume na bermuda de Lalo. Ele precisa de todo o seu autocontrole para desatar o laço que prende a bermuda tão baixo na cintura que os primeiros centímetros de pele pálida e pelos escuros começam a aparecer. A tatuagem de pássaro finalmente se revela por completo, as asas abertas abraçando as linhas firmes do oblíquo, a cabeça timidamente inclinada para baixo, o bico como uma seta encorajando Fred para onde olhar. Fred não pode impedir os dedos de traçarem o contorno da tatuagem, sentindo a pele macia e quente de Lalo, que ofega baixinho sob seu toque, e engole em desejo ao descer o olhar.

Por debaixo da bermuda, uma cueca slip preta luta contra a ereção de Lalo.

Um arrepio sacode o corpo de Fred. Puta merda, quando foi a última vez que ele sentiu uma atração tão intensa por alguém?

Com as palmas das mãos, Fred acaricia e massageia os músculos de Lalo, apertando os dedos na parte externa das coxas enquanto beija a parte interna, deslizando a ponta da língua pela virilha exposta. Ele ignora a própria dor do pau preso dentro da cueca — o prazer de fazer Lalo se sentir bem, contorcendo-se, gemendo, a respiração entrecortada, é mais do que suficiente. Quando Lalo respira fundo, Fred puxa lentamente o tecido da cueca para o lado. Ele traz Lalo para baixo, apoiando as pernas do rapaz em seus ombros, e enterra o rosto ali.

Lalo para de respirar quando a língua de Fred traça o caminho entre suas nádegas. Ele começa devagar, circulando o músculo sensível, desenhando formas invisíveis que fazem Lalo emitir um gemido tão alto que ele mesmo quase goza. Mas ainda é pouco. Muito, muito pouco.

Fred se afunda em Lalo, as mãos firmes na cintura do rapaz, ao passo que Lalo executa a sinfonia mais erótica que ele já ouviu. Quando Fred enfim volta a encará-lo, deixando mordidinhas em ambos os lados da bunda redonda de Lalo, é com um sorriso no rosto.

O rosto de Lalo é um desmantelar de emoções.

— Você tá bem?

Lalo engole em seco em meio a respirações curtas.

— S-sim.

— Que bom. Porque eu ainda não acabei.

Num movimento rápido, Fred se livra da cueca de Lalo, ligeiramente arrependido por não ter apreciado a maneira como aquele pequeno pedaço de tecido deve emoldurar tão bem a bunda do outro. Ele resvala os dedos pelo trecho de pele coberto de pelos finos e curtos, sentindo o corpo de Lalo estremecer. Fred volta a ficar de joelhos, uma das mãos espalmada na base do pau de Lalo enquanto a outra massageia suas bolas.

— Você está se sentindo bem, Lalo? — busca saber, a voz embebida de tesão.

Lalo maneja apenas um "aham" fraco.

Fred lambe a extensão do pau de Lalo, terminando na ponta. Ele brinca com a língua, circulando-a antes de abocanhá-lo.

Fred o chupa devagar, e Lalo arqueja, enrolando os dedos no cabelo de Fred, que geme em contentamento, e empurrando o pau fundo em sua garganta.

— Se você continuar, eu vou gozar — avisa Lalo, ofegante.

Fred tateia o corpo de Lalo, puxando-se para cima enquanto deixa um rastro de beijos na barriga e peito do rapaz.

— Eu *quero* que você goze — instiga Fred, mordiscando o lóbulo da orelha de Lalo, esfregando a própria ereção contra a dele.

Lalo solta um suspiro trêmulo.

Fred aproveita para desabotoar a camisa de Lalo até o fim, empurrando o tecido para longe dos ombros fortes.

— Que foi? — provoca Fred, mordiscando o ombro do rapaz. — O que aconteceu com o cara que me disse que ficaria por cima?

— Então você *quer* que eu fique por cima?

Fred não tem tempo de responder. A provocação desencadeia uma reação que ele não previu. De repente, Lalo o prende em um abraço e se levanta do sofá, segurando-o no colo. Fred enrola as pernas na cintura dele, temendo cair, mas adorando senti-lo tão próximo.

Lalo o deita na cama, pairando de quatro sobre Fred com um sorrisinho.

— Minha vez — diz ele.

Não há espaço para lentidão quando Lalo está no controle.

Ele beija o pescoço de Fred, deslizando a boca pela garganta até o colarinho da camiseta. Uma das vantagens das regatas: sempre há muita pele à mostra. Ainda assim, Lalo é ágil com os dedos, despindo-o da camiseta ao mesmo tempo que explora a pele de Fred, traçando as linhas retas humildes do oblíquo, do abdômen e do peitoral. Lalo divide-se entre beijar, lamber e chupar a lateral do corpo de Fred de baixo para cima, arrancando um misto de gargalhadas e arquejos de Fred. Quando Lalo toma seu mamilo entre os dentes, pressionando a bunda contra o volume de Fred, o garoto precisa ter o cuidado de desviar os pensamentos para não explodir na cueca.

— Pelo amor de Deus, me chupa logo!

Fred sente o hálito de Lalo quando ele ri contra a pele do seu estômago.

Obediente, Lalo se senta sobre os calcanhares aos pés de Fred. Ele puxa a bermuda de Fred primeiro, arqueando uma sobrancelha.

— Não é jockstrap — diz Fred, apoiando-se nos cotovelos para encarar Lalo. — Só parece.

— Ah.

— Por favor, não pareça nem soe decepcionado enquanto olha pro meu pau, obrigado. Sou complexado.

Lalo gargalha, um som grave e melodioso que envia arrepios pela coluna de Fred.

— Só pra constar, eu adoraria te ver numa jockstrap — confessa Lalo, soando incrivelmente tímido e excitado ao mesmo tempo enquanto brinca com o elástico da cueca de Fred.

Os olhos de Lalo se demoram em Fred conforme puxa a cueca dele até os joelhos. Ele dobra o corpo grande e, sem cerimônia, toma o pau de Fred com a boca. O prazer de sentir os lábios macios de Lalo em sua pele é tamanho que Fred fecha os olhos, suga o ar pelos dentes e empurra a cabeça contra o travesseiro. Quando os reabre, Fred assiste, hipnotizado, aos músculos dos ombros e costas de Lalo ondularem enquanto o rapaz desliza a boca vagarosamente pelo seu pau.

Um arrepio gélido eriça os pelos de Fred, fazendo-o puxar Lalo gentilmente pelos cabelos até que seus olhos estejam no mesmo nível. Ele encontra os olhos castanhos de Lalo chispando, duas labaredas âmbar ardendo de tesão.

— Eu tenho camisinha — diz Lalo, a voz enrouquecida.

— Deus é bom o tempo todo!

Lalo se estica sobre Fred em direção à gaveta da mesa de cabeceira. Estar tão perto do corpo nu de Lalo, sentindo o calor irradiar dele, e não beijar cada centímetro de pele que ele pode é impensável. Entre beijos e lambidas, Fred o abraça pela cintura, persuadindo-o a voltar para seu colo roçando o pau na bunda de Lalo.

Quando voltam a se encarar, há um gemido silencioso preso nos lábios de Lalo.

Ele abre a embalagem e fica de joelhos por um momento. Posiciona a camisinha na cabeça do pau de Fred, desenrolando-a com os dedos e a boca até a base. Lalo o provoca desenhando círculos em suas bolas, e Fred precisa dizer a si mesmo para não explodir ali.

De volta ao colo de Fred, com um sorrisinho convencido, Lalo rasga o pacote de lubrificante e encontra seu olhar.

Agarrado às coxas de Lalo, o coração de Fred dispara.

Lalo leva os dedos lambuzados de lubrificante até sua entrada, então segura firme o membro de Fred e o masturba, espalhando o gel sobre a camisinha. No instante em que ele entra e sente o calor do íntimo de Lalo, os olhos giram nas órbitas. Lalo está tenso no início; ele morde o lábio inferior e joga a cabeça para trás, arquejando.

— Isso, lindo — sussurra Fred, massageando suas coxas, tocando seu estômago e acariciando seu peito. — Relaxa. Vamos no seu tempo.

Fred murmura e o toca até senti-lo relaxar por dentro. Então, Lalo começa a se mover, rebolando devagar, e Fred finca os dedos na cintura do rapaz, exalando um "puta que pariu…" que arranca uma breve gargalhada de Lalo.

— Gostando de me ter por cima? — pergunta Lalo com as mãos no peito de Fred.

Fred balbucia alguma coisa, estremecendo quando Lalo empina a bunda para trás e escorrega ainda mais fundo nele. De repente, Fred sente as mãos de Lalo em seu rosto. Ele abre os olhos. O desejo está ali, ardente e inegável, mas também há uma doçura que o desmonta por um segundo.

— Eu gosto muito de você — fala Lalo baixinho.

Mantendo uma das mãos na cintura do rapaz, Fred aninha a nuca de Lalo com a outra e puxa o rosto do garoto até suas respirações se confundirem.

— Eu gosto muito de você — responde Fred no mesmo tom, encostando os lábios nos de Lalo ao falar.

Ele sente o sorriso de Lalo quando se beijam, seus corpos colados um ao outro. Eles se movem juntos, devagar a princípio, em movimentos complementares, sem quebrar o beijo. Então, Lalo se levanta, as mãos espalmadas no peito de Fred, e toma o controle da situação.

— Ca... ra... lho...! — Fred deixa escapar entre arquejos, guiado unicamente pela sensação do corpo de Lalo.

Lalo é uma obra de arte cavalgando em cima dele, seus gemidos, uma doce melodia. A maneira como Lalo se entrega para ele, o beijo queimando nos lábios, o suor chuviscando sobre ele quando Lalo quica ou ele mete com Lalo no ar, o som de suas peles colidindo.

Como algo pode ser tão além do esperado e, ainda assim, insuficiente?

Fred precisa beijá-lo de novo.

Enquanto os lábios se unem, deitados um em cima do outro, Fred gira na cama e fica por cima. Com um tranco forte, Fred puxa o corpo de Lalo para baixo e encaixa os joelhos do rapaz em seus ombros. Lalo arqueia as sobrancelhas, impressionado, e pressiona os lábios para reprimir um gemido ao sentir Fred deslizar para dentro novamente.

— Mais... — pede Lalo.

Fred vai até o fim, sentindo-se inteiro em Lalo. Por um momento, os dois apenas respiram rápido, Fred pulsando dentro de Lalo ao passo que os músculos se contraem, apertando o pau de Fred.

Fred alterna com reboladas e estocadas, criando pressão no mesmo ritmo em que os gemidos de Lalo aumentam de velocidade, e Fred precisa sussurrar "respira, lindo" como um lembrete quando Lalo revira os olhos. Ele se agarra firme a uma perna de Lalo e curva-se sobre o rapaz, usando a mão livre para beliscar um mamilo de Lalo entre o indicador e o polegar e circular e chupar o outro com a língua.

Em algum momento, Lalo começou a se masturbar.

— Eu tô quase... — ofega Lalo.

— Onde você quer que eu goze? — responde Fred.

— Onde quiser, bebê.

Com uma longa e profunda estocada final, Fred sai de Lalo, tira a camisinha e segura os paus dos dois nas mãos em punho, masturbando ambos ao mesmo tempo. Ele deita a cabeça no ombro de Lalo, que vira o pescoço para beijá-lo até suas respirações ficarem cada vez mais rápidas e seus corpos se retesarem quando gritam e grunhem, o gozo explodindo sobre os peitos e as barrigas suadas.

Emaranhados um no outro, clamando por ar, o tempo deixa de existir.

Ainda sentindo-se um tanto zonzo, Fred acaricia o rosto de Lalo de olhos fechados, polvilhando beijos estalados em sua mandíbula, bochecha, no canto dos lábios, que desponta um sorriso exausto, porém satisfeito.

— Se eu não tivesse dito que estava apaixonado por você antes... — diz Fred, aninhando-se em Lalo quando ele ri e o abraça.

— Acho que teríamos nos apaixonado agora — completa Lalo, entrando na brincadeira. Ele ergue o queixo de Fred com as pontas dos dedos, e seus olhos são brasas ainda ardendo na escuridão do quarto quando se encaram. — Mas estou feliz de ter percebido isso antes.

Eles ficam abraçados na cama por sabe-se lá quanto tempo, gratos pela brisa do mar apaziguando o calor em suas peles e sem se importarem com a porra escorrendo sobre os lençóis. Fred só sabe que Lalo ainda está acordado quando o rapaz o puxa para mais perto, como se qualquer milímetro de distância entre eles lhe causasse dor física, e beija sua testa.

Enquanto vê a luz do céu lá fora clarear, Fred reza para que o tempo pare e tudo o que exista seja ele e Lalo, nesta cama, com as pernas e as mãos entrelaçadas, sem nenhum espaço entre eles, físico ou emocional.

Vinte e sete

Lalo se estica sobre a cama, tateando os lençóis em busca de Fred, até lembrar que ele escapou para o próprio quarto horas atrás. De barriga para cima, puxa o travesseiro ao lado e o abraça, inalando o cheiro do rapaz com quem passou a noite.

Um sorriso toma conta de seus lábios.

Ainda é cedo, Lalo sequer dormiu três horas, mas ele está cheio de energia.

Uma ducha depois, ele está na academia, puxando ferro e correndo tão rápido na esteira que atinge a meta de cinco quilômetros em pouco mais de quinze minutos. No banho, ele se toca, rememorando o prazer provocado pelas mãos de Fred. Quando é hora do café, ele é um dos primeiros a chegar ao restaurante. E quer saber? Ele vai comer bacon, panquecas americanas, ovos mexidos, pão de queijo, pão de leite com requeijão, mamão, melancia e suco de laranja. O café da manhã dos vencedores, porque é assim que ele se sente: um vencedor.

Matheus aparece depois, ostentando uma careta que se transforma numa risada ao avistar Lalo sorrindo feito bobo enquanto olha a imensidão azul pela janela do restaurante.

— Aí está a razão da minha falta de sono! — acusa ele, estacionando de frente a Lalo.

— Não sei do que você tá falando — desconversa Lalo, incapaz de tirar o sorriso do rosto.

— Pra puta que pariu que não sabe, seu cachorro. — Matheus chama um garçom, pede um café preto "gigante e sem açúcar" e volta a fuzilar Lalo com os olhos. — Muito feliz em ver que alguém tá transando nesse programa, mas não sei se eu te parabenizo ou se te mando à merda por ficar gemendo até as quatro da manhã.

— Tá com inveja, Matheus?

— Não me provoca antes de eu tomar café.

Matheus bebe a xícara extragrande em goladas rápidas, e Lalo não sabe se deve ficar preocupado ou admirado ao ouvi-lo arrotar, e então voltar a ser o Matheus de personalidade leve que ele sempre conheceu.

— Agora vai, me conta tudo — pede Matheus, roubando uma panqueca com geleia da pilha no prato de Lalo e encarando-o em expectativa.

Lalo narra boa parte da noite com Fred, deixando alguns detalhes de fora. Matheus não precisa saber das coisas que Fred é capaz de fazer com a língua. Ou o quadril. Ou a mão. Até porque apenas pensar naquilo basta para Lalo precisar se ajustar dentro dos shorts.

Sacudindo a cabeça, Matheus solta uma risada.

— Que bom que vocês dois finalmente pararam com a palhaçada e já estão se comendo. Ninguém aguentava aquele vai-não-vai. Quase perco a aposta depois de ontem.

— Vocês não apostaram *de verdade*, né?

— Você nunca vai saber. — Matheus dá de ombros e aponta um garfo para Lalo. — Espero que isso coloque a sua cabeça no lugar. Já estava na hora de você começar a aproveitar os benefícios desse programa.

Ainda exibindo o mesmo sorriso bobo, Lalo assente.

— Tô aproveitando, carinha. Cem por cento.

***

— Alô, alô, navegantes do amor e tripulantes do navio mais romântico do Brasil! — exclama Rodrigo Casaverde, sacudindo os braços no ar para agitar a multidão de espectadores. Ele ri e volta a encarar a câmera. — Hoje, vamos brincar um pouquinho com nosso elenco. Ao longo das últimas semanas, eles tiveram tempo para se conhecer, estreitar as relações e trocar mais do que apenas palavras, se você entende o que eu quero dizer. Agora é hora de ver qual pretendente conhece melhor nosso solteiro.

Rodrigo lança uma piscadinha.

— Aqui está Lalo Garcia, o sr. Coração Partido! — Uma erupção de palmas e gritos ecoa dos espectadores, tripulantes do navio e do restante do elenco. — Lalo, fiquei sabendo que você teve um dia cheio, então espero que esteja preparado para o nosso jogo de perguntas.

— Com certeza, Rodrigo!

— Excelente! Deixa eu explicar pra galera de casa as regras do jogo. — Chamando a câmera com um gesto de dedos, Rodrigo Casaverde dá a volta no palco do teatro, completamente montado para o gameshow: cabines cobertas por um tipo de papel, por onde se vê apenas uma silhueta indiscernível de quem está ali dentro, coroadas por telas gigantes exibindo os números de um a três. — Nossos atuais pretendentes estão alocados naquelas cabines. Lalo não sabe quem está em qual cabine, e nem vocês. Tenho aqui alguns envelopes com perguntas sobre nosso solteiro e os pretendentes terão trinta segundos para escrever suas respostas, que aparecerão nas telas das cabines. Cada pergunta vale o ponto de acordo com a numeração do envelope. Quem fizer a maior pontuação, ganha um encontro exclusivo com Lalo amanhã. É preciso salientar que, tão perto da Escolha Final, todo tempo é valioso. Por outro lado, quem fizer a menor pontuação estará automaticamente eliminado. Sendo assim, pretendentes, façam o seu melhor!

O público vibra e se acomoda em seus assentos, ansioso.

— Lalo, pode escolher a primeira pergunta.

Rodrigo aponta para um quadro-branco dividido em cinco fileiras, cada uma contendo quatro envelopes. Lalo alcança um envelope marcado com o número cinco sem precisar se levantar e o entrega ao apresentador.

— Atenção, pretendentes, esta pergunta vale cinco pontos. Preparados? "Que tatuagem Lalo tem no centro do peito?"

As respostas aparecem rápido: uma rosa.

— Lalo, você pode, por favor, nos mostrar a tatuagem que tem no centro do peito?

Acostumado à cultura de seminudez do programa, Lalo abre a camisa e revela a tatuagem: o caule espinhento da flor subindo a linha entre o peitoral e as pétalas de uma rosa desabrochando acima do coração.

— Acertaram — diz Lalo, acima dos gritos de "GOSTOSO" que saem da boca dos espectadores no teatro.

Rodrigo Casaverde ri.

— Essa foi fácil! Cinco pontos para cada um. Vamos para a próxima fase. Lalo? — Lalo repete o movimento e coleta outro envelope, agora marcado com o número dez. — Valendo dez pontos: "Qual é o curso de Lalo na faculdade?".

Quando as três respostas pipocam nas telas, Rodrigo incentiva Lalo a confirmar.

— Engenharia da computação.

— Até agora, todos os nossos pretendentes acertaram as perguntas. Lalo, como você acha que eles vão se sair nas próximas rodadas, com perguntas mais difíceis?

— Confio na nossa conexão. Acredito que eles têm total capacidade.

— Hmm, misterioso! Isso significa que você acredita que aquele com quem você tem maior conexão tem mais chances de ganhar?

Lalo dá uma risada sem graça.

— Acho que sim. Não sei que tipo de pergunta vocês têm.

A gargalhada de Rodrigo é muito mais melódica e divertida.

— Vamos descobrir juntos! Lalo, pegue mais um envelope. — Ao ler a pergunta, o apresentador faz "hmmm" e cobre a boca com o envelope, como quem conta um segredo ao público. — Pergunta valendo quinze pontos. "Lalo é um grande fã de fast-food. Qual é o pedido de sempre dele?". Trinta segundos na tela!

As respostas se atropelam, surgindo quase que ao mesmo tempo. Lalo arqueia as sobrancelhas, surpreso com uma das respostas — e os músculos da bochecha trabalham para abrir um sorrisinho. Até mesmo Rodrigo parece surpreso.

— Alguém aqui tem jogo de cintura e mostra que conhece bem o sr. Coração Partido! E aí, Lalo. Você conta ou eu?

Lalo coça o peito, um tanto envergonhado.

— Gosto de comer fast-food depois de treinar. Então, é. Big Mac, batata média e milk-shake de morango, quando tô a fim de lanche, e um burrito *supreme* com feijão, queijo em dobro e molho apimentado, se quero algo diferente.

— Uma resposta dessa vale pontos em dobro, produção? — Rodrigo encosta os dedos no ponto preso ao ouvido, animado, mas estala a língua quando a resposta chega. — Infelizmente não vai rolar para o nosso jogo, mas com certeza vale pontos em dobro no coração do Lalo! Pretendentes 1 e 3 seguem na liderança com trinta pontos cada, seguidos pelos quinze pontos do Pretendente 2. Mas não deixem os ânimos flutuarem, rapazes, porque o jogo ainda pode virar! Quem será que está por trás desses números? Vamos descobrir em breve.

Essa é uma resposta que Lalo está doido para descobrir, embora a frequência com que ele precisa secar as palmas das mãos suadas na bermuda ao olhar para a resposta da cabine 3 sussurre um nome já muito familiar.

O apresentador lê a próxima pergunta:

— Essa aqui é pra quem prestou atenção durante os encontros. "De acordo com Lalo, qual é o melhor tipo de primeiro encontro?".

Duas respostas aparecem rápido. A outra surge bem no momento em que o sino anuncia o fim do tempo.

— A resposta certa é: ...... ?
— Ir num restaurante legal e conversar com a pessoa.
— Alguém achou que era "piquenique no parque".
— Seria minha segunda opção.

Rodrigo aquiesce, direcionando para as cabines.

— Pretendentes números 1 e 3 marcam mais vinte pontos. Pretendente número 2, infelizmente a resposta está errada e, com isso, você está automaticamente eliminado. Você já pode sair da cabine — pede Rodrigo Casaverde, a voz soturna.

Nicolas rasga a porta de papel com a expressão frustrada. Ele olha ao redor, desolado, e vai até Lalo com passos lentos. De frente para o rapaz, ele ensaia um discurso, um pedido de reconsideração, mas a voz do apresentador o silencia.

— Nicolas, obrigado pela participação, mas a sua jornada no *Love Boat Brasil* acabou.

— Isso não é justo. Não agora... — murmura Nicolas, colidindo contra Lalo em um abraço. Ele sussurra um "desculpa, lindo" choroso que aperta coração de Lalo.

Luiz, Rafaela e agora Nicolas.

Lalo sabia que os eliminados ficariam decepcionados, mas ele não queria magoar ninguém. De todos eles, Nicolas era quem mais havia se esforçado. Às vezes parecia que ele tentava demais, como se precisasse lutar para merecer seu afeto, o que tornava os encontros um pouco desgastantes. Mas vendo-o ali, as bochechas manchadas de lágrimas, Lalo nunca se sentiu tão mal. O que aconteceria se ele tivesse dado uma chance real ao programa? Será que talvez tivesse se apaixonado por Nicolas? Por Rafaela ou Luiz?

Será que ele sentiria algo diferente de culpa ao vê-los chorar?

Engolindo em seco, Lalo afaga o rosto de Nicolas e dá um sorriso triste.

— Obrigado por ter ficado até aqui — diz, com sinceridade.
— Sei que você vai encontrar uma pessoa incrível para te amar do jeito que você merece.

Lalo dá dois beijinhos no rosto molhado do rapaz e sussurra um "até logo", uma despedida agridoce antes de Nicolas desaparecer com Dinda atrás do palco.

Rodrigo Casaverde pigarreia.

— Hora de encarar a última pergunta: "Se Lalo pudesse fazer três desejos a um gênio da lâmpada, quais seriam?"

Lalo se acomoda na beirada da banqueta, nervoso com a despedida de Nicolas, o lembrete do peso das suas decisões até aqui, e ansioso para saber as respostas que aparecerão nas telas. Quando o sino toca, todas são reveladas em sincronia.

Que o pai seja feliz.

Que Lalo seja feliz.

Que ele seja feliz com alguém.

Um suspiro emocionado escapa dos lábios de Lalo conforme os sons comovidos do público crescem e preenchem o teatro. Rodrigo Casaverde enlaça os ombros de Lalo em um abraço lateral, e Lalo sente as bochechas queimarem.

— Fofo demais, né, pessoal? Apesar de todos terem acertado, os Pretendentes 1 e 3 continuam empatados e, como vocês já sabem, só um pode sair vitorioso. Hora do desempate. — Criando contato visual, Rodrigo diz: — Lalo, olhe atrás do quadro. Isso. Por que você não lê a pergunta de desempate pra gente?

Lalo desdobra o envelope e lê a pergunta, primeiro em silêncio e então em voz alta:

— "Qual foi a maior loucura de amor que eu já fiz?"

Os dedos começam a tremer, então ele abaixa o papel no colo e o mantém esmagado entre as mãos. Todas as perguntas constam em um formulário que ele preencheu antes de entrar no programa, o problema é que não foi *ele* quem preencheu seu cadastro. E, embora ele saiba qual é a resposta — as palavras impressas na parte de baixo do cartão não o deixam esquecer —, algo não desce bem.

As respostas surgem, enfim:

"Entrar num reality de namoro", arrisca o Pretendente 1.

"Viajar para outra cidade em período de prova na faculdade", tenta o pretendente 3.

— A ansiedade está me matando! — cantarola Rodrigo, somando-se às palmas do público, aumentando a tensão crescente em Lalo. — Conta pra gente: qual foi a sua maior loucura de amor, Lalo?

O tempo para por um breve momento, no qual Lalo sente o estômago afundar e o coração bater depressa. Ele deve ter dito isso quando estava de ressaca no parque, lembra-se muito bem de choramingar seu histórico para Fred naquele dia. O que ele não esperava era que essa história voltasse para assombrá-lo.

— A maior loucura que eu fiz — diz Lalo, umedecendo os lábios com a língua e ajeitando-se na banqueta —, por mais bobo que pareça, não foi entrar no reality. Era semana de provas finais na faculdade e eu queria... precisava... era um namoro à distância, então... peguei o carro e fui até Belo Horizonte pra encontrar com ele. Era para ser uma surpresa, ele não sabia que eu ia. Fui no sábado depois da aula. Cheguei por volta das nove da noite. Voltei pra São Paulo domingo à noite. Fui virado fazer a prova. Nunca tinha feito nada do tipo por alguém, mas era *ele*. — Lalo respira fundo, tentando colocar a cabeça em ordem. — Tô aqui hoje, que é a minha segunda maior loucura de amor, então acho que a primeira não deu muito certo.

Uma explosão de confete e balões caem do teto, assustando Lalo. A cabine número 3 pisca com luzes coloridas. O público começa a gritar por nomes, e Lalo fica contente em ouvir o de Fred sendo chamado por tanta gente. Isso o conforta, saber que Fred está ali — e que, de quebra, terão o dia seguinte inteiro para os dois. Rodrigo Casaverde fala com o público, tentando controlá-lo, embora ele mesmo esteja gargalhando.

— Antes de revelarmos quem está por trás das cabines de números 1 e 3, temos um depoimento para rodar — diz ele, chamando a atenção de todos para o telão atrás do palco. — Vamos assistir.

Lalo gira na banqueta no exato instante em que o vídeo começa.

É Jonathan. Ele está em uma cabine do navio, na mesma camiseta branca e boné azul do encontro de mais cedo, a expressão determinada ao fitar a câmera.

— Oi, Lalo. Tudo bom? Ér... eu não sei exatamente por onde começar esse vídeo, então acho que a melhor maneira é me desculpando e te agradecendo. — Lalo franze o cenho. — Quando me inscrevi para o *Love Boat Brasil*, tinha a intenção de me conectar com alguém, só não imaginava que fosse me apaixonar. Eu *queria* me apaixonar. Mas acho que não dei muito crédito a um programa de televisão. É agora que eu peço desculpas. Tô saindo do *Love Boat* porque estou apaixonado, e ver a pessoa que eu quero ir embora me fez refletir sobre o que eu estava fazendo aqui.

Lalo troca um olhar rápido com Rodrigo, que, contrário ao movimento geral de olhar para o telão, esteve encarando-o o tempo todo.

— Quero te agradecer pelo meu tempo no programa, pelas nossas conversas e pela amizade que torço pra termos construído. Também quero te agradecer por me proporcionar isso — prossegue Jonathan, com um suspiro, e abre um sorriso. — Tô indo ficar com a mulher que eu amo. Não posso correr o risco de deixar a Rafa escapar. Estou cansado de ficar sozinho e, por mais que a proposta do programa seja você escolher alguém, também estou cansado de ser a segunda opção. Quero estar com quem me escolhe. Sei que você vai entender, já existe alguém ocupando o seu coração e duvido que você o deixaria ir embora se pudesse evitar. Te desejo tudo de melhor, cara. Seja feliz.

Confuso, Lalo fita o telão com a logo do programa por um longo minuto depois de o vídeo acabar, então olha freneticamente de Rodrigo para as cabines.

— Pretendentes 1 e 3 — diz Rodrigo, a voz grave bem-humorada —, podem sair das cabines.

Há euforia quando as portas de papel das cabines 1 e 3 são destruídas, revelando seus ocupantes. Num primeiro momento, Lalo contempla a expressão curiosa de Fred, olhando para a cabine 3. Então, seu próprio olhar segue em direção ao homem parado debaixo do número 3, e seu corpo age por conta própria. Lalo pula da cadeira ao vê-lo — todo bronzeado, calças capri e camisa de linho —, mas suas pernas estão fracas e ele volta a apoiar o corpo na banqueta. Ele sente a boca seca, o estômago afunda como se tivesse engolido uma bola de boliche, e Lalo pensa que pode vomitar. Os espectadores cochicham entre si, dividindo-se entre a confusão, o choque e a excitação.

— Lalo, dê boas-vindas ao novo participante do *Love Boat Brasil*, embora ele seja um conhecido seu, não é mesmo?

Se tentar falar algo, Lalo tem certeza de que vai vomitar.

Victor se aproxima a passos largos com um sorrisinho manhoso e rouba-lhe um selinho, deixando uma queimadura gelada nos lábios de um Lalo estarrecido.

— Oi, amor — diz Victor, sorrindo um sorriso hollywoodiano que uma vez provocou piruetas no estômago de Lalo. — Desculpa demorar pra responder as mensagens, mas estou aqui agora. Ainda existe espaço no seu coração para o seu ex-namorado?

Lalo está paralisado. Tudo o que ele consegue fazer é virar o pescoço para encarar o apresentador. Rodrigo sorri satisfeito.

— Fique com a gente, o *Love Boat Brasil* volta logo após os comerciais!

Love Boat Brasil @loveboatbrasil • 23 minutos atrás
As ondas do amor ficam mais agitadas no episódio de hoje, quando alguém do passado entra na competição pelo amor de Lalo. De férias com quem mesmo?
Quinta-feira, 22 de fevereiro de 2024

💬 310   🔁 13 mil   ♡ 58 mil   📊 2,8 mi

@getawaycarlzz NÃÃÃÃÃAÃÃÃÃAO PODE IR EMBORA
@rushhealing queima quengaraaaaal 🔥🔥🔥
@mumu_rosa viado que baixaria...
@jmniz ah não, vtnc n acredito que trouxeram o ex dele. eu amo esse programa
@eleesngla_ O CHUPA CABRA NÃO
@badudats SOS deu ruim @maiaaiam @sourika_
    @sourika_ onde esse navio atraca pra eu ir lá resolver isso no soco?
    @eleesngla_ @sourika_ me leva junto, tenho contas pra acertar
    @sourika_ não te conheço, mas se vc dirigir, eu topo
@edivaldo7841120 É isso o que passa na televisão agora ? Que vergonha ...
@marinalvasilva1959 QUEM EH ESSE, E POR QUE ELE ESTA NO PROGRAMA? MINHA FILHA FALOU QUE É PRO LALO FICAR COM O FRED
@lucasss89 que bissexual é esse que só pega homem?
    @amoramanda vsf otário

Vinte e oito

— **Olha só quem lembrou** que eu existo! — cantarola Rodrigo Casaverde. Sentado na poltrona, ele pousa a mão sobre o peito num gesto dramático, coloca o tablet de lado e indica o sofá vazio à frente.
— O ex dele? Sério? — dispara Fred, exasperado. — Por que não o de todo mundo?
Rodrigo dá um sorrisinho.
— Eu disse que queria que o programa continuasse surpreendente. Além disso — acrescenta ele, levantando-se da poltrona em direção à máquina de café —, ficamos desfalcados com a saída do Jonathan. Desse jeito, todo mundo ganha.
— O que o *Lalo* ganha com isso?
— Você deveria saber que estamos em busca de um show, Fred. Nunca escondi isso de você.
— Você emboscou ele.
A máquina ronrona quando ligada. Rodrigo se limita a encarar a lentidão do pingar do café com um olhar levemente aborrecido.
— Não sei o que você quer que eu diga. Quer que eu peça perdão por fazer o meu trabalho? Por usar a mesma tática que colocou você neste programa? Por que você está tão afetado por isso? Não é como se o Lalo não quisesse chamar a atenção do Victor. Nós temos câmeras em todo canto, vocês acharam

mesmo que esse joguinho passaria despercebido? — Os olhos azuis de Rodrigo lampejam. — Por que não dá uma olhadinha naquele tablet, Frederico?

O rapaz hesita, mas a curiosidade é mais forte. Ele demora um momento para entender o que está bem na sua frente. É uma pasta em uma galeria de fotos, entitulada Fred & Lalo. Deve conter centenas de fotos e vídeos, mas algumas fotos chamam sua atenção. Ele e Lalo, sentados frente a frente em um restaurante vazio. Ele, ajoelhado, segurando a cintura da calça de Lalo, uma imagem tão comprometedora que ele mesmo precisa se lembrar do contexto.

Aquele filho da puta...

— O que é isso? — murmura ele, incapaz de parar de olhar.

— Você é um rapaz inteligente, vou deixar você descobrir — responde Rodrigo, bebericando da xícara de café.

Avançando nas fotos, o Dodô&Flamingo é substituído por um quarto do *Seashore*. Fred arregala os olhos. Lá está ele, metido em um roupão branco, no meio do quarto de Lalo. Um arrepio desce pelo seu corpo conforme ele passa as fotos, chegando em um vídeo deles transando na cabine.

Fred joga o tablet de volta na poltrona, dividido entre o horror e a raiva.

— Vocês colocaram câmeras nos quartos — diz ele.

— Isso é um reality show, o que você *esperava*? Fica tranquilo, não vamos usar essas filmagens, são muito explícitas.

Rodrigo entorna a xícara de uma só vez, preparando outra assim que a esvazia. Ele volta a encarar Fred, um sorrisinho conspiratório nos lábios, e cruza os braços sobre o peito.

— E mais, você deveria estar feliz com isso. Agora pode saber se o sentimento de Lalo por você é maior do que o que ele tem por Victor — diz ele tranquilamente, finalizando com um aceno de dedos dizendo "de nada".

O silêncio só é quebrado pelo ronco da máquina de café, e então o som do navio cortando as ondas invade a cabine do apresentador. Fred balança de um lado para o outro, as unhas fincadas nas palmas das mãos.

A verdade é que Fred não sabe o que dizer. A indignação que o levou a caçar Carlinhos e exigir uma reunião para discutirem acerca de "assuntos do programa", logo após a manobra de Victor; as ameaças — em maioria vazias, porque ele estava ciente de que seu poder ali dentro era pequeno demais para causar qualquer impacto ao programa; e o bater do pé impaciente enquanto aguardava a permissão do apresentador para entrar em sua cabine foram tudo o que Fred conseguiu fazer. Então, ele encara Rodrigo sem piscar. Porque quando fecha os olhos, tudo o que Fred vê é o rosto de Lalo ruindo em assombro e tristeza ao olhar para Victor, e a imagem dói como milhares de cortes de papel espalhados pelo corpo.

— Não vou trazer a questão da quebra de contrato à tona porque, sinceramente, as reações de vocês quando o Victor apareceu valem mais do que qualquer multa! Esse vai ser o nosso segredinho. Estamos no topo dos *trending topics*, Frederico! — Despejando um saquinho de açúcar na xícara de café, Rodrigo acrescenta: — Mas não se esqueça de que nós *temos* um contrato. Sou um cara benevolente e tudo, mas ainda quero meu show. Parece que tanto você quanto o Lalo precisavam desse *lembrete*.

Fred não responde de imediato. Quando fala, o faz num fio de voz:

— Isso tá magoando ele.

Rodrigo Casaverde assopra a fumaça do café, mirando Fred por cima da xícara.

— A mágoa faz parte do amor — diz Rodrigo, bebendo o café calmamente, livre do bolo na garganta que Fred sente, impedindo qualquer coisa de entrar ou sair. — Que falta de educação a minha. Quer um café?

Fred fita a xícara nas mãos dele com a intensidade de quem poderia explodir algo. Erguendo o queixo, ele sacode a cabeça, murmura um "licença" e bate a porta ao sair.

***

A cabine nunca foi um lugar feliz para Fred, mas desta vez ele precisa mesmo de um lugar isolado onde ele possa descontar toda sua raiva e frustração sem chamar muita atenção — foda-se que tem câmeras nos quartos, ele só precisa de meia hora gritando no travesseiro. No entanto, Fred é recebido na cabine com uma tensão forte o suficiente para suscitar violência até mesmo de um monge.

Ele encontra uma nova mala de viagem jogada sobre a cama que antes era de Rafaela, logo abaixo da sua, e um segundo depois a figura de Victor dobrado sobre ela, uma regata em uma das mãos e uma calça branca na outra.

— *Você* é o cara que tá comendo o meu namorado, né? — Tanto as palavras quanto o tom da pergunta pegam Fred de surpresa. Victor prossegue: — Não fico com raiva do Lalo porque... Bem, eu também não fui santo nos últimos meses, mas agora tô aqui. Seu acordo com o Lalo deu certo! Então, como você me ajudou, vou deixar essa passar.

Fred pisca, confuso.

— Como eu... te ajudei...? — balbucia Fred.

— Você sabe, recuperando o amor da minha vida e tudo o mais. — Victor franze o cenho. — Espero que não role nenhuma confusão. Lalo entrou no programa por mim. Eu vim até aqui por ele. Essa história de amor não é sua, Fred.

Ao mesmo tempo que o que Victor diz faz sentido, não faz. Sim, Lalo entrou no programa para reconquistá-lo, e sim, Victor respondeu ao chamado e está aqui, mas como ele pode dizer que essa história não é dele quando poucas horas atrás ele estava nos braços de Lalo, sentindo-se amado e desejado como nunca antes?

Vendo a expressão confusa no rosto do outro, Victor põe uma das mãos em seu ombro.

— Eu caí de paraquedas no programa, mas preciso que você entenda: o acordo de vocês chegou ao fim. — Victor abre um sorriso pesaroso. — Está na hora de você se afastar do Lalo. Ele é meu.

A porta da cabine acerta a parede quando a abrem sem cerimônia. Dinda coloca a cabeça para dentro, a expressão aborrecida de sempre, e resmunga seus nomes.

— Vocês deveriam estar na maquiagem há quinze minutos — ralha ela, pisando fundo cabine adentro. — Meu trabalho já é difícil demais sem ter que bancar babá de marmanjo. — Olhando ao redor, abre um sorriso sarcástico e apoia o queixo nas mãos unidas. — Ah, os bonitos ainda não estão prontos! Precisam de ajuda pra vestir as roupinhas? Querem que eu passe talco também?

— E você é...? — pergunta Victor.

— A pessoa que você não quer irritar — retruca Dinda, encrespando os lábios. — Andem logo, vocês se trocam no camarim.

Victor dá de ombros, dobra as roupas em rolinhos e as põe debaixo do braço. Fred não tem muito tempo para pensar. Ele tira qualquer roupa da mala sob o olhar impaciente de Dinda, pega uma cueca limpa e deixa por isso mesmo.

Fred acerta a cabeça no balcão do bar, grunhindo.

— Depois desse programa, vou ficar um ano sem pisar numa balada.

Ele estica a mão em garra no ar para o garçom, que em menos de uma hora de trabalho identificou em Fred uma pessoa decidida a afogar as mágoas na prateleira de destilados.

O garçom põe um sex on the beach sem álcool na mão vazia de Fred e se afasta, dando atenção aos demais passageiros do navio.

— Sério? Sem álcool? — reclama Fred, mas bebe mesmo assim.

Hoje, ele está sozinho.

Lalo ainda não apareceu, e sem Rafaela ou Jonathan, ele não tem com quem conversar — até um bate-papo com Nicolas seria uma alternativa mais interessante do que dar ouvidos à gritaria dentro da própria cabeça.

Ele se pergunta se isso não é o carma agindo contra ele depois de ter entrado de supetão para o elenco do *Love Boat Brasil*, estragando as chances dos demais participantes.

Fred acerta a cabeça no balcão um pouco mais.

— Vai acabar com um galo na testa se não parar com isso — diz Falcão. O nome dele é mesmo Falcão? Fred não sabe.

— Se me mandar outra bebida sem álcool, bato de novo — ameaça Fred, balançando o copo vazio no ar. O garçom substitui o copo vazio por outra bebida. Um sorriso toma conta do rosto de Fred ao sentir a cachaça queimando no fundo da garganta. — Te amo, Falcão!

Mandando um beijinho para o garçom, Fred sai da banqueta e cambaleia multidão adentro. Pelos quase sete minutos em que replica coreografias de k-pop com álcool na cabeça, ele consegue se divertir. Ele quase esquece que está num programa de namoro, arrastando o pré-chifre na pista de dança porque o ex-namorado meio babaca (agora que está altinho, pensa que só alguém muito babaca faria o que Victor fez) de Lalo apareceu e se tornou uma questão de tempo até ele levar um pé na bunda.

Caralho, ele bebeu demais.

Só assim para achar que vai levar um pé na bunda.

Não se leva um pé na bunda quando não se tem um relacionamento.

Fred expulsa os pensamentos negativos e volta a dançar ao som de alguma música pop, pulando e cantando mais alto cada vez que *aqueles* pensamentos voltam a rondá-lo.

Pelo menos até Rodrigo Casaverde aparecer em cima do palco da balada do navio, um deus grego jorrando simpatia sob os holofotes, dando as boas-vindas à última farra do programa.

— Eu sei, eu sei — diz Rodrigo num muxoxo para as lamúrias e vaias do público. — Também vou sentir falta das nossas festas, mas está quase na hora do nosso solteiro fazer a Escolha Final, e se vocês acompanham o nosso programa, devem saber que ainda há decisões difíceis pela frente.

Os olhares de alguns caem sobre Fred como chuva de granizo, extirpando-o de toda a felicidade que sentia enquanto dançava.

— Quem nunca dedicou uma música a alguém especial ou pensou naquele amor quando ouviu uma canção específica? A música é a linguagem do amor, e hoje Fred e Victor terão a oportunidade de declarar seus sentimentos ao sr. Coração Partido por meio dos maiores hits da história. Pode se divertir, abrir o coração, mandar indireta pro seu rival... No jogo do amor, vale tudo! E, pra não dizerem que eu nunca participei das dinâmicas com vocês...

Em seguida, um violão começa a tocar, e Rodrigo Casaverde entrega uma performance agitada de "Amor e Sexo", da Rita Lee.

Apesar de estar com abuso do apresentador, Fred é incapaz de resistir e começa a pular, cantar e gritar junto. Só porque a música é boa. E porque Rita Lee é um ícone da música. Seria desrespeitoso não curtir a rainha do rock nacional.

Pela primeira vez desde que chegou à balada, Fred repara nas mesinhas ao fundo, à meia-luz, circundando a pista de dança. Lalo está ali, sorrindo para as câmeras e parecendo entretido com a performance de Rodrigo. Mas Fred sabe que Lalo está nervoso; já conhece seus sorrisos e sabe que, quando está se divertindo, a pontinha do dente torto aparece e tudo próximo a ele se ilumina. Além do mais, assim que a música acaba, o vinco em sua testa retorna, e Fred precisa se controlar para não cruzar a pista de dança para tentar tirá-lo dali.

Sem surpresas, Rodrigo é ovacionado. Tão logo ele sai do palco, o DJ entra ao fim da música, e um remix horrendo de "Anunciação" começa a tocar.

Determinado a não engajar com *isso*, Fred contorna a multidão até o bar, de onde consegue ver Lalo, sentado, com Victor ao lado, a mão viajando pelo corpo de Lalo. Com um sorrisinho, Lalo fala algo para Victor, que ri gostosamente e sacode a cabeça, puxando a mão de Lalo para os lábios e beijando-a. Fred não consegue parar de olhar.

Não demora muito até ele reparar nos olhos vermelhos das câmeras, ansiosas para capturar todo o drama.

Fred não está acostumado com a paralisia, e a onda de irritação ricocheteando pelo corpo é uma novidade. *Isso está errado*, ele pensa. Esse era o plano, não era? Chamar a atenção de Victor para que eles pudessem voltar?

Mas foda-se o plano; aquele duas-caras não merece seu carinho. Se apenas Lalo *soubesse*...

O fundo da taça de uma gim-tônica com goiaba atinge o balcão do bar com um agudo de doer os ouvidos. Fred se embrenha pelos corpos dançantes, tão concentrado em chegar até o outro lado da balada que não identifica a música que está tocando.

... e outra, Lalo merece alguém que goste dele de verdade, alguém que não suma, alguém que o ame.

Alguém como Fred.

É assim que, quando ele encontra o braço do DJ e é puxado para cima do palco, banhado em luzes coloridas que o impedem de ver mais do que dois palmos à frente, Fred puxa uma onda de palmas da plateia no ritmo da música.

— "Ah, esse tom de voz eu reconheço. Mistura de medo e desejo."

Fred pode não cantar bem, mas esbanja carisma e incita o público a cantar junto — o que não apaga a humilhação de assassinar uma música na TV aberta, mas pelo menos é divertido.

— "Tanto amor guardado, tanto tempo. A gente se prendendo à toa por conta de outra pessoa. Só dá pra saber se aconteceeeeeer."

Um pequeno grupo puxa uma versão diferente da música, transformando a declaração bêbada de Fred em uma canção de amor a um time de futebol, mas não importa. Realmente existe uma música pra cada situação da vida, um viva ao feminejo!

Lágrimas de emoção escorrem como glitter líquido pelo rosto de Fred, tingidas pelas luzes estroboscópicas.

— "É, e na hora que eu te beijei, foi melhor do que eu imaginei. Se soubesse tinha feito antes, no fundo sempre fomos bons amantes."

Fred fala sério. A essa altura, os ingressos para o show de Aysha são a última coisa em sua mente. Pela primeira vez em muito tempo, ele não vai ficar de braços cruzados esperando que o sentimento desbote. Se Lalo realmente o quer da maneira como disse que queria, se esse sentimento, essa relação, é o porto seguro com o qual ele sonhou a vida inteira, então Fred vai lutar por ele. E se a primeira batalha é se humilhar num karaokê em rede nacional, tudo bem.

— "É o fim daquele medo bobo..."

Ele torce para que Lalo tenha entendido o recado.

A música acaba num lampejo de luzes e aplausos. Ao sair do palco, Fred escaneia o espaço em busca de Lalo, mas não o encontra. Ele está prestes a se embrenhar de volta na multidão quando um assobio chama sua atenção e alguém grita seu nome.

— Matheus? TATI?! — grita Fred de volta, tropeçando na bagunça de cadeiras até a mesa escondida entre as sombras onde Matheus está enrolado em um abraço íntimo com Tati, que dá um sorrisinho tímido.

— Se estiver procurando o Lalo, ele saiu por aquela porta — diz ele, apontando para um canto onde Fred só percebe ser uma saída por causa da sinalização de emergência ali em cima.

— Valeu...?

— Vai atrás do seu homem!

O deque está praticamente vazio a essa hora, não fosse pelo homem solitário agarrado à balaustrada na ponta oposta do navio. Fios de luzes pendem dos mastros, iluminando o caminho.

Fred para a poucos passos de distância, o lábio inferior preso entre os dentes e o coração acelerado. Inclinado sobre a murada, Lalo apoia a cabeça nas mãos, e a imagem o machuca um pouquinho.

Um súbito vento gelado arranca um suspiro de surpresa de Fred, atraindo a atenção de Lalo, que gira o pescoço para trás em sobressalto. Ao encontrar seus olhos, ele relaxa, mas não desvia o olhar.

— Estava preocupado e... queria saber se você gostaria de companhia — arrisca Fred, encabulado, balançando-se sobre os pés. — Mas se quiser ficar sozinho, tá tudo bem.

Sustentando o olhar, Lalo estica a mão para Fred, puxando-o para dentro do seu abraço. De olhos fechados, Fred se aninha no calor do corpo de Lalo.

— O Rodrigo sabe mesmo como dar um show — diz Lalo, algum tempo depois, cutucando Fred nas costelas. — Você não fica atrás, hein?

— Meio que torcia para que ele cantasse mal, mas vai ver algumas pessoas são perfeitas mesmo — responde Fred, bufando. Buscando seus olhos, ele acrescenta: — Você gostou mesmo?

— Hmmm. Você tem uma boa presença de palco.

— Não precisa ser gentil comigo não, eu sei que canto mal.

Lalo assente, o vestígio de um sorriso brincando em seus lábios.

— Não segura o riso. É bom te ver sorrir — cochicha Fred, o sangue esquentando as bochechas pela empolgação de sentir a respiração de Lalo quando ele ri e encosta o nariz em seu pescoço.

— Eu amo a maneira como você sempre dá um jeito de me tirar do penhasco. Obrigado. — Encostando os lábios na base da nuca de Fred, ele pede com a voz trêmula: — Você pode fazer aquela coisa em que você me abraça e eu me sinto melhor?

Fred o envolve em um abraço apertado, ficando na ponta dos pés para fazer Lalo caber inteiro ali dentro, e beija sua testa.

— Você nunca precisa pedir por um abraço meu — sussurra Fred.

Lalo passa os braços pela cintura de Fred e eles se seguram, tendões flexionados e juntas esbranquiçadas, como alguém à deriva agarra um bote salva-vidas.

De repente, tudo é demais. Lalo agora ocupa um espaço em seu coração que o previne de colocar os próprios sentimentos de lado e dizer "Você mesmo disse que entrou aqui pelo Victor, e agora ele está aqui. Vá e descubra o que sente por ele. Eu espero". Ele *esperaria*, mas não quer dizer isso — porque está apaixonado e, agora, ele é um pouquinho egoísta; porque Victor é um cuzão que nem em vinte encarnações mereceria o amor de Lalo; porque agora Lalo está sensível demais para a conversa que Fred quer e não quer ter, porque isso significaria expor seu maior medo: que Lalo não o escolha agora que Victor voltou. Sendo assim, Fred trava a mandíbula, confinando as palavras dentro de si, e empurra os sentimentos bem lá pro fundo, prometendo revisitá-los em outro momento.

— Sinto muito — sussurra Fred, lágrimas teimosas pinicando nos olhos. — Pela situação no geral.

— A culpa não é sua. — Lalo o tranquiliza, e Fred precisa pressionar os lábios bem firmes um no outro. — Eu que entrei no programa e acabei me enfiando nessa. Você só estava tentando me ajudar.

Lalo se remexe no abraço, fitando-o por um longo momento. A princípio, Fred quer rir — ele não sabe estar sob o olhar de alguém por tanto tempo —, mas logo o riso foge dele, abrindo espaço para uma curiosidade inquietante. Ele encontra os olhos castanhos de Lalo turvos e franze o cenho. Lalo pressiona os vincos entre suas sobrancelhas.

— Olha quem está tenso agora — brinca ele, abrindo o mais triste dos sorrisos.

— Você está tentando me levar pra cama, Lalo? — provoca Fred, deslizando de volta para o ponto de equilíbrio entre eles, o que faz seus ombros relaxarem ao mesmo tempo em que estreita os braços ao redor de Lalo.

Os olhos escurecidos de Lalo cintilam quando a luz distante de um farol recai sobre eles. Ele umedece os lábios e Fred engole em seco, ansioso.

— Fica comigo hoje — pede Lalo.

Acolhendo o rosto dele em uma das mãos, Fred beija sua bochecha e repousa a cabeça em seu ombro, os olhos fechados, inalando o aroma complexo de sal do ar misturado ao cítrico do perfume de Lalo.

— Fico.

Vinte e nove

São três da manhã e Lalo ainda está acordado.

É madrugada, aquele ponto da noite em que o vento frio se esgueira para dentro da cabine e sacode as cortinas, o ar fica pesado e úmido, e as ondas se unem à respiração tranquila de Fred e criam uma melodia calmante que leva Lalo aos limites da terra dos sonhos.

Ainda assim, ele não consegue dormir.

Fred se estica na cama como um gato buscando a melhor posição até se decidir por deitar de bruços, o rosto virado. Lalo continua encarando-o como vinha fazendo há alguns minutos.

Despido do sorriso fácil e da curva perigosa da covinha na bochecha esquerda, o rosto de Fred ganha um ar pacífico que Lalo deseja para si. As pálpebras dos olhos, em formato de lágrima, sequer chegam a tremular. Somente a boca aberta, com um fio de baba escorrendo no travesseiro, e o cabelo bagunçado revelam um pouco da personalidade travessa de Fred. Uma pontada de alívio o relaxa e o encoraja a deslizar a mão pelas costas dele.

Não há palavras para descrever o corpo de Fred. Lalo tenta buscá-las. Delicado. Macio. Forte. Como se atentar aos detalhes quando a composição é tão completa, tão complexa? Ele precisaria de dias explorando. Há linhas que delineiam a pele ao redor dos músculos e das costelas, onde a tatuagem "BRAVE" fica parcialmente escondida na penumbra, e um desenho suave que se estreita em um v indecente no abdômen.

E embora seu corpo reaja ao de Fred com uma intensidade familiar, reavivando o gosto dele em sua boca, Lalo não consegue deixar de desejar que eles tivessem chegado aqui de outra maneira. Porque agora, olhando-o dormir, há uma movimentação estranha no fundo do estômago que o impele a puxar o corpo de Fred para dentro de seu abraço e aninhar o rosto na curva de seu pescoço.

— Eu posso me acostumar com isso... — balbucia Fred, enrolando-se nos braços de Lalo como se fossem um cobertor.

Um riso fraco escapa de Lalo, soprando um mecha da orelha de Fred.

— Eu não consegui dormir e quis muito te abraçar — diz ele, após algum tempo. — Desculpa, não queria te acordar.

— Então decidiu ficar me olhando dormir? — pergunta Fred.

— Há quanto tempo você tá acordado? — replica Lalo, as bochechas quentes ao corar.

— Desde que senti sua mão nas minhas costas.

— Perdão.

— Não precisa se desculpar. Gosto quando você me toca. — Fred vira o corpo para encará-lo, desta vez com os olhos escuros bem abertos. — A chegada do Victor mexeu muito com você, né? Pode falar comigo se quiser, a não ser que isso te deixe muito desconfortável. Somos amigos.

— Só amigos? — questiona Lalo, uma pontinha de insegurança permeando sua voz.

— Somos mais que amigos — pontua Fred, sem deixar espaço para dúvidas.

Os olhos de Fred chispam no escuro, e ele assente, incentivando Lalo a prosseguir. Quando Lalo não fala, ele deita a cabeça no travesseiro, suspira e diz:

— Posso compartilhar um pensamento com você?

Lalo aperta os lábios, reticente. Ele apoia a cabeça na palma da mão e aquiesce, sem quebrar o contato visual.

— Pensei bastante sobre o ponto em que estamos agora, sabe, nessa situação toda com o Victor e... — Fred belisca o lençol da cama, desviando os olhos. — Tudo o que eu sei é que ele está aqui agora e que você parece precisar de respostas. — Ele suspira, voltando a estabelecer contato visual. — Você veio até aqui pra isso.

Lalo ergue o corpo, afundando os cotovelos no colchão, o rosto travado numa expressão aturdida. Porém, antes que ele possa dizer algo, Fred senta com as costas apoiadas na cabeceira e completa:

— Acho que você deve a si mesmo descobrir o que, e se, ainda existe algo entre vocês.

Lalo sente o gosto agridoce que as palavras trazem. Por um lado, faz sentido. Ele não consegue se lembrar de quando, mas em algum momento ele deixou o plano original de lado. Há quanto tempo não direciona sua energia a Victor? Desde que embarcou no navio? Talvez um pouco antes disso, se Lalo estiver sendo honesto? O momento exato em que as coisas saíram de controle, ele não sabe. Mas, então, o que o motivou a continuar no programa senão Victor?

— E a gente...? — pergunta Lalo, a voz estrangulada pelo nó na garganta, esquadrinhando o rosto de Fred.

Fred engole em seco e, pela primeira vez, Lalo percebe uma hesitação. Nos cinco segundos em que o olhar de Fred deixa seu rosto, mirando o quarto como se o visse pela primeira vez antes de recair sobre ele, Lalo sente um breve aperto no peito.

A expressão de Lalo deve traí-lo, porque Fred aninha seu rosto entre as mãos, dando-lhe um selinho, e sorri. O poder que o sorriso — e o beijo — de Fred têm sobre ele é quase medicinal, domando, ainda que temporariamente, a mão de ferro ao redor de seu coração.

— Nada vai apagar o que eu sinto por você.

Fred conjura uma risadinha de Lalo com uma chuva de beijos.

Então, Lalo está nos braços de Fred, rolando pela cama enquanto ele faz cócegas nas suas costelas até estar preso debaixo de Fred. Poucos segundos bastam para suas respirações sincronizarem. Calor sobe pelo pescoço de Lalo, agitando os músculos no baixo-ventre, mas antes que ele possa enlaçar os quadris de Fred com as pernas, a boca dele encontra a sua.

— Preciso ir — sussurra Fred de encontro aos seus lábios. — Daqui a pouco vai amanhecer.

Lalo responde com um grunhido. Fred ri.

Ele dá um selinho em Lalo, afaga a lateral de seu rosto e rola até a lateral da cama. Lalo afunda os cotovelos no colchão enquanto Fred recolhe as roupas espalhadas pelo quarto, vestindo-as rapidamente. Ele se despede com um último beijo, desejando-lhe boa noite.

Afundando a cabeça de volta no travesseiro, Lalo fecha os olhos, mas a mente agitada não o deixa dormir.

Victor voltou.

Agora que está sozinho e sem nenhuma câmera por perto, Lalo se permite contemplar essa realidade. O plano deu certo. Victor não apenas o notou, ele *entrou no programa por ele.* Lá estava Victor, tão lindo, tão manhoso. Lalo imaginava o que diria, o que faria ao reencontrá-lo. Quando chegou a hora, ele paralisou. O sentimento de choque — por vê-lo ali, por saber que o plano tinha funcionado, por ser chamado de "amor" por Victor mais uma vez — dominou seus músculos, travou sua língua.

Sequer conseguiu dizer "oi".

Lalo achou que nunca mais conseguiria conversar com Victor. Ainda assim, o pouco tempo que tiveram juntos durante a festa daquela noite tinha sido como ligar o motor de um barco há muito parado, mas que já na segunda tentativa roncava com vida e se punha a navegar pela antiga dinâmica deles.

— Oi, meu lindo — disse Victor, dando dois beijinhos em seu rosto.

O corpo de Lalo reagiu, pequenos choques gelados fazendo os pelos se arrepiarem e seu estômago dar uma cambalhota.

Ele quis confessar tudo bem ali, mas havia câmeras demais, gente demais, e embora o friozinho no estômago se recusasse a ir embora, tudo o que Lalo queria era ficar confortável com Victor. Sendo assim, ficou quieto, aproveitando o show de Rodrigo Casaverde com o braço do ex em seus ombros.

— Isso aqui me lembra daquela vez em que estávamos num restaurante e vimos um carro de Loucuras de Amor — brincou Victor, aconchegando o nariz no vão entre a mandíbula e o pescoço de Lalo, as mãos possessivas querendo invadir seus botões. — Você lembra?

Lalo apertou bem os lábios, incerto sobre como responder. Ele não se lembrava daquilo com a mesma graça que Victor; a memória estava, na verdade, tingida por vários sentimentos conflitantes. Contudo, tendo Victor ao seu lado mais uma vez, a concretização de todos os seus desejos, Lalo sabia que não podia deixar aquele momento acabar só para tirar a limpo uma lembrança.

— Quer que eu mande um desses pra sua casa? — cochichou Lalo em seu ouvido em vez disso, conseguindo extrair uma gargalhada tão gostosa e genuína que o fez sorrir, aliviado.

No fim, tinha valido a pena. Lalo não conseguia acreditar na própria sorte.

Apesar de torcer por isso, *foi* uma grande surpresa vê-lo depois de, o quê? Cinco ou seis meses? Lalo via os stories, as fotos, reconhecia suas feições nas memórias que o mantinham acordado à noite, abraçado ao próprio travesseiro ou sentindo o calor da própria pele — coisa que ele jamais admitiria à amiga. Mas pessoalmente as coisas eram diferentes. Ele sentiu a colônia de bergamota em outros lugares, mas nenhum perfume é o mesmo em outra pele. Ele tinha visto pessoas bonitas nos bares e nas baladas para os quais Lisa o havia arrastado; tinha cedido às aporrinhações da amiga, deixando que pessoas se aproximassem, perguntassem-lhe o nome, flertassem com ele; tinha entrado em uma droga de reality show, pelo amor de Deus! E quase se deixou levar por alguns dos participantes naquele primeiro dia no iate. Mas ninguém tinha aquele charme, aquele magnetismo imediato que o cativava e encantava.

Apenas Victor tinha aquele poder.

Ou assim ele pensava.

Bastou os holofotes focarem Fred, em sua apresentação bêbada e totalmente fora do tom, que Lalo sentiu algo diferente. Ele se sentia mais leve. Estava maravilhado com como Fred conseguia fazer o público bater palmas e cantar junto. O sorriso chegou fácil e sem aviso. E quando seus olhares se cruzaram, um momento fugaz, sentiu um repuxão no estômago e uma vontade súbita de correr, embora não soubesse para onde.

— Preciso ir no banheiro — disse Lalo, pedindo licença para desvencilhar-se do toque de Victor.

— Tudo bem, amor — respondeu Victor, o tom de voz leve e esperançoso contrastando com a curva insatisfeita no canto da boca, como uma criança que acaba de ouvir "na volta a gente compra", mas sabe que, na volta, não vão comprar.

Lalo se deita de lado, encarando o travesseiro vazio.

Se por um lado Victor é uma força que o cativa, prendendo-o com seu olhar e toque, estar com Fred é como boiar tranquilamente no mar. A força que o atrai para Fred parece algo tão natural quanto o puxar e empurrar das ondas, embalando-o em um movimento suave, infinito, seguro. Que ressoa dentro dele como uma parte de si.

Talvez por isso tenha sido tão fácil confiar em Fred. Ele não julgava Lalo e tinha se oferecido para ajudar com o plano para reconquistar Victor, celebrando uma visualização em story e curtidas como uma vitória e traçando novos planos de ação. Agora há pouco estava dizendo que Lalo devia a si mesmo descobrir o que existe entre ele e Victor, apesar de quatro horas atrás ter praticamente cantado que o amava, e apesar dos próprios traumas de nunca ser escolhido. Com ou sem ingressos, Lalo sente que tudo o que vem daquele garoto é genuíno.

Tudo é tão natural com Fred que, talvez por isso, tenha sido tão fácil se apaixonar por ele.

Agora, aqui está, infeliz pensando tanto no homem por quem passou os últimos meses obcecado ao ponto de entrar em um reality show para chamar sua atenção quanto no cara que estava bem ali, ao alcance do seu abraço, mas que ele deixou se esgueirar para fora de sua cama duas noites seguidas. Os pensamentos pipocam em sua cabeça, obrigando-o a voltar a encarar o teto com uma angústia que aprofunda a linha entre as sobrancelhas e o faz querer vomitar.

Ele não vai conseguir dormir.

Trinta

— **Você pode contratar o serviço** de Wi-Fi por trinta dólares a hora.

— TRINTA DÓLARES A HORA? Isso dá mais de R$150! Por uma hora! De internet!

— É a taxa padrão.

Com os cotovelos firmes no balcão da recepção do navio, Fred afunda a cabeça nas mãos e grunhe, exasperado. A atendente, uma mulher pequena e simpática, sorri educadamente enquanto assiste a Fred puxar os cabelos, fazendo as contas de cabeça.

Ele *precisa* falar com alguém ou vai surtar. Faz dias desde que conversou com as mães e os amigos, e tanta coisa aconteceu desde então que agora apenas isso — ou uma sessão de terapia de duas horas — pode ajudá-lo a encontrar as respostas de que precisa. Lalo, Aysha, Rodrigo, Victor... tudo é uma grande bagunça dentro da sua mente, e Fred teme não saber lidar com a situação.

Tirando a cabeça das mãos, Fred respira fundo e tenta mais uma vez.

— O pessoal do *Love Boat Brasil* não tem nenhum convênio com vocês? — sussurra Fred, lançando mão do seu último recurso.

Para o desespero de Fred, a atendente balança a cabeça em negativa.

— Não está incluso no pacote.

Perfeito.

— O que está acontecendo aqui? — Fred ergue a cabeça e encontra Rodrigo Casaverde, metido em um roupão macio e chinelos, e seu assistente, Carlinhos, segurando um tablet logo atrás. — Tentando um upgrade de cabine na sua última noite?

O apresentador sorri numa calma imperturbável ao passo que o assistente cochicha alguma coisa em seu ouvido e, com uma dispensa de Rodrigo, desaparece em algum corredor.

Fred bufa.

— Estou tentando negociar uma senha de Wi-Fi que não me custe um rim.

— É mesmo? — Rodrigo troca um olhar bem-humorado com a atendente, que assente antes de se afastar para retomar o *tec-tec-tec* no computador que Fred havia interrompido. — E por que não me pediu para dividir a senha contigo?

Fred lança um olhar enviesado a Rodrigo, tentando interpretar seu bom humor.

— Porque nada com você é de graça.

Rodrigo não finge parecer magoado. Enlaçando os ombros de Fred com o braço, ele o puxa para a lateral do seu corpo. Apesar da birra, Fred sabe que o melhor a fazer é caminhar ao seu lado. Além disso, parte dele nutre a esperança de que Rodrigo vá mesmo compartilhar a senha do Wi-Fi com ele — e andar com Rodrigo parece uma condição bem insignificante perto de todo o resto.

Do elevador aos corredores, e então à cabine de Rodrigo, tudo é bem familiar. Quando se separam, o cheiro suave de óleo essencial de lavanda e capim-limão da massagem de Rodrigo persiste na camisa de Fred, deixando-o tenso e relaxado de uma vez só.

Rodrigo Casaverde ocupa a poltrona e oferece o sofá a Fred num gesto que provoca déjà-vu.

— Como você sabe, hoje à noite é a cerimônia de escolha final — começa Rodrigo, apoiando o queixo nos dedos entrelaçados das mãos. — E estou curioso para saber como você se sente, Fred.

—Ansioso, mas, no geral, bem — responde Fred, ainda de pé.

Rodrigo comprime um sorriso nos lábios, os olhos famintos por uma resposta.

— Me refiro à escolha do Lalo.

De sobrancelhas unidas, Fred senta na beirada do sofá; sua perna esquerda imediatamente começa a balançar.

— Não sei dizer qual será a escolha dele — admite ele depois de pensar um pouco. Parte dele acredita que Lalo vá escolhê-lo, mas outra, a parte que disse a Lalo que ele devia ir a um encontro com o ex e descobrir o que ainda há entre os dois, não tem muita certeza disso.

Se o apresentador interpreta sua hesitação como algo a mais, ele não diz. Rodrigo estala a língua e deita a cabeça na palma da mão ao falar.

— Discordo. Prevejo um grande show quando o Lalo decidir entre você e o Victor. Quem você acha que Lalo leva pra casa: o homem por quem entrou no programa ou aquele com quem fez um acordo e acabou se apaixonando? Ah, eu tô tão empolgado! Isso é que é reality show!

Desviando os olhos do sorriso brilhante do apresentador, Fred se pega esfregando os dedos uns nos outros, o estômago revirando e a cabeça pesada.

— Acho que capitalizar em cima da dor real de alguém não deveria ser um show — diz ele, mais para si mesmo do que para Rodrigo.

Rodrigo Casaverde estreita os olhos.

— Você aceitou os termos do contrato.

— Agora me pergunto se deveria ter feito isso.

— Nós dois queríamos algo que o outro podia providenciar — diz Rodrigo Casaverde, afundando confortavelmente na poltrona sem quebrar contato visual. — Você não vai querer que eu volte atrás na minha parte, né?

    Fred encara os olhos azuis frígidos do apresentador como se o visse pela primeira vez desde que entrou no programa. Por fim, Rodrigo Casaverde se levanta, pega um cartão ao lado da máquina de café e o estende para Fred.

— Trato é trato, Frederico. Lembre-se disso.

— Sinceramente, tô pra conhecer alguém com mais propensão ao drama do que você — acusa Rika num tom suave. Maia concorda com um aceno de cabeça. — Como é que você foi se enfiar nessa, Frederico?

— É sério que você meteu um "Medo Bobo" em rede nacional? — pergunta Duda.

— Amo vocês, mas será que dá pra me levarem a sério dessa vez? — Fred suspira e olha para o alto, sopesando as palavras em busca da melhor maneira de expor a bagunça em sua cabeça. — Tô me sentindo meio mal. Tipo, ficar parado me deixa nervoso porque minha cabeça fica criando um monte de merda, mas a ideia de fazer alguma coisa me paralisa, e eu só quero… sentar num canto e chorar. Mas até a ideia de sentar num canto e chorar me cansa.

Rika se sobressalta.

— Pera, você tá tão mal assim?

— Eu não sei o que fazer — admite Fred.

— Pode começar contando pra gente o que aconteceu — incentiva Maia.

Olhando ao redor, o deque quinze parece ser um lugar tão seguro quanto qualquer outro dentro do navio. Algumas crianças nadam na piscina enquanto seus pais flutuam em boias com drinques nas mãos, alheios à subcelebridade prestes a chorar as pitangas para seus melhores amigos em uma ligação de vídeo com áudio atrasado. Mesmo assim, Fred esquadrinha o local duas vezes em busca de alguma câmera escondida do *Love Boat* e, só quando não reconhece ninguém da produção, ele conta tudo para os amigos: sobre o programa, Victor, Rodrigo Casaverde e os ingressos para o show da Aysha e, por fim, tudo o que envolve Lalo.

— Não acredito que vocês concordaram em fazer essa maluquice de fingir se apaixonarem num programa de TV. — Maia é a primeira a falar, acertando a testa com a palma da mão. — Parece que nunca viu um filme na vida!

— Eu não acredito que você não contou nada pra gente! — reclama Duda.

— Tinha coisa demais acontecendo ao mesmo tempo — diz Fred, baixinho, encarando os próprios pés. — E eu não queria que vocês me olhassem desse jeito.

— De que jeito? — pergunta Duda.

— Decepcionados. — Ele puxa os pés para cima da espreguiçadeira, abraçando as pernas e deitando o rosto nos joelhos, bem perto da câmera. — Não queria que me achassem doido.

Duda, Maia e Rika trocam um olhar.

— Frederico, a gente *sabe* que você é doido — diz Rika, o tom mais suave agora, como se estivesse segurando uma risada.

— É, você só leva a gente pra rolê errado — completa Maia.

— Tipo quando você tava pegando aquela sapadrão da bateria e fez todo mundo ir assistir a uma competição no quinto dos infernos da Barra Funda em dia de greve dos ônibus, ou da vez que você disse que seria legal almoçar num restaurante fuleiro de frutos do mar, ou quando inventou de andar da faculdade até o Eldorado porque seria bom pra gente fazer digestão, mas a Maia estava menstruada — finaliza Duda.

— Eu não julgo o estilo de ninguém, e ela me disse que era bi na época. Você nunca tinha comido caranguejo antes. E caminhar é bom pro estômago — ele se defende, fungando.

— Eu descobri que era alérgica a crustáceo — diz Duda. — Fiquei toda inchada e fui parar no Hospital Universitário. E ainda saí de lá gripada!

— Meu absorvente vazou no meio do caminho e manchou minha calça. Todo cachorro que passava por mim naquele shopping tentou se esfregar nas minhas pernas!

— É, mas você me fez te pagar o almoço por um mês todinho!

— Era o mínimo que você devia fazer.

— Eu quebrei a perna tentando conseguir um ingresso pra você — diz Rika, apontando para o Robofoot, cheio de adesivos fofinhos e alguns proibidos para menores de idade, no pé esquerdo. — Frederico, a gente passou pelo inferno na terra com você, mas nós te amamos.

— Além do mais, sem você, não teríamos nenhuma história bizarra pra contar — diz Maia.

— É! — concorda Duda, empolgada. — E quando não é com a gente, tem a sua vida amorosa que… hã… deixa quieto…

Um riso sem humor escapa dos lábios de Fred, que deita as costas no respaldo da espreguiçadeira enquanto esfrega o rosto num gesto frustrado.

— É exatamente esse o problema, a droga da minha vida amorosa! Vocês sabem, meu histórico não é lá muito positivo. Meus relacionamentos nunca chegam a ficar sérios. Parece que assim que digo o primeiro "eu te amo", a coisa acaba. Quando não levo um pé na bunda, é *ghosting*. Daí fico com aquela sensação de que eu fiz alguma coisa errada, mas nunca consigo entender o motivo. Tipo agora. Eu e Lalo estávamos bem, e eu sei que ele *gosta* de mim, mas entre estar apaixonado e querer ter um relacionamento existe um oceano de possibilidades. Entre o que estamos fazendo aqui e ele querer ficar comigo… com o Victor e o histórico deles… Às vezes, penso que os meninos da escola tinham razão e eu sou esquisito demais para merecer…

— Amigo, por favor, não termina essa frase — pede Rika. — Você sabe que isso não é verdade.

— Será que não é? — retruca Fred, num fio de voz.

— De jeito nenhum!

— Sentimentos costumam deixar a gente vulnerável e isso assusta mesmo, amigo — diz Duda. — Você tá com medo do que pode acontecer, isso é normal.

— O importante é não deixar que isso te impeça de fazer algo que te faz feliz — adiciona Maia.

— Eu só queria ter a certeza de que dessa vez vai ser diferente — sussurra Fred, os olhos deslizando até o horizonte para acompanhar o movimento das ondas, tremeluzindo feito prata líquida.

— Ninguém pode te dar essa certeza, amigo — conclui Maia.

Embora reconheça que Maia tem razão, a faísca de uma ideia brota na cabeça de Fred. Ninguém pode dar certeza de nada nessa vida, é verdade, mas se ele puder ter um pouco mais de segurança, talvez possa aplacar a ansiedade — e impedi-lo de continuar roendo o esmalte das unhas. Mas como fazer isso? Fred não poderia chegar na cara de Lalo e perguntar "e aí, já é ou já era?".

Argh! Por que tudo é tão complicado?

Fred sente o gosto salgado das lágrimas antes de perceber que está chorando. Na tela do celular, seus amigos continuam a postos, parecendo preocupados com os lábios cerrados e sobrancelhas vincadas. Rika abre a boca para dizer algo, mas Duda é mais rápida:

— Já sei o que vai te animar! — declara ela, um sorriso tomando forma. — Abre o Twitter *agora*!

Long Live Aysha! @longliveaysha • 8 horas atrás
Você não sente vontade de gritar e pular no ar (e em uma piscina) ao ouvir "Cravin 'You"? Este adorável fã brasileiro representa todos nós! Manda ver, royal!
TRADUZIDO DO INGLÊS
Quinta-feira, 29 de fevereiro de 2024

💬 734   🔁 5 mil   ♡ 89 mil   📊 801 mil

@AYSHA ISSO É INCRÍVEL!!! Eu o amo!!! ♥
TRADUZIDO DO INGLÊS
> @badudats MEU DEUS @takarafred É VOCÊ!!! A AYSHA TÁ FALANDO DE VOCÊ
> @badudats @AYSHA MDS AYSHA ESSE É O MEU MELHOR AMIGO
> @takarafred ELE TE AMA TANTO QUEEN PF MANDA ALGO PRA ELE
> TRADUZIDO DO INGLÊS
> @AYSHA você arrasa, @takarafred meu amor! ;)
> TRADUZIDO DO INGLÊS

@mumu_rosa esse não é o carinha do love boat?
@kai1989 MORTAAAAAAAAAAAAA
@mthsdearaujo EU VIVI PRA VER ISSO
> @minedetuba AYSHA MANDA UM BEIJO PRA MIM
> @jmniz te amo mãeeeeeeeeee @AYSHA
> @lovelulur @AYSHA pretinha vc tá bem? tem que tá forte pra anunciar o álbum novo

Trinta e um

Parece providencial que no dia em que a ansiedade o arrastou para fora da cama às três da manhã, Lalo passe duas horas gloriosas em um spa.

Do chão às paredes, e mesmo as cadeiras, possuem algum tom de cinza. A princípio, Lalo tem a sensação de que está de volta àquele pedaço de Osasco onde tudo é cimento e blocos de concreto. Estranhamente, isso somado à música suave do spa ajuda a relaxá-lo.

Há câmeras por todo lado. Na recepção, na antessala (onde o fazem vestir uma sunga e um roupão ultramacio), e acompanhando-o pelo corredor até uma sala de massagem, onde Victor o espera em um roupão semelhante ao seu, rodeado por mais câmeras. Ele gostaria de conversar com Victor em particular, mas, dadas as circunstâncias, isso não acontecerá tão cedo.

— Achei que teria que te buscar — diz Victor, abraçando-o.
— Já estava começando a pensar que não viria.

Lalo respira fundo, inalando o aroma familiar de bergamota. Um sorriso involuntário se faz presente e ele se permite derreter dentro do abraço de Victor, sentindo-o estreitar os braços ao seu redor.

— Você está usando o perfume que eu te dei — constata Lalo, um leve nó se formando na garganta.

— Senti saudades, gatinho — murmura Victor em seu pescoço, deixando-o de pernas bambas.

O nó agora estrangula a garganta de Lalo, provocando fisgadas em seu estômago. Ele engole em seco, incapaz de falar. Em sua mente, a mesma pergunta faz todos seus neurônios gritarem: *se sentiu saudades, por que não entrou em contato?*

Victor beija seu pescoço, e pequenos arrepios brotam ao longo do corpo de Lalo. Ele gira Lalo delicadamente para o lado, apontando para uma única maca na sala.

— Hoje, eu serei seu massagista — diz Victor, os dedos ágeis abrindo o roupão de Lalo e deslizando-o pelos ombros com uma lentidão provocante. Ele salpica beijinhos na pele exposta de Lalo, que ofega quando as mãos de Victor pousam em sua cintura e o guiam até a maca. — Hmmm... adoro o som que você faz quando te toco...

Deitado, Lalo morde o lábio inferior, contorcendo-se para aliviar o desconforto entre as pernas. Victor traça a linha do pescoço de Lalo com o dedão. O contato dá uma sacudida no estômago de Lalo.

— Você ainda não tinha essa tatuagem quando a gente se viu pela última vez.

— Faz um tempo... — responde Lalo, de olhos fechados.

— Não faz tanto tempo assim — replica Victor. Ele segue acariciando-o, subindo para o lóbulo da orelha, entremeando os dedos no cabelo de Lalo. — Ficou bonito, mas eu gostava do seu pescoço limpo.

Victor desliza as mãos cobertas de óleo de capim-limão e lavanda pelas costas de Lalo, desfazendo os nós entre os músculos da escápula, seguindo a linha da coluna com os dedos e aliviando a tensão em sua lombar. Ele massageia suas pernas, apertando os músculos das panturrilhas e coxas. Seus dedos brincam com a barra da sunga de Lalo, tirando-lhe um arquejo quando tocam sua virilha, mas logo ele se afasta, voltando para áreas mais apropriadas para a classificação do programa.

Ao fim da massagem, Victor o ajuda a se levantar, deixando que a mão vagueie pelo peito e abdômen de Lalo.

— Acho que seu corpo ainda se lembra do meu — murmura Victor, os corpos tão próximos que Lalo sente a fricção entre eles. — Que bom que vamos poder ficar bem perto um do outro agora.

Ele sente uma fisgada no estômago e os batimentos acelerarem. De repente, tudo o prende naquele lugar: a força de Victor, seu cheiro — couro, pimenta rosa e um leve toque ácido de bergamota —, e as lembranças, que rodam como um filme tanto na mente quanto na pele.

Victor puxa Lalo para o ofurô, acomodando-se lado a lado no assento. Usando a mão livre para pegar em seu queixo, vira o rosto de Lalo para si, e seus lábios se encaixam, um beijo quente e sedento, exatamente como Lalo se lembrava.

Beijar Victor é como levar uma descarga elétrica de alta voltagem. Todo o seu corpo está em alerta: os olhos se abrem no meio do beijo, o estômago dá cambalhotas perigosas e, quando cai em si, está se afastando dele, a respiração acelerada e os olhos arregalados, como uma criança assustada com o choque.

— Que foi, gatinho? — pergunta Victor, o rosto confuso.

Lalo sacode a cabeça.

— Nada.

— Então por que você fugiu? Volta aqui, fica comigo. — Victor estende a mão, acariciando o ombro de Lalo. — A gente tem tanta coisa pra conversar... — emenda ele, atraindo seu olhar.

— Que bom que você tocou no assunto! — Lalo suspira. — Queria muito falar com você.

Victor abre os braços, convidando-o.

— Então vem aqui, vamos conversar — diz ele. Seus olhos brilham com uma intensidade nova para Lalo. Hesitante, ele se posiciona ao lado de Victor, o braço do rapaz enrolando-se em volta de seus ombros conforme puxa as pernas de Lalo para o colo. — Sobre o que quer falar?

— Eu... não sei por onde começar... Talvez tudo? — diz Lalo, soando incerto porque os lábios de Victor estão colados à sua pele, a ponta da língua traçando a linha da sua mandíbula.

Lalo se desvencilha, disparando o olhar para todos os cantos menos para Victor conforme sai do ofurô com pétalas de rosas coladas ao corpo.

— Será que a gente pode ir lá fora tomar um ar? — Lalo veste o roupão, apressado.

— Pra quê? Volta aqui, fica comigo, tá gostoso.

— Eu preciso mesmo de um ar.

Ele precisa de distância. Victor é envolvente demais. Mesmo quando propõe que conversem, está tocando em Lalo, beijando-o, sussurrando coisas em seu ouvido que o fazem se esquecer de onde estão. Ele não era tão carinhoso assim antes. Ou era e só agora Lalo percebeu?

Victor bufa e, grunhindo, se levanta.

— Pode ficar aqui se quiser. Vou só dar uma volta e...

— Não. — Victor o corta. — Me desculpa. É que... estamos em um encontro, né? A gente deveria fazer as coisas juntos. — Victor pega uma garrafa de champanhe de um balde com gelo que Lalo não viu mais cedo e passa o braço pelos seus ombros, abrindo um sorriso. — Vem, amor. Vamos lá "tomar um ar".

Lalo força um sorriso em agradecimento e se deixa guiar por uma porta que desemboca na ponta do navio.

Não reparou em como estava quente lá dentro. Talvez tenha sido a situação e todas aquelas luzes e refletores que as câmeras precisam. Aqui, tocado pela brisa refrescante do oceano ao pôr do sol, Lalo suspira aliviado.

— Tá se sentindo melhor?

Abrindo os olhos num sobressalto, Lalo encontra Victor parado ao seu lado, entornando a garrafa de champanhe com uma casualidade sexy de quem o faz todo sábado à noite.

— Um pouco.

— Que bom. — Ele massageia os ombros de Lalo. — Olha, me desculpa se pareci... não quis dar a entender que não queria vir aqui fora, só esperava que pudéssemos ficar juntos, eu e você, curtindo como nos velhos tempos. Queria ficar com você, só isso.

A vulnerabilidade repentina lembra um tempo não muito distante, uma noite em que eles estavam entrelaçados e Victor disse "eu te amo" pela primeira vez. Lalo quase pode sentir o cheiro de bergamota, suor e saliva. Sob o toque de Victor, ele relaxa.

Lalo se permite deslizar para dentro do calor da memória e diz:

— Estamos aqui agora...

— É, estamos.

Pelo canto do olho, eles flagram alguém da equipe do programa sacudindo os braços acima da cabeça, chamando a atenção deles. Seja quem for, a pessoa abraça outro integrante da equipe por trás e eles abrem os braços juntos.

Victor ri sem humor em seu ouvido.

— Eles não esperam que a gente faça aquela pose brega do *Titanic*, né?

Os dois ficam em silêncio, Lalo com os olhos fixos no navio cortando os ondas. Ele percebe, talvez pela primeira vez, como Victor parece sempre ter um comentário ácido para essas pequenas demonstrações de amor, falando sobre como são bregas e humilhantes. Será que é isso o que Victor pensa dele?

Victor explora os cabelos na nuca de Lalo com a ponta do nariz, causando-lhe um arrepio que desanuvia seus pensamentos. Ele beija a parte de trás de sua orelha e sussurra:

— Não vou ficar chateado por você ter interrompido nosso beijo, contanto que me retribua daquele jeito que só você sabe. — Sem resposta, Victor continua espalhando beijos pelo pescoço de Lalo. — Que saudade de você. Se soubesse o quanto te quero...

— Por que você sumiu, então?

A pergunta escapa.

Quando os beijos de Victor congelam no ar e a sua única resposta é o silêncio, Lalo gira em seu abraço para encará-lo com uma sobrancelha erguida.

Victor umedece os lábios e engole em seco.

— Eu pensei muito a respeito disso antes de vir para cá — responde ele, tão devagar que soa como se estivesse repassando o significado de cada palavra. — A verdade é que eu não estava pronto pra um relacionamento sério, Lalo, e não sabia como te dizer. Mas nunca deixei de te amar, ou de te querer. — Ele vira a cabeça, escondendo o rosto. — Eu cometi um erro.

Um súbito desconforto se acomoda na base da garganta de Lalo.

— Naquela noite antes de eu voltar pra São Paulo, quando você disse que precisava de um tempo, mas que queria ficar comigo, foi mentira?

— Não! — Victor volta a encará-lo, boquiaberto. — Mas o tempo passou, nossa situação mudou, e eu não estava mais naquele lugar. Eu estava confuso.

— Então por que não me *disse*? Poderíamos ter resolvido isso juntos! — Lalo abaixa os olhos, e as mãos de Victor agora seguram seus braços com a força de quem se agarra a um terço. Dando um passo para trás, Lalo toma fôlego como se pudesse inalar coragem pelo ar. — Victor... tem uma coisa que a gente precisa conversar.

— É você que tem algo a dizer — ele suspira —, então fala.

— Tem a ver com a gente. E comigo. — Lalo exala. — Eu não tô sabendo lidar com a situação agora.

Pela primeira vez desde que se reencontraram, um traço de incerteza cruza o rosto de Victor, instalando-se no centro de sua testa encrespada.

— Você não... me quer? — pergunta ele, devagar.

Lalo sacode a cabeça.

— Não é isso — responde ele, sentindo os pensamentos cada vez mais pesados, esmagando-o aos poucos.

— Então tem a ver com aquele menino lá, o Fred?

A maneira como Victor fala, "*Fred*", com tanto desdém, gera uma onda de irritação que por um instante Lalo não sabe se será capaz de conter. Ele respira fundo, tentando se acalmar.

— É, o Fred. Também. Eu e ele nos aproximamos bastante e acabamos... nos envolvendo. Mas não é só isso...

— Eu sei.

— Sabe?

Lalo fita Victor, completamente estupefato. Ele imaginava que contaria a Victor sobre o relacionamento e os sentimentos que tem por Fred com cuidado, avaliando aos poucos como a revelação o afetaria. Não esperava que Victor *soubesse*, muito menos parecesse tão tranquilo a respeito disso.

— E tá tudo bem, viu? Sou um cara compreensivo — diz Victor, alisando o braço de Lalo. — Além disso, também fiquei com outras pessoas depois que a gente terminou.

Lalo pisca repetidamente, esbarrando na balaustrada ao dar para trás, e agarra o corrimão para se firmar. Ele sente como se estivesse afundando.

— Outras pessoas... Terminou? Victor, a gente não...

— E outra, sei por que fez o que fez, e não me importo.

Balançando a cabeça de um lado para o outro, Lalo vomita as palavras:

— Victor, a gente não terminou.

Victor olha ao redor, brevemente constrangido, e dá um sorrisinho piedoso.

— Também é doloroso pra mim tocar nessa ferida, mas é claro que terminamos, Lalo.

— A gente nunca conversou sobre terminar, você só... sumiu.

— Isso não é verdade — fala Victor, devagar, como quem explica a soma de um mais um para uma criança. — Eu falei que era melhor a gente parar de se ver porque eu estava estudando em outro estado e não queria ser injusto com a gente. Aí nós terminamos.

— Não, Victor, não é assim que eu me lembro. — Lalo recorre às lembranças, o coração martelando no peito. — Era fim de semestre e dirigi até Minas Gerais pra te ver. Você estava sobrecarregado e disse que seria melhor a gente dar um tempo e se ver só quando combinado. Você *disse* que nos veríamos nas férias, mas depois foi fazer aquele curso intensivo de verão e falou que não daria pra gente se encontrar. Você mal respondia minhas mensagens, até que você *parou de responder*. Você sumiu e me deixou sozinho.

Victor tem os olhos de um boneco e a boca de um fantasma. Ele se recompõe depressa, o rosto ganhando um tom avermelhado quando uma risada nervosa lhe escapa.

— Lalo, isso é maluquice. Eu nunca fiz isso. Por que você tá pintando essa imagem minha? Achei que gostasse de mim.

Lalo enfia os dedos nos cabelos, frustrado.

— Eu gosto de você! Mas, Victor...

— Então para com isso! Não é legal. Tá me magoando pra caramba. Eu vim aqui por você, porque vi o meu homem em um programa de namoro e percebi que cometi um erro terminando contigo. Agora você tá me dizendo que se apaixonou por outra pessoa... Sei lá, sinto que é quase como se você tivesse me traído.

Do que Victor está *falando*? Por que ele está distorcendo a verdade desse jeito? E como Lalo poderia tê-lo traído se ele o havia abandonado? Ele nem tinha planejado se envolver com Fred!

Lalo afunda o rosto nas mãos, esfregando os olhos para conter as lágrimas.

— Eu não falei *nada* disso!

— Claro que falou! E o que não falou, não precisa. Tá na sua cara.

Victor afasta as mãos de Lalo e toma seu rosto nas mãos. Lalo não quer encará-lo, ao mesmo tempo, não consegue desviar os olhos quando Victor está bem ali na sua frente, caçando seu olhar.

— Eu amo você. Acha que eu viria aqui se não amasse? Se não soubesse que, no fundo, você também me ama e quer estar comigo? — Victor não espera por uma resposta. Ele beija Lalo, descolando suas bocas apenas quando percebe que Lalo não o beija de volta. Após estudar sua expressão, ele murmura: — Por que não vamos pra sua cabine e ficamos só nós dois, sem câmeras. Deixa eu te mostrar o quanto ainda te quero.

— Acho... acho melhor não — sussurra Lalo. — Eu preciso de um tempo.

A mandíbula de Victor tensiona, como se ele estivesse mordendo a língua. Ele faz um muxoxo, suspira, e contenta-se em dar um selinho em Lalo.

— Tá, tudo bem. O que você precisar, amor. Sei que você vai me escolher. — Victor abaixa a voz e, contra os lábios de Lalo, sussurra: — Se quiser me ver, sabe onde me encontrar.

Cruzando o spa em passadas largas, Lalo deixa Victor e a equipe de filmagem do *Love Boat Brasil* para trás. Tão logo está fora do alcance das câmeras, a mão de alguém agarra seu braço e ele para. Quando olha para trás, dá de cara com Dinda — as sobrancelhas grossas erguidas —, que não lhe pergunta como está nem nada, apenas diz:

— Deque quinze.

Trinta e dois

Fred com certeza vai emoldurar esse tuíte e pendurá-lo na parede do quarto.

Aysha sabe quem ele é. Porra, todo mundo no Mundinho Aysha deve saber quem ele é a essa altura. Este é o momento mais "puta que pariu!" da sua vida — entrar em um programa de namoro acaba de descer para o número dois.

Ele não percebe quando alguém o segura pelos ombros.

— Fred? Tá tudo bem com você?

Fred pisca, o mundo entra em foco de novo e ele finalmente percebe que Lalo está bem na sua frente, segurando-o pelos braços com a expressão preocupada.

— Está tudo bem? — pergunta Lalo, devagar.

— Eu não sei? — responde Fred, recuperando o fôlego.

— Aconteceu… alguma coisa?

Em resposta, Fred levanta o celular desbloqueado com o print do tuíte para Lalo ver. Ele leva uns segundos para entender, então está sorrindo.

— Meu Deus.

— Ainda não processei. Tipo, a Aysha. Ela me viu. Ela sabe quem eu sou. Ela sabe qual é meu arroba no Twitter. ELA TÁ ME SEGUINDO NO TWITTER!!!! EU NÃO CONSIGO PENSAR!!!!

Antes que possa perceber, Fred está pulando para cima e para baixo, o celular agarrado ao peito, as bochechas doendo de tanto sorrir e uma porção de lágrimas rolando no rosto. Ele se joga em Lalo, surpreendendo-o com um abraço, e logo os dois estão pulando juntos. Somente quando Lalo segura seu rosto nas mãos é que Fred para no lugar, apesar de seu corpo continuar vibrando.

— Respira um pouco — instrui Lalo, mostrando como puxar e soltar o ar. Fred o imita, e logo a vibração diminui para um zumbido confortável de felicidade. — Você tá conseguindo focar?

— Tô, sim! Só tô muito elétrico. Perdão, vou me concentrar.

Lalo volta a abrir um meio-sorriso.

— Não precisa pedir desculpas. Eu amo o seu entusiasmo.

Aquela palavra, "amo", faz o estômago de Fred dar uma cambalhota sofrida.

Olhando mais atentamente, Fred encontra aquele vinco entre as sobrancelhas de Lalo. Ele pressiona o polegar ali, fazendo movimentos circulares para tentar relaxá-lo, e nota quando Lalo deixa os ombros tensos caírem.

O zumbido de felicidade dá lugar a uma ansiedade pulsante.

— Aconteceu alguma coisa no encontro com o Victor? — pergunta Fred, tão delicado quanto o toque de sua mão ao aninhar o rosto de Lalo. — Você acabou de sair de lá, né?

Lalo suspira e cobre a mão de Fred com a sua, puxando-a para baixo, seus dedos entrelaçados.

— É. Foi... um encontro. — Fred arqueia as sobrancelhas, incentivando Lalo a falar. — Sei lá. O Victor agiu como se estivesse tudo bem entre a gente e eu tivesse... exagerado? Tipo, ele acredita que nós terminamos. Quando falei que não, ele disse que era maluquice.

— Ele te chamou de *doido*? — pergunta Fred, o tom de alerta contrastando com o volume suave da voz.

Lalo balança a cabeça.

— Não. Sim. Não exatamente, mas acho que dá pra interpretar desse jeito, mesmo ele não tendo usado essa palavra.

Lalo leva as mãos aos cabelos, correndo os dedos nervosos entre os fios castanhos. Fred gentilmente puxa-as de volta para si.

— Continua falando — pede ele.

— Não tenho o que falar e não consigo parar de falar. Me sinto... me sinto... nem sei como me sinto. Encontrar o Victor e falar com ele de novo não foi como eu imaginava que seria.

— Fred comprime os lábios, segurando um sorriso, e Lalo lança um olhar confuso. — Por que você tá me olhando assim?

— Nada. É que normalmente o tagarela sou eu.

Lalo solta uma risada aspirada e gira para encarar o mar, as mãos presas no corrimão da balaustrada. Na ponta dos pés, Fred apoia o queixo no ombro de Lalo, beijando-lhe o rosto, e o abraça pela cintura.

— O Victor tem certeza de que vou escolhê-lo à noite — sussurra Lalo.

— Ele parecia bem confiante mais cedo na cabine — admite Fred, a contragosto.

Eles caem num silêncio preenchido somente pelo gorgolejar das ondas e os borrifos de água salgada em seus rostos. Fred se aconchega no pescoço de Lalo, o cheiro reconfortante de suor e o perfume Tommy Hilfiger, que ele mantém na penteadeira, mesclado a lavanda e capim-limão. Uma pétala de rosa está escondida logo abaixo do colarinho da camisa.

— Vocês se encontraram no spa? — pergunta Fred baixinho.

— É. Ele... — O corpo de Lalo se retesa. — Vai ser esquisito se eu contar o que aconteceu? Não quero te magoar.

Honestamente, Fred *não quer* saber o que aconteceu entre eles. As vozes de sua cabeça já fazem um trabalho bom o suficiente sem nenhum tipo de confirmação, muito obrigado. Mas Lalo parece tão angustiado, tão confuso. Ele *não quer* saber sobre o que Lalo e Victor conversaram, se eles se abraçaram, se eles se beijaram ou coisa pior. Independentemente do que acontecer, Fred já se decidiu por não assistir a nenhum episódio do programa desde a entrada de Victor. Ao mesmo tempo, ele quer apoiar Lalo, e vê-lo desse modo mexe com algo dentro de si.

— Você pode... resumir? — Fred consegue dizer.

— Foi quase como antes... — diz Lalo, caindo num silêncio profundo enquanto encara as próprias mãos no corrimão.

Quase como antes.

Fred não consegue interpretar essa frase de um jeito que gosta.

"Quase como antes" significa "quase como" quando estavam apaixonados um pelo outro, quando Lalo cometeu sua maior loucura de amor, quando nenhuma outra pessoa era uma possibilidade para ele, pois estava disposto a lutar por Victor.

Ele ergue o rosto, torcendo para que o vento salgado seque seus olhos.

— Esse programa. A escolha de vir pra cá. Eu menti pra minha melhor amiga e enganei uma pá de gente aqui achando que sabia o que estava fazendo, mas agora que consegui o que queria, não tenho mais tanta certeza. Ter o Victor de volta parecia o certo. Lutar por aquilo antes que chegasse ao fim, tentar fazer dar certo... Mas quando você é o único lutando, será que ainda faz sentido? Por um tempo achei que fizesse, mas para ele nem era relacionamento. Ele nem teve a decência de terminar comigo! Ele me jogou de lado e achou que era o suficiente. Uma mensagem, Fred! Ele não me mandou nem uma mensagem sequer!

Lalo agarra a balaustrada, os dedos brancos tensos. Embora não possa vê-lo, Fred sabe que ele está chorando, o rosnado em sua voz soando tanto um grito de fúria quanto desespero.

— Agora ele aparece dizendo que cometeu um erro, que me ama e quer estar comigo. Parte de mim quer isso, porque parte de mim quer ele. Eu posso perdoar, ser razoável e entender que estávamos em cidades diferentes, vivendo vidas diferentes, e que agora estamos alinhados de novo. Mas eu não... eu não sei se estamos. Não sei se *eu* estou. Não sei mais o que eu tô fazendo ou *por que* eu tô aqui, e isso me deixa maluco.

Cada frase acerta o coração de Fred com uma marreta. Ele sente as unhas afundarem na carne, os punhos cerrados, enquanto debate consigo mesmo.

— Você me permite falar uma coisa? — pergunta Fred após um tempo, hesitante, continuando apenas após Lalo assentir em silêncio. — É horrível a gente se entregar pra alguém e no final ter que fazer o trabalho de se recolher sozinho porque, seja qual for a razão, não pudemos contar com o outro. É igualmente ruim entender que nós somos os únicos responsáveis pelas escolhas que fazemos, porque isso faz com que a gente lide com sentimentos ruins que ninguém quer sentir.

Lalo gira o pescoço, fitando-o por cima do ombro, os olhos vermelhos emoldurados pelo cenho franzido.

— Às vezes, é pedir muito que alguém admita as próprias falhas, assuma responsabilidade e entenda o impacto emocional que teve em você porque isso vai ameaçar a narrativa que essa pessoa criou sobre como a culpa não é dela, é sua. — Fred encosta a testa na nuca de Lalo, soltando o ar. — Mas, Lalo, a culpa *não é* sua. Você não tem culpa de ele ter se afastado, não tem culpa de ter tentado ao máximo fazer o relacionamento dar certo, e definitivamente não tem culpa de ainda sentir o que quer que você sinta, porque... sentimentos são reais... e não tem muito o que fazer a respeito deles a não ser ouvi-los e aprender com eles.

Por um instante, eles permanecem naquela posição, respirando forte. O ar tem cheiro de oceano e de Lalo. O medo repentino da saudade toma Fred de assalto e, num impulso, ele abraça Lalo por trás, entrelaçando seus dedos. Aos poucos, começa a abrir os braços, apenas para Lalo cruzá-los sobre o peito, lançando-lhe um olhar espantado por cima do ombro.

— O que você tá fazendo?!

— Tentando te ajudar a se livrar da culpa.

— Fred, eu não preciso abrir os braços à beira de uma queda de uns cinquenta metros de altura em mar aberto para me livrar da culpa!

Fred dá um beijo em seu rosto e abre um sorriso que torce para parecer confiante.

— Você não vai cair — garante ele.

— É muito... — Lalo olha de um lado para o outro. — Cadê a segurança disso aqui?

— Você tá agarrado nela, e eu tô te segurando. — Fred apoia a cabeça no ombro de Lalo. — Agora fala, tá com medo do quê?

Lalo engasga um soluço.

— Não tem nada lá.

— Só fecha os olhos e sente. Confia em mim.

Lalo hesita a princípio. Pouco a pouco, a resistência desaparece, e então Fred e Lalo estão de pé no parapeito do navio com os braços abertos para o oceano. Os cabelos de Lalo ricocheteiam no vento, fazendo cócegas no rosto de Fred. Ele pode sentir o coração do outro batendo forte, os próprios dedos praticamente esmagados entre os de Lalo, mas ele não se importa.

— Não lute contra o que você tá sentindo agora. Se entrega. De cabeça. — Em um ato egoísta, Fred encosta os lábios no pescoço de Lalo, deixando um rastro de beijos até o ponto atrás de sua orelha. Então, ele sussurra: — Não carregue um peso que não é seu. Você é livre, Lalo.

O olhar de Lalo encontra o de Fred por cima do ombro, desta vez com uma fagulha que Fred não se recorda de já ter visto. *O que está se passando pela sua mente?*

— Como você se sente agora? — pergunta ele em vez disso.

A eterna ruga de preocupação continua ali, mas algo na maneira como Lalo umedece os lábios e o encara deixa Fred um pouco desnorteado, espelhando sua confusão. Por um instante, um breve momento em que seu peito se inunda com expectativa, Fred acredita que Lalo vai dizer as palavras mágicas. Que finalmente ele terá, senão a certeza, pelo menos alguma garantia de que apesar da confusão, eles ficarão bem. Que há um futuro para Fred e Lalo, juntos.

Um sinal. Qualquer sinal bastaria.

Lalo abre e fecha a boca umas duas vezes antes de responder.

— Não sei. Eu... nunca me senti assim antes.

Enquanto Lalo volta o rosto para o oceano, os olhos piscantes absorvendo as cores do céu ao derreter e cair em direção ao mar, Fred assente e se permite apreciar a forma do corpo de Lalo contra o seu, ciente de todos os pontos em que se tocam, das linhas dos músculos aos pelinhos atrás da nuca, inalar seu perfume e encarar o rosto de Lalo contra o azul do céu até a imagem estar queimada na própria retina, de modo que, mesmo de olhos fechados, ele se lembre deste exato momento.

Apesar de não poder prever qual será a escolha de Lalo, ele sabe qual será a sua.

Trinta e três

O sol está se pondo quando os olhos das câmeras se abrem.

Se Lalo não tivesse estado aqui antes, não reconheceria o deque sete. A piscina foi transformada num palco, com passarela e plataforma transparentes construídas bem rente à lâmina d'água, dando a impressão de que Lalo caminha sobre ela. Pontos de luz cintilam como estrelas refletindo o brilho do céu de arrebol. No final do caminho, há um grande arco em formato de coração feito com rosas trançadas, as pétalas cobrindo o chão do palco e perfumando o ar salgado com a doçura das flores.

Lalo está de pé logo abaixo do arco, tentando não se mexer demais em seu colete e calças cor de creme de alfaiataria e olhando nervoso para o fim da passarela.

— Cadê o Rodrigo? — perguntou ele mais cedo, quando não viu sinal do apresentador.

— A Escolha Final é só sua, Lalo — respondeu Matheus, garantindo que seu microfone estivesse funcionando. — Mas relaxa, depois que você escolher, o Rodrigo vai conduzir uma entrevista com vocês durante um jantar todo pomposo no deque superior. Fiquei sabendo que o prato principal é lagosta.

Vocês.

Lalo e O Escolhido.

Ele abre os braços, torcendo para que a brisa seque o suor das axilas antes que manche o colete. Quando ouve o grito de "GRAVANDO!", ele ergue o rosto para o céu e respira fundo.

Quando Lalo põe os olhos nele, sabe que fez a escolha certa.

Do outro lado da passarela, Victor é a imagem da beleza e compostura. Ele veste uma camisa de tricô azul-clara, calça, tênis branco e um sorriso vitorioso no rosto. Seu passo é leve e despreocupado, desfilando sobre a água até encontrá-lo.

— Sabia que você me escolheria — diz Victor, puxando Lalo para um abraço.

O abraço de Victor é como uma máquina do tempo: a sensação dos músculos, o calor de seu corpo, o cheiro da loção de bergamota, tudo o leva de volta para um momento em que Lalo o amou tanto que nada mais ocupou seus pensamentos, nenhuma distância era tão longe, nenhum momento, inconveniente. Ele o amou de tal modo que nenhuma outra pessoa foi capaz de atravessar o labirinto da sua mente e do seu coração.

Até poucas semanas atrás, quando Fred agarrou o bolso traseiro do seu jeans e o convenceu a fingirem se apaixonar um pelo outro — uma mentira que em algum momento, Lalo não sabia precisar quando, se tornou real.

Victor traça um caminho de beijos do pescoço de Lalo até seu rosto, em busca de sua boca. Lalo vira a cabeça, fechando os olhos com força quando a boca de Victor encosta na curva de seus lábios.

— O que foi isso? — pergunta Victor, desconfiado.

Dando um passo para trás, Lalo se desvencilha de Victor. Ele pode sentir a pulsação na garganta, nos ouvidos, ecoando em sua cabeça. Pela primeira vez na noite, Lalo repara nas palmas das mãos, suadas. Ele as esfrega no tecido da calça e solta o ar, trêmulo.

— Victor, eu entrei no programa porque queria atrair sua atenção de alguma forma...

— Para com isso e vem cá me dar um beijo. — Victor tenta alcançar a cintura de Lalo, só para vê-lo escapar por entre seus dedos.

— Para que você percebesse que eu valia a pena — prossegue Lalo, firme. — Que eu e você ainda podíamos ficar juntos porque o que nós tínhamos, o que sentíamos um pelo outro, era importante. — Lalo respira fundo. — Mas hoje percebi que estava me agarrando a um relacionamento que não existia. Você acabou com a gente, Victor. Você decidiu isso sozinho, e só descobri meses depois.

O sorriso de Victor é uma máscara encobrindo a ira e humilhação que transformam seus olhos em uma labareda de gelo e teimam em puxar o canto dos seus lábios para baixo, numa careta.

— Podíamos ter terminado — continua Lalo. — Teria doído, mas pelo menos eu teria uma resposta. Até nosso encontro de hoje, não sabia se te considerava meu namorado ou meu ex porque você sequer respondia minhas mensagens.

— Lalo, entendo sua confusão, mas você não teria se colocado nesse programa, saído com tantas pessoas, se nós ainda namorássemos, né? — Victor tenta desconversar, os olhos disparando de uma câmera a outra. — Qual é, meu amor! Você sabe que não quer isso de verdade...

— Eu sei o que eu quero — diz Lalo com firmeza, afastando-se da tentativa de toque de Victor. — Quero alguém com quem eu possa conversar, que fale o que pensa e que leve meus sentimentos em consideração. Alguém que não me mande mensagens confusas e tente me convencer de que *eu* sou o problema. Eu *não sou* o problema.

— Tá, tudo bem. Você falou e eu ouvi. Me desculpa se eu não fui tão claro sobre o nosso término. Prometo que serei melhor daqui pra frente. Pronto. Não era isso o que você queria ouvir?

Lalo vira a cabeça de um lado para o outro, os olhos e os lábios cerrados.

— O que eu tô tentando dizer, Victor, é que eu não quero você.

Há uma breve pausa na qual Victor parece estar congelado no tempo. No entanto, quando ele enfim compreende as palavras de Lalo, sua máscara cai aos pedaços.

— Então por que fazer esse malabarismo todo, pra gente passar vergonha em rede nacional? — zomba Victor com uma careta de desgosto.

Encarando as próprias mãos vazias, Lalo dá de ombros — um gesto duro e difícil com o peso da culpa, medo e raiva de Victor —, sentindo-se ao mesmo tempo pequeno demais e muito aliviado.

— Acho que... eu precisava descobrir que nós não tínhamos salvação. Que tínhamos seguido caminhos diferentes. E... também que... estou feliz com o caminho que encontrei pra mim.

Os pensamentos correm livres, difíceis de serem capturados, e a cabeça de Lalo dói. Mas uma vez que as palavras saem de sua boca, ele entende que aquela é a verdade. Ir atrás de Victor foi um plano idiota, ele sabe disso agora. Mas se não o tivesse feito, talvez jamais tivesse encontrado e se apaixonado por Fred.

— Eu quis você, Victor — diz Lalo calmamente. — Mas não fui eu quem te trouxe aqui.

Victor fica cara a cara com Lalo, fumegando. Lalo sustenta seu olhar.

— Você tá desperdiçando sua chance — dispara Victor, fitando-o de baixo a cima com uma ira até então desconhecida a Lalo. — Aquela bicha nunca vai poder te dar o mesmo que eu. Tá achando que ele vai te salvar só porque agora você tá "decidido"? Você é como um cachorrinho perdido e obediente. Vai deitar, rolar e ficar de quatro pra qualquer um que alisar a sua barriga, mas sempre vai voltar pro dono. Só não vai pensando que eu vou te querer de volta depois.

Lalo engole em seco, erra um passo para trás.

Nunca antes tinha ouvido tanta raiva nas palavras de Victor. Há um brilho perigoso no olhar do homem à sua frente; não as labaredas de cólera, queimando tudo o que veem pela frente, mas o brilho alaranjado do carvão prestes a se apagar. Faminto, mas indiferente.

Exatamente como Victor se sente com relação a ele, Lalo percebe.

Não eram *carinho* as tentativas de intimidade no spa mais cedo. Era *desejo*.

Durante todo o tempo que passaram juntos, Lalo nada mais foi do que um objeto de desejo para Victor. *Essa coxa grossa... esse peito... esse bíceps...* As escapadas para o motel, as ligações de vídeo que acabavam em sexo virtual, "não tem ninguém olhando, vem, vamos rapidinho, vai ser gostoso". Nada disso seria ruim, claro, se tivesse vindo acompanhado de algum tipo de responsabilidade emocional. Ele poderia ter sido sincero desde o início, quando se conectaram pela primeira vez e o protocolo de conversa de aplicativo recitou: "buscando o quê?"

Na época, Lalo teria aceitado "só curtir e vc?" como resposta, mas não foi isso o que Victor respondeu. Ele queria mais. Queria conhecer, ver como as coisas fluiriam, estava em busca de algo sério. E Lalo queria aquilo também. Ele quis o sexo, o namorado, o amor.

Mas de que vale o amor nascer se não for nutrido?

Victor não dizia nem respondia nada. Ele tinha saído para comprar um maço de cigarros e deixado aquele amor para morrer no sufoco do silêncio. Lalo deveria ter entendido o recado; foi preciso um *reality show* e um plano idiota, mas ele, enfim, aprendeu a lição. O que Lalo precisa é de alguém que não tem vergonha de fazer uma Loucura de Amor, ou algo tão insano quanto, como pular de uma ponte por um par de ingressos.

Ele precisa de alguém com quem possa compartilhar sobre tudo sem medo de ser julgado. Alguém que o faça se sentir amado do jeito como ele precisa ser amado, tanto física quanto emocionalmente.

E é por isso que Lalo sabe que fez a escolha certa.

— Ele me dá tudo. Ele é a minha maior chance. Ele é a minha chance mais linda. E é com ele que eu quero ficar. — Lalo dá um passo à frente, tirando o equilíbrio de Victor ao se firmar. Victor cambaleia para trás, os olhos arregalando em surpresa enquanto Lalo o encara com determinação. — Até acredito que me deixei enganar por você, mas *isso*? Isso não tem perdão. Eu devia ter entendido a distância e o silêncio como o que realmente eram: um livramento. Você e eu terminamos, Victor. De vez.

Os minutos passam como horas, voando em círculos acima dele, enquanto espera por Fred.

Lalo anda de um lado para o outro debaixo do arco de rosas até ficar enjoado. Ele encontra apoio para a testa na madeira úmida e gelada do parapeito do navio, respirando em quatro tempos enquanto ouve a produção do *Love Boat Brasil* cochichando.

Ele não esperava que as coisas acabassem daquele jeito. O alívio de deixar o passado com Victor ir como uma oferenda ao mar durou pouco; incapaz de conter a própria fúria, Victor chutou o arco em formato de coração, causando uma chuva de rosas e o enviando até a borda da plataforma sobre a água. A equipe de cenografia teve que correr para ajustá-la com as câmeras ainda ligadas. Preso em um frenesi, Victor atropelou um dos auxiliares do programa na passarela, empurrando-o para dentro da piscina, e desapareceu além das luzes, embora os xingamentos ainda se fizessem ouvir. Foi assim que Lalo descobriu o que realmente havia trazido Victor ao programa: cinco mil reais e a promessa de um contrato para uma futura edição do programa, caso ele se saísse bem.

Lalo não consegue imaginar de que outras formas Victor o usou e ele interpretou como se fosse amor.

Ele sente que está degringolando. A única coisa que o mantém são é a certeza de que a qualquer momento Fred aparecerá no final daquela passarela, usando algo sem mangas, com os cabelos pretos ao vento e aquela covinha na bochecha esquerda que ele tanto ama.

Ele até consegue respirar melhor.

Isso é o que Lalo deseja sentir. Não a incerteza congelante do que poderia ser, mas o calor daquele que segurou sua mão e o levou a saltar de cabeça nessa loucura toda, guiando-o para a luz como o raiar de um novo dia.

De repente, os cochichos desaparecem e o som de passos se aproximando faz Lalo erguer a cabeça.

— Lalo, podemos conversar rapidinho? — Matheus, acompanhando de Tati, está parado debaixo do arco de flores, encarando-o com uma expressão soturna. Ele deixa os ombros caírem, soltando um suspiro, e fecha os olhos por um momento. Luzes vermelhas se acendem na cabeça de Lalo.

— Cadê o Fred? — Lalo quer saber, dardejando toda a área visível do deque sete em busca do rapaz.

— Esse é o problema. — Tati é quem responde, a voz fraca. — Ninguém sabe onde ele está.

— Vocês já olharam na cabine dele? — questiona Lalo.

— As coisas dele não estão mais na cabine.

— Ele tem que estar em algum lugar!

O ar parece mais denso agora, como se todo o sal do mar estivesse se acumulando na garganta de Lalo. Ele olha do produtor para as câmeras, que continuam ligadas e apontando para ele. *Isso só pode ser um truque*, ele pensa. *Algo para gerar audiência na Escolha Final.*

— O Carlinhos também sumiu e não atende o celular, diz que está fora de serviço — complementa Matheus, erguendo o rosto para encará-lo. — Ele era o responsável pelos pretendentes. Achamos que o Fred foi embora e o Carlinhos foi acompanhá-lo.

— Tenta ligar de novo.

— Estamos *tentando*, mas se eles estiverem em alto-mar...

— Não me interessa. Tenta outra vez. — Lalo apoia o corpo no parapeito do navio, estreitando os olhos para a escuridão da noite, tentando enxergar alguma coisa que não seja quilômetros de água enquanto Matheus, a contragosto, saca o telefone do bolso e disca o número de Carlinhos. — Ele vai voltar — repete Lalo a si mesmo, como um mantra. — *Ele tem que voltar.*

São necessárias algumas tentativas, durante as quais a ansiedade de Lalo faz seu coração disparar e os olhos, transbordarem, até finalmente ouvirem o chiado quando atendem a ligação.

— Carlinhos? Carlinhos, você... Onde você tá? — questiona Matheus, estendendo a mão para que Lalo, que estava prestes a roubar o celular do produtor, espere.

— Estamos... chegando em... terra firme agora... o sinal... tá uma bosta...

— Deixa eu falar com ele — implora Lalo baixinho, agachado de frente ao produtor. — Por favor, só me deixa falar com o Fred.

— Carlinhos, tem como botar o Fred no telefone? — pede Matheus, gritando contra o telefone.

— O Fred... tá fora do programa... ele disse... essa não é... a história de amor dele... desistiu... merda...

Tudo o que Lalo ouve é um agudo fino se sobrepondo ao marulho das ondas e o ribombar do sangue nos ouvidos.

O mundo se acaba em ondas.

Splash. Lalo cai ao chão, apenas os joelhos e as mãos aparando a queda. *Splash*. Todo o ar sai de seus pulmões, e por mais que ele tente forçá-los a trabalhar, seus órgãos tremem, fracos demais. *Splash*. Agora todo o seu corpo treme e ele não consegue controlar os espasmos. *Splash*. Tem água nas suas mãos, água em seu rosto, água em sua boca, e ele tem quase certeza de que vai se afogar. *Splash*. Matheus está no chão com ele, prendendo-o em um abraço enquanto sussurra "respira Lalo respira respira Lalo por favor respira".

— CORTA A PORRA DA GRAVAÇÃO, CARALHO! — berra Matheus.

E por um segundo, quando todas as luzes das câmeras e refletores se apagam, tudo fica escuro.

Acervo TV @acrvotvbr • 12 horas atrás
🚨 RUMOR! 🚨 Tripulantes do Seashore, navio onde está sendo gravado o @loveboatbrasil, vazam que a gravação do último episódio foi cancelada e há rumores de fuga do navio em alto-mar.
Quinta-feira, 29 de fevereiro de 2024
💬 192   🔁 1 mil   ♡ 1,3 mil   📊 48,2 mil

@eleesngla_ QUEEEEEEEEEEE?
@ottorios tenho um amigo no mesmo cruzeiro que disse que o FRED saiu do programa
    @getawaycarlzz QUEEEEEEEEE?
    @badudats gente isso não é possível, fred e lalo são meu ship!!!!!!
    @sourika_ @badudats SAI DO TWITTER E ATENDE O TELEFONE CACETE É UMA EMERGÊNCIA
@jmniz como assim fuga em alto-mar?
    @ottorios devem ter usado um bote salva vidas, amig
    @jmniz mas não são pra emergências?????
@edivaldo7841120 Acabaou a lacração ! O Brasil venceu ! BR BR
    @amoramanda vai aprender a usar a pontuação, desgraça
@marinalvasilva1959 FRED E LALO VÃO FICAR JUNTOS PORQUE O QUE DEUS ABENÇOOU NINGUÉM SEPARA 🙏🙏🙏

Trinta e quatro

Lalo madruga na área de desembarque do navio, aguardando o sinal verde da tripulação para entrar num dos carros da produção e voltar para casa, as malas aos pés e um bilhete amassado na palma da mão. "Ainda não tô pronto pra conversar. Sinto muito. — F". Lalo divide o tempo entre mandar mensagens (não recebidas) e ligações (que vão direto para a caixa postal de Fred); ele até chega a pedir o celular do motorista emprestado, mas a resposta é a mesma: caixa postal. Quando ele entende o recado, encosta a cabeça na janela do carro e se permite cochilar pela primeira vez em mais de 24 horas.

Quando Lalo acorda, estão nas ruas do seu bairro. Casinhas miúdas e sobrados com blocos cerâmicos e cimento, fios elétricos e cabos de internet pendendo emaranhados com rabiolas de pipa aqui e ali dos postes, as ruas esburacadas que fazem o carro chacoalhar, e muitas, muitas pessoas apontando para o Hyundai Creta preto e gritando. Garotos sem camisa correm em paralelo ao veículo, assomando-se a um aglomerado de pessoas que bloqueia a rua de Lalo.

O motorista dirige lentamente até a frente da loja de informática. Quando eles saem, os gritos se tornam quase insuportáveis. Há celulares erguidos e faixas e cartazes escritos à mão por todo canto. Lalo reconhece os clientes da loja e os colegas de academia em meio aos rostos familiares de estranhos do bairro. Todos sorriem para ele. O motorista lhe entrega a mala e a mochila e, por um segundo, parece confuso sobre como proceder, perguntando-se se deveria agir como um guarda-costas. Mas Lalo, tirando forças sabe-se lá de onde, oferece um sorriso tranquilizador e agradece.

O celular de Lalo vibra no bolso e ele se apressa em pescar o aparelho, os dedos trêmulos pela agitação súbita causando dificuldade para desbloquear a tela. A empolgação morre, como um balão estourando em pleno voo, ao perceber que é só uma mensagem da operadora oferecendo um novo plano.

Lalo enfrenta a multidão sem muita energia, sendo alisado e apalpado por alguns, e recebendo cumprimentos de conhecidos. Em meio ao eco dos gritos, a mesma pergunta:

— Quem você escolheu, Lalo?

— Você vai precisar assistir ao programa para saber — responde ele.

— O que é isso?

— É só uma coisinha pra você se sentir melhor — diz Lisa, sorrindo.

O chão da sala da amiga está forrado com um cobertor e uma toalha quadriculada, com buracos de queimadura de cigarro e manchas de molho de tomate e suco de uva secas. Lisa senta-se nas beiradas, já que o meio está cheio de caixas de hambúrguer e sacos de batata fritas. Há também duas garrafas de vinho, copos de vidro (que parecem um dia ter acomodado requeijão) e algumas latinhas de cerveja.

Lisa dá tapinhas no espaço vago ao seu lado, e Lalo se senta, puxando a toalha molhada no pescoço e piscando os olhos para afugentar as lágrimas. Ele está tão cansado disso, mas parece que está fadado a chorar o dia inteiro.

— A gente conversa depois. Primeiro, vamos encher o seu tanquinho — diz Lisa para o amigo, entregando-lhe um lanche.

Somente quando Lalo já comeu dois hambúrgueres e uma batata grande é que ele percebe que estava com fome. A dor de cabeça abranda e até seu humor melhora um pouco. Lisa não reclama quando Lalo ataca um terceiro hambúrguer.

— Obrigado pela comida — diz ele. — E pela toalha. E por me deixar passar a noite. Não esperava ser recebido por uma comitiva de imprensa.

— Não há de quê, meu amor.

Agora que não estão comendo, Lalo ouve o silêncio da noite. Lisa não o pressiona, mas ele sabe que ela está curiosa — Lalo flagrou a amiga abrir a boca várias vezes para começar o interrogatório.

— Pode perguntar — diz Lalo. — Eu sei que você está doida pra saber o que aconteceu.

— Você entrou *mesmo* no programa por aquele chupa-cabra maldito?

Ele não esperava que começassem assim. Lisa, parecendo nem um pouco perturbada, abre uma garrafa de vinho e começa a servir os copos de requeijão sem desviar os olhos dos dele.

Com um suspiro, Lalo confirma.

— Achei que se pudesse chamar a atenção dele, talvez ele nos desse outra chance, mas estava errado.

Lisa bufa, inconformada. Mesmo assim, ela estende o braço e puxa Lalo para um abraço.

— Obrigado por não me dizer "eu avisei".

— Se você já não estivesse no fundo do poço...

Lalo ri, mas o som morre antes de sair de sua boca.

— Tá, agora que tiramos isso do caminho... — Lisa entrega um copo de vinho para Lalo, brindando tristemente. — O que *aconteceu*? Eu achei que você e o Fred estavam apaixonados, mas daí o Victor apareceu e o último episódio só vai ao ar amanhã!

Entre goles e refis de vinho, Lalo conta toda a história à amiga. Eles passam da metade da segunda garrafa quando Lalo termina de falar, sentindo a cabeça leve. De queixo caído, Lisa vomita palavras sem sentido, a voz crescendo perigosamente para algo próximo a berros, e Lalo precisa lembrá-la de não fazer barulho ou vai levar uma multa do condomínio. Se é a ameaça de perder dinheiro ou o tom cansado do amigo que a faz calar a boca, ele não sabe.

— Eu não entendo — confessa Lisa, sacudindo a cabeça. — Como você pôde deixar o cara escapar desse jeito? Depois da humilhação que você passou pra conseguir conversar com o Victor, fazer uma ligação pro Fred devia ser moleza!

— Você acha que eu não tentei? — diz Lalo, a voz carregada por um misto de raiva e frustração. — Ele não responde minhas mensagens nem atende minhas ligações. Ele não quer contato.

— Podemos tentar do meu celular...?

— Tentei com o celular do motorista, o telefone de casa, o celular do meu pai e o telefone da loja. Ele não atende.

— Putz, que humilhação...

Lisa preenche o silêncio desconfortável com o gorgolejar do vinho enchendo os copos. Eles bebem sem falar nada. Lalo não acha que tenha muito o que falar a essa altura. Alguma coisa fez com que Fred fosse embora, mas ele não sabe o quê. Parte dele ainda quer acreditar que tudo não passa de um truque do programa, que em breve ele e Fred vão conversar e resolver a situação; porém, a cada mensagem não recebida e ligação não atendida, as esperanças de Lalo minguam.

— O que foi que ele te disse mesmo na última vez que vocês se viram? — pergunta Lisa, de repente.

Lalo faz uma careta que tem menos a ver com o vinho seco e mais com a dor da lembrança.

— Ele disse que eu era livre. Para não carregar um peso que não era meu e me jogar de cabeça no que estava sentindo. — Lalo pensa um pouco mais. Em sua cabeça alcoolizada, Lalo tem dificuldade de ver sentido nas próprias memórias. Mesmo assim, ele consegue navegar por entre a névoa de vinho, seguindo uma lembrança que brilha como um farol. — Mas tem uma outra coisa...

— Que outra coisa?
— *Aaaah, merda!*
— Que foi?
— Acho que falei uma coisa errada pro Fred. Ou ele entendeu errado. — Ele bate com a garrafa de vinho na própria testa. — Depois do encontro com Victor no spa, fui ver o Fred. Ele me incentivou a falar de como tinha sido e eu falei que... tinha sido quase como antes.
— Tipo quando vocês dois namoravam e você estava loucamente apaixonado por ele? — Lisa pergunta rápido, boquiaberta.
Lalo confirma, jogando a cabeça pra trás com um palavrão.
— Acha que ele pensou que você queria ficar com o Victor e estivesse confuso por causa dele? — Lisa se pergunta em voz alta, incapaz de conter o choque, e então Lalo cai para trás. O ventilador de teto girando sem parar o deixa ainda mais enjoado.
Em suas lembranças, dois corpos compartilham uma espreguiçadeira úmida no meio da noite, a brisa gelada eriçando os pelos de seus braços. A única fonte de calor é o corpo dele encolhido debaixo de uma toalha, também úmida. Lalo estava chateado e ansioso, querendo saber mais sobre o passado dele. Então, Fred se abriu como nunca antes. Nem quando falaram sobre o bullying que sofreu na escola Fred pareceu tão vulnerável quanto naquele momento.
Ele se lembra de pensar que talvez Fred não fosse tão forte quanto aparenta. Era sempre ele cuidando de Lalo, ajudando-o e lembrando-o do plano de atrair Victor, mantendo-o quente e iluminado com seus sorrisos e abraços. Mas Fred também precisava de alguém que cuidasse dele, alguém que o abraçasse e dissesse que está tudo bem ser ele mesmo, alguém que dança no meio de restaurantes, com suas unhas pintadas e um conhecimento assustador sobre divas pop.
"Acho que vou ficar feliz de me quererem, pra variar", ele havia dito naquela noite.
Ele disse *exatamente* o que precisava.

Embora Lalo o tivesse escolhido, deixou a dúvida infectar suas palavras horas mais cedo, dando a entender que ele não sabia com quem queria ficar. E, sim, Lalo estava balançado, mais pelo excesso de emoções do que por algum sentimento específico, mas foi naquele momento, seguro em seus braços, a brisa do mar ricocheteando no rosto e trazendo o perfume de Fred até ele, que *soube*.

— Acho que você tem razão.

— Tenho?

— O Fred me contou sobre os relacionamentos passados dele. — Lalo se senta sobre os calcanhares, a cabeça girando por se mover rápido demais. — Ninguém nunca o escolhia. Ele disse... disse que não se privaria de viver nada, mas que também não forçaria as coisas.

— Ele não queria te forçar a escolhê-lo! — arfa Lisa, colocando as mãos sobre a boca, um gesto bêbado, lento e exagerado. — Não justifica ele ir embora!

— Não... mas agora eu entendo. — Lalo se levanta, sentindo uma descarga súbita de energia se acumulando no estômago. — Cadê meu celular?

— Opa, você não vai a lugar algum às duas da manhã com a cabeça encachaçada — repreende Lisa. — Nem uma camisa você botou!

— Mas se eu não for agora, então...

De algum lugar no meio do emaranhado de cobertas, garrafas de vinho e embalagens engorduradas de fast-food, o telefone toca.

— Ah, olha aí seu celular! — Lisa aponta para o celular, feliz.

Lalo tenta se agachar, mas perde o equilíbrio e tomba sobre um saco de papel sujo de ketchup e maionese. Ele clica no botão verde na tela e leva o celular à orelha.

— Alô?

— Oi. Desculpa ligar agora. Sei que faz tempo, mas... podemos conversar?

Trinta e cinco

Fred nunca esteve em uma mansão antes, tampouco havia sido convidado para um show exclusivo da sua popstar favorita, mas para tudo existe uma primeira vez.

Ele imaginou que sair do *Love Boat Brasil* lhe custaria tudo: o homem que amava e os ingressos para Aysha. Qual foi sua surpresa ao dar com todo um movimento no Twitter, marcando a gravadora, tanto o perfil nacional quanto estadunidense, o fã-clube oficial, o @LongLiveAysha, e até a própria Aysha, para conseguir um ingresso para ele ir ao pocket show. Os argumentos iam de "olha o salto de 'Cravin' You' e as outras músicas da Aysha nos charts depois que tocou no *Love Boat*! foi por causa do FRED!" até "plmdds a própria AYSHA segue ele e ele n vai??? se manquem!!!!".

Quando recebeu a DM do *Long Live Aysha!* convidando-o para o pocket show — com direito a acompanhante, carro e encontro especial com a cantora —, ele chorou por duas horas seguidas.

É pouco depois das oito quando chegam ao local. Fred, Duda e todos os outros fãs sortudos que conseguiram encontrar os balões em formato de coração — e não precisaram se humilhar em rede nacional em um programa de namoro, diga-se de passagem — recebem uma pulseira cor-de-rosa e são guiados por uma trilha de papeizinhos em formato de coração e estrela espalhados pelo chão até uma sala.

Chegando lá, há uma festa esperando por eles. Música pop toca baixinho das caixas de som. Bandeirinhas, vários balões de coração — que Fred planeja roubar unzinho só como compensação — e serpentina em tons de rosa e furta-cor pendem do teto. Nas paredes, tantos pôsteres de Aysha que o Santuário de Fred fica no chinelo. Ao canto, há uma mesa abarrotada de gostosuras e jarras de bebidas. Por todo o lado, pufes e sofás na mesma paleta rosa e creme.

— Ai, meu Deus, será que essa é a paleta do álbum? — pergunta uma garota.

— Deve ser! — responde alguém.

— Eu não acredito que a gente tá aqui!

— Isso é tão lindo!

O burburinho cresce para gritinhos emocionados conforme o grupo de fãs se espalha pelo local, ocupando assentos com lanches e copos plásticos nas mãos, fofocando entre si.

Fred e Duda dividem uma poltrona num canto, longe da multidão. Pela primeira vez, ele faz um esforço para não estar no centro das atenções. Sem querer ser reconhecido pela participação no *Love Boat Brasil,* Fred se escondeu por debaixo de um chapéu de caubói branco, óculos escuros e uma jaqueta jeans com franjas de strass, imitando o look de Aysha em seu segundo álbum: BRAVE. Ele teria chamado atenção na rua, mas aqui ele está entre os seus — cada fã veste algo em referência à carreira da cantora, seja um look icônico de show, como a menina vestindo um body rosa-choque com tranças falsas que se enrolam nos seus calcanhares ao caminhar, ou peças que remetem a uma era ou música de Aysha, tipo a calça pantalona branca cheia de adesivos e a camiseta estampada com glitter que diz: "got a cravin' for you, come and feed me" de Duda.

É como esconder uma agulha num palheiro, se a agulha fosse strass e o palheiro, glitter.

Uma garota preta usando um top rosa-choque, calça preta de couro e um rabo de cavalo vai para a frente da lareira — quem no

Brasil tem uma lareira de dois metros de altura em casa? —, onde uma equipe abaixa uma tela branca, e sacode os braços no ar.

— Olá, *royals*! Eu sou a Vi, e serei sua *hostess*! Vocês estão animados para encontrar a Aysha hoje? — O grupo entra em erupção, fazendo um barulho de sacudir as vidraças. Vi gargalha. — Uau, vocês são a galera mais barulhenta que eu já vi. Continuem assim! Bom, nós temos algumas surpresas para vocês esta noite, e para começar com o pé direito...

De olhos esbugalhados, Fred observa o telão piscar cor-de-rosa, então ondular furta-cor conforme dezenas de mini Ayshas formam o rosto da cantora mirando o céu, a boca, pintada de glitter, semiaberta. Acima dela, o título: 1,000 FACES OF LOVE.

— APROVEITEM, ROYALS! — Vi precisa gritar acima do som das vozes animadas dos fãs para ser ouvida. Ela sai de cena e, então, tudo fica escuro.

Graças a Deus ninguém nessa sala é mentalmente estável ou eu estaria ferrado, Fred pensa, porque no segundo em que a luz pinta sua vista de rosa e a guitarra soa, ele não consegue evitar e dá o maior berro.

— Que tal ouvir o álbum ao vivo, hein, São Paulo? — diz Aysha, em inglês, e o mundo como Fred conhece acaba.

Em algum lugar dentro da própria cabeça, Fred sabe que está se *esgoelando*, tão bem quanto sabe que aquele é, sem sombra de dúvidas, um dos melhores dias da sua vida.

Atrás deles, uma parede — não, uma porta se abre, revelando uma antessala e um palco. Incontáveis balões prateados em formato de coração cobrem o teto. Cortinas cascateiam pelas paredes, iluminadas em tons de rosa, azul e dourado. Três backing vocals agitam a multidão de fãs em surto conforme a banda engata os acordes de uma música desconhecida — MÚSICA NOVA!!!

E bem ali, sentada em um banquinho debaixo de um holofote, está Aysha.

Fred mal consegue ver através das lágrimas.

ELA TÁ TÃO LINDA!!!!!!

Aysha sorri e começa a cantar.

A VOZ DE ANJO DELA, EU ACHO QUE VOU MORRER!!!!!

É demais para uma pessoa só assimilar.

Aos poucos, a adrenalina diminui e Fred pode contemplar sua ídola em toda sua glória. A pele preta exsuda calor e brilho. Parte do cabelo loiro está trançado e enrolado num coque alto no topo de sua cabeça, feito uma coroa, e as pontas cor-de-rosa caem sobre os ombros. Ela veste uma regata de cetim furta-cor, calça jeans e botinhas brancas de salto.

Fred ainda é incapaz de assimilar uma palavra do que Aysha está cantando, mas ela está bem ali na sua frente e é a pessoa mais linda que ele já viu.

A primeira música acaba e a próxima vem logo em seguida. Fred repara que a letra é projetada nas paredes da sala; ainda não dá pra acompanhar, mas agora que a emoção está mais controlada, ele consegue entender.

Ao fim da música, todos estão aplaudindo e assobiando e gritando "WE LOVE YOU!".

— Boa noite, São Paulo! — diz Aysha, orgulhosa em compartilhar o pouco de português que aprendeu, com um sorriso de orelha a orelha para o grupo de fãs ensandecidos. — Eu não aprendi muito português, mas posso falar isso: *eu amo vocês!* É uma alegria poder estar aqui hoje e tocar essas músicas pela primeira vez com vocês. Isso foi só o começo. Esta noite, nós vamos dançar, chorar e nos entregar ao amor. Vocês estão prontos? — A plateia confirma, animada, mas Aysha não se dá por satisfeita. — Eu disse: VOCÊS ESTÃO PRONTOS PARA O AMOR, SÃO PAULO?

O público urra em resposta, e Aysha vibra.

— Então cantem comigo! Esta é "Kaleidoscope".

— Sei que a música é mais agitada, mas a letra sempre me pega — diz alguém, alto o bastante para que Fred escute, e ele concorda.

— "See all the colors in a thousand reflections of you / like a prism, you're everywhere I look / through infinity, the ocean blues in your eyes / I painted a kaleidoscope of our love in the sky"* — canta Aysha, levantando-se do banquinho e gingando até o baixista.

Os olhos de Fred dançam em meio às lágrimas, e ele precisa tirar os óculos escuros por um instante. Quando limpa os olhos com as mãos, percebe Duda encarando-o preocupada.

— Tá tudo bem — diz Fred, gestuando como se não fosse nada de mais.

— Você tá pensando nele, né? — questiona Duda.

Fred balança a cabeça e volta a assistir ao show, ignorando a carranca de apreensão da amiga.

Droga, "Kaleidoscope" tinha que ser justo a terceira música do show? Como se houvesse um minuto de seu dia desde a Escolha Final que ele involuntariamente não dedicasse a Lalo. Onde quer que Fred olhasse, lá estava Lalo — o bronzeado da pele mesclando com a tinta preta das tatuagens, o cabelo escuro e macio, o dente levemente torto, os olhos castanho-escuros, tão profundos quanto o próprio oceano... Fred mataria pela chance de mergulhar nele mais uma vez. A música funciona como um soco no estômago, tirando-lhe o ar dos pulmões e causando ainda mais lágrimas a deslizarem pelo rosto.

— "I glimpsed the alternate realities / 'cause I was afraid to catch the blues, / but even if I wanted, I couldn't bend the truth. / There is only you and I / mirrorred in the forever lines. / Of so many universes, darling / I know what we'd find / if we looked deep into / this kaleidoscope of me and you." **

---

* "Vejo todas as cores em mil reflexos de você / como um prisma, você está em todo lugar que olho / através do infinito, o oceano azul em seus olhos / eu pintei um caleidoscópio do nosso amor no céu."
** "Eu vislumbrei as realidades alternativas / porque eu estava com medo de acabar deprimida, / mas mesmo se eu quisesse, eu não poderia distorcer a verdade. / Há apenas você e eu / espelhados nas linhas eternas. / De tantos universos, querido / eu sei o que encontraríamos / se olhássemos profundamente / neste caleidoscópio de você e eu."

Óbvio que a música traria lembranças. O primeiro beijo. O acordo. Todos aqueles encontros. As noites no navio. A despedida. Mais do que a tristeza do adeus, Fred temia que as tais linhas eternas revelassem que ele tinha cometido um erro e que não havia outra opção: em todos os universos alternativos possíveis, Lalo continua sendo a única pessoa com quem ele quer estar.

Se ao menos ele tivesse sido escolhido...

Aysha puxa um refrão extra ao final, convidando os fãs a cantarem à capela. Fred se junta ao coro com toda sua voz, o rosto manchado de lágrimas. Quando acaba, Aysha agita um pandeiro no ar e faz uma mesura, agradecendo ao público.

Os braços de Duda se fecham ao redor dele. Ele deita a cabeça no ombro da amiga, permitindo-se um momento de fragilidade. E daí que ele fez o que achava certo para si? Não apaga a falta de Lalo.

Em um momento histórico, ele e Aysha cruzam o olhar. Fred arregala os olhos chorosos para ela, boquiaberto. Ela sorri e assopra um beijo.

— Vamos continuar este show! — anuncia ela.

O baterista ataca, as guitarras gritam e, logo, Aysha está dançando no palco ao som de outra música.

Após o show, Aysha e a banda sentam-se com os convidados para uma sessão de perguntas e respostas sobre o álbum novo e o futuro próximo. A cantora esbanja simpatia e faz questão de responder cada um de seus fãs, mesmo que as perguntas evoquem uma onda de risos.

— Vocês podem não perceber, mas minhas bochechas estão ardendo!

Por fim, a equipe de Aysha abre duas portas que levam a um jardim, onde um DJ imediatamente solta a música. Balões, serpentina e luz de fada decoram e iluminam o lugar. A noite está agradável. Uma brisa refrescante seca o suor da pele de Fred depois de quase uma hora vibrando ao som da sua cantora favorita.

Enquanto os fãs se divertem na festa, a *hostess* leva Aysha até um espaço em meio às árvores. Um assistente busca Fred e Duda na multidão, forma um grupo de dez fãs, e os guia até a cantora.

Uma pequena clareira abriga uma fonte de mármore grande o suficiente para alguém nadar ali — não que Fred queira mais essa experiência em seu currículo —, brilhando com luzes rosa e azul. De frente para ela, um coração gigante formado por balões. Aysha está ali embaixo, conversando com fãs e posando para o fotógrafo.

Conforme a fila anda, Fred se sente cada vez mais nervoso.

Ele precisou colocar os óculos escuros de volta ao fim do show, mas não por medo de o reconhecerem. A lembrança continua bem vívida, uma versão mais nova dele sentada no chão do pátio da escola, encolhido entre as meninas. Um cover de "Born This Way" no YouTube e *pimba!*, tudo mudou. Aysha esteve com ele em cada fase da vida, desde os crushes da escola à formatura, dos momentos com os amigos às paixões desenfreadas que sacudiam seu mundo, e depois na fossa quando ele tinha que seguir em frente — de novo — quando tudo acabava.

Apenas em seus sonhos mais loucos ele imaginou encontrar Aysha. E cá está ele, a uma pessoa de distância.

Então, ela se vira em sua direção.

— Oi, meu amor! — diz Aysha, abrindo os braços para Fred.

Duda lhe dá um empurrãozinho.

Ele tropeça nos próprios pés, as pernas bamboleantes, e entra no abraço de Aysha. Ali dentro, Fred tem duas certezas: a popstar é mesmo supercheirosa — e tem a pele mais macia que ele já tocou! —, e, apesar de estar conhecendo-a pela primeira vez, o abraço de Aysha é tão familiar que ele não consegue evitar que mais algumas lágrimas rolem.

No meio do abraço, Fred sussurra uma série de agradecimentos à cantora, que ela responde na mesma intensidade. Então, eles se afastam, ambos sorrindo. Fred tira os óculos para limpar o rosto e os olhos escuros de Aysha se arregalam.

— Espere um minuto. Eu conheço você! — exclama ela em inglês, animada. — O rockstar do vídeo da piscina!

Ainda bem que o queixo de Fred está bem preso à mandíbula, ou ele teria que pegá-lo do chão.

Fred arqueja, surpreso.

— Você sabe quem sou? — pergunta ele, em inglês

— Está brincando? Fiquei obcecada com aquele vídeo! — De repente, Fred e Aysha estão saltitando, agarrando as mãos um do outro. A cantora o encara, ainda sorrindo, e inclina a cabeça. — Tive que traduzir alguns tuítes, mas entendi que aquilo era um programa…?

A cabeça de Fred está a mil por hora. Ele tem certeza de que corre um sério risco de estourar algum vaso sanguíneo no cérebro, mas entrega um resumo das últimas semanas de deixar qualquer revista de fofoca no chinelo. Aysha ouve tudo atentamente, assentindo e abrindo a boca em choque a cada revelação.

Quando termina, a cantora solta um assobio.

Nota mental: agradecer às mães pelo cursinho de inglês.

Aysha segura o rosto de Fred nas mãos e, por um segundo, ele acha que vai ter um treco.

— O amor sempre acha um caminho — diz ela, o inglês melodioso e a voz doce. — Mesmo quando parece que tudo está perdido, sempre haverá uma saída quando há amor de verdade. Às vezes, só precisamos de algumas tentativas para fazer dar certo. — Aysha lhe dá um beijo no rosto e uma piscadinha. — Estou torcendo por vocês.

Fred só consegue piscar e fazer que sim com a cabeça.

Ele e Aysha tiram uma foto e trocam um último abraço.

— Ai, meu Deus, eu quase esqueci! Você pode autografar a minha jaqueta, por favor? — Ele segura uma caneta para tecido prata e faz olhos pidões para Aysha.

A cantora gargalha, pega a caneta e gira o indicador no ar. Apoiando as mãos nos joelhos, Fred dá uma voltinha e deixa as costas da jaqueta livres, enquanto gritinhos ecoam em sua mente conforme Aysha dá os toques finais.

— Obrigado!

— Tchauzinho, meu bem!

Durante o tempo em que Duda conversa com Aysha — e Fred se certifica de ter fotografado as duas o máximo possível —, ele tira a jaqueta e encara o autógrafo. A assinatura cruza as costas da jaqueta, terminando com um coraçãozinho rápido e a frase: "follow your heart, babe —xoxo". Siga seu coração.

Ele resiste ao impulso de abraçar a jaqueta com medo de estragá-la.

Quando eles são liberados para voltar a curtir a festa, encontram o jardim em polvorosa. Gritinhos surgem de todo canto, mais altos do que a música, e Fred e Duda cruzam o olhar, querendo saber se Aysha resolveu dar mais um pulinho na festa antes de receber o próximo grupo. Olhando para trás, ele vê que a própria popstar parece curiosa, cochichando algo para a *hostess*, que parece estar tão perdida quanto todo mundo.

— O que será que tá rolando naquela festa? — pergunta Duda.

Os fãs fecharam um círculo em volta do motivo do surto, de modo que Fred e Duda precisam se embrenhar em meio à multidão igual a dois vizinhos fofoqueiros querendo estar por dentro da fofoca. No empurra-empurra, alguém derruba o chapéu de Fred. Quando ele se abaixa para pegá-lo, ouve seu nome saindo de várias bocas.

De repente, o aglomerado de pessoas se parte em dois, tal qual o Mar Vermelho. Ao seu lado, Duda arqueja em surpresa e começa a estapeá-lo nos ombros.

— Ai, Duda, para com isso! — reclama Fred, os tapas se transformando em puxões. — Me larga, mulher, por que você tá faz…?

As palavras escapam e ele congela, como se perdesse a habilidade de falar, pensar e se mover de uma vez só. A coisa seria engraçada vista de fora: ele travado a meio caminho de se levantar, a bunda para o alto, encarando boquiaberto o homem parado a sua frente.

— Oi, Fred — diz ele.

Fred pisca com força, primeiro para garantir que aquilo não é uma miragem, depois para espantar as lágrimas que voltaram a empoçar seus olhos, e respira fundo. O ar noturno está carregado com o cheiro de álcool, grama pisoteada e perfume Tommy Hilfiger.

Trinta e seis

— **Lalo? O que você tá fazendo aqui?** — pergunta Fred após um minuto de silêncio no qual não consegue tirar os olhos dele.

Lalo abre a boca para responder, sem emitir som algum. Ele se agacha, parando na altura dos olhos de Fred, e sorri. Só então percebe que o rapaz derrubou um par de óculos escuros e... um chapéu de caubói?

Eles se levantam ao mesmo tempo, batendo a testa um no outro. Lalo franze o cenho, mas ao olhar para Fred, encontra-o dando um meio-sorriso.

— Eu não pensei... Você... O que você... — fala Fred depressa, gaguejando antes de formar frases completas. Ele olha ao redor, parecendo se dar conta de onde está.

Os fãs da Aysha se aglomeram nos flancos, deixando-os no centro da pista de dança. Eles cochicham entre si, os nomes deles passando de boca a boca. Todos parecem surpresos de Fred estar lá, fofocando sobre o *Love Boat Brasil* — alguns deles, inclusive, comentam que acharam ele familiar enquanto tirava fotos com Aysha, mas não tinham certeza — e então há câmeras de celular por todo lado.

Por falar na popstar, ela está parada entre as árvores, os olhinhos brilhando e as mãos cobrindo a boca em espanto conforme uma mulher de top rosa-choque e rabo de cavalo sussurra algo em seu ouvido.

De repente, Lalo sente as palmas das mãos suadas, engole a saliva, e tenta falar alguma coisa, mas tudo fica um pouco demais — tem gente demais, luzes demais, sentimentos demais —, e ele se sente sobrecarregado.

— Hmmm, vocês não querem, sei lá, entrar e conversar lá dentro? — diz a garota preta e gorda de tranças roxas ao lado de Fred. Ela dá um sorrisinho, que com os olhos ainda esbugalhados forma uma careta engraçada. — Meu nome é Duda, aliás, e eu sou praticamente sua cunhada.

— Hã... valeu, Duda.

— Cunhada — corrige ela.

Fred pisca como se estivesse saindo de um transe.

— Meu Deus do céu... — Fred geme, tentando esconder o rosto, num tom cada vez mais avermelhado, nas mãos.

Ele espia ao redor por entre as frestas dos dedos, Lalo acompanhando cada movimento seu. Lá atrás, Aysha faz sinal com as mãos de "vão, saiam logo daqui, seus pombinhos maravilhosos" (ou pelo menos é o que o sorriso indica). Os murmúrios ao redor ficam mais altos quando alguém abre a transmissão do último episódio do programa, a voz de Rodrigo Casaverde estourando aquela bolha.

Fred volta a fitá-lo, as mãos caídas na lateral do corpo. Seu rosto é um caleidoscópio de emoções e, temendo que ele volte a escapar, Lalo alcança sua mão e o convida a segui-lo para dentro da mansão.

Depressa, eles encontram a sala cor-de-rosa. Alguém fecha a porta atrás deles, garantindo privacidade.

— Carlinhos?! — exclama Fred, fitando surpreso o produtor deslizando para fora do cômodo, as portas quase fechadas.

Carlinhos dá de ombros, uma expressão triste no rosto.

— Vocês dois precisam conversar. Vão. Eu resolvo tudo com o pessoal — diz ele, e fecha a porta.

— Por que ele tá sempre fechando portas? — Fred pensa em voz alta, e a pergunta soa tão imprópria para aquele momento que Lalo não consegue evitar e ri. Fred parece mais uma vez se dar conta de onde e com quem está. Por um instante, há um sorriso em seus lábios, a covinha despontando na bochecha esquerda. — Lalo, o que você tá fazendo aqui?

A voz dele enquanto sorri soa como música. Três dias pareceram três meses desde que o viu pela última vez na proa do navio, seus dedos entrelaçados exatamente como agora, sentindo o calor de seu corpo e o som de sua voz sussurrando ao ouvido.

Lalo umedece os lábios com a ponta da língua.

— Eu vim atrás de você.

Os olhos de Fred faíscam, os dedos agarrando-se com firmeza aos de Lalo enquanto o sorriso se espalha pelo seu rosto. No entanto, tão rápido quando surgiu, o sorriso morre e Fred solta sua mão.

— Por que você veio? — pergunta ele, a voz craquelando com uma dor que contamina seus olhos. — Você não deveria estar aqui...

Lalo franze o cenho.

— Como assim "não deveria estar aqui"? — devolve ele. Embora tenha falado baixo, há determinação em sua voz, a mesma que o faz segurar Fred pelos braços, sentindo a maciez de sua pele, e encontrar seus olhos. — Aqui é exatamente onde eu deveria estar.

Um longo minuto se arrasta até que Fred balance a cabeça, escondendo os olhos ao fitar os pés, nos quais um pedaço de serpentina colorida se enrolou. Ele tenta chutá-la para longe, mas a serpentina sobe pelo calcanhar.

— Lalo, não... — começa ele, mas Lalo o interrompe.

— Olha pra mim e me diz que você não me quer aqui.

— Eu não disse que não *quero* você — ele se apressa em dizer, encarando-o com olhos arregalados —, só que você não deveria *estar* aqui. Não com o Victor...

Lalo acaricia o rosto de Fred, e sente o corpo todo derreter quando ele fecha os olhos, respira fundo e deita a cabeça na palma de sua mão.

— Fred, eu preciso que você me ouça, porque é importante e porque eu pratiquei na frente do espelho por dois dias e não posso correr o risco de deixar alguma coisa de fora.

Abrindo os olhos, Fred assente uma vez.

Lalo toma fôlego.

— No sábado, quando nos encontramos antes da Escolha Final, eu estava abalado. Tinha acabado de reencontrar o Victor e não conseguia discernir muito bem as mensagens que o meu corpo me enviava. Também estava apegado à ideia daquilo que me levou ao programa e, sendo totalmente sincero, acho que estava um pouco assustado com o fato de estar gostando tanto de você mas de repente ter o Victor ali, em carne e osso, dizendo que queria voltar. Acho que, por causa da minha confusão, te passei uma ideia errada. Não quero presumir o que te levou a sair do programa, gostaria que você me falasse, mas preciso saber se você achou que eu voltaria para o Victor.

Fred cobre a mão de Lalo com a sua e as traz ao colo, apertando os lábios. Ele exala pelo nariz e tenta dar um passo para trás, mas Lalo o mantém no lugar.

— Eu... achei... depois de...

Um vinco profundo surge entre suas sobrancelhas. Lalo toca o ponto com o indicador, massageando-a.

— Use as palavras, Fred.

Uma risada aspirada alivia a tensão na testa. Fred se demora no rosto de Lalo, buscando por algo entre seus olhos e sua boca, antes de responder com um suspiro.

— Parte de mim achou que sim — confessa ele baixinho, os olhos treinados na reação de Lalo. Quando ele não reage, Fred desliza o indicador pela lateral do seu rosto. — Você disse que não sabia mais o que estava fazendo no programa e que foi "quase como antes". Eu devia ter dito alguma coisa, mas não consegui. Precisava que você ficasse bem. Pensei que se você tivesse mais tempo, se não tivesse que lidar com a pressão de escolher, então talvez... Você poderia escolher ficar com o Victor se quisesse, mas se não quisesse... Se você *me* quisesse...

— Fred balança a cabeça. — Não sei se não conseguia ou não queria enxergar sinceridade naquela escolha depois de tudo.

Lalo retoma o rosto de Fred nas mãos. Fred o imita, o indicador contornando a linha de sua boca, e o estômago de Lalo dá uma cambalhota.

— Me desculpa — sussurra Fred. — Não queria te magoar.

— Está tudo bem.

— Não, não está.

— Está, *sim*. Agora está.

Lalo envolve Fred num abraço apertado, resgatando a memória de tê-lo em seus braços do centro de cada célula. Tão perto assim, Lalo pode sentir o coração de Fred bater contra seu peito, um compasso acelerado tal qual o próprio, como se ambos tocassem a mesma sinfonia. O perfume de Fred, tão familiar, agora o lembra de casa — não o apartamento acima da loja na periferia de Osasco, mas de um lugar que Lalo sente ter conhecido a vida inteira, embora tenha acabado de chegar.

— No fundo, você tava certo — confirma Lalo, dando um beijo no rosto de Fred. — Eu precisava de um tempo pra colocar a cabeça em ordem, mas com relação a você, não existe dúvida.

É ali, naquele momento, com Fred em seus braços, os olhos fechados e o rosto encaixado na curva do pescoço do garoto, que Lalo respira aliviado pela primeira vez em dias.

— Eu te amo, Frederico.

— Lalo... — Seu nome na boca dele, o modo como ele o chama, tão suave, carinhoso e ao mesmo tempo tão intenso, como um pedido desesperado. — Mas o Victor, ele...?

— Voltou pra casa dele sozinho depois que eu te escolhi.

— Você me escolheu? — Fred pisca, incrédulo. — Mas eu nem estava lá!

— Que parte do "eu te amo" você não entendeu? Você é, há muito tempo, minha escolha final.

Nos segundos em que eles apenas se encaram, Lalo se torna um guardião do tempo. Cada piscada é uma imagem para sua memória fotográfica. *Click*, e Fred é uma figura de outro mundo com sua regata branca, calça jeans e chapéu de caubói num quarto cor-de-rosa. *Click*, e lá está a covinha na bochecha esquerda quando ele abre o maior e mais vulnerável sorriso que Lalo já viu. *Click*. Aqueles olhos, chispando com uma chama tão característica dele que agitam as entranhas de Lalo. *Click*. Os lábios de Fred se partem, a pulsação visível na garganta e no arfar do seu peito.

— Se você soubesse a *falta* que faz... — diz Lalo, as palmas no rosto de Fred, os polegares traçando círculos em seu rosto. Ele encosta a testa na de Fred, que solta o ar conforme contorna os braços de Lalo com os dedos. Ele corre os olhos pelo rosto de Fred, depois sua garganta, onde o pomo de adão treme, e fita seus lábios. — Não quero mais estar longe de você.

Lalo o beija.

Um beijo sôfrego, urgente. Um beijo que exprime todo o desejo reprimido pela saudade, que revela todas as suas inseguranças, que implora por uma resposta. Felizmente, ele não precisa esperar muito. Logo, as mãos de Fred repousam em sua nuca, os dedos enrolando-se em seus cabelos, seus corpos colados onde a pele suada de Lalo encontra a de Fred.

Eles se afastam devagar, as testas coladas, clamando por ar. Quando se encaram, estão com sorrisos iguais.

— Eu fui tããããoo idiota! — Fred acerta com a cabeça no ombro de Lalo a cada frase. — Não acredito que deixei minha ansiedade falar mais alto. Não acredito que duvidei de você.

— Foi mesmo, mas eu também vacilei — diz Lalo. Fred acerta um soquinho em seu braço. Ele não se importa. Na verdade, sentiu saudade das cutucadas e soquinhos de Fred. — Mas você já se desculpou e explicou seus motivos. Está tudo bem. E eu me comprometo a fazer o possível para não dar mais motivos para você se sentir ansioso com a possibilidade de não ser escolhido. Não preciso de mais nada, Fred. Só de você.

Apesar da cara de choro, a sombra de uma covinha marca o canto esquerdo daquele sorriso caótico que Lalo tanto ama.

— Você é do tipo que só corre atrás uma vez na vida, né? — provoca Fred.

— Achei que tinha te perdido uma vez, e não vou te perder de novo. — Lalo o espreme entre os braços de novo, arrancando uma risadinha de Fred. — Se tivesse que correr até o Panamá atrás de você, eu iria.

— Essa é uma promessa e tanto, Lalo... — diz ele, o tom um pouco mais sério do que antes.

— Eu aceitei fingir me apaixonar por você na frente de milhões de espectadores e invadi um evento em uma mansão pra poder te encontrar e dizer que te amo — diz Lalo, afastando-se para encará-lo. Mesmo com o tom bem-humorado, ele sente o corpo vibrar com a verdade em suas palavras. — Vou lutar por nós, Frederico Takara, até que eu perca a habilidade de amar. *Isso* é uma promessa.

Fred mergulha em seus olhos, completamente atônito. Por fim, deita a cabeça na altura do peito de Lalo e suspira.

— Prometo não fugir mais — diz Fred, baixinho.

— Prometo ser mais direto na minha comunicação. — Lalo deposita um beijo carinhoso no topo da cabeça de Fred. — E também prometo te escolher todos os dias.

— Eu te amo, Lalo Garcia.

— Eu também te amo.

Um sorriso se forma lentamente no rosto de Fred. Ele alcança os lábios de Lalo, um beijo lento e doce.

— Aliás, como você conseguiu entrar aqui? — pergunta ele.

— O Carlinhos conseguiu um ingresso em cima da hora. Ele me ligou no domingo à noite falando alguma coisa sobre uma conversa que vocês tiveram ou uma ligação que ele entreouviu e disse que eu precisava te encontrar. Não tive tempo para me arrumar a caráter, mas dei o meu melhor.

Fred dá um passo para trás, avaliando o *look*. Uma camisa em tons pastel, calça preta e tênis. Com um sorrisinho, Fred pega uma mecha de cabelo de Lalo e a gira entre os dedos, deixando-a cair sobre a testa.

— Você está lindo.

Lalo alcança o chapéu de caubói e o afunda devagar na cabeça de Fred. A palma da mão volta coberta por uma fina camada de glitter.

— Esse seu look é inspirado em BRAVE? — pergunta ele, limpando a mão na traseira da calça num gesto automático. Só depois pensa em como acaba de deixar uma marca brilhante de uma palma na bunda.

O rosto de Fred se ilumina.

— Como você…?

— Eu… comecei a ouvir algumas músicas da Aysha… — revela Lalo, ruborizando.

— Se esse é todo o meu legado, me sinto muito orgulhoso! — Fred morde o lábio inferior, e, Deus, é preciso todo o autocontrole de Lalo para não colocá-lo no ombro e arrastá-lo até um dos quartos daquela mansão. — Aliás, contei pra Aysha sobre nós.

— Sério? E o que ela disse?

— Ela disse: "siga seu coração". — Lalo arqueia as sobrancelhas. — Também falou que o amor sempre dá um jeito e coisas do gênero. Ela disse que torcia por nós.

— Gosto da Aysha — declara Lalo.

Fred ri e se embrenha de volta no abraço dele.

— Meu Deus, você é perfeito! — Ele dá um selinho em Lalo e volta a deitar a cabeça em seu peito. — Como foi que eu dei tanta sorte de encontrar você?

Lalo apoia o queixo no topo da cabeça de Fred, estreita o abraço ao redor de sua cintura, e sorri.

— A sorte foi toda minha.

— Sabe de uma coisa engraçada? — pergunta Fred, erguendo o rosto para fitá-lo. — Eu vi a chamada do programa uma vez no metrô.

— No metrô, é?

— Aham. Faz tantos meses isso que parece até outra linha do tempo.

— Teria se inscrito no programa?

— Hmmm...

Lalo dá um passo para trás, a boca aberta em uma expressão chocada e divertida enquanto admira Fred cair na gargalhada.

— Não acredito!

— Eu teria pulado daquela mesma ponte um milhão de vezes para ficar com você — garante Fred.

— Sei... — responde Lalo, falhando em tentar se fazer de durão quando Fred fica na ponta dos pés e o beija. — Escuta, o que acha de a gente voltar lá pra festa e você curtir um pouco mais da Aysha antes que o evento acabe? Coisas especiais podem acontecer...

— Mais especial do que eu encontrar minha artista favorita e poder ficar com o cara que eu amo? — retruca Fred, desconfiado.

— Nunca se sabe. A noite ainda não acabou. — Lalo encontra o ponto sensível nas costelas do outro, fazendo-o rir. — Anda, diz que sim.

— Tá bem, eu faço esse *esforço*. — Fred enlaça o pescoço de Lalo com os braços, puxando-o para outro beijo. Lalo não acha que algum dia vai se cansar do toque de Fred. — Mas duvido que essa noite possa ficar ainda melhor.

O canto da boca de Lalo se ergue num sorrisinho.

— Ainda posso te surpreender, Frederico Takara.

Transcrição do Reencontro do *Love Boat Brasil*
TEMPORADA 1, EPISÓDIO 13

Rodrigo Casaverde: (sob aplausos) Isso é que é recepção! Boa noite, Lalo.

Lalo: (sorrindo) Vocês são muito gentis comigo. Boa noite, Rodrigo.

Rodrigo Casaverde: Acho que você conquistou o coração do público nessa temporada, Lalo! Vamos falar um pouco sobre a sua jornada no programa, mas, antes, conta pra gente como está a vida após o *Love Boat*.

Lalo: (risada nervosa) Com certeza não é como antes.

Plateia: (risada conjunta)

Rodrigo Casaverde: (risos) Então vamos voltar para o começo. Você entrou para o *Love Boat Brasil* buscando superar um término, o que te rendeu o apelido sr. Coração Partido. Você *realmente* acreditava que o programa era o lugar ideal para recomeçar?

Lalo: Na verdade, Rodrigo, eu não acreditava muito no programa. Mas minha amiga, sim. Foi ela quem me inscreveu.

Rodrigo Casaverde: Então você *não queria* estar no programa? Bom, isso explica um dos momentos mais icônicos do nosso show! Como essa cena, que podemos ver no telão, no Parque Ibirapuera, quando você e Fred se encontraram (e beijaram!) pela primeira vez. Você se lembrava dessa comoção toda, com os demais pretendentes reclamando, e até Enrique e Vanessa brigando?

Lalo: Ér, bem... não tinha muita ideia do que estava fazendo. Não me orgulho disso. Estava bastante relutante no começo, mas aos poucos fui me permitindo conhecer os demais participantes e tivemos bons momentos juntos.

Rodrigo Casaverde: Sim, você se aproximou bastante de alguns pretendentes, especialmente na parada em Ilha Grande, como podemos ver no telão. Qual você diria que foi a natureza do seu relacionamento com eles? Estava buscando amizade, amor, sexo...? (pisca)

Lalo: Ah, eu não vim com todas essas intenções não... (pigarro)... Não esperava me aproximar tanto deles, mas gosto de pensar que eu, a Rafa, o Jonathan e o Fred formamos um vínculo legal.

Rodrigo Casaverde: Curioso como a Rafa e o Jonathan formaram um casal e abandonaram o programa... Existe algum rancor aí dentro pela saída deles?

Lalo: Rafaela é uma das garotas mais incríveis que já conheci. Mesmo durante a eliminação, ela esteve ao meu lado. E o Jonathan, então, nem se fala! Somos bem parecidos e sempre tivemos papos ótimos sobre música e tatuagem. Como poderia ficar chateado com eles? Mas confesso que gostaria de ter me despedido deles.

Rodrigo Casaverde: E que tal um "oi"? Deem as boas-vindas a um casal inesperado, Rafaela e Jonathan!

(Rafaela e Jonathan acenam para a multidão, recebendo aplausos)

(Lalo os abraça)

Rafaela: Que bom ver você!

Jonathan: E aí, cara. Você tá ótimo!

Lalo: Digo o mesmo.

Rodrigo Casaverde: A última vez que nós vimos Rafaela e Jonathan foi em Salvador, quando a Rafa foi eliminada e o Jonathan decidiu sair do programa, deixando um vídeo explicando sua saída. Será que podemos saber um pouco mais a respeito desse relacionamento secreto?

Rafaela: Foi algo totalmente inocente. Passávamos muito tempo juntos, Jonathan, Nicolas, Fred e eu, ainda mais quando fomos para o navio e dividimos a cabine. Nicolas não era de muito papo e o Fred... acho que era claustrofóbico, ele detestava ficar na cabine... então éramos só Jonathan e eu.
Jonathan: Na nossa primeira noite, compartilhamos nossas inseguranças com relação ao programa e saímos para beber. Foi quando tudo começou.
Rodrigo Casaverde: Quais inseguranças, Jonathan?
Jonathan: Bom, não dá pra não dizer que o Lalo não era a razão de termos entrado no *Love Boat*. Eu... a gente sabia que ele era especial no momento em que vimos a chamada dele. Àquela altura, nós estávamos no programa e isso era ótimo, mas concordamos que não tínhamos a menor chance.
Rafaela: Falei isso para o Lalo na minha eliminação, lembra?
Lalo: Você disse que minha escolha estava bem óbvia.
Rafaela: E não estava? (risada)
Jonathan: Quando a Rafa saiu, não fazia sentido continuar.
Rafaela: No fim, deu tudo certo.
(Rafaela e Jonathan trocam um selinho)
Plateia: Awwwn!
Rodrigo Casaverde: Parece que vocês dois levaram tudo numa boa, então?
Jonathan: A gente sabia que para um ser escolhido, os outros seriam rejeitados. O que mais doeu foi ver que, apesar de continuarmos indo a encontros e conhecendo melhor um ao outro... tipo, é o que a Rafa e o Lalo falaram, estava bem óbvio... mas antes de começar a ficar com a Rafa, sentia que não importava o quanto eu me esforçasse, só seria um amigo pro Lalo. Eu não entrei no

programa em busca de um amigo, sabe? Mas hoje estamos de boa.

Rafaela: Comigo foi diferente. Prezo pela amizade em primeiro lugar, então achei que tudo estava correndo bem até perceber que meus sentimentos pelo Jonathan eram muito diferentes dos que tinha pelo Lalo. Havia eletricidade. Lalo sempre foi gentil e atencioso comigo, mas eu não me sentia... *desejada*. Acho que essa foi a grande diferença.

Rodrigo Casaverde: Isso é lindo, pessoal. Rafa e Jonathan, vocês são nossos convidados até o fim do programa, então fiquem à vontade. [...] Logo após a saída do casal, recebemos um participante surpresa, Victor, o ex-namorado de Lalo. Falo por todos nós quando digo que aquela virada no final foi um grande choque!

(Lalo, Rafaela e Jonathan se remexem desconfortavelmente no sofá)

Rodrigo Casaverde: Infelizmente, Victor decidiu não participar do nosso reencontro. Mas eu gostaria de saber: vocês tiveram algum contato após o fim do programa?

Lalo: Hã, não. Nenhum. Tudo o que precisávamos dizer um para o outro já foi dito. Quando entrei no *Love Boat*, achei que poderíamos recuperar o que havíamos perdido. Mas aprendi que o que eu precisava de verdade era colocar um ponto final naquela história. O programa me deu isso.

Rodrigo Casaverde: Para os nossos espectadores, Victor e Nicolas dividiram o papel de vilões do programa. Você os vê desse modo?

Lalo: De jeito nenhum. Victor e eu... temos uma história complicada. Já falamos disso. Mas o Nicolas é um cara legal. Ele estava cem por cento entregue e talvez por isso alguém possa tê-lo interpretado mal. Não sei dizer. Comigo, ele sempre foi muito gentil e atencioso, mas infelizmente não deu certo.

Rodrigo Casaverde: Meus queridos participantes e adorado público, gostaria de convidar vocês a se dirigirem ao nosso telão.

(Nicolas aparece no telão)

Nicolas: Oi, Lalo. Sinto muito por não poder comparecer pessoalmente, mas a academia estava uma bagunça quando voltei. Também sinto muito por não termos dado certo. Eu gosto... gostei... muito de você. Achei que tínhamos alguma chance, mas depois de ver todos os episódios em casa, percebi que eu estava dando murro em ponta de faca. Você é gente boa, mas obviamente não estava a fim de mim. E, assim como você, o Jonathan e a Rafa, eu quero ter a sorte de encontrar alguém também. Obrigado pelo tempo que tivemos. Vou guardar na memória com muito carinho. Fica bem.

Lalo: É, bom. Acho que isso mostra que nenhum de nós é o vilão do programa.

(Todos riem)

Rodrigo Casaverde: Um jovem torturado pelo amor do passado lutando para aceitar o amor no presente. Acredito que muitos de nós já passaram por isso em algum momento. Isso não te torna um vilão, Lalo. Agora vamos às últimas perguntas. Está pronto?

Lalo: Estou.

Rodrigo Casaverde: A noite da Escolha Final foi embalada por grandes emoções. Você rejeitou Victor depois de ele entrar no programa para tentar reconquistá-lo.

Lalo: Descobri que eu buscava outra coisa.

Rodrigo Casaverde: Interessante você falar isso, porque estou com o seu vídeo de apresentação bem aqui. Vamos ver o que disse nele? Olhem para o telão.

Lalo: Oi, meu nome é Lalo Garcia, tenho vinte e três anos e sou de Osasco, São Paulo. O que eu estou fazendo aqui? Hã... acho que tentando curar um coração partido? É, acontece bastante por aí, né? [*risos*] Estou buscando alguém que faça eu me sentir vivo de novo. Acho que é isso o que todo mundo quer depois de um término. É solitário e apático no fim, especialmente quando você não queria... Dá pra tirar essa parte? [...] Só quero sentir aquele frio na barriga de novo. Sorrir sem motivo aparente. Olhar para a pessoa que amo e pensar "Como foi que eu dei essa sorte?". Poder acordar todo dia com aquela sensação de certeza que não me faz questionar nada. Um amor tranquilo.
Rodrigo Casaverde: E você sente que encontrou?
Lalo: (sorrindo) Encontrei, sim.
Rodrigo Casaverde: Sabemos que encontrou. Por que você não vem pra cá, Fred?
(Aplausos e gritos)
Rodrigo Casaverde: Frederico Takara... que jornada a sua, hein?
Fred: Eu que o diga.
Rodrigo Casaverde: Nós assistimos a vocês dois se apaixonando no programa, então sabemos como tudo aconteceu. O que eu gostaria de saber é em que momento *você* soube que estava apaixonado pelo Lalo.
Fred: Hmmm. Pra mim foi tipo um ataque de pânico. É sério! (risos) Lalo e eu nos conhecemos de um jeito bastante... inusitado. Eu caí de paraquedas no programa e não sabia muito bem onde estava me metendo, parecia uma grande brincadeira. Mas em algum momento a brincadeira foi longe demais e comecei a ter sentimentos... Acho que tudo começou mesmo em Ilha Grande.

Rodrigo Casaverde: Quando vocês foram mergulhar com os peixes ou quando o Lalo passou protetor nas suas costas?
Fred: (suspiro) Com certeza na hora do protetor.
Lalo: Estou ficando tímido. (risos)
Fred: Mas também em Salvador, quando competimos para ver quem comia mais morango com chocolate. Parecíamos duas crianças. Duas crianças adultas e bêbadas com muito te... Ér, muita energia acumulada. Naquela noite, decidi me declarar pra ele.
Rodrigo Casaverde: Qual foi a sua reação quando o ex de Lalo apareceu no programa?
Fred: [...] Fiquei irritado. Mais pela reação do Lalo do que por mim ou meus sentimentos, como você deve saber...
Rodrigo Casaverde: Presumo que sim.
Fred: Pois é.
[...]
Fred: (suspiro) Enfim, eu percebi que o Lalo precisava de tempo para clarear as ideias e duvidei que ele pudesse me escolher, e, caso me escolhesse, me perguntei se seria uma escolha honesta e não pressionada. Então eu saí do programa.
Rodrigo Casaverde: Todos concordamos que aquele foi um dos pontos mais dramáticos do programa. Ao sair, você disse que achava que aquela não era a sua história.
Fred: Foi algo que o Victor disse para mim. Sabia que o Lalo tinha coisas mal resolvidas com o ex, mas me deixei envolver e criar sentimentos. De repente, a coisa estava se desenrolando bem na minha cara e eu me sentia um coadjuvante no meio do caminho deles. Eu queria que o Lalo fosse feliz. Eu também queria ser feliz, com o Lalo, mas não pensei que saberia lidar com outra rejeição.
(Fred e Lalo sorriem)

Fred: No fim, não era a *minha* história de amor. Era a *nossa*.
Lalo: Você só precisava dizer "sim".
Fred: E eu disse! Com bênção da Aysha e tudo! (*risos*)
Plateia: Awwwwwwwwwwwwwwn.
Rodrigo Casaverde: Quero que saibam que, pessoalmente, estou muito feliz em ver vocês dois juntos. Obrigado a todos vocês, Rafa, Jonathan, Fred e Lalo, pela participação no programa. Me alegra o coração saber que entregamos não só um, mas dois casais apaixonados! Obrigado também a você aí de casa por nos acompanhar! O *Love Boat Brasil* fica por aqui, mas o show continua nas redes sociais! A gente se vê no próximo verão! Um beijo e até a próxima!

Epílogo

Um ano depois

Bzzzz. Bzzzzzzzz.

— Não precisa tocar a campainha. Você já é de casa. — Fred abre a porta com um sorriso, que murcha imediatamente ao ver os amigos. — Ah. São vocês.

— Uau. Quase dez anos de amizade e é isso o que eu ganho — lamenta Rika. — Estão vendo, meninas? Daqui pra frente é só ladeira abaixo.

— Para de bancar o coitado, Rika — retruca Maia. — Você já contou pro Fred que vai sair mais cedo por causa de macho?

O rosto de Rika fica vermelho.

— Não é por causa de macho, é aniversário de um *amigo*!

— Vocês gays e essa mania de não rotular relacionamento...

— COM LICENÇA?

— Vamos entrando, vamos entrando... — Duda empurra Maia e Rika porta adentro.

Lisa é a próxima a envolver Fred em um abraço rápido, e sussurra:

— Ele tá vindo logo ali. Estava estacionando o carro.

E some para dentro da casa, evitando um pega pra capar entre Duda, Maia e Rika enquanto cumprimenta as mães de Fred.

Parado debaixo do batente da porta, Fred estica o pescoço para observar o movimento na rua. A lua cheia dá um tom prateado à rua de ladrilhos e aos tetos dos carros estacionados em fila dos dois lados. Quando ele o vê, caminhando no meio da rua, seu coração acelera e todo o corpo treme de antecipação.

Lalo aparece girando as chaves do carro no dedo. Ele está a meio assobio quando bate os olhos em Fred, então abre um sorriso e aperta o passo até estar frente a frente com o namorado.

— Tô atrasado? — pergunta Lalo.

— Chegou bem na hora — diz Fred, enlaçando o pescoço de Lalo e puxando-o para um beijo demorado.

— Ei, vocês dois! — grita Bárbara de dentro de casa. — Nada de ficarem se pegando com a porta aberta. Já viram a hora?

Quando eles se afastam, Lalo dá um sorriso grande, expondo o dente torto, e algo dentro de Fred se derrete.

A sala de estar virou uma grande sala de cinema improvisada. Os amigos de Fred ajudam Bárbara a inflar os colchões e descer todas as almofadas e travesseiros da casa. Cristina, um borrão de cachos vermelhos, entra e sai da cozinha na velocidade da luz, abarrotando a mesa de petiscos e bebidas. A televisão já está ligada no Canal 8.

— Meu querido! — exclama Cristina assim que avista Lalo. Pondo a vasilha de pipoca na mesa, ela o aperta em um abraço e o olha de cima a baixo. — Nossa, como você está lindo! E cheiroso! Não é à toa que o Fred fica cheirando a própria roupa depois que você vai embora…

— mãe!

— Querida, não é muito legal expor o nosso filho desse jeito — alerta Bárbara do pequeno forte de almofadas no meio da sala. — Ele também não troca a roupa de cama até o seu perfume sair. Boa noite, Lalo!

Fred esconde o rosto nas mãos, tirando uma risadinha de Lalo.

— Boa noite, dona Bárbara. Oi, dona Cris!

— Ai, que isso. Já te falei pra não me chamar de "dona". Parece meus alunos.

— Pode continuar me chamando de dona — intervém Bárbara. — Gosto do respeito.

Então, eles ouvem o marulho das ondas e o piar das gaivotas, e o *Love Boat Brasil* preenche a tela. Rodrigo Casaverde caminha por uma praia, vestindo uma bermuda azul-marinho e uma camiseta regata branca de tricô que deixa tanta pele bronzeada à mostra que Rika começa a hiperventilar. Fred e Lalo trocam um olhar conspiratório.

— Estamos de volta! Bem-vindos à segunda temporada de *Love Boat Brasil*! Eu sou Rodrigo Casaverde, seu apresentador, e navegaremos juntos em mais uma apaixonante aventura romântica sobre as ondas do amor.

Maia finge gorfar.

— Sério, como vocês aguentaram essa coisa *brega*?

Fred e Lalo dão de ombros.

— Eu achava fofo — defende Fred.

— O amor é brega, Maia. — Sem tirar os olhos da TV, Duda esfrega a mão no rosto de Maia numa tentativa de cobrir sua boca. — Agora cala a boca que eu quero conhecer o elenco.

Depois de apresentar o elenco, Rodrigo Casaverde anuncia que está na hora de conhecer o solteiro da temporada. A câmera percorre a areia, entrando em um bar de estuque, bambu e muitas folhas de palmeiras. Sentado em um sofá de palha trançada, todo relaxado e dando um olhar sedutor, está o solteiro da temporada: um homem forte, com a camisa aberta exibindo a pele bronzeada e os músculos cultivados na academia. Ele ergue um bloody mary no ar como um brinde e sorri.

— Não acredito...

Nicolas: em busca de um romance real.

Tão logo o primeiro intervalo comercial entra no ar, Rika grita "bolão!" e começa a anotar as apostas de cada um no celular.

Preso no meio de um embate entre Lisa e Duda, brigando sobre quem será o primeiro eliminado de Nicolas, Lalo deixa seus olhos vagarem pela sala. O cômodo, subitamente apertado com tantas pessoas, o faz pensar em como sua vida mudou de uma hora para outra. Bem, não *tão* de repente assim. Ele, um cara tímido e de poucos amigos, agora tem uma verdadeira família, grande e bagunceira, composta por pessoas que ele jamais imaginou conhecer.

Mesmo sem o pai ali — André está em um encontro com a nova namorada —, Lalo se sente em família. O vazio teimoso deixado pela mãe foi preenchido não por uma, mas duas sogras. Além do mais, o arame farpado ao redor de seu coração quando Victor sumiu transformou-se num jardim, que floresce numa eterna primavera toda vez que Fred o lembra do quanto é amado.

Como se puxado por um ímã, ele encontra o rosto de Fred. Sentado sobre os calcanhares, o namorado guarda um sorrisinho no canto dos lábios. Ele entrelaça os dedos na mão de Lalo, puxando-o até ficar de pé, e o guia até a escada.

— Ei! — exclama Rika. — Onde os pombinhos pensam que vão?

Fred responde com um gesto de mão obsceno.

— TRANCA A PORTA SE FOREM FAZER BARULHO!!!! — grita Bárbara por cima dos uivos dos amigos, que fazem o rosto de Lalo arder de vergonha.

— Eles não acham que a gente vai fazer qualquer coisa… indecente com todos eles aqui, acham? — pergunta Lalo assim que chegam ao quarto. Fred ri. Os ombros de Lalo ficam tensos. — Fred, a gente não vai…?

Fred alcança a nuca de Lalo e o puxa para um selinho.

— Relaxa. Só quero te mostrar uma coisa.

Depois de abrir a porta, Fred fica na ponta dos pés e venda os olhos de Lalo com as mãos. Ele o guia pelo quarto, chutando os sapatos de correr para debaixo da cama, e para quando estão a um metro da parede.

— Abre os olhos quando eu mandar. Um, dois, três... pode abrir!

Lalo está de frente para o Santuário, que conseguiu ficar três vezes maior desde que Fred conheceu Aysha pessoalmente. No centro, a jaqueta autografada dentro de um quadro, com novos pôsteres, tuítes e fotos dos dois em volta ocupando o espaço antes em branco da parede.

— Hã... o Santuário tá lindo, meu bem. Você imprimiu uma foto nova?

Fred dá uma risadinha.

— Sim, e obrigado. Mas o que eu quero te mostrar está bem atrás de você.

Onde antes havia apenas um varal com fotos da família e amigos, Fred fez uma obra de arte. Um mural ocupa toda a metade superior da parede. Dá pra ver a praia, o oceano se estendendo por todos os lados, e até um navio flutuando no mar. Lalo chega mais perto e então percebe os pedacinhos minúsculos de papel colorido.

— Você fez tudo isso sozinho? — pergunta ele, boquiaberto.

— O Jonathan me ajudou fazendo o modelo, eu mesmo só precisei encontrar e cortar cada papelzinho da cor e tamanhos certos, colar um por um dentro das proporções e esperar secar antes de aplicar as outras camadas... — Fred estala a língua. — Nada de mais.

Lalo ergue as mãos para os bonequinhos no mural. Eles estão sentados na areia, de costas, se abraçando enquanto admiram o pôr do sol de papel. Um deles tem pontinhos escuros na pele — tatuagens —, o outro veste uma regata amarela.

Espalhadas pelo mural, polaroids de Fred e Lalo, a maioria capturas de tela dos episódios, no *Love Boat Brasil*. Há fotos deles mergulhando em Ilha Grande, passeando em Salvador com os demais participantes, no topo de um buggy. Uma registra o encontro deles no navio, sorrindo bêbados um para o outro, praticamente deitados em cima da mesa, as mãos dadas.

Há também fotografias de outros encontros, com a família e os amigos. Por todo o lado, o mural é um livro de figuras contando a história dos dois, e a foto favorita de Lalo está bem no centro: o primeiro beijo no lago. Fred passa os braços pelos ombros de Lalo, dando um beijo em seu pescoço.

— Queria algo legal pra guardar nossa história.
— Ficou incrível! — diz Lalo, maravilhado. — *Você* é incrível!

Girando nos calcanhares, Lalo enlaça a cintura de Fred e prende o queixo do namorado entre as pontas do indicador e polegar, sustentando seu olhar. Um arrepio faz o corpo de Fred chacoalhar. Lalo sente a empolgação do namorado de encontro a sua. Eles se entregam em um beijo como duas ondas que se quebram uma na outra: irrefreável e apaixonadamente.

Quando buscam por ar, as bocas descolando uma da outra, seus corpos irradiam calor. Lalo encosta os lábios no topo da cabeça do namorado. Fred apoia o queixo na clavícula de Lalo, distribuindo beijinhos em seu pescoço. Na sinfonia da respiração, seus corações se alinham e batem na mesma cadência.

Lalo suspira.

— Eu amo você.
— Também amo você — sussurra Fred.

Erguendo o rosto de Fred para fitá-lo, Lalo diz:

— Obrigado por ter se jogado de cabeça na minha vida.

Fred abre e fecha a boca, incapaz de encontrar as palavras certas ou de impedir um sorriso.

— ELES AINDA ESTÃO DE ROUPA, PESSOAL! NINGUÉM GANHOU O BOLÃO! — Rika berra na direção das escadas, interrompendo-os. Ele deita o corpo no batente da porta e encara as próprias unhas num desinteresse fingido. — Se esqueceram que tem convidados lá embaixo?

— Já vamos descer — avisa Lalo, escondendo um Fred furioso em seu peito.

— Depressa — insiste Rika, dando as costas e descendo as escadas. A voz dele viaja pelo cômodo, acompanhada por alguma música que colocaram na TV. — A tia Cris fez pudim de leite e eu quero comer antes de ir... pro meu outro compromisso.

— Voltamos pra isso aqui depois? — pergunta Fred, fazendo as sobrancelhas dançarem quando Lalo demonstra confusão. — Sabe, eu e você sozinhos num quarto, nos braços um do outro, dizendo "amor" e fazendo besteira?

Lalo sorri.

— Mal posso esperar.

Eles trocam um último selinho antes de entrelaçarem as mãos e voltarem para a confusão de um pagode dos anos 2000 e das vozes dos seus amigos.

No último instante, Lalo olha por cima do ombro para o mural. Ele não se sente mais à mercê das ondas, muito pelo contrário, está em paz por ancorar os pés nas águas de Fred.

Admirando o rosto tranquilo do namorado com um sorriso no rosto, Fred tem certeza de que, de todos os corações que poderia conseguir naquele dia no parque, encontrou o mais bonito.

Agradecimentos

Este livro foi um sonho. Uma nota de áudio grogue de sono, gravada no meio da madrugada de 8 de novembro de 2019, contando as primeiras cenas do que viraria *Amor à deriva*, que se tornou o porto onde embarquei na jornada que foi escrever esta história. E, como muitos sonhos, foi o farol onde pude manter os olhos enquanto navegava pela vida. Volto à terra firme, quase seis anos depois, como um bom marinheiro: alguém que enfrentou um oceano inteiro — e voltou com algumas histórias no bolso. Bom marinheiro se faz no mar, e, se a jornada foi tão longa, é porque, de certa forma, eu também estive à deriva.

Por isso, meus agradecimentos a todos aqueles que consistentemente me lembraram de que eu sei, sim, nadar; de que eu sei, sim, navegar meu próprio barco; e de que eu posso, sim, encontrar terra firme onde atracar.

Carlos César e Felipe Fagundes, obrigado por lerem esta história antes de todo mundo. Graças ao feedback de vocês, tive os três meses de reescrita mais intensos de toda a minha vida. Valeu a pena. Nino Cavalcante, por devorar uma das versões deste livro e todas as mensagens cheias de empolgação, que até hoje me colocam um sorriso no rosto. Valquíria Vlad, que além de todo o apoio, leu o livro e disse "isso aqui daria um conteúdo legal" — não prometo que vou *criar* esses conteúdos, mas te agradeço do fundo do coração pelo carinho e cuidado com todas as dicas!

Aos amigos que, literal ou figurativamente — embora quase sempre literalmente —, seguraram a minha mão: Aimee Oliveira, Aione Simões, Amanda Amorim, Andressa Alves, Anita Saltiel, Aureliano, Ayslan Monteiro, Babi Santana, Camila Sousa, Carla Franchesca, Carol Chiovatto, Clara Rodriguez, Fernando Perosa, Gabriel Araújo, Gabriel Mar, Giu Domingues, Giulia Henrique, Iris Figueiredo, Isabelle Reis, Jackson Jacques, Julia Braga, Julia Muniz, Karine Ribeiro, Luana Cruz, Luiz Fernando, Maria Fernanda, Mia Roman, Pedro Henrique, Rafael Hori, Sara Fidélis, Tassi Reis, Vinícius Grossos, Wendy Moura.

Aos profissionais que trabalharam para que *Amor à deriva* ganhasse vida: Paula Drummond, que deu uma chance a este livro e cuja visão apurada e empolgação revolucionou esta história, ajudando a torná-la o que ela é hoje — falando em sonhos, trabalhar com você é a realização de um; Agatha Machado, pelas dicas incríveis; e à equipe da Alt, a quem sei que posso confiar o timão para tocar este barco de olhos fechados.

Ao pessoal da Increasy, e especialmente à minha agente, Mari Dal Chico, pelas reuniões e conversas longas — e tão gostosas. Obrigado por não desistir de mim nos seis anos que levei para escrever este livro. E por ter lido mais de 400 páginas de um dia para o outro — isso *nunca* deixa de me surpreender.

Alfredo, eu poderia escrever páginas e mais páginas de agradecimentos a você. Em todos esses anos, você me ouviu falar *diariamente* sobre este livro — e tantas outras coisas. Obrigado por garantir que eu não me deixasse afogar quando atravessei a pior das tempestades; por todas as vezes que burlei a máxima de "três leituras" do manuscrito, enviando trechos soltos — nós dois sabíamos que eu estava me aproveitando da brecha contratual, mas você nunca reclamou, pelo contrário, esteve sempre empolgado com cada trecho ou ideia que eu mandava; pelos feedbacks nas vezes em que *não* burlei as regras, que ajudaram a transformar este livro; pelo seu apoio incondicional; e por estar ao meu lado a todo momento, mesmo estando geograficamente a mais ou menos 2.547 km de distância.

Mais do que tudo, obrigado por me levar de volta para o mar.

Por fim, quero agradecer a todas as pessoas que leram/leem minhas histórias. Quer você tenha aguardado ansiosamente por *Amor à deriva* ou tenha acabado de descobrir este livro, espero que a leitura tenha sido tão agradável quanto um dia de praia (ou de piscina, ou qualquer outra coisa boa — estou tentando me manter no clima do livro, ok?). Uma história, por mais fictícia que seja, só se torna real porque vocês a mantém viva quando a leem, falam sobre ela e a indicam para outras pessoas. Se hoje posso escrever e publicar livros, vocês têm um dedo nisso. Obrigado por manterem esse sonho vivo.

Quanto mais penso, mais tenho a certeza de que foi o amor quem me convenceu a escrever este livro, e também o amor que me deu o apoio diário para terminá-lo.

Agora é hora de levantar âncora e navegar outros mares. Não tenha medo de ficar à deriva; às vezes, esse é o único jeito de enxergar o quanto o céu é azul, o oceano, profundo, e a vida, uma música cuja melodia somos nós quem cantamos. Quando a maré virar, já sabe o que fazer:

Mergulhe de cabeça.

Com amor,
Pedro Poeira

**Confira nossos lançamentos,
dicas de leitura e
novidades nas nossas redes:**

𝕏 editoraAlt
◎ editoraalt
♪ editoraalt
f editoraalt

Este livro, composto na fonte Fairfield,
foi impresso em papel Lux Cream 60g/m² na gráfica Santa Marta.
São Bernardo do Campo, Brasil, maio de 2025.